W0240068

Le secret de Black Falls

CARLA NEGGERS

Le secret de Black Falls

BestSellers

Titre original : COLD PURSUIT

Traduction française de LUCIE PERINEAU

HARLEQUIN®
est une marque déposée par le Groupe Harlequin

BEST-SELLERS®
est une marque déposée par Harlequin S.A.

Photos de couverture

Fond : © ROYALTY FREE/PHOTODISC

Chalet enneigé :
© ANDREAS STIRNBERG/PHOTONICA/GETTY IMAGES

Si vous achetez ce livre privé de tout ou partie de sa couverture, nous vous signalons qu'il est en vente irrégulière. Il est considéré comme « invendu » et l'éditeur comme l'auteur n'ont reçu aucun paiement pour ce livre « détérioré ».

Toute représentation ou reproduction, par quelque procédé que ce soit, constituerait une contrefaçon sanctionnée par les articles 425 et suivants du Code pénal.

© 2008, Carla Neggers. © 2011, Harlequin S.A.

83/85, boulevard Vincent-Auriol, 75646 PARIS CEDEX 13.

Tél : 01 42 16 63 63

Service Lectrices — Tél. : 01 45 82 47 47

www.harlequin.fr

ISBN 978-2-2802-1945-7 — ISSN 1248-511X

Pour mon beau-frère, Bill Ochs

Prologue

Drew Cameron tomba à genoux dans la neige lourde et mouillée, une neige de printemps. Il s'obligea à se relever, mû par un sentiment d'urgence tel qu'il n'en avait jamais connu.

« Pas Elijah. »

« Mon Dieu, je vous en supplie ! Pas mon fils… »

Il posait un pied devant l'autre en luttant contre le vent farouche. Les rafales de glace qui lui cinglaient le visage fouettaient les arbres couverts de neige et les saillies granitiques du versant escarpé. On était au milieu du mois d'avril ; dans la vallée, les jonquilles sortaient déjà. Dans cette région du Vermont, c'était la saison de la boue. En partant, ce matin, Drew s'était surtout inquiété de la stabilité des sentiers encore détrempés par la fonte des neiges. Mais à présent, la tempête faisait rage.

Il n'avait pas pris la peine de sangler une paire de raquettes à son sac — une erreur, il s'en rendait compte à présent.

Mais il n'allait pas faire demi-tour.

Il avait quitté le sentier principal depuis des heures, sans crainte, toutefois, car il connaissait chaque centimètre de la Cameron Mountain. A présent, la neige avait dû recouvrir complètement ses traces. S'il lui arrivait quelque chose, personne ne pourrait venir à son secours. Il aurait de la chance si l'on retrouvait son corps pour que sa famille puisse l'enterrer.

— Ça m'est égal, souffla-t-il d'une voix entrecoupée. Prenez-moi !

« Prenez-moi, mon Dieu, plutôt que mon fils ! »

A travers les millénaires, combien de pères avaient prononcé cette même phrase ?

Drew toussa, cracha, et reprit son haleine en arrivant sur un plat. Il n'était qu'à trois cents mètres du sommet, mais il n'avait pas l'intention d'aller jusque-là. En soixante-dix-sept ans de vie, jamais il n'avait obéi aussi aveuglément à son instinct.

Il n'était pas du genre à se laisser dominer par ses émotions, mais il n'arrivait pas à réprimer la terreur qui s'était emparée de lui, ce matin à l'aube.

Il n'arrivait pas à chasser les images de sa tête.

Ni à se défaire de sa certitude.

« Je suis un vieil homme… »

« Laissez-moi mourir à la place de mon fils. »

Il ralentit en passant dans un bosquet d'épicéas aux branches affaissées sous le poids de la neige lourde et collante. Il vit un groupe de jeunes hommes blottis les uns contre les autres, affrontant un ennemi invisible.

Il vit leur sang couler dans la terre du pays lointain où ils se battaient.

Il entendit le bruit d'une fusillade rapide et ininterrompue, puis des gémissements de douleur.

Une embuscade.

Cette vision n'était pas née de livres ou de films. Ce n'était pas un de ces cauchemars qui s'évanouissent à la lumière du jour, devant un café fumant. C'était vrai. De la première à la dernière seconde. Drew ne savait d'où lui venait cette vision du combat livré par son fils, mais il savait qu'elle était réelle.

Il savait aussi que ce n'était pas une prémonition. L'attaque contre les positions de l'unité d'Elijah n'était pas à venir. Elle avait lieu en ce moment même.

Drew se redressa ; à cet endroit, il était presque à l'abri du vent. Les particules de glace qui s'abattaient sur lui quelques minutes plus tôt laissaient place à des flocons de neige, de gros flocons doux qui tombaient sans bruit sur le paysage blanc. Mais Drew voyait, aussi nettement que s'il y était, les étoiles brillantes d'un ciel afghan sans lune.

Elijah ne parlait jamais de ses missions secrètes. Il s'était engagé dans l'armée à dix-neuf ans sans avoir consulté qui que ce soit — ni ses frères, ni sa sœur, ni ses amis.

Ni son père, évidemment.

Il y avait des raisons à cela.

— Seigneur…, haleta Drew, laissez-moi réparer le mal que j'ai fait. Je vous en supplie, donnez-moi cette chance…

Pendant quinze ans, il avait réussi à se convaincre qu'il avait eu raison de mettre Elijah à la porte et de renvoyer Jo Harper chez ses parents. Aujourd'hui encore, il estimait qu'il n'avait pas eu le choix.

Cela ne voulait pas dire qu'il ne regrettait rien.

S'il mourait sur cette montagne qu'il adorait, ses enfants, A. J., Sean et Rose, s'en remettraient, mais ils ne pourraient jamais lui pardonner la mort de leur frère. Elijah avait choisi sa carrière de son plein gré, en connaissant les risques qu'elle comportait ; n'empêche que ses frères et sa sœur en tenaient Drew pour responsable, puisqu'il avait chassé Elijah du seul endroit où il avait envie de vivre.

De sa main gantée, Drew ramassa une poignée de neige et la tassa pour former une petite boule lisse. Deux semaines plus tôt, il tenait dans cette main une dizaine de fleurs roses des fameux cerisiers de Washington. Et Jo Harper, qui avait une trentaine d'années maintenant, le regardait en se demandant manifestement s'il ne commençait pas à perdre les pédales.

Il ne lui avait pas exposé les autres raisons de son voyage à Washington. Avec le recul, elles lui semblaient insensées — encore plus insensées que celles qui avaient motivé sa visite à Jo.

D'autres visions lui venaient, à présent, aussi vives et précises que celles de son fils, Elijah, l'adolescent que Jo avait aimé, aujourd'hui devenu un homme.

Drew laissa la boule de neige tomber d'entre ses doigts.

Peut-être commençait-il effectivement à perdre la tête.

A cet instant, il remarqua des pas tout frais dans la neige. Il se figea sur place. Il n'était tout de même pas assez angoissé et désorienté pour tourner en rond !

Non. Ces traces n'étaient pas les siennes.

Il y avait quelqu'un d'autre sur cette montagne.

Drew sortit furtivement du bosquet d'arbres. Devant lui, au bout d'une petite clairière, se dressait le petit chalet qu'il avait passé une bonne partie de l'automne précédent à construire. Il ne s'était pas embarrassé de permis ; cela lui vaudrait une amende, un jour ou l'autre, mais il s'en moquait. Au départ, il n'avait pas imaginé que le projet lui échapperait à ce point. Après des années de recherches infructueuses, il avait enfin réussi à localiser les fondations de la maison de ses ancêtres. Les premiers Cameron arrivés dans la région s'étaient installés sur cette montagne, qui avait plus tard pris leur nom. Drew avait commencé par couper quelques arbres et restaurer les fondations, puis, tout d'un coup, il s'était retrouvé en train de dessiner les plans d'une charpente à poteaux et à poutres. C'était davantage une cabane qu'une habitation, en fait. Quand elle serait terminée, il avait l'intention d'en faire la surprise à sa famille. Ce serait peut-être la dernière surprise qu'il leur ferait.

L'unique sentier permettant d'accéder à cette partie isolée

du versant nord rejoignait une piste forestière désaffectée. C'était la route qu'aurait empruntée son arrière arrière-grand-père, deux siècles auparavant. Aujourd'hui, rares étaient ceux qui la connaissaient, et elle était de toute façon impraticable la plus grande partie de l'hiver.

Drew s'arrêta et retint sa respiration.

Des voix s'élevèrent devant lui. Il y avait quelqu'un dans son chalet.

— Il faut tout prévoir, dit une voix d'homme.

Une voix arrogante et résolue.

— On ne peut pas se permettre une seule erreur, reprit-il. Il faut tout organiser, au détail près.

— L'organisation, c'est ton travail. Moi, j'agis.

C'était une femme qui lui répondait, sur un ton impatient.

— C'est du sérieux, tu sais, dit l'homme. Je te rappelle qu'on a été engagés pour faire un travail. Ce n'est pas un jeu destiné à te procurer des sensations fortes. Je sais que tu n'as pas besoin de l'argent, mais…

— J'en ai envie. C'est suffisant.

— Tu n'as jamais tué personne, dit l'homme à voix basse.

Il y eut un petit silence.

— Qu'est-ce que tu en sais ?

Drew entendit la porte s'ouvrir en grinçant, mais, au lieu de lever les yeux en direction du chalet, il tourna son visage vers le ciel et laissa les flocons s'y poser et fondre les uns après les autres. Il comprenait, maintenant, ce que signifiaient ses visions. Il savait ce qu'il faisait ici, sur cette montagne, à cet instant précis.

C'était le destin. Son vœu serait accompli.

Son fils survivrait.

Elijah allait rentrer à la maison.

1

Sept mois plus tard

Descendu de la Cameron Mountain, un faucon à la queue rouge tourna en planant au-dessus du petit lac gris et calme. Il semblait vouloir prévenir Jo Harper qu'elle n'était pas seule. Mais cela, elle le savait déjà.

Elle lança un rapide coup d'œil vers la piste sur laquelle se déplaçait une silhouette. Celle de son voisin, Elijah Cameron.

C'était bien lui. Il venait droit vers elle.

En essayant de faire abstraction d'une pointe de douleur à son flanc gauche, elle sortit du coffre de la voiture le carton de nourriture et d'affaires qu'elle avait rassemblées à la hâte avant de quitter son appartement. Pour la centième fois, elle pensa aux autres lieux d'exil qu'elle aurait pu choisir. La Nouvelle-Zélande, par exemple. Le sud de la France. Le Costa Rica. Personne ne l'avait obligée à revenir au Vermont, encore moins à Black Falls, son village natal, au cœur des pittoresques Green Mountains.

C'était l'été, en Nouvelle-Zélande, songea-t-elle en calant le carton contre sa hanche droite, celle qui ne lui faisait pas mal. Ici, il était 16 heures et le soleil se couchait déjà.

L'hiver et ses longues nuits sombres s'installaient sur le nord de la Nouvelle-Angleterre.

Du coude, elle referma le coffre. Sur le dessus du carton, trois bananes tachetées de marron avaient manifestement souffert du long voyage. Elle n'avait pu se résoudre à les laisser pourrir dans son minuscule appartement de Georgetown. Elle ne savait pas dans combien de temps elle reprendrait son travail au sein des services secrets : en théorie, elle avait simplement demandé à prendre quelques jours de vacances. En réalité, chacun savait qu'on lui avait fortement suggéré de disparaître de la circulation.

Elijah avait quelque chose à la main. Cela ressemblait à un bouquet de fleurs.

Elijah, des fleurs ? Impossible.

Vu de loin, il paraissait aussi séduisant et énergique qu'autrefois. Il avait toujours le même air de fruit défendu. Personne n'avait dit à Jo qu'il était rentré de l'armée. Sa famille s'en était bien gardée. Sinon, il y aurait eu de fortes chances pour qu'elle prenne un aller simple pour la Nouvelle-Zélande.

Elijah s'était construit une maison sur une colline boisée adjacente à ce terrain de dix hectares, émaillé de douze chalets minuscules et vétustes, dont il s'attendait, comme ses frères et sa sœur, à hériter un jour. Or, Drew avait légué cette partie de sa propriété à Jo. Le choc de sa mort par hypothermie dans une tempête de neige, au mois d'avril dernier, avait été suivi par celui de la lecture du testament récemment modifié.

Et la stupéfaction des enfants Cameron n'était rien, comparée à celle de Jo.

Pourtant…

Elle chassa de ses pensées le souvenir gênant de sa dernière rencontre avec Drew Cameron. Elle ne voulait pas y penser. Surtout pas maintenant, alors qu'Elijah s'avançait d'un pas tranquille.

Elle regarda le faucon revenir en planant vers elle, puis piquer vers les collines boisées qui s'étendaient au-dessus des chalets. Les terres de la famille Cameron.

Il n'y avait pas de vent, mais l'air était vif et frais — elle s'était habituée au climat plus doux de Washington. En passant la frontière de l'Etat du Vermont, elle avait dû enfiler une veste en laine polaire. Jusqu'à la semaine précédente, elle ne s'était pas attendue à revenir à Black Falls avant Thanksgiving, ni à y passer plus qu'un bref week-end en famille.

A présent, elle était ici pour une durée indéterminée.

Tous les arbres avaient perdu leurs feuilles, sauf les chênes, dont le feuillage rouille et or contrastait avec les aiguilles sombres des sapins-ciguë, des pins et des épicéas qui entouraient le minuscule lac glaciaire. Sur l'herbe morte et grisâtre des berges, un vieux canoë vert sombre était échoué. Sans doute appartenait-il à un membre de la famille Cameron. Peut-être à celui qui s'avançait maintenant vers elle, un bouquet de fleurs à la main.

Son carton dans les bras, Jo traversa l'étendue de mauvaises herbes et d'aiguilles de pin qui faisait office de pelouse. L'homme sur la piste continuait d'avancer ; il n'avait pas l'air de boiter. Beth, la sœur de Jo, lui avait envoyé un courriel en avril, au moment où les habitants de Black Falls avaient appris qu'Elijah, membre des forces spéciales déployées en Afghanistan, avait été grièvement blessé.

La nouvelle était tombée au lendemain de la découverte par Devin Shay, un élève de terminale du lycée de Black Falls, du corps gelé de Drew Cameron sur la montagne qui portait le nom de ses ancêtres.

Jo s'arrêta devant l'entrée du plus grand des chalets délabrés. Il était posé sur des parpaings, son toit était couvert de mousse et ses murs en bardage avaient grand besoin d'être repeints. C'était pourtant le moins miteux du lot, et le plus proche du lac. La plupart des chalets auraient dû être condamnés et démolis depuis des années. A.J., l'aîné des enfants Cameron, avait soi-disant prévu depuis des années d'étendre l'Auberge de Black Falls jusqu'aux berges du lac, après la mort de son père. Il n'avait jamais envisagé, ne serait-ce qu'un instant, qu'il n'hériterait pas du terrain.

Elijah quitta le chemin en terre et s'avança vers Jo d'un air insouciant. Il portait un blouson en toile, un jean près du corps et une casquette bleu marine à l'effigie des Red Sox. Une barbe de quelques jours ombrait sa mâchoire virile. A première vue, il lui parut encore plus irrésistible qu'à dix-neuf ans, quand il l'avait convaincue de s'enfermer avec lui pendant trois nuits et quatre jours dans ces mêmes chalets dont elle venait d'hériter.

Elle n'avait jamais aimé personne comme elle avait aimé Elijah Cameron.

Comme tout cela était loin, maintenant !

Il était devant la porte, son bouquet de fleurs à la main : un assortiment de lis japonais blanc cassé, orange et roses.

Jo cala son carton contre sa hanche droite. Elle aurait pu s'installer chez sa sœur ou son frère, ou dans sa chambre de jeune fille chez ses parents, mais elle avait opté pour l'espace, le calme et la solitude offerts par le bord du lac. Elle avait toujours adoré cet endroit ; en outre, si elle était venue ici pour limiter les dégâts de sa carrière, elle devait aussi réfléchir à ce qu'elle allait faire de sa nouvelle propriété.

Elijah se retenait visiblement de rire.

— Dure semaine, agent Harper ?

Cela n'allait pas s'améliorer de sitôt, apparemment.

— Bonjour, Elijah.

— Bonjour, Jo.

— Excuse-moi, je ne t'avais pas vu…

— C'est ça. Tu travailles pour les services secrets. Tu t'occupes de protéger des gens super importants. Avoue que tu m'avais repéré avant même que je ne sorte de chez moi.

— Tu as décidé de me faire la vie dure, hein ?

Les yeux bleu sombre d'Elijah, ceux-là même qui la captivaient quand elle était adolescente, pétillaient d'humour.

— Après tout, reprit Jo, personne ne me la facilite, en ce moment. Pourquoi est-ce que tu ferais exception ?

Elle désigna d'un geste le grand bouquet de lys qu'il tenait au creux de son bras.

— Tu te mets à la composition florale, Elijah ?

— Penny les a déposées chez moi tout à l'heure. Elle ne voulait pas les laisser dehors. Elles sont pour toi.

Penny Hodges, propriétaire de l'unique magasin de fleurs de Black Falls, avait toujours eu un faible pour le petit Elijah. Elle avait été la meilleure amie de sa défunte mère ; autrefois, Drew reprochait aux deux femmes de trop dorloter son deuxième fils, et se considérait comme le seul capable de le discipliner.

Tout cela était de l'histoire ancienne, maintenant. Les deux parents d'Elijah étaient morts.

— Pour moi ? De la part de qui ?

— Comment est-ce que je le saurais ?

— Tu n'as pas lu la carte ?

— Si.

C'était bien sa veine, pensa Jo. A peine rentrée à Black Falls, la première personne qu'elle croisait n'était autre qu'Elijah. Malgré les épreuves qu'il avait traversées au cours des six derniers mois — la mort de son père et une blessure quasi mortelle —, il paraissait au sommet de sa forme, aussi musclé et vigoureux que jamais. Pourtant, Jo ne se leurrait pas : Elijah Cameron n'était plus l'adolescent provincial à qui elle s'était donnée corps et âme à l'âge de dix-sept ans.

Elle n'était plus une adolescente, elle non plus.

— Si c'est une blague de la part de mes collègues, non merci. Tu n'as qu'à les prendre dans ton canoë et les jeter au milieu du lac.

— C'est de la part de ton jeune ami à Washington.

Charlie Neal. Ce phénomène avait le culot de lui envoyer des fleurs !

Réprimant sa colère, elle dit d'une voix sèche :

— Tu peux les poser sur la table ? Je n'ai pas vraiment les mains libres.

Elijah ouvrit la porte grillagée d'un coup sec.

— Tu l'as choisi en souvenir du bon vieux temps, ce chalet ?

C'était ici qu'ils avaient passé ces fameux trois jours, juste après que Jo eut décroché son diplôme de fin d'études secondaires. Elijah, qui avait un an de plus qu'elle, avait passé cette année-là à éviter de se faire arrêter par le père de Jo, le chef de la police locale, et, accessoirement, à travailler à l'Auberge de Black Falls — c'était bien avant que son grand frère n'en reprenne la direction.

— C'est le seul qui soit chauffé, répondit Jo sur un ton neutre.

— Il est aussi infesté de chauves-souris. Je les vois rentrer et sortir par dizaines tous les soirs, à la tombée de la nuit.

— Il fait trop froid pour les chauves-souris.

— Pas celles qui sont bien au chaud dans leurs gîtes douillets sur les poutres, rétorqua Elijah en entrant dans le chalet.

Jo lui emboîta le pas et déposa son carton sur le plancher, à côté du sac marin qu'elle avait déjà sorti de la voiture. Elle n'était plus très sûre de ce qu'elle avait emporté. Furieuse et blessée au vif, elle avait eu envie de quitter Washington au plus vite : elle avait jeté des vêtements, de la lecture et le contenu de son frigo dans le coffre de sa voiture, sans vraiment réfléchir à ce dont elle aurait besoin.

Elijah déposa le bouquet de lis sur une petite table bancale devant la fenêtre qui donnait sur le lac. Au mois d'octobre, Jo avait prêté les chalets à trois de ses collègues pour un week-end : ils lui avaient rapporté que l'aménagement des lieux rappelait un « entrepôt de chiffonnier-ferrailleur du siècle dernier », mais que cela ne les avait pas empêchés d'apprécier le cadre naturel. Ils avaient marché, pêché, fait du canoë, profité du silence pour lire et se détendre.

Tout cela s'était passé avant la semaine fatale. A présent, ses collègues ne risquaient plus de lui rendre visite, même si elle rénovait les chalets de fond en comble.

Elle évita de poser son regard sur le lit en fer dans l'alcôve, celui-là même où elle avait passé tant d'heures avec Elijah, quinze ans plus tôt.

— Tu comptes rester jusqu'à quand ? demanda Elijah.

— Le temps que les choses se tassent à Washington.

Jo se pencha pour ramasser les bananes sur le dessus du carton ; en se redressant, elle ne put s'empêcher de grimacer de douleur.

— Tu as encore mal ? dit-il sur un ton dénué de sarcasme.

— Bof, ça va…

— Un peu de bicarbonate pourrait te faire du bien.

Une note de raillerie s'était glissée dans sa voix, à présent.

— Merci du tuyau.

On lui avait conseillé tous les remèdes maison possibles et imaginables, au cours des soixante-douze heures écoulées depuis qu'elle avait été la victime d'un canular orchestré par un adolescent de seize ans, qui se trouvait être le fils du vice-président des Etats-Unis. Le jeune Charles Preston Neal était connu pour donner du fil à retordre à son entourage ; ce jour-là, il avait convié ses cousins et amis à un jeu de guerre dans la résidence vice-présidentielle, et les avait équipés de fausses armes hyperréalistes. Jo était présente pour assurer la protection de Marissa Neal, l'aînée des quatre sœurs adultes de Charlie. Marissa vivait tout près de chez lui et avait été invitée à la fête.

Le jeu n'avait commencé que depuis cinq minutes quand Charlie avait subitement tendu le doigt vers l'arme de son cousin Conor, lequel était sur le point de tirer.

— Arrête, c'est une vraie ! avait-il hurlé.

Jo s'était jetée devant Charlie et ses amis pour les protéger. Mais l'arme en question s'était révélée être fausse. Elle avait intercepté la rafale de pistolet mitrailleur qui visait Charlie, et encaissé presque à bout portant les dizaines de minuscules billes en plastique qui lui étaient destinées.

Les petites cloques qui criblaient son bras, ses côtes et son flanc gauche étaient assez douloureuses en soi, mais le fou rire de Charlie avait été la goutte d'eau qui fait déborder le vase. Jo l'avait attrapé par l'oreille et lui avait dit ses quatre vérités.

C'était ce flot d'invectives qu'un cousin ou ami de Charlie — on n'avait pas identifié le responsable — avait insidieusement filmé avec son téléphone puis mis sur ligne sur YouTube.

D'où les vacances forcées de Jo dans le Vermont.

Le vice-président avait obligé Charlie et tous ses amis à suivre un stage de formation à la sécurité des armes à feu, et à rédiger un mot d'excuses à Jo, sous peine de ne plus jamais êtes autorisés à organiser des jeux de guerre. Impossible de savoir combien d'entre eux étaient dans le coup, mais, d'évidence, Charlie était le cerveau de l'affaire.

De toute façon, le mal était fait. La vidéo circulait sur internet et elle y resterait pour toujours : on y voyait l'agent spécial Jo Harper tirer l'oreille du fils du vice-président des Etats-Unis et l'engueuler comme poisson pourri.

Ce n'était pas la plus belle heure de sa carrière.

Marissa Neal lui avait témoigné de la compassion, ayant elle-même été victime des mauvaises blagues de son frère. En outre, Marissa lui était reconnaissante depuis un incident survenu quelques semaines auparavant. La jeune femme passait alors un week-end avec des amis dans les monts Shenandoah, et la gazinière du chalet qu'on leur avait prêté avait explosé. La réaction rapide de Jo avait épargné à Marissa de sérieuses brûlures et lui avait peut-être même sauvé la vie. C'était un simple accident qui n'avait valu à Jo aucune publicité, encore moins de passer sur YouTube.

— Tu te teins les cheveux, maintenant ?

— Pardon ?

Jo reporta son attention sur Elijah.

— J'aime bien ces reflets cuivrés, dit-il. Charlie aussi, à mon avis. Son bouquet de fleurs est assorti à tes cheveux.

— Il a un Q.I. de 180. C'est un manipulateur de première.

— On dirait qu'il en pince pour toi.

— Ça m'étonnerait.

Cadet de cinq enfants et le seul fils d'un vice-président populaire et surmené, Charlie était prêt à tout pour se faire remarquer. N'étant pas directement affectée à sa protection, Jo n'avait aucune raison de s'en soucier, mais elle ne pouvait pas s'empêcher de le remarquer.

Charlie était aussi un beau jeune homme blond doté d'une intelligence exceptionnelle et d'un désintérêt total pour toute forme de mondanités, ce qui pouvait surprendre quand on connaissait la position sociale et financière de sa famille.

Elijah entrebâilla la porte comme s'il allait partir, puis il se retourna vers Jo.

— C'est vrai que tu ne sais pas faire la différence entre une arme et un jouet ?

— Bien sûr que non.

Elle posa les bananes sur le minuscule plan de travail en

Formica craquelé. D'ici le lendemain matin, elles seraient fichues.

— De toute façon, ça n'a aucune importance, dit-elle. Du moment qu'il n'est rien arrivé à Charlie et à ses copains…

— Tu as fait ton boulot, dit Elijah.

— C'est ce qu'il me semble.

Le regard d'Elijah s'attardait sur Jo ; elle commençait à se sentir mal à l'aise.

— Tu ne savais pas que j'étais revenu ?

— Non.

Elle sortit trois yaourts du carton. Une erreur, là aussi. Dix heures passées dans un coffre de voiture ne leur avaient pas fait de bien.

— On m'a dit que tu avais été blessé, dit-elle en levant les yeux. Tu vas bien, maintenant ?

— Mieux que jamais.

Ça, c'était Elijah tout craché. Jo n'avait jamais rencontré quelqu'un de plus résistant. Sa carrière au sein des forces spéciales restait entourée de mystère et faisait l'objet de nombreuses conjectures à Black Falls. Même Jo, qui jouissait d'un accès privilégié aux informations classées, n'aurait sans doute pu obtenir de détails au sujet du combat qui avait failli lui coûter la vie. Elle avait entendu dire qu'une balle avait touché son artère fémorale — une blessure effectivement sérieuse, souvent fatale.

Selon la sœur de Jo, Elijah avait été transporté dans un hôpital militaire à Landstuhl, au sud de l'Allemagne. Ses médecins avaient attendu qu'il soit hors de danger pour autoriser sa famille à lui annoncer la mort de son père. Beth avait obtenu ces renseignements de première main, auprès de Rose Cameron, la petite sœur d'Elijah, qui s'était rendue au chevet de son frère en Allemagne.

— Elle n'a pas eu besoin de lui dire que Drew était mort, avait dit Beth. Il le savait.

Jo soupçonnait que la simple vue du visage de Rose avait suffi à Elijah pour deviner la mauvaise nouvelle.

— Toutes mes condoléances, pour ton père, dit-elle à présent.

Elle marqua une pause, puis ajouta :

— Je ne me doutais pas qu'il comptait me laisser ce terrain. Je ne lui ai jamais rien demandé, Elijah. Il ne me devait rien.

— Apparemment, il n'était pas de ton avis, déclara Elijah d'un air impassible.

Jo ne répondit pas. Elle n'avait pas envie d'entamer maintenant une discussion sur Drew Cameron, alors qu'elle venait de vivre une semaine longue et difficile et qu'Elijah et elle se trouvaient à l'endroit précis où Drew les avait surpris, tant d'années auparavant, et avait changé le cours de leurs vies.

— Merci pour les fleurs, dit-elle.

— Je t'en prie. Repose-toi bien. Et bonne convalescence.

Il eut un sourire subit.

— Il paraît que ces balles en plastique font un mal de chien.

— Ce n'est pas faux.

— Je parie que tu n'as pas regardé la vidéo sur YouTube.

— Non, et je n'en ai pas l'intention.

Un collègue avait apporté son ordinateur portable dans le bureau de Jo pour lui montrer la séquence, mais une panne de batterie l'en avait empêché. Du point de vue de Jo, c'était le seul coup de chance qu'elle avait eu de toute la semaine.

— Et toi, tu l'as vue ?

— Avec A.J., l'autre soir, en buvant des bières, on l'a regardée du début à la fin au moins trois fois de suite.

— Je ne te crois pas.

— Bon, d'accord. Six fois.

La porte se referma avec un grincement, et Jo entendit Elijah s'éloigner en continuant à rire.

Après son départ, elle prit la carte coincée entre les tiges de fleurs et l'ouvrit.

Merci de votre empressement à me sauver la vie.
Un jour, je me rachèterai.
Charles P. Neal.

Jo poussa un long soupir. L'essentiel, se répéta-t-elle, était que personne n'ait été sérieusement blessé, ce jour-là. Le reste n'avait aucune importance.

Tout au long de son trajet en voiture vers le nord, elle s'était efforcée de rester positive et de penser aux aspects agréables de ce séjour à Black Falls. Elle pourrait courir en respirant l'air vif et frais. Regarder les dernières feuilles d'automne tomber. Attendre l'arrivée de la première vraie neige. Regarder les oiseaux s'envoler pour des cieux plus cléments.

Elle pourrait surtout guetter les chauves-souris planquées dans la charpente et faire des détours pour éviter son plus proche voisin.

Elle s'empressa de ranger ses affaires, de peur de changer d'avis, de les remettre dans le coffre et de mettre le cap sur Montréal, Buffalo, ou n'importe quelle destination à plus d'une centaine de mètres de chez Elijah Cameron.

Dix minutes plus tard, déjà lasse de faire du rangement, Jo ouvrit une bouteille de merlot. Un verre à la main, elle sortit du chalet, traversa le chemin en terre et descendit vers le lac.

Debout sur un gros rocher rond, elle sirota son vin. La nuit était tombée. L'air sentait le gel et le paysage avait cet aspect austère qui caractérise le mois de novembre. Tout le contraire du chaud après-midi de printemps où elle s'était promenée avec Drew Cameron sur des pelouses jonchées de fleurs de cerisier.

Elle n'avait parlé à personne — ni à sa famille, ni à ses amis, ni à ses collègues, encore moins aux enfants de Drew — de l'étrange visite qu'il lui avait rendue deux semaines avant sa mort.

Elle le revit tel qu'il lui était apparu ce jour-là, marchant à son côté le long du Tidal Basin. Jo avait été pour le moins surprise de le voir se présenter chez elle à l'improviste et l'inviter à aller voir les cerisiers en fleur. Il était seul : A.J. travaillait jour et nuit à l'auberge, Elijah avait été envoyé quelque part à l'étranger, Sean gagnait de l'argent dans le sud de la Californie et Rose fouillait avec ses chiens sauveteurs les décombres laissés par une série de tornades dans le Middle West.

Drew portait une chemise marron en flanelle trop chaude pour le mois d'avril à Washington, mais cela ne semblait pas le gêner. Au milieu de l'éblouissant tapis de fleurs rose pâle, cet homme sévère, à qui Jo avait longtemps reproché d'avoir gâché sa vie, l'avait surprise une fois de plus en lui demandant si elle était heureuse.

— Tu ne t'es jamais mariée, Jo.

— Je n'ai que trente-trois ans, avait-elle répondu en riant. J'ai tout mon temps.

— Les choses ont changé, avait soupiré Drew. Elijah ne s'est jamais marié, lui non plus, mais je pense qu'il ne s'attendait pas à vivre aussi longtemps. Je ne veux pas dire qu'il soit suicidaire, bien sûr. Mais il a le sens des réalités.

Drew marqua une pause. Son visage était sillonné par des rides profondes, dues autant à l'âge qu'à une vie passée en plein air, dans ces montagnes qu'il aimait tant.

— Nous, les Cameron, on est des pragmatiques.

Gênée par la gravité de Drew, Jo avait répondu sur un ton plus léger :

— S'installer au Vermont en plein milieu de la guerre d'Indépendance, ce n'était pas tellement du pragmatisme. Y rester non plus. Vos ancêtres auraient pu ramasser leurs cliques et leurs claques et partir vers l'Ouest.

Attrapant au vol une fleur de cerisier qui tombait doucement vers le sol, elle avait souri au vieil homme et ajouté :

— Ils auraient pu sauter sur la première barge venue et descendre jusqu'à l'Ohio.

— Ta famille s'est installée dans le Vermont bien avant les Cameron.

— On n'y est pas tous restés.

— C'est vrai.

Il avait levé les yeux vers les arbres en fleur et le ciel limpide. C'était une de ces rares journées magnifiques que connaît la capitale américaine au printemps. Enfin, il avait tourné son regard vers Jo. Des larmes brillaient dans ses yeux.

— Les matins d'hiver, je me réveille et je vois les enfants que vous auriez dû avoir, Elijah et toi. Je les vois aussi nettement que je te vois. Ils s'alignent à côté de mon lit et me regardent d'un air de reproche.

Il avait fallu un moment à Jo pour se reprendre. Elle ne s'était pas attendue à entendre ces mots de la bouche de Drew Cameron, ni à ce qu'il fasse naître dans son esprit cette image troublante. Mais elle avait été sensible à son chagrin et à son grand âge. Et, malgré toute la haine et le ressentiment qu'elle lui avait voués dans le passé, malgré l'humiliation cuisante qu'il lui avait infligée alors qu'elle avait dix-sept ans, elle s'était sentie incapable de le détester.

— Ce n'est pas la peine de vous tourmenter, avait-elle dit avec douceur. Je suis heureuse. Elijah aussi.

— Je n'arrête pas de rêver que je vais le perdre.

— Monsieur Cameron… Drew…

— Je me réveille en sueur, Jo. Mon cœur bat à toute

vitesse, et je n'arrive pas à me rendormir. Je *sais* qu'il va mourir là-bas. Je ne sais pas exactement ce qu'il y fait, il n'a pas le droit de m'en parler. Mais je sais que c'est dangereux. Il ne va pas s'en sortir vivant.

Jo avait écrasé la fleur de cerisier entre ses doigts. Drew Cameron n'était pas un angoissé. Aucun membre de sa famille ne l'était. Chez les Cameron, on était actifs, tournés vers l'avenir. On ne broyait pas du noir, on ne perdait pas son temps à ruminer des problèmes impossibles à résoudre.

En l'occurrence, la sécurité d'un fils militaire en temps de guerre.

Jo était incapable de s'imaginer qu'Elijah puisse mourir jeune. Pour elle, il serait toujours l'adolescent insouciant qu'elle avait juré d'aimer jusqu'à la fin de sa vie.

Sauf que cela n'avait pas marché.

— C'est normal de vous inquiéter, avait-elle dit à son père. Elijah fait un métier dangereux.

— Je donnerais ma vie pour lui.

— Il le sait, Drew. Venez. Allons voir ces cerisiers.

— Jo…

Elle ne l'avait jamais vu aussi bouleversé. Son instinct lui disait qu'il ne pouvait y avoir qu'une raison à cette visite. Elle s'était arrêtée et avait laissé son regard se perdre dans l'eau du Tidal Basin.

— Drew, quand vous nous avez séparés, Elijah et moi, quand vous l'avez flanqué à la porte, vous avez fait ce que vous pensiez devoir faire. On n'a rien à vous pardonner, ni lui ni moi.

— Tu le penseras toujours, s'il meurt ?

— Il ne va pas mourir.

Ils avaient achevé leur promenade dans un silence presque complet. Jo ne pouvait s'empêcher de se demander à quoi ressemblaient ces enfants qu'il disait avoir vus. Combien étaient-ils ? Des garçons, des filles ?

Avaient-ils les yeux bleus d'Elijah ?

Elle n'avait pu se résoudre à le lui demander.

A dix-sept ans, elle était tombée amoureuse d'un mauvais garçon, un Cameron qui plus est, et il l'avait laissée tomber pour s'engager dans l'armée. Il n'y avait pas à revenir là-dessus.

Mais quand Jo avait appris que Drew était mort sur la Cameron Mountain et qu'Elijah avait été grièvement blessé en Afghanistan, elle s'était souvenue de cette curieuse conversation sous les cerisiers. Et elle s'était demandé si, d'une certaine manière, le vœu de Drew avait été exaucé. S'il avait eu l'impression d'échanger sa vie contre celle de son fils.

Ce n'était pas un sujet dont elle comptait parler un jour à Elijah, ni d'ailleurs à aucun membre de la famille Cameron.

Sautant de son rocher, elle repartit vers son chalet, résolue à finir de ranger ses affaires.

Mais, une fois rentrée, elle dénicha son téléphone portable et, malgré la faiblesse du réseau, tenta d'appeler son patron sur sa ligne directe.

L'agent spécial Mark Francona, responsable adjoint de son unité, décrocha à la deuxième sonnerie.

— Quoi ? soupira-t-il.

— Je suis dans le Vermont, dit Jo. Combien de temps va durer mon exil ?

— Qui est à l'appareil ?

— Jo Harper.

— Jo qui ?

Clic.

En dépit de ses lourdes responsabilités et de son professionnalisme aigu, son chef avait un humour très particulier.

Evidemment, il était possible qu'il ne plaisante pas.

Jo referma son téléphone et le jeta sur le canapé miteux. Elle posa un regard noir sur la photo de truite décolorée scotchée sur le lambris au-dessus du vieux poêle à gaz.

Peut-être Francona essayait-il de lui dire, à sa manière, que sa carrière au sein des services secrets touchait à sa fin. Et qu'elle allait devoir passer le reste de sa vie à Black Falls.

2

Elijah attrapa une bûche parfaitement sèche sur le tas de deux cordes que le livreur avait déposé au bout du chemin. Il ne sentait aucune douleur, ni même de raideur dans sa cuisse droite, celle où la balle s'était encastrée. Il s'était appliqué un garrot pour arrêter l'hémorragie et pouvoir se battre jusqu'au dernier soupir.

Il ne s'était pas attendu à survivre. L'infirmier des forces spéciales qui l'avait secouru, et plus tard les médecins, lui avaient tous dit que c'était un miracle.

Mais Elijah ne croyait pas aux miracles.

Un vent froid se mit à souffler depuis le lac. Même s'il devait y rester jusqu'à minuit, il finirait de ranger le bois ce soir.

Les deux adolescents censés l'aider n'avaient pas donné signe de vie.

Il faisait nuit noire, à présent : sur la colline derrière la maison, les pins, les bouleaux et les érables se découpaient sur un ciel émaillé d'étoiles.

Jo avait quitté son rocher et était rentrée chez elle en emportant son verre.

A travers les arbres, il avait vu une lumière s'allumer dans le trou à rats où elle avait élu domicile.

La présence d'un agent fédéral à deux pas de chez lui était une complication dont il se serait bien passé en ce moment... Mais que pouvait-il y faire ? Au moins, elle était plus agréable à regarder que ses collègues des services secrets, qui occupaient les chalets au moment où Elijah était rentré, trois semaines plus tôt.

Ce n'était que la semaine précédente, au cours d'une randonnée en solitaire sur la Cameron Mountain, qu'il avait subitement compris qu'il ne savait pas tout de la mort de son père. Qu'il lui manquait certaines pièces du puzzle.

Et, au moment précis où il se mettait à leur recherche, il avait fallu que Jo s'attire des ennuis à Washington et vienne s'installer à cent mètres de chez lui.

Elijah attrapa d'autres bûches. Dans la pénombre, il revit Jo à l'âge de dix ans, couverte de taches de rousseur, grimpant dans un grand chêne au bord du lac pour couper la corde du pneu qui servait de balançoire à Elijah. Il avait plongé dans l'eau tête la première ; le temps pour lui de rejoindre la berge, elle avait disparu.

Il la revit à quinze ans, se baignant toute nue dans une anse isolée par une fraîche soirée d'automne. Il se rappela sa honte d'avoir été ainsi surprise. Puis sa colère. Elle l'avait chassé à coups de galets.

Il revit ses yeux turquoise.

Il la revit à dix-huit ans, lui chuchotant à l'oreille, sous le clair de lune : *Je t'aime, Elijah. Je t'aimerai toujours.*

Elle était revenue à la raison depuis un bon moment.

D'aussi loin qu'il se rappelle, il n'avait jamais su lui résister.

Il porta les bûches jusqu'à l'appentis accolé à la façade de la maison, en dessous du balcon, et les rangea en les alignant soigneusement. Au moment d'acheter ces deux hectares à flanc de colline, trois ans plus tôt, il n'avait même pas réfléchi à l'absence d'accès au lac. Il avait supposé que la propriété adjacente resterait dans la famille. Depuis, il était revenu dès qu'il le pouvait pour travailler sur sa propriété. Petit à petit, il avait défriché le terrain et construit cette maison, un chalet de bois tout simple, sans fioritures, dont il était parfaitement satisfait.

En revenant vers le tas de bois, il entendit un bruissement de feuilles en provenance du sentier raide et rocailleux qui menait à travers les bois en direction de l'auberge de Black Falls. Deux secondes plus tard, Devin Shay surgit de l'ombre, hors d'haleine.

— Salut, Elijah.

Ses assistants ne l'avaient pas oublié, après tout.

— Tu es en retard, dit Elijah. Attrape une bûche. Où est ta copine ?

— Derrière moi. C'est pas ma… On est juste…

Devin partit d'un pas traînant vers le tas de bois coupé et ajouta :

— On est amis, c'est tout.

— Il fait sombre, sous les arbres. Elle a une torche ?

Devin n'en avait pas, mais, contrairement à lui, Nora Asher n'avait pas grandi à Black Falls, et ne pouvait donc connaître chaque pierre et chaque racine du sentier.

— Il n'y a rien dans le noir qui ne soit pas là en plein jour, répondit Devin d'un air bougon. C'est ce que tu dis toujours, non ?

Ce n'était pas drôle, décida Elijah. Devin se comportait comme un goujat.

Il était grand et dégingandé, avec un air revêche. Et il était synonyme de problèmes.

Sept mois plus tôt, Devin avait retrouvé le corps gelé du père d'Elijah sur le versant nord de la Cameron Mountain. Drew était alors porté disparu depuis trois jours. Rose était montée le chercher avec son chien de sauvetage. A.J. et sa femme, Lauren, étaient montés eux aussi. Sean était rentré du sud de la Californie en avion. Une équipe de sauveteurs de la police du Vermont avait effectué une battue. Mais en fin de compte, le corps de Drew Cameron avait été retrouvé par un élève de terminale. L'autopsie avait permis de conclure à une mort par hypothermie.

En clair, Drew s'était effondré dans la neige et s'était endormi.

Le silence d'Elijah parut faire réfléchir le jeune homme.

— Nora était juste derrière moi, dit-il avec un peu moins d'assurance.

— Je suis là, je suis là ! lança-t-elle d'une voix enjouée en apparaissant à son tour. Ne sois pas fâché, Elijah. C'est moi qui ai dit à Devin de ne pas m'attendre. Désolée pour le retard.

Elijah les jaugea du regard. Ils avaient dix-huit ans tous les deux, et ils étaient aussi mal dans leur peau et peu fiables l'un que l'autre. Les ressemblances s'arrêtaient là, cependant. Nora était petite et jolie, malgré quelques kilos en trop, avec ses cheveux bruns bouclés et son grand sourire. A la sortie de sa coûteuse école préparatoire à Washington, elle avait été reçue à l'université de Dartmouth, dans le New Hampshire, mais elle avait abandonné ses études six semaines plus tôt et s'était installée à Black Falls dans l'idée de trouver un petit boulot et de faire l'expérience de la « vraie vie » pendant un an. Le fait qu'elle occupe gratuitement une chambre d'hôte dans un domaine appartenant à des amis de sa famille ne semblait pas aller à l'encontre de sa conception de la « vraie vie ».

Nora se mit au travail.

— Allez, Devin, dit-elle. On y va ?

Devin resta en arrière, comme s'il ne voyait pas l'intérêt de déplacer des bûches de bois. Il s'était déjà retrouvé plusieurs fois à l'arrière d'une voiture de police, en particulier depuis qu'il avait décroché — de justesse — son diplôme de fin d'études secondaires. Elijah s'était attiré quelques d'ennuis, lui aussi, à cet âge-là. Le père de Jo, le chef de la police locale, ne lui avait jamais fait de cadeaux, et pas seulement à cause de Jo, ni parce qu'Elijah était un Cameron, ni même parce qu'il le méritait. « J'essaie de te protéger contre toi-même, fiston », disait-il en lui passant les menottes.

Aujourd'hui, Wes Harper était à la retraite, et le nouveau chef de police entretenait des liens moins étroits avec la population du village. Si Devin s'écartait trop du droit chemin, il se retrouverait sur le banc des accusés. Il avait tendance à se bagarrer avec des brutes qui s'en prenaient à plus faibles qu'eux, ce qui n'était pas pour déplaire à Elijah. Mais ce dernier était également convaincu que Devin avait omis de lui dire certaines choses au sujet de la mort de son père, ce printemps-là.

— Devin ! s'écria Nora avec impatience. Qu'est-ce que tu attends ?

L'adolescent lança un regard noir à Elijah et se mit au travail en soupirant.

Devin rangeait le bois vite et bien : il comprit spontanément qu'il fallait disposer les bûches en quinconce pour éviter qu'elles ne s'écroulent. Nora, en revanche, devait s'arrêter à chaque instant pour réfléchir à la manière d'entasser les bûches sur ses bras, au nombre qu'elle pouvait transporter, au moyen de les décharger sans les faire tomber sur ses pieds. Elle était enthousiaste, mais inexpérimentée. Elijah s'en était déjà aperçu au cours de la journée d'initiation à la randonnée hivernale qu'A.J. l'avait convaincu d'animer à l'auberge, la semaine précédente. Enthousiaste, inexpérimentée, et un peu snob.

Au bout d'un quart d'heure, il perdit patience.

— Filez. Je vais finir tout seul.

Ils ne discutèrent pas. Elijah alla chercher une lampe de poche sur les marches de la maison et la donna à Devin.

— Je peux vous ramener en voiture, si vous voulez.

— On préfère marcher, dit Nora avant que Devin n'ait pu répondre.

Elle épousseta les manches de sa veste coûteuse pour en ôter la sciure et les morceaux d'écorce.

— J'adore le ciel nocturne du Vermont, ajouta-t-elle. Les étoiles sont tellement plus brillantes !

— Ah bon, dit Devin. Je n'avais pas remarqué.

Il fit un signe de tête en direction du chalet de Jo, tout juste visible entre les arbres dénudés.

— L'agent secret est encore là ?

— Elle s'appelle Jo Harper, dit Elijah sur un ton neutre.

Nora prit un air éberlué. Devin, quant à lui, sourit pour la première fois depuis qu'il était arrivé.

— Elle s'est fait renvoyer de son boulot ?

— Disons qu'elle s'est fait mettre au coin.

— Beth dit que Jo est tellement forte en tir de précision qu'elle peut crever les yeux à un corbeau en plein vol.

— Bon à savoir.

— Et toi, Elijah ? Tu es aussi fort qu'elle ?

Elijah ne répondit pas. Devin devenait décidément fatigant.

— Il y a pas mal de gens qui pensent que tu es ici en mission secrète pour les forces spéciales.

— Ils peuvent penser ce qu'ils veulent.

Nora pâlit un peu.

— Je déteste la guerre, dit-elle. Désolée, mais je n'y peux rien.

— Entendu, dit Elijah en ramassant de gros morceaux d'écorce qui lui serviraient de petit bois.

L'adolescente rougit.

— Je ne voulais pas dire… C'est juste que…

Renonçant à finir sa phrase, elle se tourna vers Devin.

— Je suis prête, et toi ?

Elijah les paya en liquide. Avant de rejoindre le sentier

qui montait entre les arbres, Devin dirigea le rayon de la torche vers le sol et dit :

— A plus tard, Elijah. Si tu as d'autres boulots à nous proposer, on sera à l'heure.

Après leur départ, Elijah descendit dans l'obscurité vers le bord du lac. Il connaissait le chemin par cœur, et c'était un plaisir de respirer l'air pur et froid plutôt que la poussière de bois. Une chouette hulula dans les bois à gauche ; à droite, une chauve-souris passa dans le ciel nocturne. Elle volait tout droit vers le chalet de Jo. Elijah ne put s'empêcher de sourire.

Il avait passé tant de nuits, dans des pays lointains, à s'imaginer à cet endroit précis, au bord du lac, par une froide nuit d'automne. Parfois, Jo était là avec lui. A ces occasions, elle lui apparaissait très clairement : il voyait les angles épurés de son visage, les taches de rousseur sur ses joues et son nez, l'éclat de ses yeux turquoise. Il l'entendait rire ; il se sentait apaisé par son sourire. Il n'avait jamais considéré cela comme des visions ou des fantasmes. Simplement des moments passés en compagnie de Jo au bord du lac.

Il se demandait souvent s'il lui arrivait, à elle aussi, de penser à lui. Il espérait que non.

Dans le chalet de Jo, toutes les fenêtres étaient éteintes. Elijah se détourna du lac.

Son père avait acheté la propriété en bordure du lac seulement quelques années auparavant, quand son propriétaire d'origine, Pete Harper — un nonagénaire excentrique qui se trouvait être un cousin du grand-père de Jo et qui était mort depuis — avait enfin consenti à vendre.

Elijah retourna vers le tas de bois. Il s'était rendu sur la tombe de son père quelques jours après son arrivée à Black Falls. L'enterrement avait eu lieu pendant sa convalescence en Allemagne. Devant la pierre tombale toute simple, il avait commencé à comprendre qu'il restait des zones d'ombre dans les événements survenus sur la Cameron Mountain, en avril dernier. Et que, pour faire le deuil de son père, il aurait besoin d'obtenir des réponses à certaines questions. Peut-être même d'obtenir justice.

Elijah se connaissait : il n'aurait pas de répit avant d'avoir découvert tout ce qui s'était passé à Black Falls ce printemps.

Son père n'en aurait pas moins attendu de sa part.

Et voilà que Jo Harper était de retour. En portant une nouvelle brassée de bûches vers l'appentis, Elijah se demanda ce qui était le plus gênant : qu'elle soit toujours aussi jolie, ou qu'elle soit un agent fédéral muni d'une arme et du pouvoir de l'arrêter.

Quoi qu'il en soit, Jo n'avait jamais été du genre à enfreindre les règles.

Sauf, bien sûr, quand elle était avec lui.

3

Thomas Asher replia le *Washington Post* et le posa à côté de son assiette en riant tout bas. Il venait de lire un éditorial extrêmement caustique sur l'affaire Jo Harper. L'accent était mis sur la personnalité de l'agent spécial, et celle de la turbulente et nombreuse famille vice-présidentielle ; l'éditorialiste se demandait si l'on pouvait attendre des agents fédéraux qu'ils supportent de protéger ces incorrigibles chenapans.

Le scandale autour de l'affrontement entre Jo et Charlie Neal aurait dû s'apaiser depuis un moment ; s'il continuait à faire rage, c'était parce que les politiques et les médias le voulaient bien.

Et puis, il y avait la vidéo qui circulait sur internet, évidemment.

Pour Thomas, comme sans doute pour beaucoup d'autres, Jo était une professionnelle compétente qui avait simplement fait ce que le vice-président et sa femme auraient dû faire depuis longtemps : attraper leur fils cadet par l'oreille et lui passer un sérieux savon.

Thomas se carra dans son fauteuil tapissier. Le restaurant où il attendait était situé au premier étage d'un bel hôtel ancien, à quelques rues du Lafayette Park et de la Maison Blanche. Il était venu à pied du prestigieux *think tank* où il était employé comme analyste politique. Alex Bruni l'avait appelé la veille en fin d'après-midi pour lui proposer de prendre le petit déjeuner avec lui. Evidemment, il n'était pas là. C'était agaçant, mais assez prévisible.

Thomas pensa de nouveau à Jo Harper. Sa carrière au sein des services secrets était sans doute terminée, ne serait-ce que parce que ses patrons accordaient une grande importance à la discrétion et à l'anonymat, deux qualités fortement compromises par la farce que lui avait jouée Charlie Neal.

C'était sans doute injuste. N'empêche que Thomas s'en réjouissait secrètement. Jo était capable de faire mieux dans la vie que travailler pour les services secrets. Il l'avait rencontrée en février dernier, à l'occasion d'un long week-end dans le Vermont avec sa fille. Il pressentait depuis le départ l'inutilité de ce voyage, mais Nora, qui à l'époque était encore en terminale, l'avait supplié d'accepter. Il était encore sous le choc du mariage de sa femme — son ex-femme — avec Alex, l'un de ses plus proches amis. Nora, de son côté, cherchait à tout prix un moyen de faire la paix avec son père. Elle avait cru que le cadre magnifique de Black Falls les aiderait à se rapprocher. Les choses n'étaient pas aussi simples, bien sûr, mais Thomas était prêt à faire n'importe quoi pour sa fille. Un matin, alors qu'ils se promenaient en raquettes dans une pommeraie enneigée, il avait repéré une femme séduisante qui se frayait un chemin sur une piste escarpée au-dessus d'eux. C'était Jo Harper. Par la suite, Thomas avait appris qu'elle était non seulement originaire de Black Falls, mais aussi agent fédéral à la réputation impeccable.

De retour à Washington, il avait songé à lui proposer de dîner ensemble, mais elle ne semblait pas intéressée par une relation sentimentale avec lui. En fin de compte, il n'avait pas voulu risquer d'essuyer un refus.

A présent, il se réjouissait de sa frilosité, car elle avait joué en sa faveur. Au mois d'avril, alors qu'il était de retour à Black Falls avec sa fille et qu'ils prenaient le thé dans un café bondé au centre du village, une jeune femme ravissante avait demandé à partager leur table. Elle s'appelait Mélanie Kendall et elle était venue s'accorder quelques jours de détente loin de New York et de son travail en tant que décoratrice d'intérieur indépendante.

Depuis, la vie de Thomas avait changé du tout au tout. Grâce à Mélanie, il avait enfin compris à quel point son premier mariage avait été ennuyeux et routinier. Il n'y aurait jamais mis fin si Carolyn n'en avait pas pris l'initiative, mais, avec le recul, il se rendait compte que pour elle aussi, leur quotidien avait dû être assommant.

Le serveur posa devant lui une lourde cafetière argentée et un petit pot de crème froide. Thomas aurait dû demander du lait écrémé, mais il n'en fit rien. Après tout, il avait rendez-vous avec l'homme qui lui avait volé Carolyn ; si Alex remarquait qu'il se privait de crème dans son café, il risquait de l'interpréter comme un signe de faiblesse.

Au téléphone, la veille, son vieil ami avait prétendu vouloir parler de Nora. Thomas n'arrivait pas à croire qu'Alex s'intéresse aux problèmes de sa fille, laquelle venait d'abandonner ses études à Dartmouth pour s'installer à Black Falls et travailler comme serveuse. Dans le même café où il avait rencontré Mélanie.

Il soupçonnait Alex d'avoir des motifs plus complexes pour l'inviter à déjeuner. Avec lui, rien n'était jamais simple.

Et, songea Thomas avec une nouvelle pointe d'humeur, c'était toujours Alex qui décidait de tout. De l'heure et du lieu de rendez-vous. Du sujet dont ils parleraient. Mais Thomas était assez inquiet pour sa fille, et par ailleurs assez curieux de savoir ce qu'Alex avait en tête. C'était certainement quelque chose d'important. Ce dernier avait appelé au lieu d'envoyer un e-mail, et avait insisté pour être mis en ligne avec Thomas au lieu de laisser un message à sa secrétaire.

— Il faut qu'on parle de Nora et du Vermont, avait-il dit. C'est compliqué. Je t'expliquerai.

Alex supposait apparemment que Thomas laisserait tout tomber pour le retrouver — ce en quoi il avait d'ailleurs raison. Thomas n'avait parlé à personne de leur rendez-vous, non par paranoïa, mais par habitude et par discrétion.

Et parce qu'il s'agissait d'Alex. Ce dernier venait d'achever une mission en tant qu'ambassadeur des Etats-Unis en Grande-Bretagne. Son avenir immédiat donnait lieu à de nombreuses conjectures. Selon des rumeurs persistantes, il serait question de lui confier un poste de très haut niveau, peut-être même un secrétariat d'Etat. Washington se repaissait de ragots et de scandales, et se plaisait à transformer l'anodin en sensationnel. Alex Bruni connaissait les règles de ce jeu depuis sa naissance. Thomas, en revanche, ne les avait jamais tout à fait maîtrisées.

Il feuilleta un autre cahier du *Post*, étudia les encarts publicitaires, parcourut quelques articles, but son café.

Dix minutes s'écoulèrent. Qu'est-ce que fichait Alex ?

Thomas jeta un coup d'œil à sa montre. *Quinze minutes de retard*. L'amusement procuré par l'éditorial au sujet de Jo s'était complètement évaporé. Bien qu'il se fût dégagé de toute obligation jusqu'à midi, il était un homme occupé — aussi occupé, à sa manière, qu'Alex. Thomas n'était pas assez bête, toutefois, pour se comparer à lui. Il avait appris cette leçon vingt ans auparavant, alors qu'il étudiait encore le droit à Yale avec son ambitieux ami, bourreau de travail, bien avant qu'Alex n'ait entrepris de lui piquer sa femme.

En dépit de cette trahison fulgurante, Thomas ne parvenait pas à détester Alex. De toute façon, la haine et autres émotions fortes ne servaient à rien. Alexander Bruni était un diplomate respecté, une personnalité que tout washingtonien avisé se devait d'avoir dans son carnet d'adresses.

Et si son ami de longue date avait des solutions à proposer face au comportement aberrant de Nora, Thomas était prêt à l'écouter. Pour l'heure, il comptait sur l'hiver précoce de la Nouvelle-Angleterre et sur la précarité financière pour écraser dans l'œuf l'aventure naïve de sa fille. Alex et Carolyn avaient décidé de l'aider en lui offrant une voiture et de l'argent, ce qui avait prodigieusement agacé Thomas, mais il doutait que ce différend soit à l'origine du rendez-vous réclamé par Alex. Au moins Carolyn, experte en marchés financiers émergents, ne serait-elle pas là ; Thomas savait qu'elle assistait à une conférence à Hong-Kong.

Thomas sursauta : le journal à côté de son assiette s'était subitement mis à bouger. Puis il comprit qu'il était posé sur son téléphone portable, lequel était en mode vibreur. Il ouvrit le téléphone et vit qu'il avait reçu un SMS.

Mélanie.

Ce ne pouvait être Nora, bien sûr. Sa fille avait pratiquement cessé de communiquer avec lui depuis qu'il lui avait coupé les vivres. Pourtant, il n'avait pas été dur avec elle — il avait à peine eu le temps de lui dire quelques mots avant qu'elle ne lui raccroche au nez. De toute façon, Nora était majeure. Elle avait pris toute seule la décision d'interrompre ses études, et n'en avait informé ses parents qu'après avoir emménagé à Black Falls et trouvé un petit boulot.

Thomas réussit à ouvrir le message et se mit à sourire en lisant le message de sa fiancée :

C bon pour le dîner. A + , bizz!

Au bout de deux essais, il réussit à envoyer sa réponse :

Parfait. Je t'embrasse.

Il ne s'habituerait jamais au langage SMS, lequel ne posait aucun problème à Mélanie. Elle était jeune, belle, branchée et parfaitement maîtresse d'elle-même. Jamais elle ne se ferait humilier sur YouTube, comme Jo, ni ne le mettrait devant le fait accompli, comme Nora.

A cet instant, un cri le fit sursauter sur sa chaise.

D'autres hurlements brisèrent le calme de l'élégante salle à manger. Thomas bondit sur ses pieds en faisant tomber sa serviette. Autour de lui, les autres clients réagissaient de la même manière.

— Oh, mon Dieu !

Une voix féminine paniquée monta de la réception au rez-de-chaussée.

— Elle lui a carrément roulé dessus ! Appelez la police !

— Relevez la plaque ! s'écria une voix d'homme. Vite, courez !

Les ordres, les questions et les exclamations fusaient de toutes parts. Une fois que Thomas fut rassuré quant à sa propre sécurité — l'hôtel n'était apparemment pas la cible d'un attentat terroriste —, il attrapa son téléphone et son attaché-case et se joignit à la dizaine de clients qui désertaient le restaurant pour rejoindre la réception, épicentre de l'agitation.

Là, portiers et passants se bousculaient en criant et en gesticulant. Tous tentaient de réagir face à une urgence qui venait de se produire sur le trottoir devant l'hôtel.

Un accident de voiture, peut-être.

Thomas se sentit chanceler. Il prit appui sur une table ronde ornée d'un énorme vase de fleurs avant de regarder par la vitre de la porte à tourniquet.

Une petite foule s'était attroupée autour d'un corps d'homme étendu sur le trottoir. Thomas distingua des mocassins noirs vernis et un pantalon gris foncé. Le haut du corps était caché par deux hommes accroupis qui essayaient de porter secours à la victime.

« Il faut que je voie son visage », pensa Thomas.

Puis son regard s'arrêta sur un attaché-case qui gisait sur le trottoir.

La bile lui monta à la gorge, et son cœur s'emballa. *Non!* Le cuir élimé… la boucle cassée…

— Alex, souffla-t-il. Non, non… Faites que ce ne soit pas lui !

Une jeune femme coiffée d'une queue-de-cheval se planta subitement devant lui. Il l'avait vue passer la porte un instant auparavant. Elle était en tenue de cycliste et portait un sac de livreur en bandoulière.

— Vous le connaissiez ? demanda-t-elle.

— Comment ?

— Le type qui vient de se faire renverser… Je n'arrive pas à y croire.

Elle tremblait des pieds à la tête et pinçait les lèvres pour ne pas se mettre à pleurer.

— La voiture est arrivée à toute vitesse. Il a volé en l'air… Je…

Elle eut un haut-le-corps.

Thomas refoula sa propre panique.

— Vous allez vous sentir mal, mademoiselle ?

— Non, non. J'ai envie de partir d'ici, c'est tout. J'ai entendu des gens appeler la police. Il y a sûrement d'autres gens qui ont vu…

Elle s'interrompit et plissa les yeux comme pour rassembler ses idées.

— La voiture ne s'est pas arrêtée. Elle n'a même pas ralenti. C'était horrible.

— Vous devriez rester sur place pour parler à la police.

— Oui, vous avez raison. Mais d'abord, il faut que j'aille apporter ce paquet à l'étage.

Visiblement en état de choc, elle agrippa la bandoulière de son sac.

— En théorie, je n'ai plus que cinq minutes pour le

livrer. Evidemment, vu les circonstances, tout le monde s'en moquera. Mais je ne sais pas quoi faire d'autre.

— La victime est… décédée ?

Le visage de la jeune femme prit une teinte grisâtre.

— Je crois qu'il n'y a plus aucun espoir de le sauver. Ce n'était pas un ami à vous, j'espère ?

Thomas réfléchit à toute vitesse. Alex n'avait probablement parlé à personne de leur rendez-vous. Ce n'était pas un secret, mais à quoi bon encourager les cancans ? Son ami prenait régulièrement son petit déjeuner dans le restaurant de cet hôtel. Sa présence ici n'avait rien d'étonnant.

— Non, répondit-il à la jeune livreuse. Je ne le connaissais pas. Je suis un peu secoué, c'est tout. C'est affreux, ce qui vient se passer…

— Affreux.

— Le conducteur n'a peut-être pas vu…

— Ce n'était pas un accident. En tout cas, c'est l'impression que j'ai eue. Je suis sûre qu'il y a d'autres témoins qui pourront le confirmer.

— Je suis vraiment désolé que vous ayez assisté à ça, déclara Thomas sur un ton qu'il espérait rassurant. Maintenant, si vous voulez bien m'excuser, je dois aller à une réunion.

— Et moi, j'ai un paquet à livrer. Dire qu'il y a cinq minutes, je fonçais à vélo en croyant que cette livraison était ce qu'il y avait de plus important au monde ! Et puis, d'un seul coup…

Elle expira profondément.

— Bref… Je dois y aller. Bonne réunion.

Elle s'éloigna vers l'Escalator. Thomas se tassa sur lui-même et réprima un sanglot.

« Alex est mort. Il n'y plus rien à faire. »

A la place de Thomas, Alex aurait d'abord pensé à se protéger, sans l'ombre d'une hésitation. Et à protéger

Carolyn, Nora, et les enfants de son premier mariage. Alex était quelqu'un de difficile, mais il se souciait de ceux qu'il aimait.

« Comme moi. »

Ni Nora ni Carolyn — à laquelle Thomas tenait encore en dépit de sa trahison — n'avaient besoin du scandale, des questions, de l'attention médiatique qu'engendrerait inévitablement la présence de Thomas à l'hôtel, si elle était connue. Les gros titres au sujet de la tragédie seraient déjà assez insupportables sans qu'ils précisent qu'au moment de sa mort, le grand ambassadeur était sur le point de rencontrer un ami de longue date dont l'ex-femme était à présent sa veuve.

Non, pensa Thomas. Personne dans son entourage n'avait besoin de subir cette épreuve supplémentaire.

Mieux valait se fondre dans la foule, retourner au bureau et faire comme s'il ne savait pas pourquoi Alex se trouvait devant l'hôtel ce matin-là.

Il avait menti à la jeune livreuse. Il n'était attendu à aucune réunion. Son seul rendez-vous de la matinée était ce petit déjeuner avec Alexander Bruni, rendez-vous qui venait d'être cruellement annulé.

4

Mélanie Kendall vomissait dans les toilettes pour femmes d'un restaurant chic situé à quelques rues de l'endroit où Alexander Bruni venait d'être tué. La police qualifiait déjà sa mort de suspecte.

C'était le moins qu'on puisse dire.

Elle avait résisté à la tentation de jeter un coup d'œil au lieu du crime, tandis qu'elle passait en marchant à toute vitesse au coin de la rue. Elle s'était débarrassée de sa voiture, celle qui avait percuté Bruni, dans un parking public à proximité. Quant à sa perruque et sa cape noire, elle les avait laissées dans une poubelle, en prenant soin d'éviter le regard des caméras de surveillance.

Tout avait été minutieusement organisé… par quelqu'un d'autre. L'organisation n'était pas le fort de Mélanie. En tout cas, pas l'organisation de meurtres. Organiser de magnifiques décors intérieurs, ça, oui.

En revanche, une fois qu'un coup était planifié, elle était capable de le mener à bien avec audace et précision. Et elle commençait à se rendre compte que c'était un talent rare. Elle en était à sa cinquième exécution en sept mois. Des enquêtes pour homicide étaient ouvertes à Londres, à San Diego, à New York et maintenant à Washington. Son premier meurtre avait été classé « mort accidentelle » —

c'était apparemment ce que souhaitait le commanditaire. Mélanie n'était pas au courant des détails.

Ça ne me regarde pas, pensa-t-elle tandis qu'un dernier haut-le-cœur la secouait. Elle n'était pas dégoûtée par ce qu'elle venait de faire : c'était simplement sa manière à elle de relâcher la pression, de se remettre de ses émotions.

Il n'y avait personne d'autre dans les toilettes, mais cela n'aurait eu aucune importance, car Mélanie savait vomir sans bruit. Elle tira la chasse, laissa la porte du box se refermer derrière elle, s'éclaboussa le visage d'eau froide et le tamponna avec une fine serviette de toilette, prise sur le haut d'un tas disposé sur le lavabo en granit.

Son reflet dans le miroir lui parut tout à fait acceptable. Ses yeux étaient un peu rouges, mais cela passerait dans quelques minutes.

Comme d'habitude.

Mélanie était petite — minuscule, en fait — et elle avait de longs cheveux bruns et lisses auxquels elle pouvait donner, d'une simple torsion de la main, une allure tantôt sophistiquée, tantôt décontractée. Son fiancé, Thomas Asher, l'improbable homme de ses rêves, lui avait un jour confié que sa première femme se torturait sans arrêt au sujet de sa coiffure.

Sa première femme, Carolyn Asher Bruni… qui était à présent la veuve d'Alex Bruni.

Thomas, qui était quelqu'un de bien, aurait sans doute de la peine pour Carolyn, mais Mélanie n'y pouvait rien.

Elle ajusta son jean d'une marque coûteuse et s'assura qu'elle était prête à se mêler aux clients du restaurant, fréquenté par de jeunes professionnels très chic. Ce n'était pas le moment de se faire remarquer. Thomas appréciait également son élégance vestimentaire, sa faculté de choisir d'instinct les vêtements appropriés à ce qu'elle avait prévu de faire, que ce soit pour les affaires ou pour le plaisir.

Elle aimait penser à lui, se répéter son prénom dans sa tête. A tout juste trente ans, elle avait quinze ans de moins que Thomas, et sa jeunesse le ravissait. Pour lui, elle était une jeune femme sophistiquée, bien éduquée et surtout charmante.

Pas une meurtrière.

Mélanie jeta la serviette dans le panier en rotin prévu à cet effet et retourna dans la grande salle à manger, où elle s'était installée à une table pour deux. Il n'était pas encore 11 heures, et l'on servait encore le petit déjeuner. Elle parcourut rapidement le menu et sourit au serveur qui venait d'apparaître.

— Je voudrais des flocons d'avoine, des fruits rouges frais et un café au lait écrémé.

— Très bien, madame.

Du coin de l'œil, elle aperçut Kyle Rigby qui se frayait un chemin vers elle, et ajouta :

— Mettez-moi un café supplémentaire et un muffin.

— Nous en avons aux framboises ou aux…

— Peu importe.

Le serveur s'éloigna à l'instant où Kyle se laissait tomber sur la chaise en face d'elle. Il y avait plus d'une semaine que Mélanie ne s'était pas trouvée aussi près de lui. Avec ses cheveux très courts parsemés de gris, ses larges épaules et son costume beige coûteux, il ressemblait davantage à un lobbyiste de Washington qu'à une brute ou un meurtrier.

« Je suis une meurtrière, moi aussi, pensa Mélanie, mais je ne suis sûrement pas une brute. »

De toute façon, elle était sur le point de raccrocher. Elle ne regrettait pas la vie qu'elle avait menée cette année, mais elle avait envie de tourner la page. Il était temps. Depuis son enfance, elle rêvait d'épouser un homme comme Thomas : calme, intellectuel — un membre de la classe privilégiée.

Un aristocrate, aurait dit sa mère, qui avait toujours espéré que sa fille ferait un beau mariage.

Ce qui attirait par-dessus tout Mélanie, c'était l'idée de devenir une vraie dame, d'être invitée à déjeuner par d'autres dames, d'organiser des thés et des concerts au profit de bonnes œuvres, de siéger au conseil d'administration d'organisations de charité. Carolyn s'était montrée totalement indifférente à toutes ces traditions. Quant à sa fille Nora, c'était encore pire. Mélanie, en revanche, ne rêvait que de cela.

Mais d'abord, elle devait mettre en ordre ses affaires avec Kyle, de préférence avait que l'on ne commence à sortir les guirlandes de Noël. Ce matin, en ajustant sa perruque blonde devant la glace, elle s'était étonnée, une fois de plus, du peu qu'elle savait de lui. Il ne lui avait pas dit son vrai nom, ni l'endroit où il était né, ni même s'il avait de la famille. Si cette famille était riche, pauvre ou entre les deux. Si son père l'avait battu, si sa mère l'avait aimé. S'il avait des frères et des sœurs, et s'ils étaient eux aussi des brutes et des meurtriers.

Sans doute n'avait-elle pas trop cherché à le savoir. Kyle était entré dans sa vie huit mois plus tôt : Mélanie l'avait surpris alors qu'il était sur le point d'abattre un de ses clients potentiels, un avocat pénaliste riche et visqueux dont elle savait qu'il traînerait des pieds pour régler la facture. Elle aurait pu empêcher Kyle de le tuer. Elle aurait pu appeler la police, ou essayer de le distraire, mais elle était restée figée, comme en état de choc, et il avait compris qu'elle ne ferait rien. Elle n'avait jamais tué personne, ni vu personne se faire tuer, mais elle avait été fascinée par le sourire que Kyle lui avait adressé avant d'ouvrir le feu. Jamais elle ne s'était sentie aussi vivante. Alors que le corps de l'avocat n'avait pas encore refroidi, Kyle l'avait entraînée dans une chambre au premier étage et lui avait fait l'amour. Chaque seconde de cette nuit s'était gravée dans la mémoire de Mélanie.

Jamais elle ne revivrait une expérience aussi forte.

Kyle l'avait forcée à nettoyer avec lui la scène du crime. Le corps n'avait été découvert que quatre jours plus tard, et la police n'avait aucune piste à ce jour. L'avocat avait omis de noter dans son agenda ce rendez-vous avec une décoratrice d'intérieur pour parler de la réfection de son solarium. Les éventuelles empreintes digitales et traces d'ADN n'inquiétaient pas Mélanie, qui était la respectabilité incarnée : elle n'avait pas eu le moindre PV de sa vie.

Elle ne savait rien de Kyle, pensa-t-elle de nouveau, et pourtant, elle était son amante… et son associée. Les mois passés avec lui avaient été une aventure inoubliable, mais à présent, elle allait y mettre un terme. Ce qu'il ferait par la suite ne la concernait plus. Elle devait s'occuper de régler les détails de son mariage et de sa lune de miel.

Désormais, le regard suffisant qu'il posait sur elle lui déplaisait, car il lui rappelait la nuit de leur rencontre. Elle s'était souvent demandé ce qu'il aurait fait si elle avait réagi autrement, mais à cet instant précis, cette pensée lui était insoutenable.

Elle déplia sa serviette en tissu sur ses genoux.

— On pourrait nous voir ensemble, dit-elle.

Sa gorge était encore à vif à cause des vomissements.

— Si tu te crois traquée par des paparazzis, fit remarquer Kyle, tu te trompes.

Il déplia sa serviette à son tour. Ses ongles étaient impeccablement coupés et limés. Il avait les plus grandes mains que Mélanie ait jamais vues, mais, grâce à son costume et à ses boutons de manchette, il se fondait dans la masse des hommes d'affaires.

— Tout le monde se fiche de savoir que tu vas épouser Thomas Asher.

— Un ambassadeur vient d'être tué à quelques centaines de mètres d'ici.

— Vraiment ? Il a eu une crise cardiaque ?

— Peut-être au moment de l'impact.

Mélanie ne put réprimer un sourire. Il surgissait du plus profond d'elle et s'accompagnait d'une intense euphorie. Elle la ressentait systématiquement après une prise de risques. C'était un sentiment unique au monde, mélange de puissance, de soulagement, de peur, de culpabilité et d'énergie. La tension qui naissait de ces émotions contradictoires était sans équivalent.

Indescriptible, en fait.

Kyle ne souriait pas. Pour lui, c'était simplement du travail. Du sérieux. Il n'avait pas suffisamment d'imagination pour comprendre la dépendance psychologique au meurtre, la récompense émotionnelle qu'elle apportait, la satisfaction qui allait au-delà de la paye. Mélanie aimait l'argent. Mais ce n'était pas pour cette raison qu'elle était devenue tueuse professionnelle.

— Tu ne vas pas tout gâcher, dit Kyle. Je ne te le permettrai pas.

Il se redressa sur sa chaise et lui lança un regard sévère.

— Tu n'aurais jamais dû t'embarquer dans une relation avec Thomas Asher. Tu aurais au moins pu m'en parler avant.

Il avait été mis au courant deux semaines auparavant, lorsqu'il était venu à Washington pour mettre en place l'élimination de Bruni.

— Je ne pouvais pas deviner qu'on allait nous demander de tuer son meilleur ami.

Mélanie parlait à voix basse, en prenant soin de ne pas donner l'impression d'être sur la défensive.

— On est associés, Kyle, mais je ne t'appartiens pas. On se voit une semaine, tout au plus deux, par mois. Tu ne vis pas à Washington. Je ne sais même pas où tu habites vraiment ! J'ai le droit d'avoir une vie à moi.

— Pas avec quelqu'un que tu as rencontré à Black Falls.

— Tu crois que Thomas m'a vue, ce matin ? demanda Mélanie avec une pointe d'angoisse.

— Ça m'étonnerait, répondit Kyle, mais de toute façon, ça n'aurait aucune importance. Ton déguisement était parfait. Ton timing était parfait. Tu as fait exactement ce que j'avais prévu.

— Ton plan était parfait, ajouta Mélanie.

— Comme d'habitude.

Elle espérait le distraire, par la flatterie, de l'agacement que lui causait sa relation avec Thomas, mais il ne semblait tirer aucune satisfaction ni fierté de la mission qu'ils venaient d'accomplir. Sans lui, Mélanie n'aurait jamais pu l'exécuter — elle n'avait pas son talent. Cette fois non plus, il n'avait rien laissé au hasard. La mort d'Alex Bruni avait été soigneusement chorégraphiée.

Mais, grâce à sa relation avec Thomas, Mélanie savait que Bruni serait devant l'hôtel ce matin. Cette information les avait aidés à choisir l'heure et l'endroit décisifs.

— Il y avait une livreuse, murmura-t-elle. Une petite brune à vélo. J'ai failli l'écraser, elle aussi.

— Il n'y a rien qui puisse lui permettre de remonter jusqu'à nous.

Il était tellement calme, tellement sûr de lui… Mélanie sentit un chatouillis de désir s'agiter en elle et sut qu'il allait s'intensifier. C'était toujours ainsi, après une mission réussie. Bientôt il prendrait possession de son corps tout entier, de son esprit, de chaque particule de son être. Elle ne penserait à rien d'autre avant de l'avoir assouvi.

— Kyle…

— Rejoins-moi à mon hôtel dans une heure, déclara son compagnon d'un air impassible. Chambre 257.

Elle jeta un coup d'œil furtif autour d'eux.

— Si on nous voit ensemble…

— Je suis un de tes clients, ni plus ni moins.

Mélanie hésita, puis demanda :

— Kyle, pourquoi on l'a tué ?

— Il avait des ennemis. Dont un qui souhaitait suffisamment sa mort pour payer très cher.

Les choses étaient toujours tellement simples, du point de vue de Kyle !

— Le fait que Bruni a passé des vacances à Black Falls ne me plaît pas trop, dit Mélanie. Il connaissait Drew Cameron. Lui non plus, je ne comprends pas pourquoi on l'a tué. Qui voulait la mort de Bruni ? Qui nous a engagés ? Ce n'était pas son ex-femme, par hasard ?

Et si c'était Thomas ?

Non, impossible !

— Je n'en sais pas plus que toi.

C'était Kyle qui se chargeait des relations avec les clients. Les transactions se passaient exclusivement sur internet ; il n'y avait jamais d'échange de noms ni de rencontre en chair et en os. Seulement des codes et des mots de passe. Kyle prétendait même ignorer l'identité des intermédiaires qui effectuaient les paiements une fois les missions accomplies. Mélanie avait des doutes à ce sujet, mais, depuis le début, elle exécutait sa part du plan sans poser de questions.

De toute façon, cela n'aurait bientôt plus d'importance.

— Je n'ai pas changé d'avis, dit-elle. Je me retire toujours du jeu.

— C'est ça !

— Je suis prête à renoncer aux émotions fortes en échange de ce que Thomas m'apporte.

— Menteuse !

Son assurance et son ton sarcastique la perturbèrent.

— Tu ne me connais pas, Kyle. Tu crois me connaître,

mais tu te trompes. J'attends d'épouser un homme comme lui depuis que je suis toute petite.

— Tu veux dire un homme qui a un fonds de placements hérité de ses parents.

— Tu ne comprends pas. Je te parle de mon destin.

— Pour l'instant, ton destin va devoir attendre. Tu t'en rends compte, non ?

Il se pencha vers elle en plissant les yeux. A présent, il ressemblait davantage à l'assassin qu'il était vraiment. Mélanie s'attendait presque à ce que l'élite washingtonienne qui les entourait s'en aperçoive et évacue discrètement la salle. Mais personne ne faisait attention à eux.

— Il nous reste un problème à régler.

Le sang de la jeune femme ne fit qu'un tour. Elle espérait, jusqu'ici, qu'il utilisait cette menace comme simple levier pour l'inciter à se concentrer sur l'élimination de Bruni, mais le cerveau de Kyle ne fonctionnait pas ainsi.

Elle acquiesça d'un geste et referma les mains autour de sa tasse de café. Elle ne tremblait plus. Elle chassa toute irritation et même tout désir de son esprit.

— Oui, dit-elle. Je sais.

Nora Asher.

La future belle-fille de Mélanie était une enfant têtue et gâtée qui avait abandonné ses études et posait trop de questions. Des questions gênantes, sur lesquelles Kyle et Mélanie ne pouvaient se permettre de fermer les yeux. Nora n'avait pas encore suffisamment de cartes en main pour les menacer réellement, eux ou leurs employeurs, mais cela pouvait arriver. La mort de Bruni risquait de l'effrayer, mais aussi de l'enhardir et de renforcer sa détermination.

Et ça, c'était un problème.

— Nora est jalouse de moi, voilà tout. Sans s'en rendre compte, Thomas s'est tourné vers elle pour qu'elle le rassure, après le départ de Carolyn. Nora s'est habituée à ce qu'il ait besoin d'elle. Il n'y a aucune raison de penser qu'elle a découvert quelque chose qui puisse nous causer des ennuis.

— C'est une bombe à retardement.

Mélanie ne répondit pas.

— Jo Harper est partie à Black Falls, dit Kyle.

— Elle vient de là-bas.

— Justement, c'est une couverture parfaite. Ils la renvoient chez elle, soi-disant pour étouffer un scandale, et elle en profite pour mettre son nez partout.

Kyle se leva brusquement.

— A dans une heure.

Il regarda Mélanie et ajouta, sans l'ombre d'un sourire :

— Bon appétit.

Le désir resurgit en elle, plus fort cette fois. Mélanie se mit à trembler et sa température monta en flèche. Le serveur déposa devant elle une assiette de flocons d'avoine et un petit bol rempli de framboises et de myrtilles charnues.

Elle le remercia et réussit à lui sourire même si elle mourait de chaud.

— Votre ami ne déjeune pas ?

— Non. Laissez le muffin, ça ne fait rien.

Il déposa l'assiette sur la table et s'éloigna.

Un parfum chaud et sucré monta jusqu'aux narines de Mélanie.

Une heure à attendre.

Du bout des doigts, elle porta une myrtille à ses lèvres. Elle ne permettrait à personne de gâcher sa vie avec Thomas. Ni Nora Asher, ni Kyle Rigby.

Son associé passa devant la vitrine du restaurant sans un regard en sa direction.

— Ne te mets pas en travers de mon chemin, souffla Mélanie.

Comme s'il avait pu l'entendre depuis la rue, il ralentit subitement, se tourna vers elle et lui lança un petit sourire narquois.

Mélanie fit semblant de ne pas le voir et croqua la myrtille.

5

Jo ouvrit sa veste polaire en entrant dans le café des Three Sisters, tenu par sa sœur et deux de ses amies. Ainsi baptisé en l'honneur des liens étroits qui existaient entre les trois femmes, il était situé sur la place du village, au premier étage d'un élégant bâtiment en brique datant de 1835, qui appartenait à présent à Sean Cameron, sans doute le plus charmant des enfants de Drew. Evidemment, il n'en fallait pas beaucoup pour être plus charmant qu'A.J. ou Elijah — ou même Rose. Et vu que Sean, qui avait fait carrière comme promoteur immobilier dans le sud de la Californie, était aujourd'hui multimillionnaire, Jo le soupçonnait d'être aussi intransigeant et difficile que ses frères et sa sœur, quoique plus coulant au premier abord.

La salle du café était presque vide. L'heure du petit déjeuner s'achevait, celle du déjeuner n'avait pas encore commencé. Jo et sa sœur s'étaient vues le matin même : elles venaient de faire huit kilomètres en courant ensemble. Elles avaient longé le lac, étaient passées devant chez Elijah, puis étaient revenues en faisait une boucle par la grand-route. Beth avait ronchonné d'un bout à l'autre du parcours ; Jo, pour sa part, avait passé un moment agréable. Les impacts des billes en plastique lui faisaient moins mal que la veille, et, chemin faisant, les deux sœurs avaient croisé des cerfs, des dindes sauvages, des écureuils, des corneilles et un pivert.

Elle salua d'un hochement de tête Scott Thorne, un membre de la police du Vermont qui sortait avec sa sœur, mais il fit semblant de ne pas la voir et se dirigea vers une table sous les fenêtres qui donnaient sur la rivière.

— Hé ! Scott ! lança-t-elle.

— Salut, Jo, soupira-t-il.

Derrière la vitrine des pâtisseries, Beth roula des yeux en enfilant un tablier vert sapin — la couleur emblématique du café. Beth, qui avait deux ans de moins que Jo et faisait quelques centimètres de plus, avait des reflets roux naturels dans ses cheveux et travaillait comme secouriste, en plus de tenir le café.

— N'embête pas Scott, dit-elle avec bonne humeur. Que puis-je vous offrir, agent Harper ?

Jo balaya du regard l'appétissant étalage et tendit le doigt vers une grande assiette de scones au babeurre et aux raisins secs.

— Je sais que je ferais mieux de prendre un pain aux céréales, mais on a quand même couru huit kilomètres, non ?

— Toi, tu as couru. Moi, je me suis traînée en pleurnichant.

Beth disposa deux scones sur de petites assiettes vertes. Jo attrapa des tasses et les remplit de café.

Ils rejoignirent Scott à la table au fond de la salle. Il était en uniforme ; Jo reconnut l'insigne argenté, en forme de bélier, qui l'identifiait comme membre de la prestigieuse équipe de sauveteurs de la police du Vermont. Il jeta un coup d'œil furtif à Jo puis se leva.

— Faut que je file, dit-il à Beth.

Celle-ci n'eut pas l'air vexée du tout.

— Dominique est en train de faire des tartes chèvre-poireaux, dit-elle avec un grand sourire. Je pourrais en chiper une pour le dîner.

— Ça marche, dit Scott avec un sourire presque imperceptible. A plus tard.

Quand il eut quitté le café, Jo poussa un soupir.

— On dirait que j'ai fait fuir ton petit ami.

— Scott, dit Beth. Il s'appelle Scott. Il aurait pu être un peu plus aimable, sans doute.

— Pas de problème. A sa place, j'aurais réagi de la même manière.

— Une fois que cette histoire de YouTube se sera tassée, il t'appréciera, tu verras. En tout cas, il est mignon, non ?

— Très. Il m'a semblé voir des fossettes quand il t'a souri.

— Ne lui en parle surtout pas, sinon il ne t'aimera jamais !

Jo se mit à rire, ravie de la compagnie de sa sœur. Il y avait des années qu'elles n'avaient pas partagé de tels moments de complicité oisive.

— Des scones tout frais, du café et une belle vue… La vie d'exilée, ce n'est pas si mal, après tout.

— Parle pour toi, rétorqua Beth. Pour moi, c'est la mort. Hier, du canoë dans le froid, et aujourd'hui, huit kilomètres en courant !

Elle s'étira le bas du dos en un geste exagéré et ajouta :

Trois m'auraient suffi. A vrai dire, zéro, ç'aurait été très bien aussi. Je n'ai pas besoin de pouvoir sauter par-dessus des immeubles et courir après des méchants, comme toi. Evidemment, si ça continue, tu n'en auras peut-être plus besoin, toi non plus.

— Très juste.

Beth plongea son couteau dans un petit pot de beurre frais et en étala une généreuse quantité sur son scone.

— Ce fameux Charlie, tu l'aimes bien, on dirait ? demanda-t-elle.

— Il sait se faire aimer.

— Peut-être qu'il essaie juste de se faire remarquer. Il a une tonne de frères et sœurs, son père fait partie du gouvernement, il est entouré d'agents des services secrets... Il ne doit pas être facile d'être soi-même, dans ces circonstances.

— Ce n'est pas mon problème. Ni lui, ni ses amis, ni aucun de ses milliers de cousins n'ont été blessés. Pour moi, c'est la seule chose qui compte.

— Même si tu dois perdre ton travail ?

— Oui.

— Quelle conscience professionnelle !

— Si je me fais remercier, je n'en mourrai pas. Il y a d'autres opportunités, pour les gens qui savent sauter par-dessus les immeubles et courir après les méchants.

Avec un sourire espiègle, Jo ajouta :

— La police du Vermont, par exemple. Tu crois qu'elle voudrait de moi ?

Beth faillit recracher sa gorgée de café.

— Scott aurait une attaque !

Un sanglot étouffé derrière la vitrine interrompit leur conversation. Les deux sœurs se retournèrent à l'instant où Nora Asher surgissait de la cuisine en arrachant son tablier vert et se ruait vers la sortie.

Jo voulut se lever, mais Beth la retint d'un hochement de tête.

Devin Shay sortit à son tour de la cuisine, hésita un instant, puis suivit Nora.

— Qu'est-ce qui leur arrive ? demanda Jo.

— Devin est complètement dépassé par cette fille.

Beth se carra au fond de sa chaise ; elle n'avait plus l'air de plaisanter.

— En fait, poursuivit-il, il est dépassé par pas mal de choses, en ce moment. Surtout depuis qu'il a retrouvé le corps de Drew Cameron. Ça a été terrible pour lui, Jo. Drew était comme un père pour lui. Après sa mort, il a failli arrêter le lycée. Et ces derniers temps, il s'est attiré toutes sortes d'ennuis. Rien de grave, pour l'instant, mais il pourrait mal tourner, si ça continue.

Jo tourna son regard vers la rue ; les deux adolescents avaient disparu.

— Depuis quand fréquente-t-il Nora ?

— A peu près un mois. Il n'y a que six ou sept semaines qu'elle est là. Elle travaille dur, cette Nora, mais je crois qu'elle se sert de Devin. Sans doute qu'elle ne s'en rend même pas compte. Il correspond à sa vision romantique de la vie dans le Vermont.

— Des montagnes, des vaches, des orignaux et du sirop d'érable.

— Et un petit gars du coin, ajouta Beth avec un sourire pincé. Mais Devin ne sort pas d'un tableau de Norman Rockwell. Moi non plus, d'ailleurs.

— Et lui, qu'est-ce qu'il lui trouve, à cette Nora ?

— Elle est tout ce qu'il n'est pas.

Jo but une gorgée de café en regardant les reflets du soleil danser sur l'eau claire et peu profonde de la rivière en contrebas. Autrefois, Drew se plaignait de ne pas comprendre pourquoi Sean avait acheté cette vieille bâtisse, encore moins pourquoi il refusait de la vendre. Depuis, les trois amies — Beth, Dominique et Hannah, la sœur aînée de Devin — avaient mis tout leur talent, leur imagination et leur énergie au service de ce lieu, qu'elles avaient transformé en un café convivial et très fréquenté. Dominique s'occupait d'une grande partie de la cuisine, Hannah de la comptabilité et du personnel, Beth de la maintenance et des pâtisseries.

Au bout d'un moment, Jo releva les yeux vers sa sœur.

— Il y a autre chose que tu voulais me dire au sujet de Devin ?

Beth tambourina des doigts sur la table. Elle avait avalé son scone, presque fini son café, et semblait prête à bondir sur ses pieds et à passer à autre chose. Pendant toutes les années que Jo avait consacrées à sa carrière au sein des services secrets, Beth était restée dans le Vermont. Elle avait fait des études, trouvé du travail, s'était organisé une vie stable — mais Jo n'était pas dupe. Tout comme elle, sa sœur était animée par une énergie irrépressible et impétueuse. La différence, c'était que Beth la canalisait dans sa vie à Black Falls.

— Beth ?

— Non, rien. N'en parlons plus. Tu as décidé ce que tu allais faire de tes chalets ?

Jo accepta ce changement de sujet sans protester.

— A part prier pour un incendie, non.

— Et ton voisin ?

— Elijah ? Je ne l'ai pas beaucoup vu, pour l'instant.

— Il est désœuvré. Comme toi, dit Beth en secouant la tête. Un ex-militaire et un agent fédéral désœuvrés qui s'installent à cent mètres l'un de l'autre, ça sent les problèmes à plein nez.

Jo sourit.

— Il ne risque pas de nous arriver grand-chose, tu sais, dans notre petit coin du lac.

— Il aurait dû mourir, Jo, dit Beth d'une voix redevenue sérieuse. Il s'est mis un garrot parce qu'il voulait se battre jusqu'au bout pour sauver ses hommes. Il ne s'attendait pas à survivre.

— Il dit qu'il est complètement remis.

— C'est sans doute vrai. Du moins d'un point de vue physique. Il a eu une chance phénoménale. Toi qui as suivi une formation paramédicale, tu dois savoir à quel point les blessures à l'artère fémorale sont dangereuses. Surtout en plein milieu d'une fusillade, dans un camp de montagne isolé en Afghanistan. C'est un miracle qu'il ait survécu. Un vrai miracle.

— Et ceux qui étaient avec lui ?

— On ne sait pas trop. Rose a bien essayé de lui tirer les vers du nez, mais il n'a pas voulu dire grand-chose, et ses médecins non plus. Il faisait partie d'une unité mixte des opérations spéciales qui a été prise en embuscade. Un Navy SEAL a été tué, un autre gravement blessé. Elijah a passé un mois à l'hôpital. Ensuite, il a fait de la rééducation, puis on l'a muté quelque temps dans les bureaux. Et puis il est rentré.

— Pour de bon ?

— Qui sait ? Il y a toutes sortes de rumeurs qui circulent, comme tu imagines. Certains disent qu'il n'est pas convaincu par les explications officielles au sujet de la mort de Drew.

— C'est dur, tout ça…

Beth hocha la tête.

— Très. Elijah n'est pas responsable de la mort de son père, mais, à mon avis, s'il se pose des questions, c'est qu'il se sent coupable de ne pas avoir été présent. Evidemment, ce n'est pas non plus sa faute.

— Peut-être que ses questions sont légitimes.

— Peut-être qu'il n'y a pas de réponses à trouver. Tiens, quand on parle du loup…

Beth repoussa sa chaise en faisant une petite grimace sarcastique.

— Je te le laisse, Jo.

Jo jeta un coup d'œil vers la rue et vit qu'Elijah se dirigeait vers l'entrée du bâtiment.

— Espèce de dégonflée, dit-elle à Beth.

— J'avoue qu'il me fait un peu peur, répliqua sa sœur.

Elle se leva, ramassa sa tasse et son assiette, et ajouta :

— J'ai les tendons en feu. Il me faudra au moins un jour de repos avant de recommencer.

— J'aime bien courir dans la campagne. Ça change.

— Ce qui doit surtout changer, c'est de courir avec ta sœur mollassonne, au lieu des super-héros des services secrets.

— Tu n'es pas mollassonne.

— C'est ça !

Beth déposa ses couverts à la plonge et partit vers l'entrée, où elle croisa Elijah. Il ne portait pas sa casquette, aujourd'hui, et l'extrémité de ses cheveux courts était illuminée par un rayon de soleil. Plus que jamais, il rappelait à Jo le gamin qu'il avait été à dix-neuf ans. Mais elle savait que ce serait une erreur de retomber dans les vieilles habitudes.

En outre, il était manifestement d'humeur massacrante, comme seul pouvait l'être un Cameron.

Il ne dit pas un mot à Beth, fit comme s'il ne voyait pas Jo et se dirigea tout droit vers le comptoir. Derrière la vitrine, Hannah Shay était occupée à ôter des biscuits d'une plaque et à les empiler sur une assiette verte. Elle portait une jupe toute simple, et ses cheveux clairs étaient tirés en une queue-de-cheval qui mettait en valeur la finesse de ses traits.

Elle regarda Elijah avec froideur.

— Tu veux quelque chose ? On a des cookies tout chauds au beurre de cacahuètes, aux pépites de chocolat ou aux…

— Devin est là ?

— Non, répondit Hannah sur un ton encore plus renfrogné.

— Où est-il ?

— Je suis désolée, Elijah, mais je n'ai pas le temps de discuter. J'ai du travail.

Elle posa la plaque sur le plan de travail, ôta son tablier et sortit calmement de derrière la vitrine. Jo n'avait aucune idée de ce qui se passait entre ces deux-là, mais Hannah semblait parfaitement maîtresse de ses émotions. Comme toujours. Elle n'avait pas trente ans, mais elle paraissait un peu plus âgée, sans doute à cause de la vie difficile qu'elle avait eue. Elle avait grandi dans un petit hameau non loin de

Black Falls, mais qui faisait partie d'un univers radicalement différent. A la mort de sa mère, Hannah avait dû élever ses deux jeunes frères, Devin et Toby, qui n'avaient que onze et douze ans à l'époque. Leur père avait abandonné sa famille à de nombreuses reprises ; peu après la naissance de Toby, il avait fini par se tuer en encastrant sa voiture dans un arbre. En plus de gérer le café avec Beth et Dominique, Hannah suivait des études de droit par correspondance. Les gens d'ici avaient appris à ne jamais la sous-estimer.

— Contente te voir, Jo, dit-elle gentiment. Comment tu trouves les scones de Dominique ?

— Incroyables. Moi aussi, je suis contente de te voir, Hannah.

La jeune femme ne fit aucun commentaire sarcastique au sujet de Charlie Neal ni de YouTube ; ce n'était pas son genre. Evitant l'entrée principale, elle s'éloigna vers une porte latérale qui ouvrait sur le couloir central du bâtiment, puis s'engagea dans un escalier en colimaçon menant à l'appartement qu'elle partageait avec ses frères.

Elijah fit mine de lui emboîter le pas. Il portait son blouson en toile, un jean et des chaussures de randonnée éculées, et il semblait avoir envie de cribler le mur de coups de poing. Mais ce n'était manifestement pas parce qu'il était fâché contre Hannah. Il y avait autre chose, pensa Jo.

— Hannah n'a pas envie de te parler, dit-elle.

Elijah s'avança vers sa table et lui piqua un morceau de scone. La colère qui l'habitait un instant auparavant semblait s'être évaporée.

— Marrant, dit-il. J'aurais parié que tu étais du genre à manger des œufs crus mixés avec des germes de blé.

— Les germes de blé, c'est très bien à petites doses, répliqua Jo. Mais avec Beth, on vient d'aller courir.

— C'est bien ce que je pensais. Je t'ai vue t'étirer en sous-vêtements au bord du lac.

— Sous-vêtements, tu rêves ! C'étaient mes affaires de yoga.

— Elles ressemblent pas mal à des sous-vêtements, dit-il en lui faisant un clin d'œil.

Décidément, il cherchait les problèmes.

— Tu n'as rien à faire de tes journées, Elijah ?

— Je m'occupe. Je t'ai vue monter sur le toit, hier. Tu cherchais des chauves-souris ?

— Non, des bardeaux pourris. Je n'ai pas envie d'avoir des fuites.

— Si jamais une chauve-souris rentre chez toi, tu n'as qu'à hurler. Je viendrai aussitôt à ton secours.

— Je n'arrive pas à croire que j'aie failli t'épouser en secret, soupira Jo.

— Bien sûr que tu y arrives.

La colère perçait de nouveau dans la voix d'Elijah, en dépit de ses taquineries et ses clins d'œil.

— Qu'est-ce qu'il y a, Jo ? Tu n'as pas un petit ami qui t'attend à Washington ? Un mauvais garçon comme tu les aimes ?

— Seulement un agent fédéral très comme il faut.

— Je parie qu'il a adoré ta vidéo sur YouTube.

Jo ne répondit pas ; elle regrettait déjà de s'être laissée entraîner sur ce terrain. Elijah avait toujours su la faire tourner en bourrique.

Il y avait effectivement un agent du FBI dans sa vie. Mais leur relation était sans avenir, et ils le savaient tous les deux.

Elijah la regarda en plissant ses yeux bleu sombre.

— Ah ! dit-il. Tu ne sais pas ce qu'il en pense, c'est ça ? Il ne répond plus à tes appels ?

— Je ne l'ai pas appelé.

— Tu veux que je…

— Je ne veux pas que tu fasses quoi que ce soit, Elijah.

— Si j'étais à ta place, dit-il, je crois que je m'inventerais un petit ami à Washington, au cas où mon ancien petit ami et voisin actuel deviendrait trop envahissant. La prévention, c'est votre cheval de bataille, dans les services secrets, non ?

— Ça, et le tir de précision.

Elijah lui adressa un sourire qui n'avait rien d'enjoué.

— A plus tard, Jo. Continue à faire du yoga et à grimper sur le toit. En général, je me contente d'observer les dindes sauvages, mais toi, tu es plus mignonne, même si tu es armée.

Elle résista à l'envie de répondre tandis qu'il s'éloignait vers la sortie. Quand la porte se fut refermée derrière lui, elle compta jusqu'à trois, inspira profondément, puis alla poser ses couverts à la plonge. Comment avait-elle pu se laisser entraîner dans cette joute verbale chargée de sous-entendus sexuels avec un ancien militaire au chômage ?

Un ancien amant. Pour elle, Elijah ne serait jamais rien d'autre.

Réprimant un flot de souvenirs, elle sortit dans le couloir. Aucun bruit ne filtrait de l'étage au-dessus. Jo résista à l'envie de monter frapper à la porte d'Hannah Shay. Elle se demandait ce qu'il y avait entre Elijah et l'étudiante en droit, mais c'était de la simple curiosité.

Refermant sa veste en laine polaire, elle quitta le bâtiment. Le village de Black Falls était niché au fond d'une étroite vallée creusée par la rivière au cœur des Green Mountains, la chaîne qui sillonnait l'Etat du Vermont du nord au sud. La rue principale, longée par d'anciennes maisons en brique, en pierre et en bardeaux, était régulièrement représentée sur les cartes postales du Vermont. La plupart des habitations avaient été restaurées et converties en commerces.

Sur la place du village, les branches nues des arbres brillaient sous le soleil au zénith, et des feuilles colorées chatoyantes jonchaient le sol. Black Falls n'était certainement pas un endroit désagréable, malgré la présence d'Elijah.

La tension qui s'était emparée d'elle, lorsqu'il était

entré, s'estompait peu à peu. Elle se sentait bien, ici. Elle avait enfin l'occasion de passer du temps avec sa famille. La veille, ils s'étaient tous retrouvés chez ses parents pour manger des spaghettis.

N'empêche qu'il lui restait tout l'après-midi à tuer, et qu'elle n'avait pas l'habitude d'être inactive.

Au moment où elle arrivait devant sa voiture, son téléphone se mit à sonner. Le réseau était peu fiable dans ces coins isolés du Vermont, mais à cet endroit précis, il avait l'air de passer.

— Jo ! Dieu merci ! dit une voix étranglée.

Thomas Asher.

— Thomas, c'est toi ? Qu'est-que que…

— Il y a eu un accident.

Elle l'entendit aspirer une grande bouffée d'air, puis il débita à toute vitesse :

— Je ne sais même pas si c'était un accident. La police… Je n'arrive pas à réfléchir. Je…

— Attends, Thomas. Tu peux reprendre calmement, depuis le début ? Qui a eu un accident ?

— Alex. Alex Bruni. Il est mort, Jo. Je n'arrive pas à y croire. Il s'est fait faucher par une voiture devant l'hôtel en face de son bureau. La police dit qu'il est mort sur le coup. Le chauffard a pris la fuite.

— Nora le sait ?

— Oui. Je viens de l'appeler.

Ayant réussi à lui annoncer la nouvelle, Thomas semblait un peu plus calme.

— Je ne sais pas si elle a tout compris. La communication était mauvaise. Jo, si cela ne t'ennuie pas, pourrais-tu aller lui parler ? Nora ne connaît pas grand monde à Black Falls. Je me sentirais plus rassuré si…

Sa voix s'érailla.

— Je suis sous le choc. Avec Alex, on était amis depuis plus de vingt ans.

— Thomas, as-tu des raisons de penser que Nora est en danger ?

— Non, non, certainement pas ! Je me demande comment elle va encaisser le choc, c'est tout. Elle ne s'entendait pas très bien avec Alex, mais elle est proche de sa mère. Carolyn va rentrer de Hong-Kong par le premier vol, mais cela lui prendra tout de même un certain temps.

— Tu as pris contact avec la police ?

— Quoi ?

— La police. Si Bruni a été assassiné…

— Oui, oui… La police. Bien sûr.

Il semblait avoir du mal à se concentrer.

— Une enquête est ouverte. Je ne sais pas grand-chose d'autre, Jo. J'étais au bureau, en train de travailler sur une présentation, quand j'ai appris la nouvelle.

— Comment ?

— La secrétaire d'Alex m'a appelé pour que je prévienne Nora avant qu'elle ne l'apprenne par la télévision. Dieu merci, je n'ai pas dû prévenir Carolyn. Je crois que la police s'en est chargée. Je lui ai parlé, bien sûr. Je lui ai promis de m'occuper de Nora. Jo, si tu pouvais…

— Je vais aller la voir tout de suite. Je suis vraiment désolée, Thomas. Toutes mes condoléances.

— Je le connaissais avant même de rencontrer Carolyn ! Les gens se demandent comment nous avons pu rester amis après ce qui s'est passé, mais il n'a jamais été question…

Il ne parvenait plus à retenir ses sanglots.

— Je n'arrive pas à croire que je ne le reverrai plus.

— Et Nora ? Comment a-t-elle pris la nouvelle ? demanda Jo.

— Difficile à dire. Elle est restée calme, mais c'est peut-être l'effet du choc. Elle est tellement jeune, Jo… Si au moins elle était à l'école, entourée de professeurs, de conseillers, d'amis…

— Tu veux qu'elle prenne ses dispositions pour rentrer à Washington ?

— Je ne sais pas. L'enterrement n'aura pas lieu avant le… les résultats de l'autopsie.

Il marqua un silence, puis ajouta à voix basse :

— Pour l'instant, il m'est difficile de penser à l'avenir.

— Eh bien, pense au présent. Tu es seul, Thomas ?

— J'ai prévenu Mélanie, elle devrait bientôt arriver.

La fameuse fiancée. Jo ouvrit la portière de sa voiture.

— C'est bien.

— On viendra à Black Falls s'il le faut. Dire qu'avant, on était tellement proches, Nora et moi ! Si tu nous avais connus à cette époque, Jo… Mais on n'arrive plus à communiquer comme avant. Tu te rappelles ce que ça fait, toi, d'avoir dix-huit ans ?

A vrai dire, depuis qu'elle s'était installée dans ce chalet au bord du lac, tout près de chez Elijah, elle y pensait régulièrement. Mais elle n'avait pas envie d'en parler à Thomas.

— Pourquoi est-ce que Nora a arrêté la fac ? S'est-il passé quelque chose de particulier, pour qu'elle prenne cette décision ?

— Autant que je sache, répondit Thomas sur un ton renfrogné, c'était une simple lubie. Elle adore le Vermont, du moins l'idée qu'elle se fait du Vermont. En tout cas, sa décision n'a rien à voir avec la mort d'Alex.

— Compris. Je te rappelle dès que je l'ai vue.

— Je ne t'ai même pas demandé comment tu allais, dit-il d'une voix penaude.

— Je viens de manger un scone et de boire un café à l'endroit même où tu as rencontré Mélanie, si j'ai bien compris.

— Ah…, dit-il sur un ton de gaieté forcée. Les scones

du café des Three Sisters sont les meilleurs que j'aie jamais mangés.

Puis il s'étrangla et ajouta :

— Jo…

— Je comprends, Thomas. Je suis vraiment désolée. Je pars tout de suite chez Nora.

— Merci.

Il raccrocha. Jo monta dans sa voiture et mit la clé dans le contact. Elle avait l'impression que son crâne se resserrait douloureusement au niveau de ses tempes. Quand Nora était sortie du café en courant, tout à l'heure, venait-elle de parler à son père ? Etait-ce pour cela qu'elle pleurait ? Devin savait-il que le beau-père de son amie venait de mourir ?

Elijah le savait-il ?

Elle réfléchit, puis appela quelques contacts dans les services de police de Washington. Personne ne décrocha. Cette fois, le problème ne venait pas du réseau.

Au lieu de s'énerver, elle appela son patron.

Francona répondit à la première sonnerie.

— Tu n'es pas en train de faire du canoë ?

— La belle-fille d'Alex Bruni habite à Black Falls. Elle vient de partir en courant du café où elle travaille.

— Les Three Sisters, dans la rue principale. J'ai le site internet devant les yeux. C'est charmant, dis-moi, ces entreprises familiales.

— Les propriétaires ne sont pas vraiment des sœurs.

— N'empêche que Beth Harper est la tienne.

Jo ne répondit pas.

— Et le canoë, reprit Francona, ça donne quelque chose ? Tu en as un, au moins ?

La veille, Beth et Jo s'étaient approprié le canoë qui traînait au bord du lac et qui appartenait sans doute à Elijah.

— Pas exactement.

— Eh bien, achètes-en un. Loues-en un. Débrouille-toi. Il faut que tu t'occupes.

Jo soupira et dit :

— Tu viens de recevoir un rapport sur Bruni ? C'est pour ça que tu consultes le site internet du café ?

— N'oublie pas ton gilet de sauvetage, reprit son patron.

Puis il raccrocha.

Même dans ses bons jours, Mark Francona était quelqu'un de difficile et d'exigeant. Aujourd'hui n'était manifestement pas un de ses bons jours.

Jo démarra, longea la place du village, traversa le pont couvert qui enjambait la rivière et s'engagea sur la route qui montait au grand domaine où habitait Nora Asher.

« Je donnerais ma vie pour Elijah », dit une voix dans sa tête.

Jo crispa les mains autour du volant et chassa les images de Drew Cameron et de leur promenade sous les cerisiers. De toute façon, elle ne voyait aucun lien entre cette conversation étrange et la mort du vieil homme, deux semaines plus tard. Encore moins avec celle d'Alexander Bruni, survenue quelques heures auparavant.

N'empêche qu'il y avait quelque chose qui ne tournait pas rond à Black Falls, pensa-t-elle. Et depuis un petit moment.

6

Luttant pour retenir ses larmes, Nora déposa son sac à dos sur le balcon du gîte où elle logeait depuis son arrivée à Black Falls. Au départ, elle avait l'intention de louer un appartement à elle pour être vraiment indépendante, mais Lowell et Vivian Whittaker, les propriétaires du domaine, lui avaient proposé d'occuper le gîte en échange de menus travaux de bricolage, et les parents de Nora lui avaient forcé la main. Les Whittaker étaient plus proches d'Alex et de Carolyn que de son père, mais Thomas s'était immédiatement rangé de leur côté. Ils lui avaient tous donné des raisons différentes pour la convaincre de s'installer dans le gîte, mais Nora savait qu'ils pensaient la même chose. A savoir qu'elle était incapable de gagner sa vie. N'empêche que cet arrangement lui convenait très bien. La maisonnette où elle vivait était charmante, et les Whittaker, qui s'absentaient régulièrement de Black Falls, ne se montraient pas envahissants.

A cet instant, cependant, tout cela lui était complètement indifférent. Elle inspira à fond pour ne pas éclater en sanglots.

« Alex est mort. »

— N'y pense plus, dit-elle à voix haute.

Une de ses larmes alla s'écraser sur la liste qu'Elijah avait adressée à tous les participants au stage de randonnée hivernale. Nora avait rassemblé tous les articles sur cette liste : carte, boussole, vivres, tente, couteau, allumettes, vêtements, sifflet, eau, tablettes de purification. La plus grande partie du matériel était neuve, et tout était de bonne qualité.

« Tu vas très bien te débrouiller. »

Elle s'accroupit pour fermer un petit compartiment extérieur du sac à dos et sentit la tête lui tourner.

— Alex est mort, murmura-t-elle. Alex est mort !

Elle avait tellement peur que tout devenait flou dans son champ de vision.

Que devait-elle faire ?

Ses mains tremblaient et sa peau était parcourue de frissons, même si elle n'avait pas vraiment froid. Elle avait emporté des gants qu'elle avait montrés à Elijah pour être sûre qu'ils étaient assez chauds. Pour un membre des forces spéciales, son instructeur de randonnée hivernale ne crânait pas. Il était simplement ultra-compétent et professionnel. Selon tous les habitants de Black Falls à qui Nora avait eu l'occasion de parler, Elijah connaissait la montagne mieux que personne.

Nora aurait bien aimé se sentir un jour aussi compétente que lui, et aussi sûre d'elle.

Elle laissa échapper un petit sanglot, mais refusa de céder tout à fait aux larmes. A son arrivée à Black Falls, elle s'était sentie euphorique. A présent, elle était complètement déboussolée. Elle adorait son appartement et la propriété des Whittaker, une ferme de gentilhomme typique du Vermont, était magnifique. Le gîte où elle logeait constituait autrefois une propriété séparée ; il était niché à l'extrémité de la vaste pelouse, soigneusement entretenue, qui montait en pente douce vers le corps de ferme principal en pierre grise et aux volets noirs.

Les Whittaker étaient chez eux ; ils venaient d'arriver quelques jours plus tôt. Nora n'était pas allée leur annoncer la mort d'Alex, et elle n'avait pas l'intention de le faire. Son beau-père les avait rencontrés au mois d'octobre dernier. Depuis plusieurs années, il venait en vacances à l'auberge des Cameron ; l'automne dernier, il y avait passé un week-end seul, alors que la mère de Nora était en voyage d'affaires. Avec les Whittaker, il avait tout de suite eu un bon contact, et le couple l'avait invité à leur rendre visite avec sa femme et sa belle-fille. Dès son premier séjour, Nora était tombée amoureuse de Black Falls. Elle s'y était rendue deux fois avec Alex et sa mère, puis les Whittaker avaient insisté pour qu'elle revienne avec son père. Rien que tous les deux. Son père n'était pas enthousiaste, au départ, mais Nora avait réussi à le convaincre, et elle ne l'avait pas regretté. Elle rêvait qu'un jour, toute sa famille se réunisse dans le Vermont : elle, son père, sa mère et Alex. Elle avait l'impression que Lowell et Vivian comprenaient ce rêve.

Si seulement elle n'avait pas eu la mauvaise idée de leur dire, en avril dernier, que son père et elle s'apprêtaient à faire un voyage dans le nord pour visiter des universités ! Le couple leur avait aussitôt proposé de loger à Black Falls. Sans cela, ils auraient pris un hôtel ailleurs, et son père n'aurait jamais rencontré Mélanie Kendall.

« C'est ma faute s'il a rencontré cette garce. »

— Nora !

Elle sursauta, puis réprima un petit cri. La silhouette qui se découpait sur la promenade en pierre devant la maison était celle de Devin. Elle se redressa et ravala ses larmes.

— Devin, d'où est-ce que tu sors ? Tu m'as fait peur !

— Pardon, dit-il d'un air penaud. Je voulais juste te parler.

— De quoi ? On n'a plus rien à se dire.

Derrière Devin, deux canards flottaient dans un petit bassin entouré de saules pleureurs et de rhododendrons, soigneusement aménagé et entretenu, comme tout le reste de la propriété. Nora était heureuse de vivre ici : elle adorait avoir un endroit à elle en pleine nature. Elle n'avait jamais pu supporter sa chambre sur le campus de l'université.

D'un signe de la tête, Devin indiqua le sac à dos posé sur le balcon.

— Tu pars ?

— Peut-être. Je ne sais pas. Je voulais juste vérifier si les affaires que j'ai rassemblées depuis le stage rentraient toutes dans mon sac à dos.

— Il m'a l'air bien lourd.

— Ça ira.

— Nora, qu'est-ce qui se passe ?

D'évidence, il n'était pas au courant, pour Alex, et elle se sentait incapable de répéter à voix haute ce que son père venait de lui dire.

— J'ai une terrible nouvelle à t'annoncer, Nora. Alex a été tué…

Cela ne pouvait être une erreur. Son père ne l'aurait pas appelé s'il n'en avait pas été sûr.

Alex était mort.

« Ma mère est veuve. »

Devin inspira profondément et reprit :

— Nora… s'il te plaît… dis-moi ce qu'il t'arrive.

Elle avait envie de croire en lui. Jusqu'à ce matin, elle y était arrivée. A vrai dire, elle n'avait jamais rencontré quelqu'un d'aussi équilibré et d'aussi fiable. Les gens de Black Falls le connaissaient mal. Pour eux, Devin était simplement un désaxé en échec scolaire issu d'une famille à problèmes.

Nora n'avait pas envie de leur donner raison. Mais…

— Tu m'as volé de l'argent, Devin.

Il prit un air blessé, mais ne répondit pas. Nora eut d'autant plus envie de pleurer.

— Si tu avais besoin d'argent, tu aurais pu m'en parler.

Je n'aurais jamais refusé de t'aider. Même si je n'en ai pas beaucoup…

— Je ne t'ai pas volé d'argent, Nora.

Encore maintenant, malgré sa peur et son désarroi, Nora avait envie de trouver un moyen d'innocenter Devin. Il était son meilleur ami à Black Falls. Il comprenait la haine qu'elle éprouvait envers l'odieuse fiancée de son père, et, contrairement à tous les autres, il ne mettait pas cela sur le compte de la jalousie. Il y avait quelque chose qui ne tournait pas rond, chez Mélanie. Nora n'arrivait pas à mettre le doigt dessus, mais elle ne lui faisait pas confiance. Elle n'aimait pas du tout cette femme, et elle était persuadée que cette antipathie était réciproque. Devin avait accepté de l'aider à faire quelques recherches sur Mélanie — une démarche que le père de Nora aurait dû entreprendre dès le départ.

— Tu cherches à m'éviter, Nora ?

Elle secoua la tête et lui adressa un sourire forcé.

— L'argent, je m'en fiche, dit-elle à voix basse. J'ai besoin d'être seule pour réfléchir un peu, voilà tout.

Elle soupesa son sac à dos coûteux, qui sentait encore le neuf. Sa mère le lui avait payé ; elle avait été ravie que Nora suive un stage de survie en montagne. Elijah, lui, utilisait le même sac élimé depuis des années. Et ce n'était pas un sac de l'armée, Nora en était sûre. Tous les stagiaires parlaient dans son dos de ce qu'il avait dû endurer au sein des forces spéciales. Certains disaient qu'il parlait tous les dialectes afghans et qu'il connaissait la culture et les habitants du pays aussi bien que le maniement des armes à feu.

Il y avait eu six autres participants au stage, tous aussi inexpérimentés, enthousiastes et ridicules que Nora. Cette dernière était cependant la plus jeune du groupe, ce qui l'avait un peu décomplexée. Les autres femmes en pinçaient toutes pour Elijah. Nora aussi le trouvait séduisant, bien sûr, mais l'admiration qu'elle éprouvait pour lui s'accompagnait d'une part de culpabilité : elle avait le sentiment d'être déloyale envers Devin, même s'ils étaient seulement amis. Quant à Elijah, il était évident qu'il n'avait pas l'habitude de diriger des gens comme Nora et ses coéquipiers. Heureusement, cela ne l'avait pas empêché de faire les choses à fond. Sinon, dans son état de confusion actuel, Nora serait sans doute partie en montagne avec une robe de plage et un tube de crème solaire. Elle était tellement à cran qu'elle n'arrivait pas à réfléchir correctement.

— Nora, dit Devin d'une voix torturée, écoute…

— Il faut que je parte.

Elle frissonna comme si elle avait été déjà en haut de la Cameron Mountain.

Elle avait laissé son téléphone portable sur la table de la cuisine, de peur qu'on ne puisse l'utiliser pour la localiser. Son instinct lui dictait de partir en montagne et de disparaître au plus vite. Même si cela allait à l'encontre des règles de base de la randonnée : ne jamais partir seul, toujours avertir quelqu'un de son itinéraire et du moment où l'on pensait revenir. Nora s'en fichait. Elle avait envie de faire une randonnée de ce genre depuis un bon moment. Au départ, elle pensait demander à Devin de l'accompagner, mais à présent, c'était exclu. Elle avait envie de fuir tout le monde.

Devin s'avança d'un pas.

— Ton père s'est aperçu que tu faisais des recherches sur Mélanie ?

— Je ne crois pas. Mais s'il s'en rend compte, tant pis pour lui. Il aurait dû penser à faire des recherches lui-même. Il est trop confiant.

— Tes parents viennent ici ? C'est pour ça que tu pars ?

— Non, ils ne viennent pas. Devin, s'il te plaît…

Nora se sentit reprise de vertiges et elle craignait d'éclater en sanglots d'un instant à l'autre.

— C'est juste… cette histoire d'argent…

Elle ne finit pas sa phrase. Quelques instants plus tôt, Devin était passé au café pour lui demander ce qui n'allait pas, mais elle avait refusé de lui parler. Elle cligna des yeux pour retenir ses larmes et hissa son sac sur son dos. Devin avait raison : c'était très lourd.

— Il me manque cent dollars, dit-elle.

— Et tu crois que c'est moi qui les ai pris ?

Elle baissa les yeux.

— Ils étaient dans ton portefeuille ? demanda Devin.

— Non, dans la cuisine.

La petite maison était divisée en deux gîtes mitoyens — Nora avait choisi celui qui offrait la meilleure vue sur l'étang et les collines environnantes, si belles quand les feuilles changeaient de couleur. Elle n'avait jamais eu peur dans cette maison. Pas une seule fois, jusqu'à aujourd'hui.

— Je garde toujours un billet de cent dollars à la maison, en cas d'urgence. Il a disparu.

— Il était où ? Dans un tiroir ? Dans le congélateur ?

— Sous le pot de persil dans l'embrasure de la fenêtre. Tous les matins, je vérifie qu'il y est. Hier, il y était encore. Ce matin, il n'y était plus.

— Tu crois que quelqu'un est entré par effraction ?

— Je ne sais pas. Je suis sortie du travail tard, hier soir, et j'ai fait une promenade à vélo avant de rentrer.

— De toute façon, tu ne fermes jamais à clé. On entre comme dans un moulin, ici.

— Ecoute, je n'ai plus envie d'en parler.

Son sac sur le dos, elle descendit les marches d'un pas décidé et passa devant Devin. Sa gorge était nouée et des larmes coulaient sur ses joues. A l'heure qu'il était, sa mère avait dû appeler. Nora n'avait pas envie de lui parler. Elle se sentait incapable de supporter sa douleur. Une amie dont le père était psychologue lui avait expliqué que

Carolyn se déchargeait systématiquement sur elle. Or, ce n'était pas le moment.

Comment pouvait-elle être égoïste au point de refuser de parler à sa mère, alors que son beau-père venait de mourir ? Alors qu'Alex et elle s'aimaient vraiment ?

Nora descendit le chemin en pierre qui menait au parking où elle avait laissé sa voiture. L'air était frais, mais elle portait des vêtements adaptés. N'empêche que l'idée de passer la nuit en montagne, à cette époque de l'année, l'angoissait un peu. Elijah leur avait longuement parlé des dangers de l'hypothermie.

C'était ainsi que son père était mort, au mois d'avril, juste avant que son père à elle ne tombe raide amoureux de Mélanie en mangeant des scones aux Three Sisters.

Derrière elle, des pas crissaient sur le gravier. Devin la suivait. L'espace d'un instant, elle eut presque envie de remonter chez les Whittaker et de tout leur raconter pour qu'ils s'occupent d'elle et la consolent.

Peut-être qu'Alex avait raison de la trouver complètement nulle.

Evidemment, il ne l'avait pas formulé ainsi. Il était diplomate, après tout. Il lui avait simplement dit qu'elle devait s'accepter, reconnaître ses limites, se concentrer sur les domaines où elle était capable d'exceller au lieu de se mettre en situation d'échec.

Autrement dit, elle était nulle.

Elle ne l'avait jamais trop aimé, Alex. Il l'agaçait même, à l'époque où il était encore un ami de son père, plutôt que le mari de sa mère. Quand elle lui avait parlé du stage de survie animé par Elijah, Alex avait éclaté de rire et lui avait conseillé de se présenter à l'antenne de recrutement locale de l'armée. En temps normal, elle aurait ri, elle aussi, et fait comme si elle n'était pas blessée, mais cette fois, elle avait eu le courage de lui dire qu'elle n'appréciait pas ses moqueries. Alex avait eu l'air éberlué. Il avait simplement voulu la taquiner, avait-il dit, non la rabaisser. Il paraissait tellement sincère que, pendant quelques secondes, Nora avait cru qu'il avait vraiment envie de s'entendre avec elle.

Et maintenant, il était mort.

Assassiné.

Son père était-il aussi bouleversé que sa mère ? Tout le monde croyait qu'il détestait Alex, mais c'était faux.

Quant à savoir ce que Nora ressentait, personne ne s'en souciait, évidemment. Elle était la belle-fille gênante, toujours en trop.

Tout cela était tellement irréel !

Elle pressa le pas en se demandant déjà si tout ce qu'elle avait emporté était vraiment nécessaire. Son sac était si lourd ! Une bouffée de colère subite et aveuglante monta en elle : elle était furieuse contre son père, qui lui avait annoncé la mort d'Alex sans prendre de pincettes, qui s'était contenté de l'appeler et de lui débiter à toute vitesse l'affreuse vérité. Elle savait, pourtant, qu'il n'était jamais facile de donner ce genre de coup de fil.

Elle s'imaginait ce que Devin avait dû endurer quand il avait retrouvé le corps de Drew Cameron. Etant tout seul sur la face nord, il lui avait fallu laisser le corps de Drew dans la neige, redescendre jusqu'à son véhicule et conduire jusqu'à un endroit où il captait le réseau téléphonique. Au moins n'avait-il pas eu l'obligation d'annoncer la nouvelle à la famille Cameron. La police locale s'en était chargée. En outre, la mort de Drew avait été un accident. Alex avait eu ses défauts, mais à l'idée que quelqu'un ait pu vouloir le tuer, Nora avait envie de vomir.

Quelqu'un comme mon père, par exemple.

— Non !

Devin se précipita à son côté, et Nora se rendit compte qu'elle venait de crier.

— C'est bon, je n'ai rien, dit-elle sans le regarder.

Comment avait-elle pu penser une chose pareille ? Son père ne commettrait jamais un meurtre. Il était amoureux d'une femme affreuse, d'accord, mais cela ne voulait pas dire qu'il était capable d'écraser en voiture l'ami qui lui avait piqué sa première femme.

Au contraire. Son père aimait vraiment Mélanie. Cela lui donnait d'autant moins de raisons de tuer Alex.

Il était impossible de le soupçonner.

— Nora, tu commences à me faire peur, dit Devin.

Elle pressa le pas en direction du parking.

— Excuse-moi. Je suis préoccupée.

— Est-ce qu'il t'est arrivé autre chose que cette histoire d'argent ? Est-ce que Mélanie a appris qu'on faisait des recherches sur elle ?

— Non, non.

« Mélanie sait déjà que je la déteste. Elle le sait. »

Nora posa son sac à côté de la voiture qu'Alex lui avait offerte malgré les protestations de son père. C'était une Subaru d'occasion, non une voiture de luxe. Alex pouvait se montrer hautain et exaspérant, mais il n'avait pas voulu qu'elle soit obligée de circuler à vélo sur les routes étroites de Black Falls, ni de faire du stop ou de compter sur ses amis. A sa manière, il avait essayé de l'aider, même si son objectif principal était d'empêcher Nora de lui causer des ennuis.

Elle sentait le regard de Devin dans son dos, mais elle refusa de se retourner. Si elle avait pu déployer ses ailes et s'envoler, ç'aurait été parfait.

D'un geste décidé, elle ouvrit la portière du passager. Elle pleurait à chaudes larmes, maintenant. Elle vit Alex traverser une grande rue passante sans prendre garde à la voiture qui fonçait sur lui, sans se rendre compte qu'il vivait là ses derniers instants. Il portait un costume, comme toujours quand il était à Washington, et il tenait son attaché-case à la main. L'avait-il agrippé au moment du choc, ou l'avait-il laissé s'envoler ?

A quoi avait-il pensé, à cet instant précis ? A sa femme, à son ex-femme, à ses enfants ?

A sa belle-fille réfugiée dans le Vermont ?

Avait-il eu le temps de penser à quoi que ce soit ?

Elle posa le sac sur le siège et referma la portière d'un claquement. Elle n'avait pas le courage d'annoncer la mort d'Alex à Devin. C'était au-dessus de ses forces.

Elle se retourna vers lui et dit doucement :

— Je sais que tu n'es pas un voleur, d'accord ? Tout va bien se passer, ne t'en fais pas. Pour moi comme pour toi.

— Reste, Nora. Ne pars pas.

— Il faut que tu continues nos recherches. Trouve tout ce que tu pourras sur Mélanie. Au sujet de ses clients, de ses déplacements. Surtout depuis le mois d'avril.

Mélanie se trouvait à Black Falls au moment où Drew Cameron avait disparu. Maintenant, elle était à Washington, et Alex était mort. Cette femme portait la poisse.

— Je ferai tout mon possible, dit Devin. Comment est-ce que je peux te joindre ?

Nora monta dans sa voiture comme si elle n'avait pas entendu. Elle roulerait jusqu'à l'auberge de Black Falls et se garerait près du départ d'un sentier. Elle avait une bonne carte de la région et, même si les soirées étaient de plus en plus courtes, il restait encore plusieurs heures avant la tombée de la nuit.

Elle s'engagea en marche arrière sur la petite route déserte. Tout allait bien. Elle avait le temps de monter relativement haut et de planter sa tente dans les bois, loin de tous. Là-haut, elle pourrait réfléchir et elle ne risquait pas de faire des bêtises. Ni de dire des idioties. Par exemple, que son père avait de bonnes raisons de souhaiter la mort d'Alex Bruni.

« C'est faux. Alex était son ami ! »

Là-haut, sur la montagne, elle serait en sécurité.

Parce que son instinct lui disait qu'ici, elle ne l'était pas. Ceux qui avaient tué Alex risquaient de s'en prendre à elle.

Il fallait qu'elle s'écoute.

Il fallait qu'elle parte d'ici.

7

Une demi-heure après son départ du café des Three Sisters, Elijah faisait tourner entre ses doigts une feuille couleur de flamme. Il venait de la ramasser sur le tas que Vivian Whittaker avait rassemblé au milieu de la pelouse de sa résidence secondaire. Le mari de Vivian, Lowell, était à l'intérieur ; il se recueillait suite à l'annonce de la mort d'Alex Bruni. Vivian avait annoncé la nouvelle à Elijah sur un ton sec et direct, sans cesser de manier son râteau. Elijah connaissait peu le couple Whittaker ; il les avait croisés de temps à autre, depuis son retour à Black Falls, mais ne leur avait jamais vraiment parlé.

Il s'était d'abord arrêté au gîte. Nora n'était pas là. Devin non plus. Puis il avait aperçu Vivian avec son râteau et était monté lui demander si elle avait croisé l'un ou l'autre des adolescents.

Ce matin, pendant que Jo et sa sœur faisaient du jogging, Elijah avait reçu un appel d'A.J. Devin n'était pas venu travailler à l'auberge, et il manquait de l'argent dans la caisse. Elijah s'était mis à la recherche du garçon, sans se douter que le beau-père de Nora venait de mourir.

Vivian ratissait son coin de pelouse avec tant de force qu'elle soulevait la terre sèche au-dessous des feuilles. C'était une grande femme mince et blonde d'environ quarante-cinq ans. Selon Sean — qui s'y connaissait —, elle était riche comme Crésus. L'argent de sa famille venait d'une banque d'investissements à New York. Lowell aussi était issu d'un milieu fortuné, quoiqu'il fût sans doute moins riche que sa femme. Les Whittaker étaient, de loin, les propriétaires terriens les plus argentés de Black Falls ; même Sean ne leur arrivait pas à la cheville. D'aussi loin qu'Elijah se souvienne, ce domaine perché sur les collines qui surplombaient la rivière avait appartenu à des gens qui ne venaient pas du Vermont.

— Il fait plus froid que je ne croyais, fit remarquer Vivian sans regarder Elijah. Je ne regrette pas d'avoir mis mes gants. Ce sont de simples gants de jardinage, mais ils protègent tout de même contre le froid.

Elijah trouvait que, pour le mois de novembre, il faisait beau. L'air frais lui faisait du bien, lui éclaircissait les idées. Jo ne devait pas être au courant de la mort de Bruni, quand il l'avait croisée au café. Non qu'elle fût incapable de cacher son jeu, bien sûr. Mais elle ne serait pas restée à grignoter un scone en regardant par la fenêtre alors qu'un ambassadeur venait de mourir et que sa belle-fille habitait Black Falls. Ce n'était pas son genre.

Depuis, elle avait certainement entendu la nouvelle. Combien de temps lui restait-il avant qu'elle ne vienne ici ? Si elle n'avait pas une raison légitime de le faire, elle en inventerait une. Elijah n'avait pas l'intention de faire quoi que ce soit d'illégal, mais il avait l'habitude d'une certaine autonomie. De faire les choses à sa manière. En l'occurrence, il voulait retrouver Devin et lui parler de l'argent disparu.

Il n'avait pas besoin qu'un agent des services secrets vienne lui mettre des bâtons dans les roues.

Evidemment, il n'avait pas prévu que le beau-père de Nora allait se faire tuer.

A cet instant, il vit des larmes briller dans les yeux de Vivian et se rappela que cette femme venait de perdre un ami.

— Toutes mes condoléances, dit-il.

Elle se reprit rapidement.

— Merci… C'est vraiment malheureux. J'espère qu'on va s'apercevoir que sa mort était un accident, après tout. L'idée qu'on ait pu souhaiter sa mort me dépasse. Alex était quelqu'un de tellement bien !

— Comment avez-vous appris la nouvelle ?

— Lowell a parlé à Thomas Asher, le père de Nora.

Elle passa son râteau sous un érable à sucre — il y en avait une demi-douzaine plantés sur la pelouse — et racla les racines exposées, du bout des dents en fer.

— Thomas a téléphoné tout à l'heure, pendant qu'on travaillait dehors. Il a laissé un message. C'est Lowell qui l'a écouté. Il a compris, au ton de sa voix, qu'il y avait un problème. Le temps de rappeler, Thomas avait déjà annoncé la nouvelle à Nora.

Donc, Nora était au courant.

— La police a ouvert une enquête, bien sûr. Alex a consacré sa vie à la diplomatie et à la fonction publique. C'est difficile d'imaginer qu'il ait eu des ennemis.

— Nora est dans le coin ? demanda Elijah.

— Vous venez de la manquer.

Un souffle de vent fit voler quelques feuilles mortes sur le dessus du tas et souleva la fine frange blond pâle de Vivian, en dégageant son front. Un peu essoufflée, elle cessa un instant de ratisser.

— Je l'ai vue partir tout à l'heure. Je lui ai même parlé. J'étais en train de ramasser les feuilles à l'entrée du chemin. Je n'étais pas encore au courant, pour Alex. Nora avait l'air perturbée, mais je ne me suis pas trop posé de questions. Elle m'a dit qu'elle partait camper.

— Où ça ?

— Elle ne m'a pas donné de détails. Je suppose qu'elle sera partie quelques jours. Elle n'avait manifestement pas envie de parler, et je n'ai pas insisté. Elle m'a dit qu'elle était capable de se débrouiller toute seule.

Elijah fit basculer le poids de son corps vers ses talons. Etre capable de se débrouiller et le faire étaient deux choses différentes. En outre, Nora venait d'encaisser un choc émotionnel sévère.

— Elle n'a pas dit où elle allait ?

— Pas à moi, en tout cas. Je lui ai pourtant conseillé de laisser son itinéraire à quelqu'un. Je lui ai aussi dit qu'il était dangereux de partir seul en montagne. Mais c'est une adulte, vous savez. Lowell et moi, nous aimons bien l'avoir ici, mais il y a une limite à ce que nous pouvons faire.

— Vous avez dit qu'elle avait l'air perturbée.

— Oui. Si j'avais su qu'Alex venait de mourir, j'aurais essayé de la retenir.

Elle plissa les yeux en portant son regard vers l'horizon.

— Si le chauffeur a fait exprès de renverser Alex, c'est un assassinat… C'est assez effrayant, vous ne trouvez pas ?

— Vous le connaissiez bien ?

— Nous l'avons rencontré au village, il y a un an, juste après avoir acheté la propriété. Il est venu plusieurs fois en visite avec Carolyn. Je ne peux même pas m'imaginer ce qu'elle doit ressentir en ce moment.

Vivian ramena quelques feuilles errantes vers le tas dont elles s'étaient échappées.

— Je doute que la police veuille nous interroger, ajouta-t-elle, mais enfin, c'est possible.

A l'autre bout de la pelouse, la voiture de Jo Harper apparut entre les colonnes en pierre qui marquaient l'entrée du domaine.

Vivian suivit le regard d'Elijah, mais ne fit aucun commentaire.

— Vous n'êtes pas venu ici à cause de ce pauvre Alex,

dit-elle. Vous n'étiez même pas au courant de sa mort. Vous vouliez peut-être me demander quelque chose ?

— En fait, je suis à la recherche de Devin Shay.

— Devin ? Je ne l'ai pas vu aujourd'hui, mais il est vrai qu'il passe beaucoup de temps avec Nora.

Elle marqua une pause, s'appuya sur son râteau et ajouta :

— Je peux vous demander pourquoi vous le cherchez ?

Elijah vit Jo se garer le long d'une haie de thuyas, descendre de voiture et poser un regard appuyé sur eux. Il décida qu'il ferait mieux de ne pas oublier qu'elle avait maintenant dix ans d'expérience au sein des services secrets. Quelques jours plus tôt, elle s'était volontairement jetée devant le fils du vice-président pour intercepter des balles qui auraient pu être vraies.

Jo était une vraie professionnelle, qui effectuait un travail dangereux et important.

En la regardant s'avancer vers eux, il dit à Vivian :

— Si vous voyez Devin, dites-lui que j'aimerais lui parler.

— C'est un ordre, Elijah ? demanda Vivian avec un sourire.

Puis elle frissonna — moins à cause du froid, pensa Elijah, que de la mort subite et violente de son ami.

— Je m'inquiète pour Nora, dit-elle. Elle est tellement jeune ! Avec Devin, ils vous admirent, Elijah. Vous le savez, non ? Vous êtes notre héros local. Le Rambo de Black Falls.

Impossible de savoir si elle ironisait. De toute façon, Elijah s'en moquait.

— Nora vous a laissé penser que Devin allait la rejoindre en montagne ?

— Pas vraiment.

Vivian indiqua de la tête le grand tas de feuilles qu'elle avait rassemblé.

— Je pensais demander à Nora de les mettre dans des sacs. Cela fait partie de notre accord. Nous lui prêtons le gîte en échange de petits travaux : ramasser les feuilles, laver les fenêtres-moustiquaires, aller faire le plein des véhicules et ainsi de suite. C'est son père qui a eu l'idée de ce système. Bien sûr, on prend garde de ne pas lui confier des tâches qui reviennent aux jardiniers ou au personnel d'entretien. Ce ne serait pas juste pour eux.

A cet instant, Jo fit le tour d'un grand érable et apparut devant eux.

— Mes condoléances, dit-elle simplement. Je sais que vous étiez une amie d'Alex Bruni.

— Oui. Merci. Nous sommes tous bouleversés.

Vivian posa son râteau sur le tas de feuilles et secoua la tête.

— Que ce soit un accident ou pas, il est ridicule qu'un homme comme lui meure de cette façon.

— Le père de Nora m'a demandé de passer la voir.

Elijah leva les sourcils. Jo connaissait Thomas Asher ?

— Je viens d'expliquer à Elijah que Nora était partie camper en montagne, dit Vivian.

Elle fit la grimace, puis effectua quelques mouvements de cou, étirant ses épaules en arrière.

— J'ai des courbatures partout à force de ratisser, mais je n'y renoncerai pour rien au monde. J'adore le mois de novembre dans le Vermont. J'aime voir le paysage se dégager une fois que toutes les feuilles sont tombées.

A cet instant, Lowell Whittaker sortit du bâtiment principal de la ferme en poussant une brouette. Avec ses bottes en caoutchouc et sa veste molletonnée sans manches, c'était l'image même du gentleman-farmer. Il ressemblait beaucoup à sa femme par sa taille, sa minceur et sa blondeur, mais il paraissait plus discret et plus cérébral. Plus susceptible de réagir à la mort d'un ami en s'accordant quelques instants de solitude, par exemple, qu'en ratissant frénétiquement la pelouse.

— Agent Harper, sergent Cameron, c'est un plaisir de vous voir tous les deux, même si je préférerais que ce soit en d'autres circonstances.

Lowell sourit tristement et posa la brouette.

— Ce tas de feuilles ne vous donne pas envie d'oublier tous vos soucis et de sauter dedans à pieds joints ? Je vous vois bien faire ça, tous les deux, quand vous étiez petits.

— Il fallait bien qu'on s'occupe, dit Jo.

D'évidence, ses pensées étaient encore fixées sur le meurtre de l'ambassadeur à Washington.

— J'adore le Vermont, dit Lowell. Quelle chance vous avez eue d'y passer votre enfance !

Elijah laissa tomber la feuille qu'il tenait entre ses doigts. A vrai dire, il soupçonnait Jo d'avoir commencé à chercher un moyen de quitter le Vermont vers l'âge de cinq ans. Se rappelait-elle le grand érable dans lequel ils montaient à tour de rôle pour se jeter dans les immenses tas de feuilles sur la pelouse des Harper ? Elijah avait poussé Jo de l'arbre à quelques reprises, mais il ne lui avait jamais fait mal. Jusqu'à ce qu'il lui brise le cœur, bien sûr.

Jo revint au sujet qui la préoccupait.

— Nora a-t-elle des amis qu'elle pourrait avoir prévu de retrouver ? Des étudiants de la fac, ou des gens qu'elle aurait rencontrés ici, ou d'anciens amis du lycée qui seraient venus lui rendre visite ?

Lowell plongea les mains dans le tas de feuilles, en attrapa une grande brassée et la fit tomber dans la brouette.

— Elle a l'air de bien s'entendre avec Devin Shay, dit-il d'un air songeur. Elle apprécie aussi ta sœur, Jo, et les deux autres patronnes du café. Elles sont plus âgées, bien sûr, mais si Nora avait besoin de parler à quelqu'un, je crois qu'elle se tournerait vers elles.

Vivian ôta ses gants de jardinage d'un geste énergique.

— Peut-être qu'elle a tout simplement envie de rester

un peu seule, après avoir appris cette terrible nouvelle. Je peux la comprendre. Je ne savais pas que vous étiez une amie de Thomas. Je suis tellement heureuse qu'ils aient décidé de se marier, avec Mélanie ! Vous l'avez rencontrée ?

— Pas encore, non, répondit Jo.

— Elle est merveilleuse, dit Vivian. Nous ne connaissons pas Thomas aussi bien que Carolyn et Alex, mais…

Des larmes lui vinrent aux yeux, et elle ajouta :

— Pendant quelques secondes, j'avais oublié.

— Alex était quelqu'un de bien, dit Lowell d'une voix douce, comme s'il prononçait un éloge funèbre. Très intelligent, dynamique… J'ai du mal à croire qu'il ne reste plus rien de toute cette énergie. Il nous manquera.

— Ses visites nous faisaient toujours plaisir, déclara Vivian en hochant la tête. C'était merveilleux de les voir ensemble, Carolyn et lui. Ils étaient tellement brillants, tellement doués, tous les deux…

Elle eut un sourire tremblant et ajouta :

— Je revois encore Alex en train de se promener au bord du bassin. Il n'était pas du genre à se détendre facilement, mais il aimait regarder les canards.

Lowell prit les gants de sa femme et les posa sur le tas de feuilles dans la brouette.

— Viens, ma chérie, dit-il gentiment. On n'a même pas déjeuné. Pour cet après-midi, on va oublier le travail. Elijah, Jo, si nous pouvons faire quoi que ce soit, n'hésitez pas à nous le dire.

Vivian se tourna vers eux avec raideur.

— Nous n'avons aucune raison de nous inquiéter pour la sécurité de Nora, dit-elle. Elle a l'habitude de faire des randonnées d'une journée, et il y a un moment qu'elle a envie de mettre en pratique ce que vous lui avez appris, Elijah. Evidemment, vu les circonstances, elle aurait dû remettre l'excursion à plus tard, mais après un choc de ce genre, le réflexe de lutte ou de fuite peut être insurmontable.

Le vent se leva de nouveau, soulevant les feuilles entassées dans la brouette. Vivian semblait se retenir de les ramasser et continuait à parler du syndrome de lutte ou de fuite. Elijah décida qu'il était temps pour lui de prendre congé.

Il s'éloigna en direction du gîte. Au-dessus du paysage gris, le ciel était d'un bleu sombre, sans nuages.

Il ferait froid, ce soir. Si Nora Asher ne s'y était pas correctement préparée, elle aurait des ennuis.

Devin était-il avec elle ?

S'il avait un tant soit peu de bon sens, l'adolescent serait revenu à l'auberge pour faire son travail et s'arranger avec A.J. au sujet de l'argent qu'il avait « emprunté ». Mais il avait dix-huit ans et il était amoureux, et Elijah savait d'expérience qu'il n'était pas facile de se montrer raisonnable dans ce genre de circonstances.

Arrivé au niveau de la mare aux canards, Elijah entendit Jo arriver derrière lui à toute vitesse. Elle avait toujours été rapide. Combien de fois, enfant, avait-il dû renoncer à la rattraper alors qu'elle l'avait provoqué et incité à la pourchasser ?

A dix-neuf ans, il l'avait enfin rattrapée. Il l'avait tenue dans ses bras, l'avait aimée. Il lui avait juré de rester toujours auprès d'elle, de ne jamais la décevoir, de ne jamais lui faire de peine. Mais il n'avait tenu aucune de ces promesses.

Elijah n'était pas du genre à s'appesantir sur le passé, mais la présence de Jo à Black Falls commençait à lui taper sur le système.

Elle se planta devant lui et l'attrapa par le haut du bras.

— Qu'est-ce qui se passe, Elijah ?

A travers la toile de son blouson, il sentit ses doigts se crisper autour de son biceps. Le regard que Jo posait sur lui était calme et concentré.

Il fallait qu'il se reprenne en main, et vite. Quinze ans s'étaient écoulés depuis qu'il avait quitté Jo et Black Falls pour s'engager dans l'armée en tant que simple soldat. Depuis, il avait parcouru un sacré chemin.

Depuis, son père était mort. Et maintenant, Alex Bruni l'était aussi.

Elijah se rappela à son devoir. Il s'était donné une mission, il devait l'accomplir.

— Jo, dit-il sans aucune agressivité, je te rappelle que je ne suis pas un désaxé qui menace la famille du vice-président.

Elle ne lâcha pas son bras ; au contraire, il eut l'impression qu'elle serrait plus fort.

— Exact, dit-elle. Tu es simplement un agent des forces spéciales qui ne sait pas quoi faire de sa vie.

— Je suis surtout un type qui pourrait t'obliger à ôter ta main de sur mon bras.

— Je ne te le conseille pas.

— A vrai dire, dit Elijah en souriant, je n'en ai pas tellement envie.

Cela eut son effet : Jo le lâcha aussitôt.

— En quinze ans d'armée, tu es devenu un vrai mufle.

— Dis-moi, Jo, tu as le nez tout rouge. Tu as pleuré ?

— Tu ne t'arrêtes jamais ? C'est le froid. Je n'y suis plus habituée. Tu connaissais Alex Bruni ?

Elijah fit non de la tête.

— Je sais qu'il est venu quelquefois à l'auberge, dit-il. Il en faut pas mal pour impressionner A.J., mais la réservation d'un ambassadeur retenait quand même son attention. Ensuite, Bruni est devenu copain avec les Whittaker. Et toi, tu le connaissais ?

— Pas vraiment. Je ne crois pas être venue ici en même temps que lui. Elijah, les Whittaker m'ont dit que Nora avait suivi un stage de survie en montagne avec toi. Je me demande bien ce qu'A.J. a pu te faire comme chantage pour te convaincre de l'organiser. Mais enfin, il paraît qu'il va faire moins de cinq degrés cette nuit. Elle est capable de se débrouiller dans ces conditions ?

— Elle a acheté le matériel nécessaire et je lui ai appris ce qu'il fallait faire.

— Mais elle n'a jamais réellement planté une tente en pleine montagne par une nuit glacée.

Jo ramassa un petit galet lisse et le fit tourner entre ses doigts.

— Son père est inquiet ? demanda Elijah.

— Tu ne le serais pas, à sa place ?

Elijah ramassa lui aussi un galet et l'envoya ricocher sur l'eau froide et plate de la mare, loin des deux canards qui barbotaient sur la rive d'en face. Le galet rebondit trois fois.

— Comment est-ce que tu connais son père ?

— Thomas ? On s'est rencontrés en faisant du ski de fond en février dernier, et on s'est rendu compte qu'on travaillait tous les deux à Washington.

Elle continuait à frotter son caillou comme si elle espérait en faire sortir un génie.

— Depuis, on est restés en contact.

— Il vient d'une grande famille de Virginie.

— Oui, c'est un vrai gentleman.

— Ah… Je comprends que ça n'ait pas marché entre vous. Tu préfères les mauvais garçons.

Sans répondre, elle jeta son galet vers l'étang, mais il s'enfonça tout de suite sous l'eau.

— Je n'ai jamais eu le coup de main, dit elle. Tu as pourtant essayé de me l'apprendre des centaines de fois.

Du bout de sa chaussure de sport, elle dégagea un autre galet du sol boueux.

— Mais, pour mettre les points sur les I, il n'y a jamais rien eu entre Thomas en moi.

— Donc, tu n'as pas décidé de t'autodétruire parce qu'il venait de se fiancer ?

— J'ai été la victime d'une mauvaise plaisanterie, voilà tout. Si j'avais voulu m'autodétruire, j'aurais trouvé quelque chose de plus efficace qu'une rafale de billes en plastique.

Elle ramassa le nouveau caillou et le frotta pour le nettoyer.

— Elijah, je ne sais pas ce que tu fais ici, mais s'il y a un lien entre ta présence et la mort de Bruni, j'ai besoin de le savoir.

— Pourquoi ?

Elle plissa les yeux, mais ne répondit pas.

— Tu as parlé à tes copains de Washington de ce qui s'est passé ? demanda Elijah.

Il la vit pincer légèrement les lèvres tandis qu'elle levait le bras, prenait son élan et lançait son galet avec force plutôt qu'avec finesse. Il ricocha une fois. Elle progressait. Mais quand elle se tourna vers lui, elle refusait toujours de soutenir son regard.

Elijah comprit ce que cela signifiait.

— Tu as essayé de les appeler, mais personne n'a décroché.

— Ce n'est pas aussi simple. Ecoute, les gens d'ici disent que tu n'es pas satisfait des explications officielles au sujet de la mort de ton père. Si tu as des raisons de penser que ce n'était pas un accident…

— Jo, je ne fais rien de spécial ici. A part des ricochets.

— Ces questions qui te tracassent, Elijah, pose-les à la police. Laisse-les se charger de trouver les réponses.

Ces paroles le piquèrent au vif. Il ramassa un autre caillou et le fit sauter jusqu'à l'autre berge, cette fois en rasant les canards qui s'éloignèrent à toute vitesse.

Puis il se tourna vers Jo et la regarda droit dans les yeux.

— Bonne idée. Je pourrais payer un café à ton père et lui dire que j'envisage de recommencer à sortir avec toi.

Elle enfonça ses mains dans les poches de sa veste polaire, et rétorqua :

— Essaie, pour voir ! Je ne suis plus la petite gamine qui se languit d'amour pour toi, tu sais.

— Gamine, sûrement pas. Mais tu te languis toujours d'amour pour moi.

— Dans tes rêves ! dit-elle avec un sourire.

N'empêche qu'Elijah crut entendre un léger tremblement dans sa voix. Elle balaya du regard la maisonnette en pierre et le cadre bucolique qui l'entourait.

— Nora doit faire moins facilement confiance aux autres, depuis que sa mère a trompé son père, puis s'est remariée avec l'un des meilleurs amis de son père.

— Le fait que son père n'ait rien fait pour la garder n'a pas dû aider.

— Tu voulais qu'il fasse quoi ? Qu'il provoque son rival en duel ?

— Il est resté trop passif.

Elijah s'engagea sur un sentier qui montait en pente douce vers le chemin pavé. Son pick-up était garé sur le bas-côté de la route, devant l'entrée du domaine. Il devait à tout prix partir avant de faire quelque chose de vraiment regrettable. Néanmoins, il se retourna vers Jo et finit d'exprimer sa pensée.

— Nora avait besoin de le voir se défendre. Son père n'était pas obligé de se battre. Il lui aurait suffi de pardonner ouvertement son ex-femme et Bruni. Mais il s'est comporté comme un lâche. Il n'a rien fait du tout.

Jo fixa sur lui un regard perçant.

— Elijah… Ce n'était pas la même chose, pour nous. Il y a quinze ans, on était des gamins.

— J'aurais dû me battre pour te garder, Jo, dit-il.

Cela lui vint spontanément aux lèvres, sans qu'il y ait réfléchi.

— Tout aurait été différent, poursuivit-il. Même si j'avais fini dans l'armée et toi dans les services secrets…

— On se serait quittés au bout de six mois.

— Tu ne le penses pas vraiment.

— Il est plus difficile de se pardonner quelque chose que de le pardonner à quelqu'un d'autre.

Il refit quelques pas en arrière et porta la main vers les cheveux de la jeune femme ; ils étaient soyeux sous ses doigts glacés.

— Ne dis pas ça, Jo. Tu n'as rien à te reprocher, dans cette histoire.

— Toi non plus.

Il se pencha vers elle et l'embrassa doucement sur les lèvres.

— Si, dit-il.

Puis il lâcha ses cheveux et s'écarta d'un pas, de peur d'aller plus loin. Le trouble qu'il ressentait en sa présence était dangereux et envahissant. Elijah avait besoin de rester concentré sur sa mission, pas de s'embarquer dans des histoires sentimentales avec un agent des services secrets prêt à tout pour récupérer sa place à Washington.

— Elijah, dit-elle, on ne peut pas…

— Nora est en train de se heurter de plein fouet à la différence entre les rêves et la réalité, coupa-t-il. Ça ne doit pas être drôle tous les jours.

— Tu veux bien me dire ce que tu fais ici ?

Il haussa les épaules.

— Je t'ai suivie.

— Tu es vraiment nul en mensonges. Tu es arrivé avant moi.

— Mon sixième sens m'a dit que tu viendrais. A plus tard, Jo.

Elle fit un geste vers lui, comme si elle allait le rattraper par le bras, puis elle changea apparemment d'avis et se contenta de le scruter d'un regard soupçonneux.

— Qu'est-ce qui se passe, Elijah ?

— Ça ne vous regarde pas, agent Harper.

Il crut voir un tressaillement d'irritation au coin de ses lèvres.

— Et Devin Shay ? Pourquoi tu le cherches ?

— Si tu veux me montrer ton insigne et m'interroger, vas-y. Tu peux même me passer les menottes, si tu y tiens. Ce ne serait pas la première fois qu'un Harper m'embarquerait au poste. Sinon, j'ai des choses à faire. Je suis désolé pour Bruni, mais je ne le connaissais pas.

— Et maintenant, tu vas où ?

Elijah s'éloigna sans répondre. Jo avait toujours eu horreur qu'on l'ignore ; à en juger par le caillou qu'elle lui lança deux secondes plus tard, elle n'avait pas changé. Elle le rata d'environ deux mètres. Il se retourna avec un grand sourire.

— Tu es toujours aussi nulle pour viser.

— J'ai fait exprès de te rater.

— Ah, pardon…

— J'aurais mieux fait de m'exiler en Nouvelle-Zélande, après tout. M'avoir dans tes pattes, après ce que tu as vécu en Afghanistan et la mort de ton père, ça ne doit pas être une partie de plaisir.

— Je te préfère encore à tes amis des services secrets. Franchement, ils faisaient peur. Des gros types poilus. Même pas de tenue de yoga ni rien du tout.

Jo lança un deuxième caillou et le rata de nouveau. Elijah se mit à rire.

— A bientôt, agent Harper.

En montant dans son pick-up, il crut voir l'ombre d'un sourire flotter sur les lèvres de la jeune femme.

Elle allait le suivre, c'était sûr. Elle était une Harper,

et il n'y avait jamais eu quelqu'un de ce nom qui sache s'arrêter à temps.

Elijah prit la direction de la crête au-dessus du village. La route étroite était longée par des murets en pierre et de grands érables aux formes gracieuses. Il s'arrêta dans un coin où le réseau passait relativement bien et appela Ryan Taylor, un Navy SEAL qui s'était battu à ses côtés et avait été blessé avec lui en Afghanistan. Tout le monde le surnommait Grit, ce qui s'expliquait parfaitement lorsqu'on le connaissait.

Grit n'aimait pas les bavardages inutiles, aussi Elijah alla-t-il droit au but.

— Alexander Bruni est mort ce matin. Tu es au courant de quelque chose ?

— Grosse affaire, dit Grit avec son accent traînant du nord de la Floride. Pour l'instant, aucune implication au niveau de la sécurité nationale. Ni la voiture ni le conducteur n'ont été identifiés. Aucun témoin. Les gens ne restent pas plantés dans la rue à attendre que quelqu'un se fasse écraser. Le temps qu'ils s'en aperçoivent, il n'y a plus rien à voir.

Elijah n'était pas surpris que Grit sache tout cela, même s'il était encore théoriquement en rééducation, sept mois après la fusillade qui lui avait coûté le bas de la jambe gauche. De fait, Grit n'avait pas l'habitude de confier à qui que ce soit tout ce qu'il faisait de ses journées.

— D'accord. Ça, ce sont les faits. Les rumeurs ?

— C'est un meurtre.

— Pourquoi ?

— Quand on est riche, puissant, et qu'on connaît tout le monde, on ne se fait pas écraser par accident. Mais je n'ai rien entendu de précis, si c'est ce que tu veux savoir. Bruni est à Washington depuis trop longtemps pour ne pas avoir d'ennemis. D'ailleurs, il s'est remarié avec la femme de son meilleur copain. Tu le savais ?

— Oui.

— Je m'en doutais, dit Grit. Sa femme et ses deux fils adultes de son premier mariage lui survivent. Il a aussi une belle-fille en âge de faire ses études à la fac.

— Tu viens de faire une recherche Google, ou quoi ?

— Ce n'est pas difficile de se renseigner. Il y a des nécrologies partout. Ça m'occupe.

— Tu pourrais aller au cinéma.

Grit marqua un temps de silence, puis reprit :

— C'est vrai. J'aime bien le cinéma. Pourquoi est-ce que tu t'intéresses à Bruni ?

— Sa belle-fille a abandonné ses études pour venir s'installer à Black Falls.

— Ah…

— Vois ce que tu peux dégoter d'autre sur l'accident. Sauf si tu décides d'aller au cinéma.

Grit raccrocha avant la fin de la phrase.

Elijah fit redémarrer son pick-up. Devant lui, au bout d'une immense prairie, se dressait la Cameron Mountain. Il imagina son père là-haut, pris dans une tempête de neige tardive.

Thomas Asher était ici avec sa fille au moment où son père était mort.

Maintenant, le beau-père de Nora était mort.

Jo avait rencontré Bruni. Elle connaissait Thomas Asher, l'ami qu'il avait trahi, et elle venait d'arriver ici, à Black Falls.

Elijah crispa les mains autour du volant. Il sentait encore la douceur des lèvres de la jeune femme sur sa bouche. Et s'il demandait à Grit Taylor de se renseigner sur Jo Harper ?

Mauvaise idée, décida-t-il en redescendant vers l'auberge de Black Falls.

Il doutait fortement que Devin soit de retour à son poste. S'il savait que Nora était partie seule en montagne pour essayer de se remettre de la mort subite et suspecte de son beau-père, l'adolescent était sûrement parti à sa recherche. C'était tout simple : si Nora n'allait pas bien, Devin saurait être là pour l'épauler.

Elijah avait bien envie de monter là-haut, lui aussi, pour essayer de retrouver la trace de l'un ou l'autre. Seul. Sans l'aide des services secrets.

Il expliquerait à A.J. que Jo était à ses trousses. Son frère aîné était obstiné et taciturne de nature, et il n'avait jamais été un grand fan de Jo Harper.

A.J. se ferait un plaisir de la retarder, et cela donnerait à Elijah le temps de gérer la situation comme il l'entendait.

8

A l'âge de douze ans, Jo aimait à s'imaginer que le village de Black Falls était celui du film *La Mélodie du bonheur* et que, un jour, elle y rencontrerait son capitaine von Trapp à elle. Puis Elijah lui avait dit que *La Mélodie du bonheur* lui donnait envie de vomir, et ce fantasme s'était arrêté net.

En réalité, la famille von Trapp s'était établie à Stowe, un village au nord de Black Falls. Elle y avait fondé une station touristique qui restait, aujourd'hui encore, l'une des plus belles et des plus fréquentées du Vermont. L'auberge des Cameron était beaucoup plus modeste, mais, grâce à sa situation sur une crête dégagée, elle bénéficiait d'une vue imprenable sur la chaîne de montagnes. Le panorama était assez époustouflant pour faire oublier à Jo le baiser d'Elijah. Sur la route de l'auberge, elle avait fini par conclure que l'épisode avait été inévitable. Maintenant que c'était fait, elle allait pouvoir se concentrer sur les choses sérieuses.

Par exemple, sur ce que complotait la famille Cameron.

Elle se gara à côté du pick-up d'Elijah, sortit de sa voiture et embrassa le paysage du regard. L'air était plus frais que tout à l'heure, le vent plus vif. Elle traversa le parking bordé d'une vaste prairie qui, à la belle saison, était émaillée de fleurs sauvages. A présent, les conifères vert sombre et les chênes au feuillage doré étaient les seules notes de couleur dans le paysage gris et dépouillé.

Dans la cuvette en contrebas, on apercevait un coin du lac.

Le faucon à la queue rouge patrouillait le ciel couvert.

C'était la morte saison — il n'y avait même pas l'ombre d'un vététiste à l'horizon. Les amateurs de feuillage automnal étaient repartis ; les skieurs de fond et autres raquetteurs n'étaient pas encore arrivés. L'auberge ferait sans doute de bonnes recettes pendant le week-end de Thanksgiving. En attendant, c'était le calme plat.

Autour du bâtiment d'origine, un vaste chalet de style rustique, s'étendaient un complexe de loisirs tout neuf avec piscine couverte, terrain de racket-ball et club de remise en forme, une demi-douzaine de bungalows et un magasin qui vendait et louait vélos, skis de fond, raquettes, canoës et kayaks — même si l'auberge ne bénéficiait pas d'un accès direct au lac ni à la rivière.

C'était Drew Cameron qui avait racheté des parcelles de terre et repris possession de la Cameron Mountain afin d'y créer un lieu de villégiature, mais l'auberge actuelle était l'œuvre d'A.J. C'était le fruit de son travail acharné et l'aboutissement de ses rêves, que partageait à présent sa femme, Lauren. D'après Beth, c'était elle qui avait convaincu A.J. de construire le luxueux centre de remise en forme.

Jo suivit le chemin en pierre qui faisait le tour de l'auberge et arriva sur une terrasse couverte de tables et de chaises vides. A cet instant les portes-fenêtres de la salle du restaurant s'ouvrirent sur A.J., lequel s'avança vers elle. Il avait les cheveux un peu plus clairs que ceux d'Elijah et il était un peu moins grand, mais ses yeux étaient bleu vif, comme ceux de tous les Cameron.

— Salut, Jo, dit-il en l'embrassant sur la joue. Ça fait un bail. Comment vas-tu ?

Son amabilité éveilla immédiatement les soupçons de la jeune femme.

— Elijah t'a chargé de me retenir le plus longtemps possible, c'est ça ?

— Décidément, vous deux..., dit A.J. avec un grand sourire. Rien ne change.

Il fit un signe de tête en direction du restaurant.

— Entre !

Jo ne bougea pas d'un millimètre.

— Qu'est-ce qu'il trafique, A.J. ?

— Ecoute, il fait froid et je suis en manches de chemise. Et toi, tu dois être habituée au climat de Washington. Viens parler devant le feu.

Il lui fit signe de passer la première.

Il essayait de la retarder, c'était sûr, mais Jo se contenta de hocher la tête et d'entrer. La salle à manger était aussi déserte que la terrasse. Au bout du couloir, dans le hall d'entrée, un feu crépitait effectivement dans l'immense cheminée en pierre, entourée de meubles massifs aux couleurs montagnardes : vert sombre, bordeaux, marron. Dans un coin, un grand orignal empaillé — c'était un faux — montait la garde.

La chaleur du feu était délicieuse, mais Jo resta debout. Elle n'avait pas croisé A.J. depuis qu'elle avait hérité de la parcelle au bord du lac. Pour l'instant, si le frère d'Elijah éprouvait de la rancœur au sujet de cet héritage, il n'en laissait rien paraître.

— J'ai entendu dire que tu étais de retour.

— Je m'en doute. C'est la voiture d'Elijah qui est garée à côté de la mienne ?

— Tu le sais très bien.

— Donc, il est ici.

A.J. haussa les épaules.

— On dirait.

Elle reconnut la lueur obstinée qui brillait dans ses yeux. Quand les Cameron décidaient de ne pas parler, impossible de leur tirer les vers du nez. Ils étaient par nature indépendants, solidaires et honnêtes — ce qui ne voulait pas dire qu'ils respectaient toujours les règles.

— O.K., dit Jo, reprenons. Elijah est-il quelque part, ici ? En train de préparer un nouveau stage de survie, par exemple ? De faire une randonnée ? D'apprendre à tes enfants à allumer un feu rien qu'avec les ongles ?

A.J. parut comprendre qu'elle ne plaisantait qu'à moitié. Il retira l'écran de devant le feu et poussa une bûche du bout de son tisonnier.

— Tu t'es mise dans un beau pétrin à Washington, dit-il au bout d'un moment. J'espère que tu n'es pas venue ici pour essayer de te refaire une réputation.

— Je me fiche de ma réputation. Où est Elijah ?

— Tu as toujours été tenace, Jo. Je dois avouer que c'est une des choses qui me plaisaient chez toi.

— Mais là, je commence à t'agacer. Pas vrai ?

Il lui adressa un sourire réticent.

— Disons que ça ne m'arrange pas. Quant aux stages de survie, ce n'est pas la tasse de thé d'Elijah. Un seul lui a suffi.

Les yeux d'A.J. semblaient plus sombres que d'habitude à cause des flammes qui brillaient dans son dos.

— J'ai entendu, pour Alex Bruni, reprit-il. Ça m'a fait mal. Avec Lauren, on aimait bien le recevoir. On n'était pas amis, mais il adorait Black Falls. L'idée que quelqu'un ait voulu le tuer me retourne le cœur.

— Je suis désolée, A.J.

— Je n'ai pas vu Nora Asher, si c'est ce que tu cherches à savoir.

— Et Devin Shay ?

A.J. hésita un instant, puis répondit :

— Il n'est pas ici.

— Quel genre de travail fait-il ici, au juste ? Il passe

le balai, ou bien tu l'envoies entretenir les sentiers et ce genre de choses ?

— Il fait de la maintenance.

D'évidence, A.J. n'aimait pas être questionné, mais Jo ne se laissa pas démonter.

— Tu veux dire qu'il creuse des trous et qu'il pousse des brouettes, ou qu'il pourrait avoir un avenir, ici, à l'auberge ?

— Ça, ça reste entre lui et moi.

Il souleva une bûche ; le feu crépita et les flammes jaillirent de plus belle.

— Tu devrais essayer de te détendre, Jo.

Il replaça l'écran devant la cheminée et ajouta :

— Installe-toi au coin du feu. Trouve-toi un bon livre. Tu as déjeuné ? Il y a de la tarte aux pommes dans la salle à manger. Prends tout ce que tu veux en cuisine. Comme tu vois, on n'a pas foule aujourd'hui.

Les Whittaker avaient invité Jo à déjeuner, mais elle n'avait aucun appétit. Elle ravala son impatience, se rappela qu'elle n'était pas chez elle, ici, et demanda poliment :

— Qu'est-ce qui se passe, A.J. ?

— Rien qui ne regarde les services secrets, en tout cas.

— Pour autant que tu saches.

Il ne répondit pas. S'il y avait un membre de cette famille qui avait le droit de lui en vouloir plus que les autres, c'était A.J., qui était chargé de faire tourner l'auberge et d'attirer une clientèle régulière. L'accès direct au lac était un gros atout pour lui. Jo n'avait pas encore décidé de lui vendre ou de lui louer sa propriété, et elle ne se sentait pas prête à aborder le sujet maintenant.

— Il y a quelque chose que j'ignore au sujet de la mort de ton père ?

A.J. la regarda droit dans les yeux.

— C'était une tragédie.

— Ça, je le sais, A.J.

— Vraiment ? Tu as bien dû appeler sa mort de tes vœux une ou deux fois.

— Ça ne m'est jamais arrivé, même au plus fort de ma colère et de mon chagrin. Plus tard, j'ai compris qu'il avait fait ce que n'importe quel père aurait fait à sa place, à supposer qu'il ait un fils comme Elijah et qu'il l'aime. Et qu'il ait un tant soit peu de cran.

— Toi aussi, il t'aimait, dit A.J. à voix basse.

Jo hocha la tête.

— Je m'en rends compte, maintenant. A l'époque, je ne l'avais pas compris. Mais au bout du compte, malgré toutes les épreuves qu'il a traversées, Elijah a fait une très belle carrière. Et pour moi aussi, tout s'est bien passé. J'ai une vie heureuse.

— Vraiment ?

A.J. lui décocha un regard perçant, puis tourna les yeux vers la cheminée.

— Elijah a toujours voulu revenir dans le Vermont. Du moins, dans l'hypothèse où il survivrait à l'armée. Toi, par contre, tu cherchais à tout prix un moyen de t'en échapper. Et tu as réussi.

— A t'entendre, on croirait que c'est une prison !

— Ce n'est pas ce que tu pensais ?

— Peut-être à l'âge de dix-sept ans. Je ne le pense plus, en tout cas.

— Elijah avait peur de te retenir ici.

— Me retenir ? Ecoute, A.J., c'est de l'histoire ancienne, tout ça. Avec Elijah, nos chemins se sont séparés depuis bien longtemps.

A.J. s'écarta du feu.

— Je crois qu'il s'est toujours imaginé que, d'une manière ou d'une autre, tu serais là à son retour.

— Ce sont des bêtises à l'eau de rose, A.J., et tu le sais très bien.

— Tu as vraiment un cœur de glace, dit-il en souriant.

N'empêche que Jo sentait la bouche d'Elijah sur ses lèvres, revoyait le désir qui brillait dans ses yeux, un désir brûlant et intense… qu'elle savait être surtout l'œuvre de son imagination. Inutile de tirer des conclusions hâtives d'un baiser impulsif.

Elle se concentra sur ce qu'elle était venue chercher.

— J'aimerais savoir pourquoi Elijah veut à tout prix retrouver Devin.

— O.K., j'abandonne, dit A.J. Elijah est parti sur le sentier de la cascade. Tu peux essayer de le rattraper, si tu veux.

— Tu me le dis parce qu'il a pris suffisamment d'avance, maintenant ?

— Non, Jo. Je te le dis parce qu'il est assez grand pour se défendre tout seul, face à toi.

— A.J., avant ce soir, je veux que ton frère et toi vous me disiez ce qui se passe ici.

— Ne te perds pas, d'accord ?

Jo sortit par l'entrée principale de l'auberge. Un vent glacé traversa sa veste en laine polaire et lui donna envie de rebrousser chemin, d'accepter l'offre d'A.J. et de s'installer au coin de feu avec une part de tarte aux pommes et un bon livre. Les épaules crispées par le froid, elle s'avança sur la route. Les sentiers de randonnée autour l'auberge faisaient partie d'un vaste réseau qui sillonnait tout l'Etat du Vermont. Nora Asher pourrait continuer à marcher pendant des kilomètres — pendant des semaines. Elle était partie quelques heures plus tôt. Comment savoir où elle était, maintenant ?

La silhouette de la Cameron Mountain se découpait au-dessus des vastes prés, de l'autre côté de la route. Jo n'y était pas souvent montée, ces dernières années, et elle s'était efforcée d'oublier les nombreuses randonnées qu'elle y avait faites auparavant, car la plupart de ces souvenirs avaient un lien avec Elijah.

Entendant des rires s'élever dans son dos, Jo se retourna et vit Lauren, la femme qu'A.J. avait épousée cinq ans auparavant. Cette dernière était une travailleuse acharnée, comme lui, mais d'un abord plus facile. Son fils de quatre ans et sa fille de deux ans couraient en cercles dans l'herbe autour d'elle en poussant des hurlements de joie, leurs cheveux blonds volant au vent, leurs joues rosies par l'air frais.

D'un coup, ils pivotèrent sur eux-mêmes et revinrent en courant vers l'auberge. L'instant d'après, A.J. descendit de la terrasse et souleva ses enfants dans ses bras.

Jo sentit naître en elle une émotion inhabituelle.

« Les matins d'hiver, je me réveille et je vois les petits-enfants que vous auriez dû avoir, Elijah et toi… »

Soudain pressée de partir, elle franchit la route et s'engagea sur une piste d'herbe rabattue qui traversait les prés pour rejoindre le départ du sentier de la cascade. Elle n'était pas vraiment équipée pour une randonnée en montagne, mais elle allait faire de son mieux pour retrouver la piste d'Elijah.

9

Ryan Taylor, dit Grit, se tenait devant l'hôtel où Alexander Bruni avait trouvé la mort six heures plus tôt. La police avait rétabli la circulation et la rue était de nouveau envahie par les taxis, les limousines, les camions de livraison et les voitures particulières. Grit se doutait toutefois que les flics n'étaient pas tous partis. Il ne les voyait pas, mais ils étaient là, sans aucun doute. La police municipale, le FBI, peut-être même quelques agents des services secrets ou de la sécurité diplomatique.

Un ambassadeur qui se fait écraser en plein centre de Washington, ce n'est pas rien.

Les équipes de télévision s'étaient installées tout près de l'entrée de l'hôtel ; les journalistes recherchaient des témoins de la collision.

La voiture avait percuté Bruni à l'endroit le plus dangereux de cette rue très fréquentée. Grit était là depuis dix minutes, et il avait fini par conclure qu'entre la circulation et les hordes de touristes distraits, il n'était pas complètement exclu que la mort de Bruni ait été accidentelle.

Un homme pressé et préoccupé traverse sans regarder, et vlan. Terminé.

La fuite du conducteur, en revanche, c'était louche.

Moose Ferrerra, un camarade Navy SEAL, se matérialisa à côté de Grit.

Tôt ou tard, dit-il, *la Faucheuse vient nous chercher. C'est toujours elle qui gagne.*

— Je sais, Moose, acquiesça Grit. Je sais.

Moose ne répondit pas. Comme d'habitude, il avait la même tête que le jour de son entrée dans l'armée, treize ans auparavant. Frais, jeune, enthousiaste, insolent. Rien à voir avec l'homme qu'il était devenu en avril dernier, quand la Faucheuse s'était abattue sur leurs positions dans l'est de l'Afghanistan.

Un étroit col de montagne qui venait à peine d'être rouvert après un hiver rigoureux, un hélicoptère en panne, des ennemis armés jusqu'aux dents et très remontés : tout cela avait constitué un cocktail mortel.

Grit, Moose et les autres SEALS de leur groupe s'étaient associés à une unité des forces spéciales pour nettoyer une série de caches d'armes ennemies. Tout s'était passé comme sur des roulettes jusqu'à l'exfiltration des SEALS. Les Bérets verts devaient rester sur place pour protéger leurs alliés villageois, qui les avaient aidés à repérer les caches, contre d'éventuelles représailles.

L'hélicoptère qui emportait les SEALS avait eu des problèmes mécaniques quelques minutes après le décollage et avait dû atterrir d'urgence en zone ennemie.

Moose avait été le premier touché. Puis ç'avait été au tour de Grit. Elijah Cameron et ses hommes étaient venus à leur secours.

Elijah aussi s'était pris une balle.

La nuit avait été longue.

Grit était convaincu que c'était lui, non Moose, que la Faucheuse était venue chercher, et que la mort de son camarade résultait d'une erreur. Il ne comprenait toujours pas comment elle avait pu se produire. Tout ce qu'il savait, c'est qu'il aurait dû mourir cette nuit-là. Ce n'était pas de la superstition, du pessimisme ou de la dépression — c'était une certitude absolue, voilà tout.

Il *savait* qu'il devrait être mort.

Et il n'était pas tellement soulagé d'avoir survécu. A vrai dire, la plupart du temps, il le regrettait plutôt.

Cela avait le don d'exaspérer Moose.

Mon vieux, disait-il, *tu te rends compte à quel point tu es ingrat ?*

Sa voix était toujours parfaitement claire et reconnaissable. Et il avait presque toujours raison.

Grit regarda les bureaucrates s'engouffrer dans le tambour de l'hôtel. Ce n'était pas encore l'heure de sortie des bureaux, mais Grit s'était rendu compte que l'hôtel était un lieu de rendez-vous privilégié pour les affaires, qu'il s'agisse de congrès d'une semaine ou de séminaires de quelques heures.

Ce matin, Bruni avait sans doute rendez-vous pour déjeuner avec quelqu'un dans le restaurant au premier étage. Peut-être même allait-il y déjeuner seul. Même les ambassadeurs ont besoin de manger.

Grit s'écarta pour laisser passer une femme pressée qui manœuvrait une poussette de la taille d'une Coccinelle. Elle évita le regard de Grit, et son bambin chauve et baveux fit de même.

Quand ils eurent passé le coin, Grit poussa un soupir. Il avait mal à son pied gauche.

Tu n'as pas de pied gauche, dit Moose.

— Merci de me le rappeler.

En sept mois, Grit n'avait pas oublié une seconde la perte du bas de sa jambe gauche ; cela n'empêchait que le pied en question lui faisait vraiment mal. Les douleurs fantômes étaient un phénomène extrêmement répandu, lui avait-on dit. Les médecins et kinésithérapeutes du centre médical de la marine, à Bethesda, le lui avaient expliqué dans les moindres détails. Grit en avait appris davantage sur le fonctionnement des nerfs, des muscles et des jambes qu'il n'avait jamais pensé en savoir. Grâce à la rééducation, il avait fait des progrès ; s'il n'avait pas encore retrouvé toute sa mobilité d'avant, au moins s'en sentait-il capable, à présent.

Grit en était à sa deuxième prothèse. Il devrait probablement en changer encore une ou deux fois au cours des mois à venir, à mesure que sa jambe s'adaptait au contact de la prothèse mécanique.

N'étant pas mort dans ce fichu col de montagne, il estimait qu'il était de son devoir de continuer à vivre du mieux qu'il pouvait. Ce qui ne signifiait pas qu'il devait éprouver de la gratitude.

C'était Moose qui avait poussé le secouriste des forces spéciales à lui couper la jambe.

— N'écoute pas ce que te dit Grit, avait-il dit. Ne le laisse pas mourir. Fais ton devoir, un point c'est tout.

Cette amputation transtibiale — c'est-à-dire en dessous du genou —, faite sur le terrain, lui avait sans doute sauvé la vie.

Une femme de petite taille, aux cheveux teints en noir de jais, se détacha du groupe de journalistes et s'avança vers Grit. Ses ongles étaient vernis en rouge sang et elle portait une robe noire, une veste en jean et des ballerines dorées qui avaient l'air de coûter un mois de salaire.

Elle sortit un bâton de rouge à lèvres de son immense sac à main noir et l'ouvrit en lançant un regard oblique sur Grit. Ses grands yeux étaient couleur de lavande.

Elle se remit du rouge à lèvres en tamponnant sa bouche à petits coups légers. Pour autant que Grit pût voir, le bâton était exactement de la même couleur que ses lèvres. A quoi bon ?

— Vous n'êtes pas de la presse, dit-elle avec un accent

du Sud qui n'était pas très éloigné de celui de Grit. Pourquoi traînez-vous ici ?

— Et vous, vous êtes qui ?

— Myrtle Smith, journaliste.

Son nom ne disait rien à Grit.

— Enchanté, madame Smith.

— Vous pouvez m'appeler Myrtle. Mais si vous commencez à faire des blagues sur mon prénom ou à me dire que votre tante s'appelle pareil, je vous coupe les baloches.

Elle devait peser quarante-cinq kilos à tout casser, mais elle arborait un grand sourire assuré. Evidemment, elle pouvait avoir un couteau tranchant dans son grand sac à main. D'un coup, Grit se rendit compte qu'il n'avait plus mal au pied.

— J'ai une tante qui s'appelle Myrtle, dit-il. Une grand-tante, en fait. La sœur aînée de ma grand-mère.

— Et votre grand-mère, elle s'appelle comment ?

— Vasselona.

— C'est mignon. Et vous ?

Il hésita un instant, puis répondit :

— Ryan Taylor.

— Je peux vous appeler Ryan ?

— La plupart des gens m'appellent Grit.

Elle l'examina rapidement des pieds à la tête. Il avait un corps sec et nerveux, ses cheveux étaient presque noirs, et il portait un jean et un T-shirt uni.

— Je crois voir pourquoi, dit-elle.

Elle rangea son rouge à lèvres dans son sac.

— Eh bien, Grit, qu'est-ce que vous faites ici ?

Il ne répondit pas.

— Vous n'êtes pas du genre bavard, hein ? O.K. Je vais parler pour deux. La police a lancé un appel aux témoins oculaires du délit de fuite de ce matin. Pour l'instant, personne ne s'est présenté.

Un portier robuste s'avança pour ouvrir la portière arrière d'une limousine noire qui venait de s'arrêter devant l'hôtel. Myrtle se tourna pour voir la personne qui en sortait, puis se retourna vers Grit d'un air indifférent. C'était un homme d'affaires anonyme, sans garde du corps ni agent des services secrets pour le protéger. Aucun intérêt.

En revanche, Grit supposait que quelque chose en lui avait attiré l'attention de Myrtle.

Tes beaux yeux noirs, sans doute, dit Moose.

— La ferme ! dit Grit calmement.

Moose avait toujours eu un humour particulier.

— Pardon ? dit Myrtle en fronçant les sourcils.

Grit ne jugea pas utile de lui donner des explications. De toute façon, la présence de Moose n'était pas facile à expliquer aux autres.

— Que savez-vous sur la mort d'Alexander Bruni ? demanda-t-il.

— La police se demande s'il avait rendez-vous à l'hôtel ou s'il venait y prendre son petit déjeuner tout seul. Il n'y a rien de marqué sur son agenda. Son bureau est sur le trottoir d'en face, presque en vis-à-vis de l'hôtel, à quelques numéros près.

— On parlait beaucoup du prochain poste qu'il décrocherait.

— Oui. Vous connaissiez l'ambassadeur, Grit ?

— Non.

— Il paraît qu'il n'avait pas un caractère facile.

Elle fouilla de nouveau dans son sac à main et lui tendit une carte de visite.

— Voilà comment me joindre si vous avez envie de parler.

— Parler de quoi ?

— La vie, la mort, les tartes aux pêches comme on les fait dans le Sud. Tout ce que vous voudrez.

Elle s'éloigna d'un pas tranquille, suivie par les regards

attentifs des portiers de l'hôtel. Le plus trapu d'entre eux vint se tenir à côté de Grit.

— Les accidents, c'est pas bon pour les affaires. Reste plus qu'à espérer que ces charognards de journalistes rentreront boire un coup quand ils auront fini.

— Vous ne les aimez pas trop, les journalistes, hein ?

— Non.

Il n'avait pas l'air d'aimer grand monde. Cela ne choquait pas spécialement Grit.

— Avec tout le foin qu'ils font, on croirait que ce saligaud est mort pour la patrie au lieu de se faire écraser en traversant la rue.

— Il n'était pas bien vu, à l'hôtel ?

— J'aime pas dire du mal des morts, mais lui, je pouvais pas l'encaisser. Il venait deux, trois fois par semaine et en général, il se comportait comme un emmerdeur de première.

— Pas très généreux, peut-être ?

— Snobinard, surtout. Les radins, je les préfère encore à ces petits aristos qui croient que tout leur est dû et qu'ils peuvent vous passer sur le corps. Ils sont pas tous comme ça, notez. On a des clients très distingués qui sont charmants. Bruni, c'était pas le cas.

— Vous croyez qu'on l'a renversé exprès ?

— Possible. Mais moi, je n'y crois pas. A mon avis, il a oublié de regarder avant de traverser, voilà tout.

— La voiture ne s'est pas arrêtée.

— Moi, j'ai rien vu, mais d'après ce qu'on m'a raconté, le chauffeur ne s'en est peut-être pas rendu compte. On a vu des trucs plus bizarres.

— Quand je roule sur une souris, je m'en rends compte, dit Grit. Il y avait d'autres gens dans les parages quand Bruni s'est fait renverser ?

— Plein.

— Vous avez remarqué quelqu'un en particulier ?

— Pas vraiment.

Le portier fit un geste de la tête vers le bas de la rue.

— Vous connaissez Myrtle ?

— Depuis cinq minutes. Et vous ?

— Elle fait partie des vieux briscards de la presse. Vous n'êtes pas d'ici, je parie ?

— Non.

— A ce qu'on dit, Myrtle n'a pas eu de veine ces derniers temps. Paraît qu'elle n'a plus de boulot. Enfin, elle doit avoir de l'argent de côté, je ne m'en fais pas trop pour elle.

Le portier regarda Grit en plissant les yeux et ajouta :

— Elle ne s'est pas pris une balle, non plus. Merci pour tout ce que vous avez fait.

Grit ne lui demanda pas comment il avait deviné.

— C'est un privilège de servir son pays, dit-il simplement.

— Pas facile de perdre une jambe dans l'exercice de ses fonctions.

La plupart des gens ne repéraient pas tout de suite que Grit portait une prothèse.

— Comment savez-vous que je ne me suis pas fait renverser par un bus ?

— Je le sais, c'est tout.

Grit commençait à se demander si le portier n'était pas un peu un emmerdeur, lui aussi.

Il le sait vraiment, dit Moose. *Il a fait le Viêt-nam. Il a perdu des copains là-bas.*

— Ça suffit, Moose.

— Pardon ? dit le portier.

Sans répondre, Grit s'éloigna vers le bout de la rue. Sa nouvelle copine journaliste avait disparu. Malgré la fraîcheur de l'air, l'humidité était encore sensible. Le climat de Washington au mois de novembre était décidément pourri.

Dans le Vermont, ce devait être encore pire. Il espérait qu'Elijah réussirait à se débrouiller sans lui.

Dans le Vermont, il peut neiger en novembre, dit Moose en soupirant.

Grit n'avait jamais aimé la neige.

10

Elijah avançait sur un éperon rocheux étroit et peu fréquenté, à proximité du circuit de la cascade. Il pressa le pas, non parce qu'il venait d'apercevoir Jo sur le sentier en contrebas, mais parce qu'il avait repéré Devin près d'un sapin-ciguë, trente mètres plus haut.

Jo n'avait aucune chance de le rattraper, sauf s'il décidait de la laisser faire, ou s'il trébuchait et se cassait la figure sur ce raidillon rocailleux, ce qui n'était pas impossible, vu son humeur actuelle. La jeune femme l'avait-elle vu s'engager sur le sentier de la cascade ? A.J. avait-il mouchardé ? Ou bien obéissait-elle à un instinct propre aux membres des services secrets ? Quoi qu'il en soit, elle n'avait pas eu de mal à le retrouver.

Peut-être avait-elle repéré Devin, elle aussi.

Il était possible de monter au sommet de la Cameron Mountain et redescendre en une journée. Les sentiers principaux étaient bien entretenus et balisés. Mais s'ils les quittaient pour s'engager sur un sentier moins fréquenté, ou carrément pour faire du hors-piste, les randonneurs les plus expérimentés risquaient de s'égarer dans un dédale de bois, de falaises, de cuvettes, de torrents et de reliefs abrupts et inhospitaliers. Quelques jours seulement après son retour à Black Falls, Elijah avait dû secourir un couple de Bostoniens en lune de miel qui s'étaient perdus sur la

Cameron Mountain. Ces deux-là avaient eu la chance de se perdre dans l'une des rares zones où le réseau téléphonique passait ; ils avaient pu appeler l'auberge pour demander de l'aide.

Depuis son départ, Elijah avait essayé à plusieurs reprises de joindre Devin sur son portable, mais il n'avait pas eu de réponse.

Il ajusta les bretelles du sac à dos qu'il gardait toujours dans le coffre de sa voiture, puis se lança à l'assaut d'une petite paroi rocheuse quasi verticale. Au-dessus de cette plaque, le sentier continuait à l'horizontale sur quelques mètres avant de monter en lacets vers le sommet.

Devin était juste au-dessus de lui ; il enjambait un épicéa que le vent ou la tempête avait abattu en travers du chemin. Ce versant densément boisé était jonché d'arbres morts.

— Attends un peu, Devin, dit Elijah. Je veux te parler.

L'adolescent se redressa, un bâton de marche à la main, et dit d'une voix essoufflée :

— Laisse-moi tranquille. Tu ferais mieux de rentrer chez toi et de ranger ton bois de chauffage.

— Il est déjà rangé. Qu'est-ce que tu fais ici ?

Devin s'épongea le front et reprit son chemin sans répondre.

Constatant, une fois de plus, que le chemin le plus court entre deux points était la ligne droite, Elijah quitta le sentier et monta tout droit en se frayant un chemin dans les feuilles mortes, les aiguilles de pin et les cailloux. Il ressortit à côté de l'épicéa mort.

Devin hésita une fraction de seconde, puis continua à avancer.

— Tu n'as pas les vêtements qu'il faut, dit Elijah. Tu n'as pas de sac à dos. Donc, pas d'eau. A croire que tu cherches les ennuis.

Devin lui lança un regard par-dessus son épaule : sa casquette était enfoncée sur ses yeux.

— C'est ma sœur qui t'envoie ?

— Personne ne m'envoie, mais je dois dire qu'elle se fait du souci pour toi.

— Elle se fait du souci pour tout.

— Peut-être qu'elle a de bonnes raisons de…

— Pas de s'inquiéter pour moi, en tout cas.

Elijah enjamba l'arbre tombé en prenant garde aux aiguilles et à la résine collante. Sept mois plus tôt, il pensait sans cesse à cette montagne, ne cessait de s'y projeter, de s'imaginer de retour ici. Ces images l'avaient aidé à faire face au chagrin, à la douleur, à la rééducation… et à la colère.

— Tu vas rejoindre Nora ? demanda-t-il à Devin. Son beau-père a été tué à Washington, ce matin. Elle est partie toute seule, sans prévenir personne. Si tu es au courant de ce qu'elle compte faire, tu pourrais rassurer les gens qui s'inquiètent pour elle.

— Ah, oui ? Qui ça ?

Devin pivota sur lui-même et regarda Elijah avec amertume.

— Son père se fiche pas mal de ce qui lui arrive. Sa mère aussi. Ils ne pensent qu'à leurs propres vies. Pour ce qui est de son beau-père… Nora ne me l'a pas dit. Je le sais par Hannah. Je suis désolé qu'il soit mort, mais lui non plus, il ne s'est jamais occupé d'elle.

— Tu as eu l'occasion de le constater par toi-même, ou c'est Nora qui te l'a dit ?

— Qu'est-ce que ça change ?

— On peut facilement avoir l'impression d'être délaissé par tous quand on ne sait pas quoi faire de sa vie.

— Va te faire voir.

A dix-huit ans, il aurait eu la même réaction, songea Elijah. Il ajouta tout de même :

— Nora n'a pas l'habitude de la montagne. Pas autant que toi, en tout cas.

— Elle a juste envie de s'éclaircir les idées et de s'entraîner à faire ce que tu lui as appris. Je lui avais déjà donné les mêmes conseils, mais il fallait qu'elle les entende de ta bouche pour les croire.

Il redressa la tête et ajouta :

— De la bouche du grand héros de guerre.

Elijah ne releva pas.

— Tu as une idée de son itinéraire ? demanda-t-il. Elle a quand même de fortes chances de se perdre ou d'avoir des ennuis. Elle a pris un téléphone ou un GPS ?

— Je ne sais pas. Elle ne m'a rien dit.

— Vous ne seriez pas en froid, par hasard ?

— Fiche-moi la paix, Elijah ! Je sais bien que pour toi et A.J., je ne vaux rien. Tant pis pour vous.

— Si tu ne sais pas où est Nora, pourquoi est-ce que tu ne redescends pas avec moi à l'auberge ? On pourrait discuter tous les trois avec A.J. et essayer de s'arranger.

— Sans façons. Tu peux redescendre tout seul.

Elijah avait bien envie de lui tordre le cou.

— Pourquoi es-tu aussi agressif, Devin ?

— J'en ai assez d'être mis sur la sellette par la famille Cameron. J'ai retrouvé le corps de ton père, et voilà comment on me remercie.

— Parce que tu t'attendais à des remerciements ?

L'adolescent pâlit légèrement ; il semblait se rendre compte qu'il était allé trop loin.

— J'ai bien envie de te balancer du haut de la montagne, reprit Elijah. En tout cas, si tu vois Nora, dis-lui qu'elle n'est pas aussi seule qu'elle le croit.

— Bien sûr qu'elle est seule.

Devin se retourna : il se tenait au milieu du sentier, les

joues enflammées par le froid et la colère, son bâton de marche coincé sous le bras.

— On est tous seuls, quand on y réfléchit bien.

— C'est de plus en plus marrant de discuter avec toi, Devin.

— Je suis réaliste, c'est tout.

— Ecoute, si tu as besoin d'un coup de main…

— Je n'ai besoin de rien.

— Il manque de l'argent dans la caisse de l'auberge, déclara calmement Elijah.

Devin fixa du regard un bosquet de conifères comme s'il cherchait à se maîtriser.

— Je ne suis pas un voleur, dit-il. Je n'ai rien pris à personne.

— Tu étais à court de liquide, et il y en avait devant ton nez.

— Je n'ai rien pris à A.J. ni à l'auberge. Si vous aviez la moindre preuve contre moi, vous auriez appelé la police.

— Pas forcément.

— Tu me prends pour un idiot ?

Le jeune homme fit demi-tour et se remit en marche.

— Les Cameron ne font de faveurs à personne, en dehors de leur famille.

Elijah restait à trois mètres derrière Devin ; il se demandait combien de temps il faudrait à Jo pour les rattraper. Il n'avait pas envie de parler du vol devant elle.

— Et Nora ? Elle a l'habitude d'avoir de l'argent. Ça a dû lui faire un drôle d'effet, quand elle a dû se débrouiller toute seule.

— Elle non plus, ce n'est pas une voleuse.

— Tu croyais l'impressionner en ayant un peu plus de liquide sur toi ?

Devin bondit sur un gros rocher au milieu du sentier.

Sauf à lui sauter dessus et le faire tomber, Elijah était obligé de le laisser partir.

— Prends ton temps, dit-il. Ne va pas trébucher sur un caillou et t'ouvrir le crâne. Je ne te suivrai pas. Si tu veux me parler, tu sais où me trouver. A n'importe quelle heure du jour ou de la nuit.

Aucune réaction.

— Et toi, tu seras où, si je veux te joindre ?

Devin lui fit un doigt d'honneur sans ralentir ni même lancer un regard par-dessus son épaule.

« Message reçu », pensa Elijah.

Il fit demi-tour et redescendit en suivant le sentier, sans prendre de raccourci, cette fois. Une brise fraîche soufflait, chargée du parfum acide des pins et des épicéas. Elijah avait tout le matériel nécessaire pour passer la nuit en montagne. Il n'avait pas besoin de redescendre.

Mais il y avait Jo. Il passa le virage en épingle à cheveux, s'agrippa aux racines d'un épicéa géant et se laissa tomber sur le sentier devant elle.

— Agent Harper, dit-il avec amabilité. Belle journée pour la randonnée, mais attention aux zones humides. Il ne s'agit pas de contribuer à l'érosion des sentiers, n'est-ce pas ?

Pour quelqu'un qui était monté aussi rapidement, elle n'avait pas l'air particulièrement essoufflée. Elle regarda le sentier qui s'élevait au-dessus d'eux.

— Et Devin ? Il va où ?

— Je ne sais pas. Pourquoi ? Il n'est tout de même pas recherché par les services secrets ?

Jo fit comme si elle n'avait pas remarqué la note de sarcasme qui s'était glissée dans la voix d'Elijah.

— Et Nora Asher ?

— Pas vue.

— Et Devin ?

— Il ne m'a pas dit ce qu'elle faisait.

— Est-ce qu'il compte la retrouver ?

— Ça non plus, il ne me l'a pas dit.

Elijah nota le rose qui nimbait les joues de Jo. Un rose dû au vent, à l'effort, à la détermination… et à l'exaspération.

— Pas facile d'être exilée dans le Vermont alors qu'un ambassadeur vient de se faire zigouiller à Washington, pas vrai, Jo ? Que Nora soit partie camper dans les bois, ce n'est pas un incident diplomatique, mais ça te rappelle que tu n'as rien à faire, alors tu essaies de transformer…

— Elijah !

Il lui adressa un grand sourire et ajouta :

— Qu'est-ce qu'ils sont beaux, tes yeux ! Le bleu ressort encore mieux avec tes mèches rousses.

— Elijah, on peut faire ça poliment, ou je peux te tirer une balle. Tu préfères quoi ?

— Tu n'es pas censée dire des trucs comme ça. Pour une professionnelle, ça la fiche mal.

— Il n'y a pas de témoins.

— Tu ne pensais pas qu'il y en avait chez les Neal.

— Je n'y ai pas réfléchi, si tu veux savoir.

Il fallait reconnaître qu'elle était forte. Elijah sauta sur un grand rocher plat et la dévisagea. Une brise soufflait dans les arbres et faisait bruire les feuilles.

— Devin n'est pas un mauvais gars, dit-il. Et si Nora a décidé de passer la nuit en montagne, elle sait ce qu'elle doit faire.

— Il y a beaucoup de gens qui le savent et qui se retrouvent pourtant en mauvaise posture.

« Mon père, par exemple. »

Jo eut l'air de lire dans ses pensées : elle aspira une grande bouffée d'air et dit :

— Excuse-moi, Elijah. Je ne voulais pas…

— Laisse tomber. Tu ne fais qu'énoncer une évidence. Je comprends que le père de Nora soit inquiet, mais elle a pris beaucoup d'avance sur nous. Même si on la retrouve, il fera sans doute nuit avant qu'on arrive à la faire redescendre. Je suis équipé pour passer la nuit en montagne, mais toi, tu ne l'es pas.

— Et Nora ?

— Si elle a emporté le matériel qu'elle m'a montré, elle s'en sortira sans problème.

— Et Devin ?

— C'est un alpiniste-né. Tu lui donnes un couteau suisse, il est capable de survivre dans l'Antarctique.

Voyant que Jo refusait de prendre les choses sur le ton de l'humour, il ajouta :

— Je ne me fais aucun souci pour lui. A mon avis, on ferait mieux de redescendre avant de nous attirer nous-mêmes des ennuis.

Il indiqua le sentier d'un geste de la tête.

— Passe la première. Je préfère regarder tes fesses que te montrer les miennes.

— Elijah !

— Mais vous rougissez, agent Harper ! J'ai bien cru que je ne verrais jamais ça. Même il y a quinze ans, quand on…

— Elijah, je suis en train de chercher un bon endroit pour me débarrasser de ton corps.

Elle voulut prendre une mine renfrognée, mais n'y arriva pas. Elijah se mit à rire. L'évocation de la mort de son père n'empêchait pas Jo de se comporter comme d'habitude, et cela lui plaisait. Elle était toujours aussi tranchante, aussi fougueuse, aussi maligne.

Elle posa un pied sur un rocher à hauteur du genou et étira ses mollets. Elijah ne put s'empêcher de remarquer le galbe de ses hanches.

— Tu es en jean, dit-il. C'est une mauvaise idée, quand il fait froid.

— Je suis au courant. Par ailleurs, si je puis me permettre, tu es aussi en jean.

Il tapota la bretelle de son sac.

— J'ai des vêtements de rechange. Toi, tu n'as même pas pris d'eau.

Sans répondre, elle reposa son pied sur le sol.

— Heureusement, j'ai assez d'eau pour deux, dit Elijah.

— Merci. Si j'ai soif, je te le dirai.

— Il y a combien de temps que tu n'es pas partie toute seule en randonnée ?

— Des années, répondit-elle sèchement.

Puis elle s'éloigna à toute vitesse sur le sentier.

Ses fesses n'étaient pas désagréables à regarder, pensa Elijah. Elles ne l'avaient d'ailleurs jamais été.

Quelques minutes plus tard, Jo s'arrêta brusquement et se retourna vers lui.

— Je veux savoir ce que vous me cachez, A.J. et toi.

Il s'avança à sa hauteur.

— Pour mon frère, je ne sais pas, mais moi, j'hésite depuis un moment à te dire que tu as une grosse tache de boue sur la cuisse gauche.

— Je ne plaisante pas.

— Moi non plus. Elle est à environ dix centimètres en dessous de l'endroit où les billes en plastique se sont encastrées.

— Tu n'as pas la moindre idée de l'endroit où elles se sont encastrées.

— Détrompe-toi. On le voit très bien sur la vidéo. Celui qui l'a mise en ligne a ajouté des flèches rouges pour montrer les points d'impact.

Elle poussa un gros soupir.

— Ça va me poursuivre toute ma vie, cette histoire.

— A mon avis, oui.

— Ecoute, Elijah…

Elle semblait plus calme à présent, moins combative.

— Je suppose qu'avec A.J., vous refusez de me dire ce que Devin a fait, ou ce que vous le soupçonnez d'avoir fait, parce que vous voulez lui donner une chance de se racheter.

Il ne répondit pas.

— J'ai raison, n'est-ce pas ?

— Tu es une Harper. Tu adores avoir raison.

Ce n'était pas la chose la plus gentille qu'il aurait pu dire, mais elle ne riposta pas. Elle posa simplement les mains sur ses hanches fines, l'air on ne peut plus sérieuse, et laissa son regard se perdre dans la forêt.

— Ton père connaissait cette montagne mieux que personne, à part toi, peut-être. Il avait un sac à dos plein de matériel. Il était bien équipé…

— Il n'avait pas pris de raquettes.

— La neige n'était pas si profonde que ça. Il a réussi à monter quasiment au sommet en chaussures de marche. Par contre, on a retrouvé son sac à dos à plusieurs mètres de son corps. Ça, c'est important, Elijah. Tu le sais. Il arrive que les gens en état d'hypothermie soient désorientés et prennent de mauvaises décisions.

— On ne sait pas ce qui s'est passé.

Jo le scruta du regard comme elle seule savait le faire.

— Tu ne crois pas que sa mort ait été accidentelle.

— Ce que je crois n'a aucune importance.

— Il a pu tomber et perdre son sac avant de commencer à ressentir les effets de l'hypothermie, dit-elle. Il avait de l'expérience — il a secouru assez de gens sur cette montagne pour savoir ce qu'il risquait, dans les conditions. Normalement, au premier signe de danger, il aurait dû sortir des vêtements supplémentaires, sa couverture de survie…

— Ses deux sacs poubelles.

— Cela aurait fonctionné, mais il ne les a pas utilisés, si ?

— Non.

Elijah fit glisser son sac de son épaule, sortit sa gourde, la déboucha et but longuement sans quitter Jo du regard. Enfin, il poursuivit :

— Tu veux que je te jette sur mon épaule et que je te porte jusqu'en bas, ou tu veux continuer à avancer toute seule ?

— Je ne sais pas. Ça pourrait être marrant de me faire jeter sur ton épaule.

— Jo…

Elle lui lança un sourire malicieux avant de se remettre en route.

Elijah reboucha sa gourde et la suivit à une allure modérée. Au bout de quelques minutes, elle le distança, puis disparut de sa vue au détour d'un lacet. Mais à la sortie du même lacet, il la trouva plantée au milieu du sentier, les deux mains tendues pour l'empêcher de passer.

— Une embuscade, dit-il avec amusement. Tu m'as fait le même coup à douze ans. Si mes souvenirs sont bons, il m'a suffi de te soulever et de te déplacer.

— Ecoute, dit-elle d'une voix douce mais tendue.

Elle posa ses mains sur la poitrine d'Elijah et le fit basculer sur ses talons.

— Même si ton père avait fait tout ce qui était en son pouvoir, il aurait quand même pu mourir d'hypothermie au bout d'un moment. Tu le sais. Quoi qu'il en soit, il n'est plus là. Nora et Devin, eux, sont encore vivants. Si jamais tu penses qu'ils sont en danger, l'un ou l'autre…

— Si je le pensais, j'en aurais déjà parlé à la police.

Jo marqua une pause, puis reprit :

— Je te crois.

— Vraiment ?

Comme elle faisait mine de s'éloigner, Elijah la rattrapa en lui prenant les mains. Il l'entendit inspirer vivement tandis qu'il l'attirait vers lui. Les doigts de Jo étaient froids, mais l'expression de son visage ne l'était certainement pas. Elle écarta un peu les lèvres et le regarda droit dans les yeux. Il dit la première chose qui lui vint à l'esprit.

— On est à vingt minutes de la cascade. On pourrait se baigner. L'eau est glacée, mais ça nous ferait tout oublier pendant un petit moment.

Il sourit : il avait tellement envie de l'embrasser, de lui faire l'amour de nouveau, qu'il en avait mal partout.

— C'est une bonne idée, non ?

— Dis-moi, Elijah, tu perds vraiment les pédales ?

Il leva la main de Jo vers sa bouche et embrassa l'extrémité de ses doigts.

— Pas du tout.

Puis il lui adressa un clin d'œil et lâcha sa main.

— Sinon, on serait déjà en train de se déshabiller devant les chutes.

— Toi, peut-être. Pas moi. J'ai passé l'âge de me baigner nue dans l'eau glacée.

Elle laissa ses mains pendre de part et d'autre de son corps, referma les poings et ajouta :

— Elijah, Devin n'est pas toi à dix-huit ans. Ce n'est pas à toi de le sauver.

Cette affirmation le hérissa. Il dépassa Jo en quelques pas rapides, puis se retourna pour la regarder d'en bas. Dans la lumière tombante de fin d'après-midi, ses yeux étaient sombres, sa peau pâle.

— Ce serait une erreur de croire que tu me connais, Jo.

— Tu essaies de me faire peur ? demanda-t-elle.

Cette réaction le prit au dépourvu. Elle s'avança vers lui d'un pas assuré.

— Parce que ça ne prend pas. Je t'admire pour ce que tu as fait dans l'armée, Elijah. Je suis désolée que tu aies été blessé et que ton père soit mort. Je suis désolée qu'il m'ait laissé le terrain en bordure du lac au lieu de vous le laisser à vous. Mais tu ne me fais pas peur.

— Bon sang, Jo, tu es une vraie furie ! Pas étonnant que Charlie Neal se soit arrangé pour te faire tirer dessus. Si tu veux vraiment le savoir, tu me fiches une trouille bleue.

— Tu veux bien arrêter ?

— Je ne plaisante pas. A l'âge de quinze ans, tu étais déjà flippante. Je te revois me lancer des éclairs de tes yeux turquoise pour me clouer sur place. A dix-huit ans, comment voulais-tu que je te résiste ?

— Tu n'as même pas essayé, si je me souviens bien. Tu m'as couru après comme si ta vie en dépendait.

— C'était marrant, non ?

— Mémorable.

Un souffle de vent subit la fit frissonner, et elle fixa son regard sur le panorama qui apparaissait entre les arbres.

— Dix-huit ans, ça ne semblait pas aussi jeune, à l'époque.

Elle lui lança un regard oblique, puis se mit à sourire.

— Pas étonnant que mon père ait cherché tous les prétextes pour te flanquer en prison. J'ai souvent pensé que c'était aussi bien que ce soit ton père qui nous ait trouvés, plutôt que le mien.

— C'est pour te rebeller contre lui que tu t'es amourachée de moi ?

— Pas du tout, répondit-elle sans hésiter.

Puis sa discipline d'agent fédéral reprit le dessus et elle se remit à marcher.

— Peut-être que Devin a décidé de laisser tomber Nora et de rentrer à la maison. Il a pu redescendre par un autre sentier. Il habite toujours chez sa sœur ?

— A.J. le laisse dormir à l'auberge.

— Tu veux dire Lauren.

— Si tu préfères.

— Peut-être qu'on devrait aller frapper à sa porte.

— Très bien, soupira Elijah en hochant la tête. On n'y manquera pas.

11

Sous un vent glacé qui perçait ses vêtements, Jo traversa le grand pré et s'engagea sur la petite route qui menait à l'auberge de Black Falls. Bientôt, le bâtiment principal se découpa sur un ciel mauve strié de gris. C'était la fin de l'après-midi, et la nuit tombait déjà. Jo avait bien envie d'aller se réchauffer au coin du feu, mais Elijah, qui était loin devant elle, se dirigeait tout droit vers le magasin, situé dans un petit bâtiment entouré de conifères.

Jo pressa le pas et réussit à le rattraper.

— Et si j'avais trébuché dans le pré et que je m'étais cassé la jambe ?

— Je l'aurais su, répondit Elijah sans se retourner.

— Tu as des yeux derrière la tête ? Ou un sixième sens très éveillé ?

— Non.

Il se retourna enfin ; dans la lumière tombante, ses yeux étaient presque marine.

— Tu n'es pas du genre à souffrir en silence, c'est tout.

Le magasin était fermé ; un panneau sur la vitrine avisait les clients de s'adresser à l'auberge. Un arrangement d'épis de maïs secs, de citrouilles et de chrysanthèmes jaunes, blancs et dorés ornaient la porte d'entrée — sans aucun doute l'œuvre de Lauren, pensa Jo.

Elijah mit la main dans un pot de chrysanthème et en sortit une clé.

— C'est le premier endroit où je chercherais, dit Jo.

— Tu n'as qu'à le dire à A.J.

Elijah tourna la clé dans la serrure et la porte s'ouvrit. Il s'était un peu calmé depuis qu'elle l'avait intercepté dans la montagne, mais il restait manifestement concentré sur la mission qu'il s'était fixée. Jo aurait pu se laver les mains de toutes ces histoires, mais son intuition lui disait que ce qui se tramait entre Devin Shay et les frères Cameron avait un lien avec l'expédition entreprise par Nora. Il était en effet possible que la jeune femme ait prévu cette randonnée de longue date et que la mort de son beau-père ait simplement précipité son départ. Mais sa fuite en larmes du café, ce matin, suivie par un Devin désemparé, indiquait qu'il se passait autre chose. Et Jo voulait savoir de quoi il s'agissait.

Elle ne se leurrait pas, toutefois. Si elle y tenait tant, c'était aussi à cause d'Elijah.

Elle entra derrière lui dans l'unique pièce du magasin. A.J et Lauren y vendaient un éventail restreint mais soigneusement sélectionné de matériel de plein air. Des kayaks aux couleurs vives pendaient du plafond : au sol, des rangées de VTT côtoyaient des raquettes, des skis de fond et des sacs à dos. Jo se fraya un chemin entre les présentoirs chargés de bonnets et de gants, qui lui rappelèrent à quel point sa garde-robe actuelle était inadaptée au climat du Vermont. Au moment de faire ses bagages, elle n'avait pas imaginé qu'elle passerait son temps à pister Elijah sur la Cameron Mountain. Elle eut envie d'empocher une paire de chaussettes en laine, mais se contenta de se servir un gobelet d'eau au distributeur.

Elijah partit tout droit vers l'escalier au fond de la salle.

Jo avala son eau en deux gorgées et lui emboîta le pas. En montant, elle faillit laisser échapper un commentaire sur la superbe paire de fesses qu'elle avait devant ses yeux, puis elle décida de s'abstenir. Elle avait assez provoqué Elijah pour aujourd'hui.

Sur le palier, elle resta derrière lui tandis qu'il frappait à la porte. Personne ne répondit. Ce n'était pas une surprise, mais Jo remarqua l'hésitation d'Elijah, la tension qui crispait sa main autour de la poignée de porte.

— Tu as envie d'enfoncer la porte ? demanda-t-elle calmement.

— Pas besoin. A.J. a la clé.

— Ça revient au même, Elijah. Tu ne peux pas…

— Tout doux, agent Harper.

Il laissa sa main retomber le long de son corps et se tourna vers Jo : ils étaient nez à nez, à présent, et tout près l'un de l'autre.

— Tu es en train de t'exciter à l'idée de me passer les menottes, pas vrai ?

De toute évidence, il s'amusait comme un fou.

— Ce sera pour une autre fois, ma douce.

— Même à dix-huit ans, je n'aimais pas que tu m'appelles « ma douce ».

— Menteuse ! dit-il avec un grand sourire. Tu adorais ça,

Puis il passa devant elle en la frôlant et redescendit au rez-de-chaussée.

Jo écrasa son gobelet en papier et le suivit sans se presser. Les sept kilomètres de course à pied avec sa sœur, puis l'ascension et la redescente rapides de la Cameron Mountain se faisaient douloureusement sentir dans ses cuisses. Et son flanc était encore endolori par l'impact des billes en plastique.

Elijah passa sous le comptoir et disparut dans un réduit adjacent au magasin. Il en rapporta une boîte métallique grise qu'il posa sur le comptoir.

— Ça, dit-il, c'est la petite caisse d'A.J.

Il ouvrit la boîte. Elle contenait des fiches bristol, quelques billets d'un dollar et des pièces.

— Il manque trois cents dollars en coupures de cinq, de dix et de vingt.

— Tu veux dire qu'ils ont été volés.

— Volés ou empruntés… en tout cas, ils ne sont plus là. A.J. s'en est aperçu ce matin. Autrefois, il ne faisait pas la caisse tous les jours, surtout hors saison, mais ces derniers temps, il s'y est mis.

— Parce que tu lui as dit de garder un œil sur Devin. Tu penses qu'il ne t'a pas tout dit sur la mort de ton père.

— Exact, confirma Elijah. En plus, il n'est pas venu travailler ce matin. A.J. m'a appelé pour me prévenir. Je suis d'abord passé au café pour voir si Devin y était. Ensuite chez les Whittaker. C'est là que j'ai appris la mort d'Alex Bruni.

— Tu as parlé à Devin de l'argent manquant, quand tu l'as rattrapé tout à l'heure ?

— Il m'a dit qu'il n'était pas un voleur.

— Tu le crois ?

— Je crois qu'il me cache des choses.

Elijah s'immobilisa, ferma les paupières à moitié et ajouta :

— Toi aussi, tu m'en caches, Jo.

Celle-ci décida de ne pas réagir.

— La clé est sur la boîte, dit-elle. Ce n'est pas la peine d'en avoir une, si c'est pour la laisser dans la serrure.

— A.J. te sera sans doute très reconnaissant de lui ouvrir les yeux à ce sujet.

Jo fit quelques pas en arrière et leva son regard vers un kayak rouge vif pendu au plafond. Et si elle le louait et passait toute la journée du lendemain à pagayer sur le lac, avant qu'il ne se recouvre de glace ? Un trou dans la caisse de l'auberge, deux jeunes gens à problèmes… Pourquoi s'immisçait-elle dans ces affaires entre Devin Shay, Nora

Asher et la famille Cameron ? Même la mort d'Alex Bruni à Washington ne la regardait pas, en définitive.

Elijah referma la boîte métallique.

— Il va falloir que tu me dises la vérité, Jo. Bientôt.

Jo sentit sa gorge se serrer. Il lui était déjà difficile de garder de la distance professionnelle et de l'objectivité dans le cadre de sa ville natale, mais, face à Elijah, ce n'était même pas la peine d'essayer.

Il rapporta la boîte métallique dans le réduit et sortit de derrière le comptoir.

— J'ai une certaine expérience des gens qui ne veulent pas parler.

Il s'approcha tout près d'elle.

— Qu'est-ce que tu me caches, Jo ?

Ce qu'elle lui cachait, c'était le voyage de son père à Washington. Et ce qu'il lui avait confié sous les cerisiers en fleur : la peur qu'il éprouvait pour son deuxième fils, ses regrets relatifs au passé. Mais elle ne se sentait pas prête à aborder ce sujet maintenant.

Elijah continuait à la fixer du regard. Jo sentait la tension qui l'habitait. Elle remarqua soudain une petite cicatrice sur sa mâchoire, qui n'y était pas autrefois, quand il avait dix-neuf ans. Que savait-elle d'Elijah Cameron ? Pourquoi croyait-elle savoir quoi que ce soit ?

— Jo… Bon sang…

Il mit un doigt sous son menton et releva son visage vers lui.

Elle aurait pu faire quelque chose pour briser le sortilège. Sourire, éclater de rire, lui donner un coup de pied, se mettre à parler de l'hypothermie. N'importe quoi, en fait. Mais elle ne fit rien. Elijah se pencha pour s'emparer de sa bouche, et elle entrouvrit les lèvres pour s'offrir à lui. Ce ne fut pas un baiser délicat, cette fois, mais une étreinte violente et passionnée. Elijah l'entoura de ses bras et l'attira contre lui de toutes ses forces. Même à travers son blouson, Jo sentait ses muscles, sa force. Enflammés par ce baiser, ils restèrent quelques secondes à prendre goulûment ce qu'ils s'offraient l'un à l'autre.

Calant ses mains sous ses hanches, il la souleva et la plaqua contre lui. Elle se sentait prête à arracher tous ses vêtements, puis à le déshabiller en un tour de main.

Mais il lui avait toujours fait cet effet. Et, même si elle venait de laisser échapper un gémissement lascif, elle savait que ce serait de la folie de céder à ce désir.

— Elijah…

— Je sais.

Il la reposa sur le sol, l'embrassa sur la bouche et quitta le magasin sans se retourner.

Jo finit par prendre une paire de chaussettes en laine. Elle les paierait plus tard. Puis elle quitta le magasin à son tour et ferma la porte à clé.

Le ciel s'était assombri ; il ne restait plus qu'un mince filet de lumière orange à l'ouest. L'air était limpide et très froid.

Le faucon à la queue rouge n'était pas en vue.

Elijah l'attendait sur le chemin en pierre, les mains enfouies dans les poches de son blouson en toile. Son visage n'affichait plus aucun désir ni humour, mais il était également dénué de colère et d'amertume.

— Tu me compliques la vie, Jo. Comme toujours.

— Tu veux dire que si je n'avais pas été là, tu aurais enfoncé la porte de Devin ?

Il la regarda d'un air appuyé et un petit sourire apparut sur ses lèvres.

— En fait, j'étais encore plus tenté de le faire à cause de ta présence.

Il n'avait pas besoin de s'expliquer davantage. Devin avait forcément un lit dans sa chambre. Jo eut tout d'un coup nettement moins froid, et elle décida de changer de sujet.

— On dirait que Devin va dormir là-haut.

— Il n'a pas le matériel nécessaire. Il ne portait même pas un sac à dos.

— Il a pu le laisser dans sa voiture. Tu sais où il s'est garé ?

— Pas sur le parking de l'auberge, en tout cas. Nora non plus. Je vais remonter jusqu'aux départs de sentiers pour voir s'ils ont laissé leurs voitures là-bas.

Il tourna son regard vers la Cameron Mountain qui se découpait au-dessus de la route.

— Bivouaquer dans ces conditions, ce n'est pas de la rigolade. Devin l'a déjà fait. Pas Nora.

— On va peut-être les voir arriver à l'heure du dîner. A leur place, la simple idée d'un bon repas chaud au coin du feu me ferait redescendre à toute vitesse.

Elle eut un frisson exagéré. Elijah s'avança vers elle, attrapa la glissière de sa laine polaire et la remonta jusqu'au menton.

— C'est plus facile de rester au chaud que de se réchauffer.

Il laissa ses doigts s'attarder un instant sur la mâchoire de Jo.

— Va te trouver un coin de feu et un plat chaud à manger. Les histoires de Devin ne te concernent pas.

— Autrement dit, tu ne veux pas que je vienne y fourrer mon nez.

Il recula d'un pas, puis s'éloigna vers le parking en marchant sur l'herbe gelée.

— Fais attention en conduisant, dit-il sans se retourner. Tu as l'habitude de la ville. Ici, la nuit, il n'y pas beaucoup de lumière ambiante.

Il continua en direction de sa voiture. Jo ne fit rien pour l'arrêter. Elle remonta jusqu'à l'auberge ; A.J., qui devait la guetter par la fenêtre vint la rejoindre sur la terrasse. Il avait mis un blouson, cette fois, mais ses grandes épaules étaient crispées par le froid — ou par la contrariété.

— Vous faites une bonne équipe, avec Elijah, dit-elle.

— Ça dépend, fit remarquer A.J. en haussant les épaules.

Une fenêtre s'alluma au-dessus de la terrasse. Les rideaux étaient tirés, et l'on ne voyait pas à l'intérieur.

— Vous avez du monde, ce soir ?

— Six. Ils sont ravis d'avoir l'auberge pour eux tout seuls.

— Lauren…

— Elle est rentrée à la maison avec les enfants.

A.J. et sa femme rénovaient une ancienne ferme située sur les hauteurs de Black Falls, le long de la route des crêtes. Mais de toute évidence, il n'était pas venu rejoindre Jo dans la nuit froide pour échanger des banalités.

— Elijah t'a parlé de l'argent qui manque ?

— Il vient de le faire. Il aurait dû me le dire tout de suite.

— C'est ma faute. Je lui ai demandé de n'en parler à personne. C'est de la mauvaise publicité pour l'auberge.

— Lauren est au courant ?

— Non.

— Tu devrais le lui dire. Dis-lui aussi qu'Elijah pense que votre père a été assassiné.

— Merci pour les conseils, répliqua A.J. avec froideur. Pour ce qui est d'Elijah, il a vécu un enfer, cette année. S'il a des questions à poser sur la mort de papa, j'estime que c'est son droit.

— Et toi, A.J, tu crois que quelqu'un a tué ton père ?

Il aspira une grande bouffée d'air, mais son visage resta impassible.

— Tu n'as pas l'habitude de tourner autour du pot, hein ? La seule certitude qu'on a, c'est que papa est mort d'hypothermie. Quant au reste…

Il baissa les yeux et frotta le bout de sa botte contre une dalle en pierre.

— Je ne suis pas habitué au monde dans lequel vous vivez, Elijah et toi. Lauren non plus. On vit à la campagne, on a des enfants en bas âge. Ces histoires de meurtre…

— Prends soin de ta famille, A.J. Laisse la police s'occuper du reste. Elijah ferait mieux d'en faire autant.

Elle plissa les yeux en regardant la montagne sombre et inhospitalière qui se découpait sur le ciel nocturne.

— Moi non plus, je n'appartiens pas au monde d'Elijah, tu sais. Ton frère est un guerrier et un héros. Je ne suis ni l'un ni l'autre.

— Beaucoup de gens d'ici sont fiers de toi, Jo.

— Pas cette semaine, dit-elle avec un sourire.

— Peut-être qu'ils le sont encore plus, cette semaine.

A.J. essayait de sourire, lui aussi, mais n'y parvenait pas tout à fait.

— Elijah a pas mal de démons à combattre, Jo. Il aurait bien besoin d'une alliée.

— Et toi, tu ne peux pas l'aider ? Tu es son frère !

— Je ne suis pas toi.

Jo fut dispensée de répondre, car, l'instant d'après, A.J. marmonna un au revoir et disparut à l'intérieur. Quand la porte se fut refermée derrière lui, Jo souffla un bon coup et frissonna de la tête aux pieds — pour de vrai, cette fois.

— Bon sang, ce que ça caille ! dit-elle à voix haute.

Elle se pressa vers sa voiture. Il fallait qu'elle quitte les terres de la famille Cameron avant de perdre complètement les pédales.

Sur la route des crêtes, les érables à sucre centenaires se détachaient sur le paysage immobile. Jo ralentit en arrivant au hameau que les gens d'ici appelaient les Quatre Coins, situé à l'intersection entre la route des crêtes et celle, étroite et sinueuse, qui descendait de la Cameron Mountain. C'était ici que s'étaient établis les premiers colons de la vallée. A un coin, une église blanche du début du dix-neuvième siècle dressait sa flèche ; en face s'étendait un cimetière entouré d'un mur en pierre. Un grand bâtiment en bardage à l'élégance délabrée occupait le troisième coin : c'était une ancienne taverne qui appartenait à un couple âgé de Black Falls. Selon la rumeur, Sean Cameron espérait la racheter. Jo se demandait bien ce qu'il voulait en faire. Enfant, elle avait été convaincue, comme ses frères et sa sœur, que le bâtiment était hanté.

A côté de la taverne, les fenêtres de la maison qu'A.J. et Lauren rénovaient étaient illuminées. C'était l'une des plus belles de Black Falls, avec son jardin et ses grands arbres. Jo aurait pu continuer tout droit jusqu'à la maison où elle avait grandi et s'inviter à dîner. Son père était un policier à la retraite qui avait encore ses entrées auprès des forces de l'ordre locales. Elle aurait pu lui parler de la mort de Drew Cameron, du meurtre d'Alex Bruni, des liens de ce dernier avec Black Falls, du départ impromptu de Nora Asher en montagne et même de Devin Shay et de l'argent disparu.

En revanche, elle ne pouvait lui parler d'Elijah Cameron.

Ni aujourd'hui ni jamais.

Or, comme elle venait d'embrasser ledit Elijah deux fois dans la même journée, Jo décida de tourner à droite et de prendre le raccourci qui redescendait au village.

Elijah avait raison : il faisait très sombre, la nuit, sur ces petites routes. Mais il avait tort sur un point : Jo ne l'avait pas oublié.

Par cette froide nuit de novembre, le village de Black Falls était calme. Seuls le bar, tenu par un ami d'enfance des frères Cameron, et la bibliothèque, située dans un bâtiment des années 1920, sur la place, étaient encore ouverts. Quelques voitures étaient garées devant le café des Three

Sisters. L'établissement avait fermé ses portes, mais des lumières brillaient encore à l'intérieur.

Jo se gara derrière le pick-up de son frère cadet, Zack. En entrant dans le café, un parfum citronné lui picota les narines. Beth récurait une table devant la vitrine tandis que Zack, un sapeur-pompier et briseur de cœurs réputé dans tout le sud des Green Mountains, se tenait au-dessus d'elle et lui indiquait les endroits qu'elle avait oubliés.

Beth finir par lui tendre son torchon d'un air exaspéré.

— Tu veux me remplacer ?

Zack la regarda d'un air amusé. Il avait une carrure musclée, des cheveux plus sombres que ceux de Jo ou de Beth, et des yeux qui tiraient plus sur le vert. Son sourire était légendaire et irrésistible.

— En échange de quoi ?

— Une tarte au poulet d'hier.

— Vendu.

D'après les bruits de voix et de casseroles qui filtraient depuis l'arrière, Jo supposa que Dominique et Hannah travaillaient en cuisine.

— Je peux vous aider ? demanda-t-elle.

— On a presque terminé.

Beth passa la main dans un seau d'eau savonneuse et en sortit un autre torchon.

— On a un service de nettoyage, mais de temps en temps, on aime bien tout retourner de fond en comble. Après la journée qu'on a passée, tout le monde avait envie de se changer les idées.

— Nora n'est pas revenue ? demanda Jo.

— Non.

D'un air de gaieté forcé, Beth lui indiqua la vitrine à pâtisseries.

— Il reste deux brownies. Tu en veux un ?

Puis elle ajouta sur un ton neutre :

— Tu pourrais en rapporter un à Elijah.

Jo, qui n'était pas du genre à refuser du chocolat, prit un des gâteaux et s'installa à une petite table carrée pendant que son frère et sa sœur continuaient à nettoyer.

— Bon, dit-elle en mordant le coin d'un brownie lisse et moelleux. Dites-moi ce que vous savez sur Devin Shay. Et Nora Asher. Et, tant qu'on y est, sur Elijah Cameron.

Zack essora son chiffon.

— Tu es rentrée depuis quand, Jo ?

— Ça fait trois jours.

— Trois jours, et tu commences déjà à faire des vagues.

Il entreprit de récurer une autre table avec son habituelle énergie.

— Devin est complètement paumé. Nora cherche à fuir ses problèmes, qui viennent juste de se multiplier. Elijah, c'est Elijah. Il n'a pas changé, sauf qu'il a de nouvelles cicatrices. Et qu'il s'ennuie à mourir. Tu ferais mieux de le garder à l'esprit.

— Devin t'a déjà donné du fil à retordre ? demanda Jo en faisant semblant de ne pas avoir entendu.

— A moi, non. Mais il a fichu Scott en rogne plusieurs fois, et il l'a fait exprès.

Zack n'avait jamais été du genre à prendre des pincettes.

— Quand il comprendra que Nora est ici en touriste, pour observer la vie pittoresque des ploucs, il risque de se sentir encore plus mal. Va savoir ce qu'il fera.

— Tu crois qu'il pourrait faire du mal à Nora ?

— Devin ? Non. Il est plutôt du genre à prendre un aller simple en bus pour Los Angeles.

Beth redoubla d'énergie dans le nettoyage de sa table, et Jo se rappela le malaise de sa sœur, ce matin.

— Beth, est-ce qu'il vous manque de l'argent dans la caisse ?

Sa sœur lança son chiffon dans le seau.

— C'est Hannah qui s'occupe des comptes. C'est à elle qu'il faut demander.

Autrement dit, il en manquait, pensa Jo.

— Scott est au courant ?

— Lui aussi, il n'a qu'à en discuter avec Hannah.

Leur frère jeta son torchon dans le seau et déclara :

— Tu ferais mieux d'aller chercher le deuxième brownie, Jo.

Jo se retourna. Elijah apparut dans l'embrasure de la porte, accompagné d'une bouffée d'air glacée. Il salua rapidement Beth et Zack puis, sans s'adresser à quelqu'un en particulier, annonça :

— J'ai retrouvé la voiture de Nora au départ du sentier est. C'est un chemin assez fréquenté, même à cette époque de l'année. Il permet d'accéder à plusieurs refuges. C'est un bon choix.

— Sauf si elle s'est garée là-bas pour brouiller les pistes, fit remarquer Jo. Tu as des nouvelles de Devin ?

— Il n'était pas revenu à l'auberge quand je suis parti. Je n'ai vu son pick-up dans un aucun des parkings au pied des sentiers. Il n'est pas passé ici ?

A cet instant, Hannah sortit de la cuisine. Des mèches de cheveux s'échappèrent de sa queue-de-cheval pendant qu'elle roulait son tablier vert en une petite boule serrée.

— Devin n'est pas là, dit-elle, et il n'a pas donné de nouvelles.

D'après son ton froid et contenu, Jo devina que Hannah était au courant des tensions qui existaient entre son frère et la famille Cameron.

— Et Nora ? demanda Elijah.

— Je n'ai pas eu de nouvelles depuis qu'elle est partie ce matin. Ils sont amis, avec Devin. Je sais que la mort de son beau-père lui a fait un choc, mais si elle est avec lui, elle est en de bonnes mains. Il est peut-être le mieux placé pour aider Nora en ce moment.

Hannah parlait sur un ton sincère et calmement résolu ; n'empêche que Jo détectait une note de circonspection dans sa voix. Elijah semblait l'avoir senti, lui aussi : il s'était redressé et écoutait la jeune femme d'un air très attentif. Jo se jeta à l'eau.

— Hannah, si tu sais quelque chose… dis-le-nous On essaie simplement de les aider.

Les yeux baissés sur son tablier, la jeune femme répondit :

— Nora et Devin ont plus de choses en commun que tu ne pourrais le croire. Ils ne savent ni l'un ni l'autre ce qu'ils veulent de la vie. Ils cherchent tous les deux une voie, un objectif. C'est normal, à leur âge — à n'importe quel âge, d'ailleurs.

Elle secoua la tête et ajouta rapidement :

— Bref… Tout ça n'a aucune importance.

De toute évidence, Hannah éprouvait des réticences à leur confier ses inquiétudes au sujet de son frère cadet. Elle n'allait pas leur faciliter les choses.

Elijah passa à l'attaque.

— Il y a quelque chose qui t'embête, Hannah. Dis-le.

La jeune femme pinça les lèvres et lança un regard furieux à Elijah. Jo se leva pour tenter à la fois de la rassurer et de lui tirer les vers du nez.

— Tu as remarqué quelque chose de spécial chez Devin ou Nora, ces derniers jours ?

Hannah détourna le regard et répondit :

— Je n'ai pas envie pas que vous montiez cette histoire en épingle.

Cette remarque semblait surtout adressée à Elijah.

— Dis-nous ce que tu peux nous dire, répliqua Jo.

Hannah s'avança vers la petite table où Beth et Zack

rangeaient en silence leur matériel de nettoyage, et posa son tablier dans un seau vide.

— Devin s'investit à fond dans son travail à l'auberge. Il essaie de trouver sa vocation. Il se rend compte que la disparition de Drew a été encore plus difficile pour sa famille, mais…

La voix de la jeune femme s'érailla.

— Il a du mal à s'en remettre, compléta Jo.

Hannah acquiesça.

— Il vient de passer une année difficile, mais j'ai confiance en lui. Nora n'est là que depuis un mois et demi. Aucun endroit au monde ne serait à la hauteur de ses fantasmes de vie à la campagne, mais c'est une fille intelligente.

D'un geste soudain maladroit, Hannah arracha quelques épingles de ses cheveux, faisant tomber de nouvelles mèches devant son visage. Elle serra les épingles dans son poing et prit une grande inspiration.

— Il y a deux semaines environ, j'ai remarqué quelque chose de nouveau chez eux. Au début, je ne me suis pas inquiétée. Nora est passée un soir se mettre à l'ordinateur avec Devin. Elle avait l'air excitée, et ils faisaient des mystères, tous les deux. Je me suis dit que c'était une lubie qui leur passerait.

— Mais ça a continué, dit Elijah.

— Oui.

Hannah leva la tête et fixa son regard sur Elijah jusqu'à lui faire baisser les yeux.

— Ce n'est pas la peine de prendre cet air accusateur, Elijah. Je ne sais pas ce que Nora et Devin mijotent, mais cela n'a rien à voir avec ta famille.

— Tu es allée sur l'ordinateur de Devin pour savoir ce qu'il cherchait ? demanda Jo.

— On partage tous les trois le même ordinateur,

expliqua-t-elle. Il avait effacé l'historique du navigateur. Depuis, il l'efface chaque fois.

— Hannah, dit Elijah, si tu as des raisons de penser que Nora et Devin savent quelque chose sur ce qui s'est passé à Washington ce matin…

— Je n'ai aucune raison de le penser.

Hannah n'éleva pas la voix, mais elle pâlit un peu.

— Oubliez ce que je viens de dire. Je dois être folle de me confier à un membre de la famille Cameron. A.J. a offert un travail à Devin, et je suis lui en suis reconnaissante, mais mon frère mérite sa paye. Et c'est Lauren, pas A.J., qui…

Hannah s'interrompit brusquement, puis reprit :

— Excuse-moi, Elijah. Je n'ai pas le droit de te parler sur ce ton. Pardon.

Il haussa les épaules.

— N'y pense plus.

Elle réussit à lui adresser un petit sourire gêné.

Elijah semblait prêt à faire la paix avec Hannah, mais Jo avait encore des questions à poser à la jeune femme.

— Tu as parlé à Nora ou à Devin de ce qu'ils faisaient ? demanda-t-elle.

— Ils m'ont dit que ce n'était rien de spécial et que je n'avais pas à m'inquiéter.

— Nora était à Black Falls en avril, quand Drew Cameron est mort.

Elle sentit Elijah se raidir à côté d'elle.

— C'est à ce moment-là qu'elle a rencontré Devin ?

— Non, dit Hannah sans hésitation.

— Et toi, Hannah ? Tu as croisé Nora à ce moment-là ?

— Oui, mais je croise la plupart des gens qui viennent en vacances à Black Falls. A cause d'ici.

Elle fit un geste qui englobait le café.

— Nora est passée avec son père.

— A quel moment ? Avant le début des recherches pour retrouver Drew ?

Beth s'interposa.

— Après. Ils sont arrivés juste après la tempête de neige. Les équipes de sauveteurs étaient déjà mobilisées. Jo, tu ne crois pas que tu…

Jo garda son regard fixé sur Hannah.

— Tu savais, toi, que Devin avait décidé de monter sur le versant nord ? La piste forestière devait être à peine praticable. Il était encore au lycée, en plus. C'est quand même curieux qu'il n'ait prévenu personne.

Hannah ne se départit pas de son sang-froid.

— Tu as bien dû avoir dix-huit ans un jour, Jo. Tu dois te rappeler ce que ça fait de vouloir faire les choses tout seul. De vivre sa propre vie.

— Donc, insista Jo, tu ne savais pas que Devin avait décidé de monter sur le versant nord pour chercher Drew ?

Elle crut entendre son frère soupirer derrière elle. A son côté, Elijah restait immobile, le regard rivé sur Hannah. Celle-ci redressa la tête : des larmes brillaient dans ses yeux.

— Exact, dit-elle. Je ne le savais pas. Tu es satisfaite, Jo ?

— Nora était ici avec son père ce jour-là. Est-ce qu'elle a participé aux recherches ?

— Tu n'as qu'à le lui demander. Ou le demander à ton frère, ou à ta sœur, ou à Scott. Moi, je n'en sais rien. Je n'ai rien fait pour retrouver Drew, à part préparer du café pour les sauveteurs et les journalistes.

Elle aspira une grande bouffée d'air et lissa ses cheveux derrière ses oreilles.

— C'était une période difficile. Heureusement que tu n'étais pas là…

En dépit de son air calme et discret, pensa Jo, Hannah était capable de vous mettre en lambeaux. C'était une avocate-née.

— Si on pouvait remonter dans le temps, Hannah, on prendrait tous la place de Devin ce jour-là, pour que ce ne soit pas lui qui découvre le corps de Drew.

Les larmes de la jeune femme débordèrent et coulèrent sur ses joues.

— Je dois y aller, marmonna-t-elle en se dirigeant vers la porte latérale. J'ai promis d'aider Toby à faire son devoir d'histoire.

— Si tu as des nouvelles de Devin, lança Jo, préviens-nous.

Hannah s'engouffra sans répondre dans l'escalier qui menait à son appartement.

Zack émit un soupir en soulevant deux seaux pleins d'eau.

— Tu es redoutable, Jo. Rappelle-moi de ne jamais me mettre en travers de ton chemin.

— Quoi ? J'essayais juste de…

— Hannah ne veut pas l'admettre, dit Beth en s'essuyant les mains sur son tablier, mais elle est vraiment inquiète pour Devin. Pour Nora aussi.

Jo hocha la tête ; elle sentait qu'Elijah la fixait du regard.

— Hé ! Jo ! dit son frère en revenant de la cuisine.

Elle se retourna ; avec un grand sourire, il lui lança un torchon trempé. Elle l'attrapa et le lui renvoya, aspergeant le sol d'une traînée d'eau savonneuse. Son frère esquiva ; le torchon roulé en boule rebondit sur une chaise. Jo éclata de rire et comprit que c'était ce qu'il cherchait.

Entre-temps, Elijah avait disparu.

— Il faut que j'y aille, moi aussi, dit Jo.

Zack ramassa le torchon. Son regard d'un vert-bleu s'attarda sur la porte.

— Jo, dit-il, tu connais Elijah…

— C'est un ancien militaire blessé et désœuvré, tu me l'as déjà dit.

— Et toujours amoureux de toi, dit Beth à mi-voix.

Comme si elle n'avait pas entendu, Jo fit ses adieux à son frère et à sa sœur et sortit dans la rue.

Elijah attendait à côté de son pick-up, sous la lumière froide d'un lampadaire. Il lui jeta un regard implacable.

— Tu n'y es pas allée de main morte avec Hannah.

— Elle est loyale envers son frère. Ce n'est pas un défaut.

— Elle nous cache quelque chose. Lui aussi. Et toi aussi, Jo.

— Elijah, qu'est-ce que tu sous-entends ? Pourquoi tu…

— Tu comptes manger quoi, ce soir ?

— N'essaie pas de changer de sujet !

— Trop tard. Tu as prévu quelque chose ?

— Je viens de manger un brownie.

— Un scone à midi, un brownie le soir. C'est quoi, ces agents des services secrets qui ne connaissent rien à la nutrition ? Depuis que tu as été prise dans cette fusillade, tu n'es plus toi-même.

— J'ai été la victime d'un canular, dit-elle doucement. C'est toi qui as été pris dans une fusillade, Elijah.

— Tout est bien qui finit bien, déclara-t-il en haussant les épaules. Ecoute, j'ai un reste de poulet grillé chez moi. Si tu trouves quelque chose pour l'accompagner…

— Je peux faire une salade. Allons-y, je te suis.

Elle lui adressa un sourire, et ajouta :

— Ne roule pas trop vite.

Après réflexion, elle décida de ne pas lui rappeler que son père l'arrêtait régulièrement pour excès de vitesse, quand ils étaient adolescents — bien avant l'armée, les services secrets et la mort de Drew.

En montant dans sa voiture, Jo les revit, Elijah et elle, à l'âge de dix-huit ans, marchant main dans la main sur les feuilles mortes qui jonchaient la place du village. Et elle eut un accès de tendresse pour les enfants amoureux qu'ils avaient été.

Ce n'était pas un bon sujet de réflexion pour une longue nuit froide.

Mieux valait rentrer au lac et préparer une salade.

12

— Tu as encore un faible pour elle, n'est-ce pas ?

Thomas Asher ferma précipitamment la fenêtre du navigateur, comme si Mélanie l'avait surpris en train de surfer sur des sites pornographiques. En réalité, il regardait simplement la courte vidéo où Jo Harper enguirlandait le fils adolescent du vice-président. Les images étaient encore plus amusantes qu'il ne l'aurait cru. Cela tombait à pic pour le distraire de la mort d'Alex et de son propre comportement aberrant.

Jo venait de l'appeler pour lui dire que Nora était partie camper en montagne.

Qu'est-ce qui lui était donc passé par la tête ?

Et lui, qu'est-ce qui l'avait pris, ce matin ? Comment avait-il pu paniquer et se sauver comme un voleur ?

Il pivota sur son fauteuil en cuir pour faire face à la femme qu'il allait épouser dans moins de deux mois.

— Je n'ai pas de faible pour elle, répondit-il. Pas le moins du monde.

Debout dans l'encadrement de la porte, Mélanie paraissait plus amusée que fâchée.

— C'est ça ! rétorqua-t-elle.

Depuis le début, elle était persuadée que Thomas avait encore des sentiments pour Jo Harper, et il ne parvenait pas à la convaincre du contraire.

Elle entra dans son bureau du premier étage et posa ses mains fines sur les épaules de Thomas. Celui-ci se retourna vers l'ordinateur. Elle n'avait pas encore évoqué l'idée de vendre cette maison, située au nord de Washington, après leur mariage. Il l'avait achetée avec Carolyn dix-neuf ans auparavant ; Nora y avait grandi. Il ne savait pourquoi, mais il ne supportait pas l'idée de s'en défaire. C'était comme si la vente de cette maison risquait d'annuler l'existence même de l'ancien Thomas Asher.

Mélanie déposa un baiser sur le dessus de sa tête.

— Je sais que tu as eu une journée atroce.

Ses mains descendirent vers sa poitrine de Thomas : ses ongles brillaient d'un vernis de couleur neutre. Elle hocha la tête en direction de l'écran, où s'affichait à présent le bureau de l'ordinateur.

— Tu trouves que Charlie Neal n'a eu que ce qu'il mérite ?

— Comme tout le monde. Jo est très compétente, mais elle ne mâche pas ses mots.

— Ça me plaît, dit Mélanie. Je déteste les gens qui ne disent pas ce qu'ils pensent.

Elle ne savait pas encore qu'il s'était lâchement sauvé, ce matin, des lieux du drame. Thomas s'appuya contre elle et, pour la millième fois, regretta d'avoir cédé à la panique. Maintenant, il allait devoir vivre avec la honte et la culpabilité. Il n'avait rien à cacher, mais son départ précipité paraîtrait suspect à la police. Il ne mentirait pas, si on l'interrogeait, mais… pourvu qu'il puisse l'éviter ! Il ne supportait pas l'idée que Mélanie et Nora — et même Carolyn — apprennent que sa première réaction, devant la mort d'Alex, avait été de prendre ses jambes à son cou.

Son seul espoir, à présent, c'était que la police retrouve le conducteur de la voiture qui avait fauché Alex et que l'affaire soit classée.

Pourquoi la livreuse n'avait-elle pas donné le signalement du chauffeur à la police ?

La complexité de ses liens personnels avec Alex n'arrangeait rien. L'idée que la police puisse le soupçonner d'avoir joué un rôle dans la mort de son ami lui donnait la nausée. Mais que pouvait-il faire ? Alex avait trahi leur amitié en lui volant Carolyn, ce n'était un secret pour personne. Et tout le monde supposerait que, même s'il avait essayé de faire preuve de maturité, il lui était arrivé, par moments, de souhaiter la mort d'Alex. Il n'était qu'un homme, après tout.

Par amour pour Nora, il s'était obligé à tenir à distance sa douleur, sa colère et son humiliation, et à continuer tant bien que mal son existence. Maintenant, il avait rencontré Mélanie. Et il prenait un nouveau départ.

Elle posa sa main sur celle de Thomas et la retira doucement de la souris.

— Assez, dit-elle en éteignant carrément l'ordinateur. Il faut que tu te vides l'esprit.

— Je ne sais plus où j'en suis, Mélanie… J'étais ami avec Alex avant même de rencontrer Carolyn. Quand je me dis qu'il n'est plus là…

Thomas lutta pour retenir ses larmes en fixant l'écran éteint.

— Ce qui est fait est fait, dit-il enfin. On ne peut pas revenir en arrière.

— Tu as parlé à Nora ?

— Pas depuis ce matin. J'aurais bien aimé qu'elle reste tranquille après avoir appris la nouvelle, au lieu de partir en expédition. Enfin, Lowell et Vivian disent qu'ils ne sont pas inquiets.

— Facile à dire. On ne sait toujours pas où elle est allée ?

— Jo m'a appelé tout à l'heure. On a repéré sa voiture de au pied d'un sentier qui monte sur la Cameron Mountain. C'est bon à savoir, mais cela ne nous donne pas non plus un itinéraire précis. On ne sait même pas si elle a vraiment pris ce chemin-là. Elle a pu retrouver des amis sur le parking et monter dans leur voiture pour rejoindre un autre départ de sentier.

— Elle a dix-huit ans, Thomas. Elle ne fait pas exprès d'être irresponsable. Elle ne réfléchit pas aux conséquences de ses actes, voilà tout.

Mélanie soupira doucement.

— Tu t'inquiètes pour elle, je le vois. Tu es un bon père, Thomas. Et Nora a encore besoin de toi, même si elle pense le contraire.

— Je devrais peut-être aller à Black Falls.

Mélanie resserra ses doigts autour de la main de Thomas.

— Si tu décides de le faire, je t'accompagnerai. Ecoute, je sais que Jo Harper est une amie à toi, mais… Es-tu certain que tu fais bien de la mêler à tout ça ? Alors que tout le monde ne parle que de cet incident avec…

— D'ici une semaine, tout le monde l'aura oublié. C'est une histoire idiote qui a amusé Washington pendant quelques jours, le temps que quelqu'un d'autre fasse une gaffe en public. La mort d'Alex l'a sans doute déjà effacée des mémoires. Je ne veux pas que Jo compromette davantage sa carrière, bien sûr, mais je ne vois pas comment le fait de garder un œil sur Nora pourrait la desservir.

— Je voulais simplement dire qu'elle devait avoir beaucoup de choses à l'esprit en ce moment. Et qu'elle ne serait peut-être pas aussi disponible que tu le souhaiterais. Il se trouve que je connais quelqu'un qui pourrait nous aider. Je l'ai rencontré aux sports d'hiver dans le Colorado, l'année dernière. On a échangé nos cartes de visite. Il s'appelle Kyle Rigby et il fait des enquêtes privées pour des particuliers. Il est expérimenté et discret. Je l'ai appelé tout à l'heure. Il dit qu'il peut aller à Black Falls, se renseigner sur ce que fait

Nora et s'assurer qu'elle va bien. Il gardera un profil bas. Et si jamais elle a des ennuis, il sera capable de la secourir.

— Il travaille en indépendant ?

— Oui. Tout le monde n'a pas envie de faire appel aux autorités, quand un membre de la famille disparaît. Je ne dis pas que Nora a disparu, bien sûr. Tu me comprends. Mais son avenir est encore devant elle, et elle n'a pas besoin qu'on monte cette affaire en épingle. Avec la mort d'Alex, les médias ne vont pas la rater. Au moindre faux pas…

— Je n'y avais pas pensé.

Elle lui tapota l'épaule.

— C'est normal, Thomas. Tu pensais à ta fille et à ton ami.

Thomas se sentit sombrer, mentalement et physiquement.

— Tu es si gentille avec moi, Mélanie !

— On va retrouver Nora et la ramener ici, près de toi et de sa mère.

— C'est tout ce que je veux, chuchota Thomas. Qu'elle revienne. Même si Alex n'était pas mort, je serais quand même inquiet. Partir camper en montagne à l'approche de l'hiver, avec si peu de préparation…

L'émotion l'étrangla et il ne put finir sa phrase.

— Elle est tellement jeune, Mélanie…

— Laisse Kyle s'en charger. Je suis sûre que Jo lui donnera un coup de main s'il en a besoin. Mais, contrairement à elle, il pourra se consacrer entièrement à la recherche de Nora. Il n'attend que ton feu vert pour faire ses bagages. Je sais à quel point tu es bouleversé. Je me suis dit que tu serais soulagé d'avoir quelqu'un qui prenne les choses en main.

— Merci, Mélanie. D'accord. Dis-lui d'y aller et de voir ce qu'il peut faire.

Thomas cligna des yeux pour retenir ses larmes et ajouta :

— Je ne sais pas ce que je ferais sans toi.

— Ne t'inquiète pas. Tout ira bien. Nous aussi, on peut aller à Black Falls. Dès demain matin, si tu veux. Le temps qu'on arrive, Nora sera peut-être revenue. Je sais que c'est difficile, avec la mort d'Alex, mais il faut essayer d'aller de l'avant.

— Tu as raison, répondit Thomas avec lassitude. Il faut qu'on s'y mette tout de suite.

— Kyle va nous aider.

Mélanie vint l'entourer de ses bras.

— Fais-moi confiance.

Etant encore endolorie par son après-midi avec Kyle, Mélanie n'avait aucune envie de faire l'amour avec Thomas, mais elle avait obéi à son devoir de future épouse. C'était même elle qui avait été à l'initiative de leurs caresses. A présent, étendue à côté de lui dans le lit géant qu'il avait partagé pendant tant d'années avec une femme ennuyeuse et cérébrale, elle réprima un gémissement de douleur.

Pour lui, elle était prête à jouer le rôle de la femme qui place son mari au centre de son univers. Elle espérait qu'il lui en savait gré.

Au lit, Thomas était généreux, attentif, plein de douceur — tout le contraire de Kyle. Ce dernier se moquait de savoir si Mélanie était satisfaite ou non. Il aimait simplement la voir se convulser, hurler et supplier.

Elle s'entendait encore, quelques heures auparavant.

Encore ! Encore… Ne t'arrête pas… Ne t'arrête surtout pas.

Et ses gémissements de douleur, plus tard, quand il l'avait réveillée par une gifle violente et érotique. *Je t'en supplie, Kyle. Je n'en peux plus. Laisse-moi, je t'en prie.*

Il savait qu'elle mentait. Il l'avait attrapée par les hanches et l'avait prise par-derrière. Les cris de Mélanie, ses supplications, n'avaient fait que l'encourager, comme s'il prenait plaisir à faire exactement le contraire de ce qu'elle voulait.

Sauf qu'ils savaient tous les deux que c'était faux. Elle le lui avait clairement fait comprendre quelques mois plus tôt. Elle voulait qu'il la malmène, qu'il pénètre avec brutalité tous les orifices de son corps. Une fois mariée au bienséant Thomas, elle pourrait puiser dans les souvenirs, les sensations, même, de cette année de rapports violents avec Kyle.

Parfois, il allait trop loin. Il arrivait à Kyle de lui faire mal, de l'humilier, de la forcer à faire des choses dont elle n'avait pas envie. Mais la peur, la honte et la douleur qu'elle ressentait à ces occasions finissaient par ajouter au plaisir et à l'intensité — au danger, même — des rencontres suivantes.

Non que Kyle se rendît compte qu'il était allé trop loin. Il ne lui avait jamais présenté d'excuses. Il aurait fallu pour cela qu'il se remette en question ; or, il était tout à fait incapable d'introspection.

Cet après-midi, il avait été particulièrement impitoyable et égoïste, mais il avait pris soin de ne pas lui causer de rougeurs, d'éraflures ni de contusions visibles. Il savait qu'ensuite, elle allait retrouver Thomas.

Après leur mariage, Kyle devrait se trouver quelqu'un d'autre.

L'idée d'une autre femme l'encourageant de ses gémissements et de ses protestations ne plaisait pas du tout à Mélanie.

Kyle était peut-être déjà à Black Falls. Que Thomas accepte ou non de l'embaucher, il avait prévu d'arriver ce soir dans le Vermont. Aux cours des semaines précédentes, depuis que Nora avait commencé à avoir un comportement problématique, il s'y était rendu à plusieurs reprises, pour surveiller la jeune fille et établir une stratégie.

C'était lui le planificateur, après tout.

Mélanie tenta de faire le vide dans sa tête tandis que Thomas se blottissait contre elle en posant un bras sur son ventre. Elle s'extirpa de cette étreinte et roula vers le bord du lit. A cet instant précis, elle ne supportait pas d'être touchée.

A son retour chez Thomas, tout à l'heure, elle s'était enfermée un moment dans la bibliothèque. Elle avait essayé de se détendre en feuilletant des magazines à la recherche d'idées pour leur mariage, prévu pour la nuit de la Saint-Sylvestre. Elle avait envie d'une fête élégante et romantique.

A présent, les yeux grands ouverts, elle regardait fixement le plafond. Tout lui plaisait, dans sa vie avec Thomas. C'était celle qu'elle désirait depuis toujours : une vie calme, raisonnable, privilégiée. Les parents de Mélanie s'inquiétaient un peu des quinze ans qui séparaient les futurs mariés, mais à part cela, ils étaient ravis. Thomas était le gendre qu'ils avaient toujours espéré.

Ils n'avaient jamais rencontré Kyle et ne le rencontreraient jamais. Son aventure avec lui avait duré presque un an, mais elle n'avait été qu'un détour sur sa route. L'associée et l'amante de Kyle n'était pas la vraie Mélanie Kendall. N'empêche que cette expérience l'avait rendue plus forte ; grâce à lui, elle serait une meilleure épouse pour Thomas.

Elle roula sur le côté en tournant le dos à son fiancé, qui ronflait légèrement. En avril, Kyle leur avait loué une chambre dans un motel anonyme à l'extérieur de Black Falls. Ils étaient montés à pied sur le versant nord de la Cameron Mountain en partant d'une ancienne route forestière située à une quinzaine de kilomètres de l'auberge des Cameron. Kyle ne s'était montré à personne, ni avant d'abandonner le vieil homme dans la neige, ni après. Lors de ses voyages ultérieurs à Black Falls, il s'était montré tout aussi prudent. Si jamais il soupçonnait quelqu'un de le reconnaître quand il arriverait à Black Falls, il modifierait ses plans en conséquence. Il savait, comme Mélanie, qu'ils devaient à tout prix s'occuper de Nora Asher.

Mélanie sentit un picotement d'appréhension, mais,

cette fois, sa peur n'était pas mêlée d'excitation. Kyle et elle ne pouvaient se permettre d'échouer. Il *fallait* qu'ils s'occupent de Nora. Elle ne constituait plus un problème potentiel, à présent, mais un vrai problème.

On fera ce qu'il faudra pour le régler.

Au début, Thomas souffrirait de l'absence de sa fille. Mais, une fois que l'adolescente et les dangers qu'elle leur faisait courir seraient éliminés, Mélanie pourrait se concentrer entièrement à son futur époux et l'aider à traverser cette période de deuil.

Tout irait bien.

Elle ferma les yeux et imagina son mariage de réveillon.

De nouveau détendue, elle se mit à sourire. Elle porterait une robe blanche. Pourquoi pas ? Ce serait son premier — et unique — mariage.

13

Arrivée chez elle, Jo sortit son portable et suivit le chemin qui passait derrière son chalet pour essayer de mieux capter le réseau téléphonique. La seule source de lumière était le faible halo qui montait entre les arbres autour de la maison d'Elijah. Heureusement, la nuit était claire : des étoiles et une demi-lune brillaient dans le ciel et projetaient de grandes ombres sur la colline boisée.

Elle appela Mark Francona, mais il ne daigna pas répondre. Au lieu de laisser un message, elle appela Harry Watson, un ami qui travaillait au Bureau of Alcohol, Tobacco and Firearms. En attendant que la communication s'établisse, elle remarqua une dizaine de dindes sauvages qui évoluaient sous le couvert des ronces en lisière du bois. Roucoulant et agitant leurs ailes, elles se frayaient lentement un chemin vers les trois chalets plus haut sur la colline.

Harry décrocha à la deuxième sonnerie.

— Il paraît que tu es en Nouvelle-Zélande, dit-il.

— Ça, c'est le plan B. Tu sais quelque chose sur le meurtre de l'ambassadeur ?

— Pourquoi ?

Il fallait qu'elle se justifie, sinon il ne dirait rien.

— L'ex-mari de sa femme m'a demandé de jeter un œil sur sa fille.

— Celle qui est dans le Vermont ? Harper, où est-ce que tu…

— Je suis à Black Falls. Je suis née ici. Nora Asher travaille dans un café dont ma petite sœur est copropriétaire.

— Si jamais tu changes d'avis, j'ai des points, sur mon compte grand voyageur, que tu pourrais utiliser pour la Nouvelle-Zélande.

Il raccrocha, et Jo rangea son téléphone dans la poche de sa veste. Si Harry avait su quelque chose, il le lui aurait dit. Une brise souffla du lac et la fit frissonner. Elle avait envie de s'accorder quelques minutes pour réfléchir aux événements de la journée, mais ici, il faisait un froid de canard. Elle décida de rentrer préparer sa salade et de l'apporter chez Elijah.

A l'instant même, un petit bruit se fit entendre derrière les chalets les plus isolés, en haut de la colline. Elle se figea sur place. Les dindes détalèrent entre les arbres ; le battement de leurs ailes masqua tout autre bruit éventuel.

Qui pouvait être là ? Devin ? Nora ?

Jo s'avança à pas de loup en direction d'un chalet particulièrement décrépit à la lisière du bois.

Une branche craqua.

Il y avait quelqu'un — ou quelque chose — derrière ce chalet.

Elle attendit quelques minutes dans l'obscurité, l'oreille tendue, scrutant les arbres à la recherche d'un mouvement. Mais l'intrus, qu'il fût animal ou humain, ne bougeait plus.

Ou bien il était déjà parti.

N'ayant pas de lampe de poche, elle décida d'en rester là et de regagner son chalet. En ouvrant la vieille porte branlante, elle constata aussitôt que quelqu'un était entré chez elle en son absence. Aucun des chalets n'était équipé de serrures dignes de ce nom ; ouvrir la porte avait dû être un jeu d'enfant.

Elle alluma le plafonnier et balaya la pièce du regard. A première vue, tout était à sa place. Les lis de Charlie étaient encore au milieu de la table. Les vêtements de sport qu'elle avait portés pour courir ce matin étaient encore sur son lit. Sa tasse à café était encore dans l'évier.

Mais il y avait une odeur nouvelle dans l'air. Ce n'était pas du parfum ni du savon. Elle n'arrivait pas à l'identifier.

D'un coup, elle la reconnut. C'était l'odeur de la poussière remuée. L'intrus s'était aventuré dans des endroits où elle n'était pas encore allée.

Et si c'était une chauve-souris, tout simplement ?

Elle ouvrit la porte du réduit à côté de la kitchenette.

Pas de bombe, se dit-elle machinalement.

Puis elle se rendit compte que c'était ridicule. Elle avait sans doute surpris des ados qui cherchaient un endroit pour faire la fête et qui avaient paniqué en s'apercevant que son chalet était habité.

En essayant de se convaincre qu'elle était prudente plutôt que paranoïaque, Jo attrapa une lampe torche et ressortit. Devant les marches qui menaient à la porte, elle s'accroupit et dirigea le rayon lumineux sous le chalet. Rien n'indiquait la présence d'un engin explosif. Rien ne semblait sortir de l'ordinaire.

Elle se releva en haletant un peu.

Et Elijah ?

Celui qui s'était introduit chez elle avait-il fouillé également la maison de son voisin ?

A moins que ce ne fût Elijah qui rôdait autour de chez elle, tout à l'heure…

La journée avait été longue et bizarre. Sans doute était-il possible, après tout, que Jo ait eu peur d'une dinde sauvage égarée. Et que personne ne soit entré chez elle en son absence.

Mais elle n'y croyait pas trop.

Un nouveau souffle de vent monta du lac. Une fois de plus, Jo regretta de ne pas avoir un manteau adapté à l'hiver du Vermont — ni même un bonnet ou des gants. Elle rentra ses mains dans ses manches et partit d'un bon pas sur le chemin de terre.

Elle ne ralentit qu'en arrivant à l'entrée du chemin qui menait à la maison d'Elijah. Une lumière solitaire brillait derrière les portes de verre coulissantes de la véranda. Au cours des mois écoulés depuis qu'elle avait hérité de sa propriété au bord du lac, Jo n'avait jamais vu la maison de son voisin d'aussi près. Elle paraissait aussi solide et bien faite que l'homme qui l'avait construite.

De la fumée s'échappait de la cheminée et parfumait l'air. Elijah était rentré depuis à peine une demi-heure, et il avait déjà allumé un feu.

En entendant un bruit sous la véranda, Jo braqua sa torche dans cette direction. Elijah sortit d'un appentis, les bras chargés de bois fendu, et cligna des yeux, ébloui.

— Qu'est-ce qui se passe, Jo ?

Elle baissa le faisceau lumineux vers ses pieds.

— Tu as fouillé chez moi, Elijah ?

— Pourquoi faire ?

— Réponds à ma question.

Il repartit vers la porte.

— Non, Jo, je n'ai pas fouillé chez toi.

Elle sentit le froid, à présent, et se retint de frissonner.

— Eh bien, quelqu'un l'a fait. Ça ne saute pas aux yeux. Il n'a pas tout mis sens dessus-dessous.

— Mais en bon agent des services secrets, tu l'as tout de suite remarqué.

Jo avait l'impression qu'il se moquait d'elle, mais elle ne pouvait en être sûre. Avec lui, c'était difficile.

— Oui, répondit-elle simplement. Et toi, tu as l'impression que ta maison a été fouillée ?

— Allons vérifier.
— Tu l'aurais remarqué, non ?
— Pas forcément. Je ne pensais pas vraiment aux intrus, quand je suis rentré.
— A quoi est-ce que tu pensais ?
Elijah la regarda avec insistance, puis répondit :
— Je ne crois pas que tu aimerais le savoir.
— Tu as entendu du bruit dans les bois ?
— Seulement des dindes sauvages. Mais je viens à peine de sortir de la maison.
Il fit un mouvement de la tête en direction de la véranda.
— Rentrons.
— Je n'ai pas préparé la salade…
— Oublie la salade.
Les bras encore chargés de bois, il monta les marches devant elle. Le sas de l'entrée donnait sur un séjour qui s'étendait sur toute la longueur de la véranda. Il y faisait chaud et l'ambiance était douillette, avec des meubles de bois et des tissus aux couleurs de terre. Elijah n'était rentré que depuis quelques semaines et la maison n'était pas terminée ; pourtant, elle semblait habitée, comme s'il se sentait chez lui et qu'il comptait y rester. Contre le mur du fond, une cheminée en pierre abritait un poêle à bois en fonte. Un escalier en colimaçon montait jusqu'à un palier en mezzanine donnant sur deux portes, sans doute des chambres à coucher.

Elijah fit tomber le bois dans une caisse rustique qu'il avait vraisemblablement construite de ses propres mains. Quand ils étaient jeunes, Jo avait toujours eu le pressentiment qu'Elijah ne passerait pas sa vie à Black Falls. A sa manière, il lui donnait l'impression d'être aussi déraciné qu'elle. Mais à présent, elle commençait à se demander si elle ne s'était pas trompée.

Les grandes fenêtres du séjour donnaient sur le lac calme

et sombre. De l'intérieur, on n'entendait ni le vent, ni le clapotis de l'eau, ni aucun bruit nocturne, mais seulement le sifflement du feu ponctué de petits crépitements.

— Tu es content d'être revenu ? demanda-t-elle abruptement.

— Très. Je ne suis pas trop content de la manière dont c'est arrivé, voilà tout.

Il se tourna vers elle.

— Tu vois des signes d'effraction ?

— Non, répondit Jo en secouant la tête.

Il s'avança de quelques pas vers elle.

— Tu es un agent des services secrets censé pouvoir crever les yeux à un corbeau en vol. Pourquoi est-ce que je m'inquiète de te savoir toute seule dans ton chalet ?

— On dirait que tu ressens le besoin de me protéger, dit Jo avec un petit sourire. Ça, c'est une première.

— Détrompe-toi.

Il se tenait tout près d'elle, à présent. Il n'avait certainement pas l'air détendu, mais la raideur et la tension qui l'habitaient quelques instants plus tôt, au café, semblaient s'être dissipés. Jo ne se faisait pas d'illusions, toutefois. Le regard bleu vif de cet homme brillait d'une franchise troublante… et dangereuse. Elijah était un homme redoutable, à un tournant critique de sa vie, et la présence de Jo à cent mètres de chez lui n'était une bonne chose ni pour lui ni pour elle. Jo avait une carrière à sauver, mais Elijah avait perdu son père et failli perdre sa vie. Certains de ses amis étaient morts devant ses yeux.

D'un geste, Jo désigna la pièce autour d'eux.

— Tu as une belle maison, dit-elle en essayant de sourire. On s'y sent bien.

Il lui frôla les cheveux en souriant, lui aussi.

— Comme si ça t'intéressait, de te sentir bien dans

une maison… Tu ne tiens pas en place, Jo. Tu as toujours été comme ça.

— N'empêche que je finis toujours par revenir à Black Falls.

— C'est vrai.

Mais Jo vit qu'il n'écoutait plus vraiment. Les mains d'Elijah glissèrent autour de sa taille, et elle crut l'entendre murmurer son prénom quand leurs lèvres se rencontrèrent. Jo réagit avec avidité à ce baiser : elle glissa ses bras sous ceux d'Elijah et l'embrassa passionnément. Il n'avait pas mis de blouson pour aller chercher le bois : son pull en laine était doux au toucher.

Malgré les quinze années écoulées, le corps de son ancien amant lui semblait toujours aussi familier — aussi musclé et désirable que dans ses souvenirs d'autrefois.

Avaient-ils perdu la raison, tous les deux ?

Cette question s'évapora de l'esprit de Jo quand les mains d'Elijah descendirent vers ses hanches et se glissèrent sous sa chemise pour toucher sa peau nue. Elle s'entendit inspirer vivement, et le désir s'étendit à son corps tout entier. Il la souleva dans ses bras, la plaqua contre lui et lui fit sentir à quel point il la désirait, lui aussi. Il la tenait exactement à l'endroit qu'il fallait pour le lui montrer. Jo sentit la tête lui tourner. Brusquement, elle prit conscience qu'Elijah n'était plus un adolescent, mais un homme de trente ans, endurci et marqué par ses blessures de guerre, au sens propre comme au sens figuré.

Il s'arracha enfin à ses lèvres, la déposa sur le plancher et laissa ses mains retomber à ses côtés. Jo recula d'un pas, hors d'haleine et frustrée. Malgré son envie de continuer, elle ajusta sa chemise et son blouson et s'éclaircit la gorge. Elle avait très chaud, maintenant. Elijah aussi, cela se voyait. Il avait beau sembler posé et maître de lui, ses narines dilatées et la teinte sombre de ses yeux le trahissaient. Son regard glissa sur elle comme si elle avait été nue.

— Jo, dit-il, tu m'épuises. Je dois faire un terrible effort pour me retenir quand je suis avec toi. Le plus facile, c'est de t'embrasser. Ça l'a toujours été.

Du bout du doigt, il dessina le contour de ses lèvres.

— On est en terrain inconnu, Elijah.

— Pas tant que ça.

Quand ils étaient jeunes, Jo et Elijah semblaient avoir des caractères opposés. A présent qu'ils avaient tous deux quitté le village et leur famille pour s'aventurer dans le vaste monde, Jo se rendait compte qu'ils avaient bien plus de points communs qu'elle ne l'avait cru.

Ce qui ne voulait pas dire que ce baiser avait été une bonne idée.

— Tu veux que je fasse le tour de la maison et que je te dise ce que j'en pense ?

— Ce que tu penses de quoi ? De la couleur des draps et des serviettes ?

— Pour savoir si quelqu'un est entré par effraction.

— Ah… Non, merci. Tu veux que je vienne voir chez toi ?

— Non.

Elle fit comme si elle n'avait pas vu son sourire entendu.

— On reporte le dîner à un autre soir ? Le brownie de tout à l'heure m'a fait un drôle d'effet.

— Je ne crois pas que ce soit le brownie.

— Elijah…

Il soutint un moment son regard, mais ne dit rien.

— Ton père est venu me trouver quand il était à Washington, en avril.

Elijah prit une bûche sur un petit tas disposé sur l'âtre en brique, ouvrit le poêle et la mit dans le feu.

— Je ne savais pas qu'il était allé à Washington.

— Il m'a dit qu'il n'en avait parlé à personne. Il a fait

croire à A.J. et à Rose qu'il était parti pêcher. Il avait envie de voir les cerisiers en fleur. Je n'en sais pas plus.

Elle s'approcha du poêle en savourant la chaleur qui s'en dégageait.

— Il m'a dit qu'il avait le pressentiment qu'il allait t'arriver du mal.

— Il savait que j'étais en Afghanistan, dit Elijah. S'inquiéter et avoir des prémonitions, ce n'est pas la même chose. Si j'ai été blessé peu de temps après, c'est une simple coïncidence.

— Peut-être. Drew éprouvait une certaine culpabilité envers nous, dit Jo sans s'attarder sur ce sujet. On a passé un après-midi agréable. Les cerisiers étaient particulièrement beaux cette année, et il faisait un temps magnifique. J'en garde un bon souvenir.

— J'en suis heureux pour toi, Jo.

— J'aurais aimé que tu sois à ma place. Que tu aies pu te promener sous ces arbres avec ton père. Je suis désolée, Elijah.

— Ne sois pas désolée.

Il se retourna vers elle et ajouta :

— Je veux que tu gardes un bon souvenir de mon père.

— Je ne l'ai jamais détesté, dit-elle doucement.

— Je sais. Moi non plus.

— Il t'aimait, Elijah. Il savait que si vous vous accrochiez aussi souvent, c'est parce que vous vous ressembliez comme deux gouttes d'eau. Et ce n'est pas lui qui nous a séparés, toi et moi. Si on avait été faits pour être ensemble, on aurait trouvé un moyen. On était des enfants. Pas prêts à vivre ce qu'on croyait vouloir.

Il l'embrassa sur le front.

— N'empêche que je t'ai brisé le cœur, ma douce.

Sans attendre qu'elle lui réponde — elle en aurait été

incapable, de toute façon —, il se dirigea vers la porte coulissante, l'ouvrit et sortit sur le porche.

— Il y a une demi-lune, ce soir.

Jo le rejoignit dans la nuit froide.

— Il doit quand même faire très sombre sur la montagne, dit-elle.

— Peut-être qu'une nuit en altitude va faire passer à Nora le choc de la mort de son beau-père et l'envie de faire du bivouac hivernal. Peut-être qu'elle va redescendre demain matin.

Il lui lança un regard oblique.

— C'est son père qui t'a demandé de veiller sur elle. C'est bien ça ?

— Oui.

— L'ambassadeur, tu ne le connaissais pas vraiment.

— Non.

— Et ils ne se détestaient pas, avec Thomas Asher.

— J'ai l'impression qu'ils ont essayé de rester amis, ou tout au moins de rester en bons termes, à cause de Nora. Thomas se fait du souci pour elle depuis un moment. Depuis qu'elle a abandonné ses études à Dartmouth.

— Si quelque chose lui avait fait peur, tu crois qu'elle en aurait parlé à son père ?

Jo s'appuya contre la rambarde.

— Pourquoi est-ce que tu me poses cette question ?

— Simple curiosité.

— Non, dit Jo.

Elle marqua une pause et ajouta :

— Il y a quelque chose qui te tracasse.

— Des coïncidences, répondit-il. Un peu trop nombreuses.

— Mais tu viens de dire…

— Que le pressentiment de mon père et ma blessure n'étaient qu'une coïncidence. D'accord. Ce qui me tracasse, c'est qu'il soit allé à Washington deux semaines avant sa mort. Deux semaines plus tard, comme par hasard, Thomas et Nora Asher viennent en week-end à Black Falls. Ensuite, Nora abandonne ses études, s'installe ici et se met à fréquenter un gars du coin. Maintenant, il manque de l'argent dans la caisse de l'auberge, et le beau-père de Nora est mort dans un accident très suspect.

Elijah se tourna vers Jo. Dans l'air nocturne, ses yeux étaient quasi noirs.

— Et toi, tu es de retour au village.

— Tu as oublié de parler des dindes sauvages.

Il se mit subitement à sourire.

— Exact.

Puis il fit un geste en direction des marches.

— Tu ferais mieux de t'en aller, Jo, ou je risque de t'embrasser de nouveau, rien que pour ôter cette grimace de ton visage. Tu m'as l'air d'avoir une envie irrésistible de mettre quelqu'un en état d'arrestation.

— Elijah…

— J'ai besoin de réfléchir un peu, coupa-t-il. Cette histoire de promenade sous les cerisiers avec mon père…

Il ne finit pas sa phrase. Jo hocha la tête.

— On se voit demain, dit-elle, sauf si le croque-mitaine passe au milieu de la nuit et que tu as besoin d'un agent fédéral.

— Compris, répondit-il avec un sourire ironique. Je hurlerai au secours.

— Tu n'aurais pas gardé illégalement des armes de ta carrière à l'armée, n'est-ce pas ?

— Qui te dit que ma carrière est finie ?

— Pas les gens du village, en tout cas. Tu fais l'objet de toutes sortes de rumeurs intéressantes.

— Il fallait s'y attendre. Va préparer ta salade, Jo. Je vais ouvrir une boîte de haricots verts pour accompagner mon poulet. On dînera ensemble une autre fois.

Elle partit en savourant l'air frais après ce moment passé avec Elijah. De retour chez elle, elle constata qu'un froid glacial régnait dans son chalet. La construction était à peine isolée et le petit radiateur à gaz ne faisait pas le poids. Elle s'installa sur le canapé miteux et s'entoura d'une couverture polaire laissée comme cadeau de remerciement par un de ses collègues — ou peut-être achetée par lui pour se protéger du froid en octobre dernier.

Quelqu'un était-il vraiment entré chez elle, tout à l'heure ?

Elle ne songea même pas à appeler son patron. Que pouvait-elle lui dire ? « Ecoute, Marc, c'est vrai que les dindes sauvages faisaient un raffut de tous les diables, mais je t'assure que… »

La vérité, c'était qu'elle ferait mieux de vendre ces chalets et ce terrain aux enfants Cameron.

Même si ce n'était pas forcément ce qu'aurait souhaité Drew Cameron.

Tu feras le bon choix. Je le sais, Jo.

Il s'était excusé, avec une émotion qu'elle ne lui avait jamais vue, de l'avoir séparée d'Elijah. Il lui avait répété qu'il ne cessait de les imaginer, Elijah et elle, faisant du canoë sur le lac avec les enfants qu'ils auraient dû avoir.

Elle avait essayé de lui dire que ce n'était pas sa faute. Elijah avait fait ses propres choix.

Elle aussi.

Cependant, l'image des enfants qu'ils auraient pu avoir ensemble n'était pas de celles qu'elle voulait avoir en tête par une froide nuit de novembre.

Elle repoussa la couverture polaire, bondit sur ses pieds, reprit la lampe torche et sortit du chalet. En suivant le chemin qui serpentait entre les chalets, elle vérifia qu'aucun intrus ne s'y cachait. Elle ne vit que des araignées. Au loin, dans les bois, une chouette hululait.

Les dindes sauvages avaient disparu.

Sur une petite butte exposée, elle sortit son téléphone, vérifia qu'il y avait suffisamment de réseau et rappela son patron. Cette fois, il répondit.

— Tu ne pourrais pas m'affecter à une mission de routine dans un quelconque trou perdu ?

— Tu y es, dans un trou perdu.

— Et si je te disais que la belle-fille de Bruni est partie camper en montagne quand elle a appris sa mort ?

Il y eut un silence, mais Francona ne raccrocha pas.

— Je croyais que tu étais en vacances, dit-il enfin. Pourquoi est-ce que tu n'irais pas faire du canoë avec cette belle-fille ? A deux, c'est encore plus amusant.

Pour Jo, c'était suffisant. Francona avait dit ce qu'il avait à dire. Si elle dénichait des informations utiles, ce serait une bonne chose.

Mais si elle s'attirait des ennuis, elle devrait s'en sortir seule.

Elijah écoutait Grit lui faire son rapport en essayant de ne penser ni à Jo ni à leurs baisers, parce que s'il y pensait, Grit le devinerait, et il accourrait immédiatement dans le Vermont pour lui botter les fesses. Il fallait dire qu'Elijah se conduisait comme un imbécile. Il avait envie de mener son enquête à sa manière, sans être dérangé par sa voisine des services secrets… et il ne trouvait rien de mieux à faire que de l'embrasser. A plusieurs reprises. Au fond, Grit s'en doutait peut-être déjà. Il avait le don de lire dans les gens à livre ouvert. Elijah n'avait jamais vu ça. C'était presque effrayant. Et sa faculté s'était intensifiée depuis la fusillade qui lui avait coûté à la fois sa jambe et son meilleur ami, Michael Ferrerra, que tout le monde appelait Moose, et qui faisait figure de légende parmi les SEALS.

— La police a retrouvé une voiture dans un parking

public, à quelques rues de la scène de crime. Il semble que ce soit celle qui a percuté Bruni.

Grit parlait rapidement, sans émotion.

— Les flics ont bouclé le quartier dès qu'ils ont eu vent de l'accident, mais le chauffeur est passé entre les mailles du filet. Ils refusent de dire grand-chose. Ils vont passer la voiture au peigne fin, mais je parie qu'ils ne vont rien trouver.

— Des témoins ?

— Aucun pour l'instant. A croire que tous les clients de l'hôtel ont cligné des yeux à l'instant précis où Bruni s'est fait renverser.

— Tu as des amis dans la police de DC ?

— Non.

— Tu pourrais t'en faire.

Grit garda le silence.

— Grit ?

— J'ai discuté avec une journaliste. Myrtle Smith. Elle m'a l'air d'être au courant de tout ce qui s'est passé dans cette ville depuis l'assassinat de Lincoln.

— Elle s'appelle vraiment Myrtle ?

— Oui. C'est un prénom du Sud, Cameron.

Grit venait de la partie septentrionale de la Floride. Né d'une mère indienne creek et d'un père irlandais protestant, il était très excentrique, voire complètement fou. Elijah n'était toujours pas certain que Grit ait accepté la mort de Moose. Cette nouvelle copine journaliste, c'était louche. Restait son prénom, que même Grit n'aurait pu inventer.

— Grit… cette histoire de l'assassinat de Lincoln, c'est une blague, hein ? Cette Myrtle… elle est comme nous ?

— Oui, oui, répondit Grit sans s'énerver. Elle se sent coupable à cause de toutes les bêtises qu'elle a écrites sur les militaires en deux cents ans de carrière. Façon de parler, bien sûr. Elle est connue, tu peux faire des recherches.

— C'est bon, je te crois.

— On verra ce que je peux en tirer. Au fait, Moose t'envoie le bonjour. Il me fait dire que tu aurais besoin d'un chien.

Elijah avait appris à ne pas rappeler à Grit que Moose était mort.

— Jo Harper est à Black Falls, dit-il.

— La fille des services secrets que tu as plaquée quand vous étiez gamins ? Tu en as, de la chance ! Après avoir frôlé la mort, tu vas pouvoir te faire flanquer en taule.

— Mon père est allé la voir à Washington au début du mois d'avril, juste avant sa mort. Tu pourrais te renseigner sur ce qu'elle a fait depuis ?

— Peut-être, dit Grit avant de raccrocher.

Elijah regarda les flammes danser derrière la vitre du poêle à bois. Depuis son retour ici, il réfléchissait à l'éventualité d'adopter un chien.

Deux minutes plus tard, le téléphone sonna.

— Grit ? dit Elijah en répondant.

— Grit ? Ah, je vois… Le SEAL pris en embuscade avec vous à la frontière pakistanaise, en avril dernier. Non, ce n'est pas Grit. C'est Charles Neal à l'appareil.

Il fallut un moment à Elijah pour réagir. Le vice-président n'était pas intégré aux voies hiérarchiques militaires, son fils adolescent encore moins. Il se rappela le visage écarlate de Charlie quand Jo lui avait tiré l'oreille dans la vidéo.

— Comment est-ce que tu as eu mon numéro, Charlie ? Et d'où est-ce que tu connais Grit ?

— Je ne le connais pas. Je sais qui c'est, c'est tout. Pour votre numéro, il suffit de chercher sur internet. C'est le numéro de Jo qui est difficile à trouver. L'agent Harper, je veux dire. Elle est là ?

— Non. Les fleurs lui ont fait plaisir. Tu savais que les lis étaient ses fleurs préférées ?

— Je me suis débrouillé pour le savoir. Je peux vous

appeler monsieur Cameron, ou vous préférez que je vous appelle sergent ?

C'était un sacré personnage, ce gamin.

— Tu peux m'appeler Elijah.

— Vous pouvez transmettre un message à l'agent Harper ?

Il marqua une pause et, en l'absence de réponse, poursuivit :

— Dites-lui que j'ai des raisons de croire qu'Alexander Bruni a été tué par une équipe d'assassins internationaux qui sont également responsables de la mort d'au moins quatre personnalités américaines au cours des six derniers mois.

— Pourquoi tu me racontes tout ça, Charlie ?

— Parce que vous avez accès à des gens auxquels je n'ai pas accès, moi. Vous faites partie de leur monde. Pas celui des tueurs, bien sûr. Celui des gens qui savent des choses. Je vous transmettrai plus d'infos dès que…

— Non, dit Elijah d'une voix sévère. Je ne veux pas que tu me transmettes davantage d'informations. Je veux que tu ailles à l'école et que tu fasses ce que les gars des services secrets te disent. On s'est bien compris ?

— Oui, oui, sans problème, répondit-il sur un ton imperturbable. Vous donnerez quand même mon message à Jo ?

— Ecoute, Charlie. Laisse tomber ces histoires avant de bousiller la carrière de quelqu'un d'autre ou de t'attirer des ennuis plus graves qu'une rafale de billes en plastique.

— Vous êtes un héros national, sergent, dit le garçon avant de raccrocher.

Elijah réfléchit un moment. Si Charlie était sur la piste de meurtres non élucidés, à coup sûr, ses informations provenaient d'internet — ou elles étaient accessibles à n'importe qui. Les services de police pouvaient établir les mêmes liens que lui. A supposer qu'il y ait réellement des liens à établir.

Il rappela Grit et lui résuma la situation. Ils se connaissaient depuis plusieurs années, mais Grit appartenait à la marine, Elijah à l'armée de terre. Ce n'était que depuis la fusillade d'avril qu'ils étaient vraiment amis. Elijah aurait donné sa vie pour Grit, et il savait que l'inverse était vrai.

— On parle bien du fils surdoué et irresponsable du vice-président des Etats-Unis ? demanda Grit.

— Oui. Il me plaît, ce petit. Il m'a dit que j'étais un héros national.

Grit éclata de rire et raccrocha.

Elijah résista à l'envie d'aller frapper tout de suite à la porte de Jo. Les services secrets tenaient Charlie Neal à l'œil ; ils devaient surveiller aussi sa navigation internet. Evidemment, le gamin était censé être un génie ; peut-être était-il capable de les dépister.

Le plus étonnant, songea Elijah, n'était pas que Jo lui ait passé un savon en lui tirant l'oreille, mais qu'elle ne l'ait pas étranglé à mains nues.

14

Nora déroula son duvet dans l'obscurité de sa petite tente en forme de dôme. Elle avait une lampe de poche, mais elle n'osait pas l'allumer de peur de se faire repérer. Elle se sentait plus en sécurité sans lumière. Ce qu'elle n'avait pas imaginé, avant de partir, c'était à quel point la nuit serait noire.

Elle avait planté sa tente sur un terrain plat, non loin du sentier de la cascade. Beth Harper lui avait raconté qu'elle campait ici avec sa sœur, quand elles étaient plus jeunes. Il s'agissait d'un col qui reliait la Cameron Mountain à un pic sans nom dont les rares sentiers étaient peu fréquentés par les randonneurs. Devin lui avait parlé d'un passage qui longeait le col, loin des sentiers principaux, et permettait de rejoindre le versant nord.

Lequel était sa destination finale. Elle aurait pu garer sa voiture sur l'ancienne route forestière, qui offrait un accès plus direct à son but, mais cela n'aurait fait que révéler son itinéraire à ceux qui la recherchaient.

Elle voulait voir, de ses yeux, l'endroit où Devin avait retrouvé le corps de Drew Cameron.

Elle ne connaissait pas Devin, à l'époque, mais elle était persuadée qu'il y avait un lien entre cet événement terrible et l'attitude aberrante qu'il avait en ce moment. Si elle arrivait à le comprendre, elle pourrait peut-être l'aider — même s'il lui avait volé de l'argent.

— De toute façon, ce n'est pas lui qui l'a pris, chuchota-t-elle.

Elle se mit à quatre pattes et déroula son duvet. Elle avait eu de la chance de trouver cet endroit avant la nuit. Elle avait encore assez de forces pour continuer à marcher, mais elle aurait risqué de trébucher sur un caillou ou une racine dans l'obscurité et de se casser une jambe.

Monter la tente ne lui avait pas pris trop longtemps : elle s'y était entraînée depuis qu'elle l'avait achetée pour le stage d'Elijah. Le code couleur sur les piquets rendait l'opération plus facile.

Il y avait quelques heures qu'elle avait quitté le parking où elle avait laissé sa voiture. Tout le monde croirait qu'elle avait pris le sentier est — l'un des plus faciles et des plus fréquentés. Mais elle avait coupé à travers un éperon rocheux qui permettait de rejoindre le sentier de la cascade, puis quitté ce sentier à son tour. En s'éloignant des chemins balisés, elle prenait un risque certain, mais elle voulait être sûre de ne croiser personne. Même pas Devin, songea-t-elle avec une pointe de culpabilité.

Elle était partie trop tard dans la journée pour atteindre le versant nord avant la nuit. En marchant d'un bon pas, elle pouvait faire jusqu'à deux kilomètres à l'heure sur ce genre de terrain escarpé, mais aujourd'hui, elle était ralentie par le poids de son sac et celui de ses émotions — peur, chagrin, incrédulité et tout le reste.

En reniflant pour retenir ses larmes, elle rampa jusqu'à l'ouverture de son duvet. Elle avait enlevé ses chaussures de marche ; ses pieds étaient au chaud et au sec dans des chaussettes de randonnée en laine avec une doublure anti-condensation. La tente était exiguë, mais Elijah avait expliqué que les petits espaces se chauffaient mieux et conservaient mieux la chaleur. Il avait beaucoup insisté sur les différentes précautions à prendre pour ne pas mourir de froid.

Comme c'était arrivé à son père.

Nora ôta ses gants et son bonnet et les rangea dans son sac à dos. Elle grelottait, mais ce n'était pas à cause du froid. Plutôt à cause des pensées chaotiques qui tournaient dans sa tête, et des explications contradictoires que son cerveau ne cessait de produire au sujet des événements récents.

Si seulement elle avait pu cesser de penser !

Par chance, ce coin était protégé du vent. Elle entendait le bruit de la cascade juste en dessous du col, et une chouette dans un arbre voisin. Son hululement était mélancolique mais pas effrayant. C'était comme si elle s'adressait à elle, comme si elle essayait de la rassurer en lui disant que tout irait bien.

Entièrement habillée, à part ses chaussures, la jeune fille se glissa dans son duvet sarcophage, prévu pour résister à vingt degrés en dessous de zéro. Il ferait froid, cette nuit, mais pas moins vingt. Tout irait bien. Elle avait mangé des barres énergétiques et bu beaucoup d'eau. Elijah leur avait dit et répété l'importance de s'hydrater régulièrement.

Etendue sur le dos, elle souffrait moins de claustrophobie qu'elle ne l'avait craint. Elle ajusta la capuche du duvet autour de sa tête — encore un moyen de conserver la chaleur.

Qu'elle ait les yeux ouverts ou fermés, c'était du pareil au même. Le noir absolu. Sa tente avait une petite fenêtre en moustiquaire que l'on pouvait ouvrir pour regarder les étoiles, mais il semblait à Nora que la vue du ciel nocturne lui donnerait l'impression d'être encore plus minuscule et plus seule.

« Alex est mort… Mélanie me déteste… Maman se fiche de ce qui m'arrive… »

— Ne pense plus à rien, se répéta-t-elle en s'entortillant dans son duvet.

Pourvu qu'elle n'ait pas envie d'aller aux toilettes pendant la nuit ! Elle avait creusé une petite fosse à l'extérieur de la tente, mais l'idée de l'utiliser, surtout dans l'obscurité, lui faisait horreur. A sa place, Devin n'aurait pas cillé devant ce genre de problème.

Elle aurait peut-être dû lui faire confiance.

Elle crispa ses mains autour de son duvet.

« Tu es en état de choc. »

Elle aurait voulu qu'Alex soit encore vivant, mais elle ne se faisait pas d'illusions à son sujet. Elle ne l'avait jamais aimé ; au contraire, elle lui en voulait pour la manière dont il avait traité son père. Même si, depuis que sa mère et Alex étaient mariés, Nora essayait d'adopter une attitude neutre envers ce dernier. Ce que Devin trouvait incompréhensible.

— Mon père était un abruti, avait-il dit, mais il n'aurait jamais piqué la femme de son meilleur copain. Ça, c'est vraiment dégueulasse.

Mais avaient-ils le droit de juger Alex ? Nora voulait simplement que sa mère soit heureuse. Son père lui avait dit exactement la même chose. *Je veux juste que ta mère soit heureuse.*

Sauf que ce n'était pas aussi simple. Peut-être qu'avec la mort d'Alex, son père plaquerait Mélanie et se remettrait avec sa mère.

Du moment que personne ne le soupçonnait d'avoir lui-même écrasé Alex ! Son père n'avait jamais montré de colère ni de ressentiment à l'égard de son meilleur ami, mais il n'était pas du genre à extérioriser ses émotions. Selon la mère de Nora, c'était un refoulé de première.

Un bruit de branche cassée s'éleva non loin de la tente : il semblait provenir du sentier. Nora sursauta violemment, se redressa en position assise et réprima un hurlement.

Elle entendit un bruit de feuilles mortes écrasées tout près d'elle ; impossible de savoir précisément à quelle distance.

Son cœur s'emballa et elle aspira de petites bouffées d'air rapides.

La chouette ne hululait plus. En contrebas, la cascade continuait à rugir. Nora se tint aussi immobile et silencieuse que possible.

Un ours, peut-être.

Finalement, elle se glissa de nouveau dans son duvet. Marrant, pensa-t-elle avec ironie : à l'heure qu'il était, elle préférerait se trouver nez à nez avec un ours qu'avec un habitant de Black Falls. Même si c'était Beth, Dominique ou Hannah. Ou même Elijah. Que savait-elle, au fond, de tous ces gens ? Pourquoi se soucieraient-ils d'elle ?

Les yeux grands ouverts, Nora fixa l'obscurité en essayant de faire le vide dans sa tête.

« Ne pense plus à rien. Ne pense plus à rien. Ne pense plus à rien. »

Comme si ce mantra pouvait refouler toutes ses peurs et toutes ses idées noires, et la protéger contre tous les dangers.

15

Grit décida que Myrtle Smith serait capable de le faire rouler sous la table sans même y prendre garde. Cela lui venait naturellement. Elle était un vétéran du journalisme à Washington ; lui, un SEAL.

Il ne faisait pas le poids.

La nuit était bien avancée, et ils buvaient au bar de l'hôtel devant lequel Alexander Bruni s'était fait écraser par une voiture noire, laquelle était maintenant entre les mains de la police.

— Vous connaissez la conséquence de l'interdiction de fumer dans les bars ? demanda Myrtle sans préambule.

Elle était ainsi : son esprit ricochait d'un sujet à un autre comme une balle de flipper. Grit commençait à s'y habituer.

Il posa son scotch sur la table.

— Moins de cancers ?

— Plus d'ivrognes. Un jour, vous verrez, on fera une étude et on se rendra compte que les fumeurs n'ont pas arrêté de fumer. Simplement, quand on est coincés dans un bar sans nos cigarettes, on boit un ou deux verres de plus que d'habitude.

— Vous devriez arrêter.

— Je me ferai assassiner dans mon lit bien avant de mourir du cancer. En plus, j'ai arrêté, petit morveux. Depuis deux ans, soixante-dix-sept jours et dix heures. Je dis « nos » par solidarité avec les fumeurs. Je ne supporte pas de les voir traités comme des criminels.

— Je crois que c'est la première fois qu'on m'appelle « petit morveux » depuis que j'ai quatre ans.

— « Petit », parce que vous êtes plus jeune que moi. « Morveux » parce que… Vous le savez très bien. Toute cette prétendue humilité et ce professionnalisme, c'est votre manière à vous, les SEALS, de prouver que vous valez mieux que les autres.

— Comment savez-vous que je suis dans l'armée ?

— J'aimerais dire que je sais reconnaître les SEALS à l'œil nu, mais ce serait un mensonge. Je me suis renseignée sur vous. Vous avez été grièvement blessé en Afghanistan au printemps dernier. Vous avez reçu une médaille d'honneur. Vous avez perdu une jambe dans une explosion. Et un copain.

Moose, qui se tenait tout près de Grit, émit un sifflement admirateur.

Elle va droit au but, hein ?

Grit l'ignora.

— Je suis désolée, dit Myrtle avec simplicité.

— Merci.

Grit lui était reconnaissant d'être aussi succincte.

Elle se pencha vers lui et, dans la semi-pénombre du bar, ses yeux se teintèrent de mauve.

— La vie est horrible, on est d'accord, reprit-elle. On passe à autre chose ?

— Que savez-vous sur les ennemis d'Alexander Bruni ?

— La même chose que tout le monde. Il était brillant, arrogant et tenace. Ambitieux. Puissant. Il a divorcé de sa première femme pour épouser celle de son meilleur ami. Selon mes sources, il avait des ennemis, mais il ne faisait l'objet d'aucune menace active.

— Donc, il n'y a pas de raison de penser que sa mort soit le fait de professionnels, dit Grit.

Myrtle se cala au fond de son siège et lança un regard oblique à Grit.

— Vous suggérez que c'est le cas ?

— Comment pourrais-je le savoir ? Vous savez où il allait quand il a été renversé ?

— Sans doute à un rendez-vous qui n'était pas marqué sur son agenda. L'hôtel n'avait aucune réservation à son nom. Personne ne l'attendait au restaurant. En tout cas, personne ne s'est manifesté après l'accident.

— Peut-être que son rendez-vous l'attendait à l'intérieur du restaurant. Il n'a pas vu ce qui s'était passé et il a cru que l'ambassadeur lui avait posé un lapin.

— C'est possible, mais il doit tout de même être au courant, maintenant.

— Á sa place, vous iriez voir la police, ou vous essaieriez de vous fondre dans le décor ?

— Me fondre dans le décor, ce n'est pas mon style.

— Mais si c'était votre style ?

— Aucune idée. Qu'est-ce que ça peut faire ? Le FBI et la police de Washington enquêtent sur l'affaire.

Myrtle changea de position et ses yeux redevinrent lavande.

— De toute façon, l'hôtel ne relève pas le nom de toutes les personnes qui passent la porte. A part celles qui signalent leur numéro de chambre au réceptionniste. Mais la police a examiné les registres et n'y a rien trouvé d'intéressant. Pour moi, celui qui avait rendez-vous avec Bruni a décidé de ne pas se faire connaître.

— Que ce soit pour des raisons politiques, personnelles ou professionnelles, il veut garder profil bas.

Grit sirota une gorgée de scotch. En ce qui concernait l'alcool, il restait prudent. Il lui aurait été trop facile de plonger au fond d'une bouteille, même avec Moose à ses côtés. Surtout avec Moose à ses côtés.

— Les possibilités sont infinies, dit-il. Et si Bruni n'avait pas rendez-vous ? Et si le rendez-vous était un piège ? Personne ne l'attendait, il s'agissait simplement de s'assurer qu'il serait à cet endroit précis, à une heure précise, pour que la voiture puisse l'envoyer valser dans l'au-delà.

— Vous avez des idées tordues, officier.

— Les idées, ce n'est pas mon boulot, dit Grit en haussant les épaules. Les flics doivent en avoir des dizaines d'autres.

Il fit tourner le scotch et les glaçons au fond de son verre.

— Et s'il avait rendez-vous dans une des chambres de l'hôtel ?

Myrtle lui décocha un regard perçant.

— Avec une femme ?

Grit haussa les épaules.

— C'est un peu tiré par les cheveux, non ? Même si sa femme était à l'étranger, ils semblaient heureux ensemble.

— Et son ex-femme ?

— Elle habite à Seattle. Ils ont deux enfants adultes qui vivent là-bas eux aussi.

— Et l'ex-mari de sa nouvelle femme ? demanda Grit, simplement pour voir ce que Myrtle répondrait.

— Ils sont restés amis. Soi-disant que « leur relation a évolué ». Dans l'intérêt de la fille adolescente, je pense.

— Vous savez comment elle a pris la nouvelle ?

Myrtle le regarda d'un air ouvertement méfiant.

— Non. Pourquoi ?

Elle se pencha vers lui et ajouta :

— Vous savez quelque chose, n'est-ce pas ?

— Ce que je sais, c'est que c'est une bonne chose que vous soyez de notre côté.

— Je ne suis du côté de personne. Je veux juste savoir ce qui s'est passé.

— Pour la belle-fille de l'ambassadeur, je ne sais rien de spécial.

— Vous mentez bien, mais vous mentez. A quoi pensez-vous en ce moment ?

— Y a-t-il une possibilité que la mort de Bruni soit liée à d'autres meurtres ?

Myrtle tambourina du bout des doigts sur la table.

— Ah… On y vient, officier.

— Vous savez, Myrtle, ce n'est pas parce que vous avez appris que j'étais militaire que vous devez être toute cérémonieuse. Appelez-moi Grit, ce sera très bien.

— D'accord, Grit. Qu'est-ce que vous savez, exactement ? Certains de vos copains militaires se sont recyclés dans le FBI ou le contre-terrorisme, c'est ça ? C'est eux qui vous tuyautent ?

Il ne répondit pas.

— Et vous, pourquoi vous n'êtes pas devenu barbouze, comme eux ?

Il haussa les épaules.

— C'est à cause de votre jambe ?

Moose émit un nouveau sifflement d'admiration.

Elle ne s'arrête jamais. Si elle avait trente ans de moins, tu serais amoureux d'elle.

— Tu veux bien la boucler ? soupira Grit.

Puis, voyant Myrtle hausser les sourcils, il ajouta :

— Pas vous.

L'expression de la journaliste se radoucit.

— La fragilité humaine est difficile à accepter, dit-elle, mais un jour ou l'autre, on y est tous confrontés. Moi, j'ai décidé de mourir debout. J'ai des amis qui ont quitté le pays. Ils sont partis à Captiva Island, à Porto Rico ou en Nouvelle-Ecosse. Pas moi. Je resterai ici, à Washington, jusqu'à tirer ma révérence.

— Vous n'en rajoutez pas un peu, là ?

— Je joue selon les règles, Grit, je l'ai toujours fait. Je n'en rajoute pas et je ne laisse pas mes convictions politiques déteindre sur mon travail. Je ne suis pas du genre introspective, je ne passe pas ma vie à réfléchir à ces choses-là, mais j'ai quelques principes de base.

— Madame Smith, dit Grit en la regardant par-dessus le rebord de son verre, pour qui travaillez-vous ?

Une grimace de douleur crispa son visage puis disparut.

— Je ne travaille pour personne, dit-elle.

— Vous étiez amoureuse de Bruni ?

— Ce n'est pas mon genre.

— Vous avez entendu parler d'un réseau d'assassins professionnels, madame Smith ?

— Myrtle, d'accord ? Appelez-moi Myrtle. Quant aux assassins…

Elle attrapa la note et fit mine de se lever, mais Grit vit qu'elle était troublée.

— Je vais me risquer à vous dire quelque chose, reprit-elle. Même si je sais que vous êtes un SEAL et que je ferais mieux de la boucler si je ne veux pas me retrouver en prison.

— Laissez-moi deviner. Bruni n'est pas le seul mort sur lequel vous enquêtez en ce moment.

— J'ai fait des recherches. Je ne sais pas si j'ai mis le doigt sur quelque chose, oui ou non. J'ai une liste de morts suspectes au cours de l'année écoulée. Des personnalités importantes, toutes mortes de manières différentes. Une balle tirée par un fusil de précision. Un incendie. Un accident de voiture. Un empoisonnement. Leur point commun, c'est l'absence de passion. Il n'est jamais question de maris jaloux ni de schizophrènes désaxés. Toutes ces morts ont été annoncées par la presse. Même si elles n'ont pas forcément fait la une des journaux, on n'a pas essayé de les étouffer. De là à établir des liens entre elles… Pour les autorités, c'est trop ténu.

— Vous savez si quelqu'un enquête là-dessus ?

— A part moi, non.

Elle referma sa petite main autour de la note en papier.

— Et vous, pour qui est-ce que vous travaillez, Grit ?

— Moi ? Je fais ça pour passer le temps entre mes rendez-vous chez le kiné.

Il attrapa la note et l'extirpa d'entre les doigts de la journaliste.

— Je vous invite.

— Je suis riche, Grit. Permettez-moi.

Il n'en fit rien.

Elle le suivit des yeux tandis qu'il se levait.

— J'ai une nièce qui a une vingtaine d'années, vous savez, dit-elle.

— Elle vous ressemble ?

— On a les mêmes yeux, c'est tout.

Moose eut un de ses petits rires entendus, mais Grit fit remarquer :

— Ils ne sont pas mal, vos yeux, Myrtle. Je vais peut-être lui passer un coup de fil, à votre nièce.

Il eut l'impression qu'elle avait un peu rougi. Dans le temps, elle avait dû être une vraie beauté. Elle l'était toujours, d'une certaine façon.

— Je reste boire un dernier verre, dit-elle. Vous arriverez à rentrer tout seul ?

Grit se rendit compte qu'elle ne plaisantait pas, et il se mit à sourire.

— Ne vous inquiétez pas. Je me débrouille.

Il lui lança un regard et ajouta :

— Au fait, ma jambe, je ne l'ai pas perdue dans une explosion. On m'a amputé.

— Sur place ?

Il fit oui de la tête.

— C'était ça ou mourir ?

Il avait entendu la voix de Moose, cette nuit-là.

Tu vas vivre, Grit, tu m'entends ? Tu as compris ? Vis ! Vis !

Il quitta Myrtle et, après lui avoir commandé un autre scotch, se dirigea vers la sortie en réfléchissant à ce qu'elle avait dit. Certains amis de Grit occupaient effectivement des postes qui leur permettraient d'être au courant de l'existence éventuelle d'un réseau international de tueurs.

Il décida de faire une folie, et héla un taxi.

Son appartement était situé dans un quartier miteux du centre-ville, au rez-de-chaussée d'un immeuble de quatre étages en brique sombre. Ses fenêtres donnaient sur la rue ; le trottoir était le territoire d'un gros rat.

Grit ouvrit sa porte et appuya sur l'interrupteur. Une demi-douzaine de cafards s'éparpillèrent sur le sol plastifié.

Les cafards, ce n'est jamais agréable, dit Moose. D'évidence, il avait décidé d'être pénible, ce soir. *Grit, mon vieux, quand est-ce que tu vas te trouver une meilleure piaule ?*

Les rats et les cafards ne dérangeaient pas Grit, du moment qu'il n'en trouvait pas dans son lit. Il n'avait aucune raison de se payer un meilleur appartement alors qu'il se fichait de l'endroit où il vivait.

Cela, il n'avait pas besoin de l'expliquer de Moose — son ami le savait déjà.

De toute façon, il avait disparu. Il n'avait jamais aimé les cafards.

16

Il avait fait si froid pendant la nuit que Jo n'aurait pas été surprise de se réveiller avec des stalactites au bout du nez. Le vieux poêle à gaz tournait à plein régime sans parvenir à réchauffer l'atmosphère. Elle enfila ses chaussettes en laine toutes neuves et se précipita dans la douche.

Au moins, songea-t-elle, personne n'était entré pendant la nuit pour l'attaquer ou piquer le contenu de son frigo.

— Toujours être positive, au réveil, marmonna-t-elle en tournant les robinets de la douche.

Quand la petite salle de bains fut remplie de vapeur, elle se déshabilla et entra sous l'eau.

Elle était en train de se sécher quand des coups résonnèrent à la porte et l'incitèrent à se rhabiller à toute vitesse. Comme il était probable qu'elle retournerait en montagne aujourd'hui, elle remit ses chaussettes neuves, l'unique pantalon en laine qu'elle avait apporté de Washington, une chemise en tissu anti-condensation et un pull chaud.

En ouvrant la porte, elle s'attendait à voir Elijah, mais se retrouva nez à nez avec un homme aux cheveux courts et aux épaules larges qui portait des vêtements de randonnée flambant neufs. Il la salua d'un hochement de tête.

— Mademoiselle Harper ? Je suis Kyle Rigby. Thomas Asher m'a demandé de passer vous voir. Il m'a chargé de retrouver Nora et de la ramener à Washington.

— Vous êtes un ami de Thomas ?

Il eut un petit sourire.

— Nous ne nous sommes jamais rencontrés. Il m'a engagé pour faire ce travail.

Il cessa de sourire et ajouta :

— Vous pouvez bien sûr demander confirmation à M. Asher. Il vous est très reconnaissant de tout ce que vous avez fait, mais il ne veut pas abuser de votre amitié ni vous mettre dans une position délicate. Il ne s'attendait pas à ce que Nora disparaisse comme ça.

— Personne ne s'y attendait.

Jo sortit en chaussettes sur la première marche devant l'entrée et laissa la porte se refermer derrière elle pour éviter que la chaleur ne s'échappe. Elle jaugea du regard l'homme qui se dressait devant elle. Sa parka était ouverte et il ne portait ni gants, ni bonnet. Elle ne voyait pas de sac à dos ; cela mis à part, il semblait parfaitement équipé pour une randonnée en novembre.

— Vous connaissez la région, monsieur Rigby ?

— Kyle, dit-il. Et vous, c'est Jo, je crois ?

En l'absence de réponse, il poursuivit sur un ton sec et professionnel :

— M. Asher n'aime pas que Nora soit toute seule en montagne, surtout avec le choc qu'elle vient d'encaisser. Il préfère que la situation reste confidentielle. Etant donné votre métier et la situation actuelle…

Rigby ne finit pas sa phrase, mais il continua à la fixer du regard.

— C'est plus simple pour lui de me confier le soin de la retrouver, ajouta-t-il enfin.

— Vous avez de l'expérience en matière de secourisme ?

— Je sais ce que je fais, oui.

— Vous travaillez avec une équipe ?

— Comme je vous l'ai dit, je sais ce que je fais. Je suis

ici pour ramener Nora Asher à sa famille, saine et sauve. Je suis sûr que tout le monde coopérera pour m'aider à atteindre cet objectif.

— Thomas vous a-t-il donné de nouvelles informations sur l'assassinat d'Alexander Bruni ?

— Non. D'ailleurs, cela ne me concerne pas. Désolé, mais je n'ai pas beaucoup de temps. Le soleil se couche vers 16 heures et dans les prochains jours, on prévoit des chutes de neige assez importantes en altitude. Nora est inexpérimentée et très perturbée. Il s'agit de la retrouver au plus vite.

D'une main immense, il sortit une carte de visite de la poche de son blouson.

— Appelez-moi sur mon portable s'il y a du nouveau. Si je ne réponds pas, c'est que je ne capte pas. Laissez-moi un message.

— Entendu. Vous logez où ?

— Dans le deuxième appartement du gîte des Whittaker. Ils ont insisté auprès de M. Asher pour m'héberger. C'est très gentil de leur part.

— Vous êtes arrivé hier soir ?

— Je viens d'arriver. J'ai déposé mes affaires au gîte et je suis venu ici. J'espérais que Nora serait redescendue pendant la nuit. Malheureusement, ce n'est pas le cas.

— Et maintenant, vous comptez faire quoi ?

Il remonta en voiture sans répondre à sa question. Depuis l'entrée du chalet, Jo le regarda s'éloigner et disparaître sur la route en terre. Puis elle tourna le regard vers un groupe d'arbres derrière le chalet voisin, dont elle avait remarqué depuis un moment qu'ils ne cessaient de trembler.

Elijah sortit de derrière un sapin, un fusil.30-06 en équilibre sur son épaule.

— Tu viens de te faire remplacer, dit-il.

— Je n'avais pas été engagée. Thomas a le droit de faire appel à qui il veut.

Jo croisa ses bras sur sa poitrine pour se réchauffer.

— Elijah, je rêve, ou tu as une mitrailleuse entre les mains ?

— Un fusil mitrailleur. Comme tu le sais très bien, madame l'agent secret.

— Agent des services secrets. Ça n'a rien à voir, comme tu le sais très bien.

— C'est bientôt la saison de la chasse aux chevreuils. Je nettoie mon fusil, voilà tout.

— Tu n'as jamais chassé le chevreuil de ta vie.

— Si, une fois. J'avais treize ans. Je suis parti en montagne avec mon père et on est tombés sur un mâle. Une grosse bête.

— Tu ne l'as pas tué, fit remarquer Jo. Sinon, j'en aurais entendu parler. Qu'est-ce qui s'est passé ?

— Je ne sais pas. Je n'ai pas réussi à tirer. Mon père non plus n'a pas compris.

Les yeux bleus d'Elijah se fixèrent sur Jo.

— C'était quelqu'un de bien, mais il n'était pas du genre à faire des cadeaux. S'il t'a laissé la propriété, c'est qu'il pensait avoir une dette envers toi.

— Il le pensait peut-être, mais de mon point de vue, il ne me devait rien.

Jo n'allait certainement pas lui dire que son père avait été hanté par les fantômes des enfants qu'ils n'auraient jamais ensemble. C'était un secret qui resterait entre Drew et elle. Mais elle se demandait tout de même à quel point l'effet que lui avait fait Elijah la veille au soir — le goût de sa peau, le contact de son corps musclé — avait été renforcé par la visite de son père. Depuis sa conversation avec Drew, sept mois auparavant, elle s'était remise à penser à Elijah d'une manière qui ne lui était pas arrivée depuis longtemps.

D'une manière qui menait droit dans une impasse, songea-t-elle à présent.

— Prends ton fusil et rentre chez toi, Elijah. Moi aussi, je rentre. Mes cheveux sont en train de se couvrir de glace.

— Il fait un peu froid pour se doucher dans un chalet sans chauffage.

— Je m'estime déjà heureuse qu'il y ait une douche. Evidemment, je préférerais une baignoire…

— J'en ai une chez moi si…

— Merci, coupa Jo. J'y penserai.

En se levant, ce matin, elle s'était promis qu'aujourd'hui, les choses allaient changer. Sa vie était assez compliquée en ce moment sans qu'elle se mette à flirter avec son voisin et ancien amant.

— Si tu n'as pas de peignoir, dit-il, je te prêterai le mien.

— Toi, tu as un peignoir, Elijah ?

— Pourquoi pas ? demanda-t-il d'un air amusé.

Elle ouvrit la porte du chalet en regrettant d'avoir abordé le sujet. Elijah ne bougeait pas : il continuait à la fixer du regard, son fusil calé sur l'épaule.

— Quoi ? demanda Jo en fronçant les sourcils.

— Je suis en train d'imaginer le genre de peignoir que tu dois avoir.

— Je n'en ai pas.

— Encore mieux, dit son interlocuteur avec un grand sourire.

— Va boire quelques litres de café, Elijah. Tu en as besoin.

Son sourire s'effaça et il redevint sérieux.

— Fais chauffer la cafetière. Je reviens dans dix minutes. Il faut que je te parle de ton jeune ami à Washington.

— Mon jeune…

— Charlie Neal. Ne t'inquiète pas, il n'a rien. Si ce n'est une imagination débordante. Tu t'occupes du café ?

Il s'éloigna entre les arbres, en direction de sa maison. Jo rentra en claquant la porte, furieuse contre elle-même. Elle était loin de pouvoir rester indifférente face à Elijah. Et ce constat d'échec lui rappelait, une fois de plus, qu'elle n'aurait jamais dû revenir à Black Falls.

Un réseau international d'assassins !

Il n'y avait que Charlie pour inventer des choses pareilles.

Jo secoua la tête. Elle était installée en face d'Elijah, tout près du bouquet de lis que Charlie lui avait envoyé.

— Il a beaucoup d'imagination, dit-elle. Il lit énormément, il joue à des jeux vidéo, il organise des jeux de guerre avec de fausses armes. Mais il n'assiste pas aux briefings de la Maison-Blanche.

Elijah lui lança un regard calme et mesuré.

— Donc, tu ne vois pas de quoi il parle ?

— Si je savais qu'un réseau d'assassins professionnels sévissait à Washington ou à Black Falls, ou n'importe où dans le monde, d'ailleurs, je ne serais pas en train de prendre le café avec toi et de parler des théories d'un gamin de seize ans. Même si ce gamin est le fils du vice-président. Charlie ne croit tout de même pas que son père ou des proches de son père sont visés ?

— On n'est pas entrés dans les détails.

— Elijah…

Jo se leva, sa tasse à la main. Elle avait l'impression qu'il faisait plus chaud, d'un coup, dans le chalet, mais elle doutait que ce soit vrai.

— Il croit que je suis ici en mission ?

— Je ne sais pas.

— Avec Charlie, tout est possible. C'est un manipulateur-né, et il est très intelligent.

— Assez intelligent pour t'envoyer des fleurs.

— Il lui faudra plus que des fleurs pour revenir dans mes bonnes grâces.

— Menteuse, dit Elijah en se levant. Tu l'adores, ce petit.

Son expression crispée suggérait que lui non plus n'était pas indifférent à Charlie Neal.

— Merci pour le café.

— Où est-ce que tu vas ?

— Je me dirige vers la porte d'entrée. Ou peut-être devrais-je dire la porte de sortie.

— Elijah, tu connais les principes de base du secourisme. Si tu veux retrouver Nora et Devin, tu ferais mieux de chercher à savoir d'où ils sont partis. Et d'interroger les gens qui leur ont parlé en dernier — amis, famille, collègues de travail. Partir tout seul en montagne, ce n'est sûrement pas la meilleure conduite à adopter.

Quand le pick-up d'Elijah fut passé devant le chalet et se fut éloigné, Jo enfila sa veste en laine polaire et sortit de la maison. Le soleil faisait étinceler l'eau du lac et l'herbe blanche de gelée : c'était une vision pittoresque, quoique très différente du paysage bigarré d'octobre ou la luxuriance verdoyante de l'été. Elle jeta un rapide coup d'œil à ses chalets : à la lumière du jour, tout paraissait normal. Aucun signe d'intrus, de campeurs, de pique-niqueurs ni même de dindes sauvages.

Elle se fraya un chemin à travers bois jusqu'au sentier qui menait à l'auberge, se percha sur un rocher avec une vue stupéfiante sur le lac et appela Mark Francona. Il décrocha à la première sonnerie.

— Il fait trop froid pour le canoë ?

— Je vois mon haleine, en tout cas.

— Quelle horreur !

D'une voix complètement dénuée d'humour, il ajouta :

— Hier, la police de Washington a reçu un tuyau anonyme au sujet d'un témoin oculaire potentiel. Une livreuse à vélo.

— Ecoute, Mark…

Jo hésita, puis se jeta à l'eau.

— Est-il possible qu'Alex Bruni ait été la victime d'un réseau d'assassins professionnels ?

Il y eut un battement de silence.

— D'où tu tiens ça ?

— Une rumeur que j'ai entendue à la machine à café.

— On m'a parlé de votre coin du Vermont, Harper. A ce qu'on me dit, c'est tout juste s'il y a l'eau courante. Alors les machines à café…

— Tu veux dire qu'il n'y a pas d'assassins en liberté ?

— Il y a toujours des assassins en liberté, répondit Francona avant de raccrocher.

Jo le rappela et fut mise en contact avec son répondeur. Elle ne laissa pas de message. Elle aurait pu appeler le lycée privé de Charlie, au nord de la Virginie, et demander qu'il vienne s'expliquer au téléphone, mais il y avait de fortes chances pour qu'il nie tout en bloc. Il était ingénieux et, surtout, surveillé de près par ses collègues des services secrets.

Par-dessus tout, cette histoire sentait le canular à plein nez. Elle n'allait pas mordre à l'hameçon et se retrouver de nouveau victime d'une mauvaise farce de l'adolescent.

Le sentier montait pendant près d'un kilomètre en direction de l'auberge. Ni clôture ni chien méchant. Aucun marquage ne signalait qu'on arrivait sur les terres des Cameron. Le sentier se terminait au coin d'un pré en contrebas de l'auberge. Ici, en terrain découvert, il faisait encore plus froid que dans les bois.

Sur la terrasse de l'auberge, A.J. démontait des parasols, tête nue et sans gants. Il la salua d'un bref signe de tête.

— Il fait un peu froid pour se promener, non ?

Jo ne pouvait dire le contraire.

— Nora et Devin ne sont pas là, par hasard ? J'espérais qu'ils seraient descendus chercher des pancakes et du sirop d'érable chaud.

— Ç'aurait été trop beau.

Elle regarda le grand pré en pente douce qu'elle venait de traverser, puis les montagnes gris bleu qui se découpaient derrière la crête.

— C'est vraiment magnifique, ici. On a tendance à l'oublier, quand on n'y habite plus.

— Certains arrivent à ne pas le remarquer même en y habitant.

Jo se demanda s'il s'agissait d'une pique au sujet de son comportement d'autrefois, mais elle décida de ne pas relever.

— A.J., ton père passait beaucoup de temps avec Alexander Bruni, quand il était en vacances ici ?

— Possible. Papa faisait ce qu'il voulait et n'en parlait à personne.

A.J. déposa un grand parasol couleur rouille sur la table à côté des autres. Puis il se redressa de toute sa hauteur. Le vent souleva ses cheveux tandis qu'il la dévisageait.

— Où veux-tu en venir, Jo ?

— Nulle part. Je pose des questions au hasard. Ce n'est pas la meilleure façon de procéder, je sais, mais…

— Tu es désœuvrée, Jo. Ne va pas t'inventer des histoires simplement parce que tu as besoin de te distraire.

Il se retourna brusquement et s'attaqua à un autre parasol.

— Elijah a eu une année difficile, tu sais. Essaie de le garder à l'esprit.

Jo essaya de sourire.

— Depuis quand est-ce que tu te soucies de ton petit frère ? Je croyais que votre truc, c'était plutôt les batailles de pommes. Il y en a même un qui a eu des points de suture, non ?

— Sean. Il a essayé de nous séparer.

A.J. abandonna son parasol et se tourna vers elle avec un faible sourire. A la lumière claire du matin, son regard était indéchiffrable.

— A l'époque, tu faisais autant de bêtises que nous, Jo. Tu étais une des nôtres, que tu le veuilles ou non.

— Ne dis pas ça devant mon père, c'est tout.

A.J. regarda la montagne en plissant les yeux, l'air troublé.

— Il arrive que les gens se perdent, ici, mais il est rare qu'ils meurent. Je ne sais pas ce que papa…

Sa voix s'érailla, puis il reprit sur le ton de la conversation :

— Tu es bien, dans ton chalet ?

— Il y a des chauves-souris. Ne le répète pas à Elijah, je crois qu'elles lui font peur.

— Tu sais que tu peux t'installer ici et profiter de la vue tant que tu voudras.

— Tu ne serais pas en train d'essayer de me retarder de nouveau, A.J. ?

— Je ne retarde jamais les flics deux jours de suite.

En regrettant de ne pas avoir une parka comme celle de Kyle Rigby, Jo quitta A.J. et se dirigea vers la carte topographique, sur le panneau, au coin de parking. Elle avait besoin de se rafraîchir la mémoire. Vu l'important réseau de sentiers qui sillonnaient la région, Nora pouvait disparaître pendant des jours — à condition d'avoir le matériel et l'énergie nécessaires. Même si elle s'était bien engagée sur le sentier est, la veille à midi, elle pouvait se trouver n'importe où à l'heure qu'il était.

Lauren Cameron, sans ses enfants cette fois, traversa le parking et s'avança vers Jo. C'était une femme d'une beauté frappante à la carrure athlétique. Six ans auparavant, elle était arrivée à Black Falls pour fuir une relation où elle était maltraitée, et elle avait fini par y rester. Selon les ragots du village, A.J. l'avait à peine remarquée, au début, tant il était obsédé par son travail.

— Si tu te demandes où Devin a retrouvé Drew, déclara-t-elle sans préambule, je peux te montrer l'endroit précis sur la carte.

— En fait, je sais où ça s'est passé, dit Jo.

Sentant la tristesse de Lauren, elle ajouta :

— Drew était très fier de Baylee et du petit Jim. Il m'a montré des photos d'eux, la dernière fois que je l'ai vu.

Lauren la fixa un moment.

— Je me disais bien qu'il était allé te rendre visite, en avril…

Elle resta un instant silencieuse, puis ajouta :

— A.J. s'est toujours imaginé que ses enfants grandiraient entourés de cousins, mais pour l'instant, ce n'est pas le cas. C'est sans doute le prix à payer, quand on est l'aîné. Elijah, Sean et Rose n'ont pas encore trouvé l'âme sœur. Ou alors ils ne s'en sont pas rendu compte.

— Ça viendra, ne t'inquiète pas.

— Ils auraient peut-être besoin d'un coup de massue sur la tête pour y arriver, rétorqua Lauren avec un petit rire. Les Cameron peuvent être sacrément longs à la détente.

— Quelle surprise ! dit Jo en souriant.

Lauren se tourna vers la grande carte imprimée sur le panneau.

— Quand on s'est rendu compte que Drew avait disparu, on l'a cherché partout. C'était affreux, Jo. Puis on a appris, pour Elijah…

Elle secoua la tête.

— Ça a été encore plus dur pour Rose que pour les autres. Depuis, elle se perd dans le travail. Et maintenant qu'Elijah est rentré…

— Quoi, Lauren ?

La jeune femme soupira.

— Il se pose des questions auxquelles il n'aura peut-être jamais de réponses.

— Au sujet de Drew, tu veux dire ?

Lauren se contenta d'incliner la tête en direction de la Cameron Mountain.

— Elijah est monté là-haut. Il a retrouvé le pick-up de Devin près du sentier de la cascade.

Elle hésita, puis déclara :

— Peut-être que tu devrais le rejoindre.

— Donc, A.J. cherchait bien à me retarder, tout à l'heure.

Lauren réussit à esquisser un faible sourire.

— Il aura l'impression d'avoir remporté une petite victoire.

17

Trois mésanges à tête noire voletaient autour des sapins en dessous de la cascade, mais Elijah ne s'arrêta pas pour les observer. Il était monté de l'endroit où il avait retrouvé la voiture de Devin en quarante minutes, alors qu'il fallait normalement une heure. Le sentier était raide, étroit et rocailleux. Et, depuis un certain temps, il avait l'impression d'être suivi.

Jo était un agent fédéral douée et expérimentée ; il était assez fier de l'avoir repérée.

Devin avait caché son pick-up dans un bosquet de pins au bord d'une route désaffectée. Si Elijah l'avait trouvé, c'était parce qu'il le cherchait, et aussi parce qu'il avait essayé de se mettre dans la peau d'un garçon de dix-huit ans qui s'aliénait sa famille et ses amis à cause d'une fille qui n'était pas faite pour lui.

Cela ne lui avait pas demandé un trop gros effort d'imagination.

Le circuit de la cascade commençait tout près de l'auberge, ce qui permettait aux clients de partir à pied et de ne pas faire un long détour par la route des crêtes. De l'endroit où Devin s'était garé, l'accès à la cascade était plus direct. Plus difficile, aussi, mais cela ne gênait pas Elijah.

Quant il rejoignit le sentier balisé, les mésanges s'envolèrent et disparurent. Il arriva sur un plat et, à la sortie d'un grand virage, entendit le bruit de l'eau qui dévalait la montagne.

Il ne faisait pas si froid, finalement. Sa laine polaire lui tenait suffisamment chaud ; il n'avait pas besoin de sortir d'autres affaires de son sac.

Il se baissa pour passer sous les branches d'un chêne rouge et s'avança sur le balcon qui surplombait la chute d'eau. A ses pieds, la cascade tourbillonnait en une spirale sans fin qui creusait et polissait le rocher de granit gris.

Il se revit des années auparavant, sous ce même chêne, main dans la main avec Jo, qui lui disait qu'elle voulait l'épouser ici, devant cette cascade. Ça, c'était bien d'elle : elle n'avait même pas attendu qu'il la demande en mariage. Elle avait tellement de rêves d'avenir, à l'époque, elle était tellement pressée de quitter le Vermont et leur petite ville natale… Elijah, lui, n'avait aucune idée de ce qu'il souhaitait dans la vie, sinon attirer Jo Harper dans son lit.

— Certaines choses ne changent pas, marmonna-t-il.

Puis il s'intima l'ordre de se concentrer sur sa mission.

Il devait trouver Devin. Trouver Nora, également. Ensuite, il verrait.

Au stage de bivouac hivernal, Nora s'était montrée à la fois embarrassée de sa personne et farouchement résolue à bien faire. C'était une perfectionniste qui ne voulait surtout pas se retrouver dans le rôle de l'étudiante fille à papa perdue dans les bois. Pendant la pause de l'après-midi, elle lui avait dit qu'elle n'avait aucune envie de devoir appeler les gens du coin à la rescousse, et de passer pour une de ces citadines ignorantes et imprudentes qui vont au-devant des problèmes.

Non que les gens du coin aient pensé cela, évidemment, mais c'était ainsi que Nora voyait le monde.

Elle voulait aussi prouver qu'elle était une dure. D'après

l'expérience d'Elijah, c'était un moyen assuré de se créer des ennuis.

— Si un jour il t'arrive quelque chose, lui avait-il dit, ne fais pas la fière. Demande du secours. L'essentiel, c'est que tu reviennes vivante.

Elle lui avait lancé à la dérobée le genre de regard auquel Elijah était maintenant habitué. Un regard qui disait qu'elle savait qu'il avait frôlé la mort, qu'elle ne pouvait s'imaginer l'effet que cela faisait, et qu'elle n'en avait sans doute pas envie.

En retournant vers le sentier, il vit un mouvement dans les arbres un peu plus bas, de l'autre côté de la cascade. L'instant d'après, Devin sortit de derrière un bouquet de sapins. En apercevant Elijah, il pivota sur ses talons et partit en courant.

— Devin ! lança Elijah. Ne cours pas !

Mais le jeune homme se précipitait déjà vers le couvert des bois. Unc seconde plus tard, Elijah le vit glisser sur le terrain détrempé et tomber à genoux. Incapable de se relever, il dérapa en hurlant le long d'un affleurement rocheux, pour s'immobiliser enfin au bord d'un trou d'eau profonde.

Elijah filait déjà entre les arbres. Arrivé au ruisseau qui alimentait la cascade, il sauta sur un rocher sec au milieu de l'eau étincelante et peu profonde, puis, d'un bond, rejoignit l'autre berge. Le sol était tapissé de feuilles sèches d'érable et de hêtre. En évitant les rochers glissants, il se fraya un chemin entre de grands sapins et descendit rapidement la pente raide vers l'endroit où Devin était tombé. A mesure qu'il approchait de la cascade, il entendait de plus en plus nettement le rugissement de l'eau et le chapelet de jurons émis par Devin.

— Attends-moi, Devin ! s'écria Elijah. Ne bouge pas.

— Je n'ai pas le choix. Je suis coincé.

Il semblait plus exaspéré qu'affolé.

Elijah passa un dernier bosquet d'arbres et arriva en vue du jeune homme.

— Tu t'es cogné la tête ?

— Non, je me suis coincé la jambe sous cette saloperie de rocher.

— Et les côtes, ça va ?

— Tout va bien, soupira Devin.

Il s'affaissa un peu contre la paroi rocheuse dans son dos. Il portait seulement un jean, un sweat-shirt à capuche et une veste en toile, mais il n'avait pas l'air d'avoir froid.

— Laisse-moi, dit-il en faisant une petite grimace de douleur. Je n'ai pas besoin de ton aide.

— Je crois que si.

Devin émit un nouveau juron, et Elijah s'accroupit dans la boue pour essayer d'évaluer la gravité de la situation. A cause de l'élan qu'il avait pris, la jambe droite de Devin s'était enfoncée dans la boue et encastrée sous un rocher de la taille d'un ballon de basket. Elle était immobilisée à partir du mollet. Si le terrain n'avait pas été aussi spongieux, Devin se serait sans doute cassé la jambe.

— Ce n'était pas très malin de partir en courant, dit Elijah. Surtout pour quelqu'un qui a l'habitude de la montagne.

— C'est bon, Elijah.

— Où est Nora ?

— Je n'en sais rien et je m'en fiche.

C'était donc ça. D'un haussement d'épaules, Elijah ôta son sac à dos et le posa sur des feuilles sèches. Il avait emporté une trousse de premiers secours, mais Devin ne semblait avoir que des bleus et des égratignures.

— J'ai vu ton pick-up, en bas. Tu as passé la nuit ici ?

Devin ne répondit pas, mais sa respiration se calma peu à peu.

— Il y a un coin au-dessus de la cascade où on campait quand on était gamins, dit Elijah. A.J. t'en a parlé ?

— Pas besoin. Je le connaissais déjà.

Devin émit un petit grognement de douleur en agrippant son genou à deux mains, et ajouta :

— Tu comptes m'aider, oui ou non ?

— Tu as parlé à Nora de ce coin ?

— Beth Harper lui en a parlé, répondit-il entre ses dents. Dépêche-toi, Elijah, d'accord ?

— Je n'aimerais pas faire un faux mouvement et te broyer la jambe.

— Ouais, ce serait nul.

Il renifla et leva les yeux vers le ciel maintenant tacheté de nuages d'altitude.

— Je voulais être sûr que Nora allait bien. Je ne l'ai pas dérangée, je te jure. J'ai pris le petit sac à dos et le duvet que je laisse toujours dans ma voiture, et j'ai dormi à la belle étoile un peu en dessous de son bivouac.

— Elle s'est aperçue que tu étais là ?

— Je crois. J'ai essayé de ne pas lui faire peur. Je me suis réveillé tôt, mais elle était déjà partie.

Il cligna des paupières pour retenir les larmes qui perlaient à ses yeux.

— Je ne lui ferai jamais de mal, Elijah, dit-il sur un ton à la fois embarrassé et furieux. Et je ne suis pas un voleur.

— Tu as froid, Devin ? Tu es déshydraté ?

— Je vais très bien. Aide-moi à sortir d'ici, c'est tout.

Elijah marqua une pause, puis regarda Devin droit dans les yeux.

— Tu me diras tout, après ?

— Si tu veux.

— Où est ton sac ?

— Là-haut, derrière un arbre. Mon bâton aussi. Je les ai posés quand j'ai entendu du bruit. Je pensais que c'était Nora.

— Et puis tu m'as vu arriver. Quelle déception… Pas étonnant que tu sois tombé cul par-dessus tête.

Devin tenta de sourire… puis il fit une grimace.

— Oh non ! soupira-t-il. Pas elle…

Elijah suivit le regard de Devin. Jo était plantée sous le même chêne où il s'était tenu quelques minutes plus tôt, de l'autre côté de la cascade. Elle leur lança un coup d'œil sévère, puis disparut entre les arbres. Elijah se leva et jaugea Devin du regard. Le jeune homme s'était ratatiné sur lui-même ; il avait l'air de vouloir rentrer sous terre. Elijah le comprenait.

— Il te reste environ deux minutes avant l'arrivée des services secrets, dit-il. Tu veux me dire autre chose entre-temps ?

— Excuse-moi pour tout à l'heure. Je n'aurais pas dû partir en courant.

— Ça, c'est sûr.

Il vit Jo apparaître en haut de la pente, et il se rappela le sourire qu'elle avait à dix-huit ans — un sourire plein d'amour, d'espoir, de promesses.

— La fuite, ça peut être très tentant, dit-il.

— Je parie que toi, tu ne t'enfuis jamais en courant.

— Détrompe-toi. A un moment ou un autre de la vie, tout le monde fuit quelque chose. Allez, on va te sortir de là.

Arrivée à leur hauteur, Jo évalua la situation avec un air d'autorité et de compétence.

— Que s'est-il passé ? demanda-t-elle.

— J'ai glissé, répondit Devin. C'était un accident. Elijah m'a surpris et j'ai glissé.

— Aide-moi à lui décoincer la jambe, dit Elijah. On s'occupera du reste ensuite.

Jo s'agenouilla sur le sol boueux, mais ne cessa pas pour autant de poser des questions.

— Tu as croisé d'autres randonneurs ?

— Jo, je souffre ! dit Devin en faisant une grimace.

Elle plissa les yeux.

— C’est une mauvaise idée de me mentir, Devin.

A cet instant, Elijah décida qu’il s’était permis trop de fantasmes et de regrets ces derniers temps. Jo n’avait plus dix-huit ans. Elle n’était plus amoureuse de lui. C’était un agent fédéral qui savait se servir d’une arme et se défendre dans une bagarre.

— Jo, dit-il d’une voix neutre, tu veux nous aider, ou tu veux le soumettre à un interrogatoire ?

Jo réprima un soupir, puis se plaça derrière le jeune homme et cala ses mains sous ses bras.

— Devin, reprit Elijah, il faut que je vérifie que ta jambe n’est pas cassée.

— C’est rien… Des égratignures. J’arrive à bouger les orteils et tout. Je pourrai me sortir de là tout seul, s’il le fallait.

— Comment ? demanda Jo. En t’amputant avec un canif ?

— Par exemple. J’en ai un dans ma poche arrière.

— J’ai bien envie de vous jeter du haut d’une falaise tous les deux, dit Elijah. Devin, je vais soulever le rocher et Jo va te tirer en arrière. Laisse-toi aller, ne résiste pas.

— O.K., dit Devin. On peut se dépêcher ?

Elijah positionna ses bras sous le rocher. Au moment où il le souleva, Jo leva le corps de Devin pour libérer sa jambe. Ce dernier poussa un cri, puis se remit à jurer et à cribler le sol boueux de coups de poing, sans doute pour surmonter l’accès de douleur.

— Tu crois qu’il va lui falloir une ambulance ? demanda Jo.

— Non. Il va très bien.

Elijah se pencha sur lui.

— Ça va aller, Devin, hein ?

L’intéressé ramassa une poignée de terre et la jeta dans l’eau d’un geste furieux.

Elijah regarda Jo et haussa les épaules.

— Je crois que ça veut dire oui.

Enfin, Devin roula sur le dos et dit entre ses dents :

— La vache, ça fait mal… Jo, qu'est-ce qu'ils ont, tes ongles ? On dirait des lames de rasoir. Je crois que tu m'as arraché un morceau de bras.

Il se redressa en position assise. La sueur avait dessiné des traînées sur son visage sale, et il respirait bruyamment.

— Je peux redescendre tout seul, dit-il.

— Je te raccompagne, dit Elijah.

Devin lança un regard à Jo, puis acquiesça, préférant visiblement la compagnie d'Elijah aux questions d'un agent fédéral soupçonneux.

— Tu peux finir ta promenade, dit Elijah à Jo.

— Je ne me promenais pas.

Elle posa son regard perçant sur Devin.

— Tu as passé la nuit ici ? Tu étais avec Nora ?

Il s'essuya le front du revers de la main.

— Pourquoi ? Elle n'est pas recherchée par les services secrets, que je sache ?

— Tu l'as vue ?

— Non.

— Tu ne dis pas la vérité.

— O.K. Je l'ai vue, mais je ne lui ai pas parlé. De toute façon, elle a envie d'être seule.

Devin se leva en chancelant ; un grognement de douleur lui échappa, mais il repoussa la main que lui tendait Elijah.

— Elle va bien. Elle a envie de fuir tout le monde, c'est tout. Moi y compris.

— Comment peux-tu le savoir, si tu ne lui as pas parlé ? demanda sèchement Jo.

— Je le sais, c'est tout.

Devin fixa la cascade du regard et fut pris d'un frisson.

— Je l'ai suivie, hier soir. J'ai dormi près de sa tente. Je ne sais même pas si elle s'en est rendu compte. Quand je me suis réveillé, elle était partie.

— Alors elle ne t'avait pas proposé de…

— Ecoute, Jo, je m'en vais. Je ne suis pas obligé de répondre à tes questions.

En boitant, il fit quelque pas vers le sommet de la pente. Elijah hissa son sac sur son dos.

— On va récupérer tes affaires ? dit-il en emboîtant le pas à Devin.

— Non, je les reprendrai plus tard.

Il trébucha, poussa un nouveau juron, et continua à avancer.

— Il a mal, dit Jo. Et il est un peu caractériel.

Elijah se retourna vers elle : son visage affichait un mélange d'inquiétude et d'irritation.

— La douleur a tendance à rendre caractériel. Je vais essayer de lui tirer les vers du nez. Quant à toi, tu ferais mieux de redescendre avec nous. Ce n'est pas la peine que tu restes toute seule ici. Tu risques de t'attirer des ennuis et d'avoir besoin d'être secourue à ton tour.

— Je vais jeter un coup d'œil à l'endroit où Nora a campé, pour voir si j'arrive à retrouver sa trace.

Elle le regarda un moment.

— Tu ne me caches rien ? Tu n'as pas dormi ici, toi aussi ?

— Non. Je suis resté bien au chaud dans mon lit, à penser à toi et au fait que tu étais bien au chaud dans ton lit à une centaine de mètres plus loin.

— Je n'avais pas si chaud que ça.

Elle eut l'air de regretter ces paroles dès qu'elle les eut prononcées.

— Bref…, reprit-elle. Tu peux raccompagner Devin tout seul ?

— Oui, mais je préférerais que tu nous accompagnes.

— Ne t'inquiète pas pour moi.

— Et Rigby ? Tu sais où il est ?

— Aucune idée. Peut-être sur un autre versant, ou une

autre montagne, ou même au café du village. Je vais faire un tour dans le coin, puis je te retrouve à l'auberge. J'ai mon portable, il devrait capter par endroits. J'y vais. Je ne veux plus perdre de temps.

Pourquoi Elijah ressentait-il un tel besoin de la protéger ? Il l'avait déjà senti ce matin en voyant Rigby débarquer chez elle.

Jo Harper était tout à fait capable de se débrouiller seule.

— Comme tu voudras, dit-il en s'éloignant vers Devin.

Arrivés devant la voiture de Devin, Elijah ouvrit la porte du côté passager, attrapa son compagnon par la taille et le hissa sur le siège. Le jeune homme ne lui témoigna aucune reconnaissance.

— J'aurais pu monter tout seul, dit-il sur un ton bougon.

Elijah fit le tour de la voiture et s'installa au volant. Devin avait réussi à négocier les parties faciles du sentier sans grande difficulté. Dans les parties plus raides, il avait passé son temps à gémir et à se plaindre — comme si cela lui donnait de l'énergie —, mais avait systématiquement refusé l'aide d'Elijah

— C'est ma voiture, ajouta Devin. Je peux conduire.

— Hors de question.

Cinq minutes plus tard, Elijah entra dans le parking de l'auberge et se gara aussi près que possible du magasin. Avant même qu'il n'ait sorti la clé du contact, Devin se précipita hors de la voiture et s'éloigna en boitillant vers le chemin en pierre

Ce gamin commençait à lui taper sur les nerfs.

— Si A.J. te voit, dit Elijah en le rattrapant, il risque d'appeler les flics. Tu le sais ?

— Qu'il les appelle. Je n'ai rien fait de mal.

Devant l'entrée du magasin, Devin sortit une clé de la poche de son jean et, les mains tremblantes, tenta de l'introduire dans la serrure.

— Tu es dans un sale état, mon vieux, reprit Elijah. C'est vraiment ridicule, tout ça.

— A se demander pourquoi tu n'es pas resté travailler sur ta maison, au lieu de me courir après.

Devin ouvrit enfin la porte et se dirigea droit vers l'escalier au fond de la boutique. En s'agrippant à la rampe, il réussit à monter jusqu'à sa chambre et s'écroula sur son lit défait.

Elijah, qui l'avait suivi, jeta un coup d'œil à la chambre en désordre. Rien n'indiquait que Devin ait menti au sujet de son emploi du temps de la veille — à savoir, jouer le bon Samaritain personnel de Nora Asher. Un gros sac à dos adapté à des randonnées de plusieurs jours était appuyé contre la commode.

Il se retourna vers Devin.

— Tu devrais élever ta jambe.

— C'est rien.

— Devin…

— D'accord, d'accord. Tu as gagné.

Il recula sur le lit et cala un oreiller sous sa jambe blessée.

— Voilà. Tu es content, maintenant ?

— Tu as mal autre part ?

— Non. Tu as vu ce qui s'était passé, non ? J'ai glissé, c'est tout.

— Tu l'as fait exprès ?

— Pourquoi est-ce que j'aurais fait exprès de me blesser ?

— Pour faire diversion. Pour que je sois obligé de t'aider et que Nora puisse prendre de l'avance.

— Si elle avait su que tu la cherchais, elle t'aurait plutôt attendu. Tu es son idole. Elle est amoureuse de toi.

— Si elle l'était vraiment, elle serait venue me parler avant de partir toute seule en montagne, non ? Tu me jures que tu n'es pas de mèche avec elle ?

L'expression de Devin lui donna la réponse. Le garçon

se torturait au sujet de Nora, et il ne savait plus que faire. Il n'avait pas comploté avec elle pour retarder Elijah.

— Tu ne fais confiance à personne, n'est-ce pas, Devin ? Ecoute-moi bien.

Elijah garda un instant le silence pour lui faire comprendre qu'il ne plaisantait pas. Puis il reprit :

— Je sais que tu ne nous a pas dit tout qui s'est passé en avril. Et je sais que tu n'es pas un voleur.

Il marqua une pause, mais Devin resta silencieux et refusa de croiser son regard.

— Je sais aussi que tu te fais du souci pour Nora.

Devin inspira profondément et se tourna vers la fenêtre.

— Tu t'inquiétais déjà pour elle avant la mort de son beau-père. Qu'est-ce qui se passe, Devin ?

— Rien.

— Tu veux l'aider, non ? Alors parle-moi. Je ne suis pas un flic, et je ne suis pas de la famille de Nora.

— Oui, je me fais du souci pour elle. Il se passe pas mal de trucs bizarres en ce moment. Nora n'aime pas la nouvelle fiancée de son père. Son beau-père vient de se faire écrabouiller comme un insecte. Et quelqu'un essaie de me faire passer pour un voleur dans tout le village.

— Tu sous-entends que tout cela est lié ?

— Je ne sous-entends rien du tout. Je te dis ce qui se passe, voilà tout.

— Nora a-t-elle des raisons précises de ne pas aimer Mélanie ?

— A part l'intuition féminine… Je ne sais pas. Déjà, elle est beaucoup plus jeune que le père de Nora.

— Vous la soupçonnez d'être une croqueuse de diamants ?

— Je ne crois pas. Elle gagne bien sa vie comme décoratrice d'intérieur. Mais le père de Nora vient d'une famille très comme il faut, et il connaît tout le monde à Washington. A mon avis, Mélanie veut s'incruster dans ce milieu.

Pour un gamin de dix-huit ans, Devin était assez perspicace.

— Nora soupçonne Mélanie d'utiliser son père, c'est ça ?

— Ouais.

— Mais ce n'est pas tout, dit Elijah d'un air sceptique.

Devin se tortilla, visiblement mal à l'aise.

— Devin…

— Ecoute, je ne suis pas un ennemi que tu viens de sortir de sa grotte, Elijah.

Puis il s'affaissa aussitôt et ajouta :

— Désolé. C'était débile.

Elijah ne répondit pas.

— Depuis que tu es rentré à Black Falls, reprit l'adolescent, tu ne me lâches pas d'une semelle. Je suis désolé pour ce qui est arrivé à ton père, d'accord ? Comme tout le monde. Je sais que tu te sens coupable parce que tu n'étais jamais là, mais moi, je le voyais tout le temps.

Des larmes débordèrent de ses yeux, et il les essuya d'un geste de colère.

— Tu crois que j'avais envie de le retrouver gelé ? Tu crois que ça m'a fait plaisir ? Il me traitait comme un fils.

— Ça a dû être difficile, reconnut Elijah calmement. J'en suis désolé, Devin. J'aurais préféré être à ta place.

— Je sais. Moi aussi, je suis désolé.

Il renifla et se reprit un peu.

— Se prendre une balle, ça ne doit pas être terrible non plus.

— Certes.

— Se coincer la jambe sous un caillou, c'est rien du tout.

Il serra les dents, se pencha en avant et remonta le tissu boueux de son pantalon.

— Ma cheville commence à enfler. J'aurais besoin de glace.

— Je vais en chercher, dit Elijah. Ne bouge pas. A mon

retour, je veux que tu me dises tout ce que vous manigancez, avec Nora Asher. De A à Z. Compris ?

— D'accord, d'accord.

Devin rit faiblement et ajouta :

— Quand je pense que j'avais toi et Jo Harper à mes trousses… Les flics et l'armée. Mais je vais tout t'expliquer, Elijah.

Elijah s'arrêta sur le seuil de la porte.

— Y compris pourquoi tu es monté sur le versant nord, en avril.

Devin détourna le regard, puis enfonça la tête dans son oreiller.

— Il me manque, ton père, dit-il d'une voix étouffée.

— A moi aussi.

En sortant du magasin, Elijah sentit à peine le froid. Il grimpa sur la terrasse et se glissa dans la salle à manger. Personne. Il entra dans la cuisine et prit des glaçons dans le congélateur et quelques torchons.

Il ressortit. Dehors, le vent s'était levé. Il pensa à Jo, seule sur la montagne. Ils avaient enfreint toutes les règles de base de la sécurité en montagne, mais au moins, ils étaient occupés et loin l'un de l'autre. S'il l'embrassait de nouveau, Elijah ne serait dans doute pas capable s'en tenir là. Cela irait forcément plus loin, et ce serait sans doute encore plus idiot que de marcher tout seul dans le froid.

A mi-chemin entre l'auberge et la boutique, A.J. apparut sur le chemin.

— Tu voulais me parler, Elijah ? Qu'est-ce qui se passe ? J'ai eu ton message.

— Quel message ?

— Tu n'as pas appelé ? Le réceptionniste m'a dit que je devais te retrouver. J'étais en train de m'occuper des enfants, sinon je t'aurais rejoint plus vite.

Elijah courut jusqu'au magasin et monta les marches

quatre à quatre. Trop tard. Devin avait disparu. Son gros sac à dos aussi.

Il redescendit les marches à toute vitesse. A.J. l'attendait dans le magasin ; il lui lança un regard perplexe. Elijah soupira et tenta de se calmer.

— Il faut qu'on parle, dit-il.

Il résuma à son frère les événements survenus depuis qu'il avait retrouvé Devin devant la cascade.

— Si Devin est blessé…

— S'il a pu se sauver, dit Elijah, c'est que ce n'est pas trop grave.

Il sentit un picotement subit à sa cuisse droite ; sans doute le tissu cicatriciel de sa blessure du printemps. Il respira profondément en essayant de détendre tous les muscles de son corps.

— Il est sans doute planqué dans les bois. Je pourrais le faire sortir, mais ce n'est qu'un gamin. Je ne vais quand même pas le traquer comme un animal.

— Voilà les flics, dit A.J. avec un hochement de tête en direction de la route.

Jo se dirigeait vers l'auberge d'un pas vif ; Kyle Rigby était sur ses talons.

Devin les avait-il aperçus par la fenêtre ? Avait-il croisé Rigby en montagne ? Ou bien avait-il simplement saisi au vol l'occasion de s'enfuir, n'ayant jamais eu l'intention de se confier à Elijah ? Quoi qu'il en soit, la situation ne plaisait pas du tout à ce dernier.

— C'est marrant, soupira A.J., j'ai encore du mal à croire que Jo travaille pour les services secrets. Sans doute parce que je ne l'ai pas beaucoup vue ces dernières années.

— Ne m'en parle pas, dit Elijah en soupirant à son tour.

— Elle aussi, elle doit avoir du mal à croire que tu fais partie des forces spéciales.

— Possible.

— Elijah, tu es encore…

— Je suis condamné, A.J.

Son frère hocha la tête d'un air sombre sans quitter Jo et Rigby des yeux.

— Tu l'as toujours été, en ce qui la concerne.

— Tu crois que papa…

— Il le savait. Il le comprenait. Pourquoi est-ce que tu crois qu'il lui a légué les chalets ? Sûrement pas pour nous jouer un mauvais tour.

Une étincelle d'humour joua dans le regard d'A.J.

— C'était pour qu'elle soit ta voisine.

— Quel sale magouilleur ! dit Elijah avec affection.

— C'est le moins qu'on puisse dire.

— A.J., Devin nous cache quelque chose. C'est peut-être sans importance, mais il faut qu'il nous dise de quoi il s'agit.

— Pour son propre bien, ajouta A.J.

Elijah hocha la tête, puis serra les dents. La vieille voiture cabossée de Hannah Shay venait d'apparaître au bout du chemin.

18

Jo hissa le sac de Devin sur une épaule et regarda Kyle Rigby s'éloigner en direction de la grande carte affichée au coin du parking. Rigby s'était garé à l'auberge et avait marché jusqu'au départ de la piste est, où Nora avait laissé sa voiture. Pour autant que Jo puisse voir, il se contentait de tuer le temps en attendant que la jeune femme redescende de son propre chef. Il pourrait alors réclamer son chèque à Thomas et rentrer chez lui.

Jo l'avait croisé en redescendant de la cascade. Après avoir récupéré le sac à dos de Devin au pied d'un arbre, non loin de l'endroit où il avait glissé, elle avait renoncé à poursuivre jusqu'à l'endroit où Nora avait bivouaqué — cela lui semblait inutile, à présent — et avait pris un raccourci qui redescendait vers l'auberge. Ce raccourci aboutissait à un chemin en terre désaffecté, où elle avait découvert le pick-up de Devin.

Elle se dirigea vers le magasin. Devant la porte, Hannah Shay faisait face à A.J. et Elijah, les bras croisés sur sa poitrine, l'air calme et déterminée.

— Vous ne me faites pas peur, dit-elle. Je n'ai jamais eu peur des Cameron. Si vous avez quelque chose à reprocher à Devin, vous n'avez qu'à appeler la police. Je fais confiance à mon frère.

— Rentre chez toi, Hannah, dit A.J. d'un air impassible.

La jeune femme ne se laissa pas impressionner.

— Devin n'est pas obsédé par Nora Asher, et il n'a pas causé la mort de votre père. C'était une tragédie et j'en suis désolée. Mais la vérité, c'est que Devin vous a rendu service en le retrouvant.

La voix un peu entrecoupée, elle ajouta :

— Et il n'a pas volé d'argent. On vient peut-être d'une famille pauvre, mais on n'est pas malhonnêtes.

A.J. lui lança un de ses fameux regards perçants.

— Je parie qu'il manque aussi de l'argent dans la caisse du café. Pas vrai, Hannah ?

Les bras de la jeune femme retombèrent le long de son corps.

— Ça ne te regarde pas.

— Viens, Hannah, dit Elijah en s'interposant doucement entre elle et son frère aîné. Je te raccompagne à ta voiture.

— Je peux très bien y aller toute seule.

— Je me trompe, ou tu es un peu susceptible, en ce moment ?

— Excuse-moi.

Elle prit une profonde inspiration et s'adressa à Elijah en faisant comme si A.J. n'avait pas été là.

— J'ai confiance en mon frère. Un point c'est tout. Il n'y a rien d'autre à ajouter.

Avant qu'Elijah n'ait pu répondre, Hannah pivota sur ses talons et s'éloigna vers sa voiture.

Jo s'approcha des deux frères.

— Laissez-moi lui parler, d'accord ?

— Je t'attends à l'intérieur, dit A.J. à Elijah.

Celui-ci fit un bref signe de tête à Jo, puis suivit son frère.

Jo rattrapa Hannah au bout du parking.

— Hannah, tu as parlé à Devin ?

— Tu me poses la question en tant qu'amie, ou en tant qu'agent fédéral ?

— Excuse-moi. J'ai été un peu dure avec toi, hier soir.

— Ça ne fait rien, dit la jeune femme.

Mais son expression s'adoucit un peu.

— J'ai laissé plusieurs messages sur le portable de Devin, mais il ne m'a pas rappelée. Elijah m'a dit qu'il n'avait rien de grave. J'espère que c'est vrai. S'il était vraiment blessé, il me l'aurait dit, non ?

— Bien sûr qu'il te l'aurait dit. Il n'a que des bleus et des égratignures.

Jo fronça les sourcils et ajouta :

— Mais… tu ne l'as pas vu ?

— Il vient apparemment de fausser compagnie à Elijah.

Voilà pourquoi les frères Cameron étaient d'humeur massacrante, songea Jo.

— Quand ça ?

— Juste avant que j'arrive. Apparemment, Elijah était parti chercher de la glace pour sa jambe, et il en a profité pour s'éclipser. Mais Jo, Devin n'a rien fait de mal. A.J. et Elijah n'ont pas le droit de le pourchasser comme s'il était un chien enragé.

Hannah était quelqu'un de doux et de calme, mais elle avait sa fierté — et elle n'avait peur de personne, surtout quand il s'agissait de défendre ses deux frères cadets. Jo ne pouvait qu'admirer sa confiance en Devin et le cran dont elle faisait preuve face aux frères Cameron.

— A.J. et Elijah sont encore là, lui fit-elle remarquer. Ils ne pourchassent personne, que je sache.

Hannah porta son regard vers la montagne.

— Evidemment, Nora n'avait pas les idées très claires, hier, après avoir appris la mort de son beau-père. Pour moi, Devin essaie seulement de l'aider. Quant à cette affaire dont j'ai parlé hier soir… je ne sais pas exactement ce qu'ils font, tous les deux, mais je suis persuadée que ce n'est rien de mal.

— Tu as une idée de l'endroit où ils peuvent être ? demanda Jo.

Hannah resserra son blouson autour de ses épaules, hésita une fraction de seconde, puis, sans dire un mot, se dirigea vers la grande carte. Jo la suivit en notant que Rigby était maintenant à la porte de l'auberge et qu'il s'entretenait avec A.J. et Elijah.

Hannah tendit le doigt vers la section de la carte qui représentait le versant nord de la Cameron Mountain.

— Devin a trouvé le corps de Drew par ici, dit-elle. Moi, je suis née dans le Vermont, mais la montagne, ce n'est pas mon truc. Les randonnées d'une journée, ça va, mais je n'ai pas envie d'y passer une semaine d'affilée. Devin, lui, ressemble beaucoup aux Cameron. C'est sans doute pour cette raison qu'il s'entendait si bien avec Drew.

— Et qu'il a été le seul à pouvoir le retrouver, en avril ?

Hannah croisa ses bras sur sa poitrine et regarda fixement les courbes de relief sur la carte.

— L'automne dernier, Devin a aidé Drew à construire quelque chose sur le versant nord. Apparemment, c'est là où les premiers Cameron se sont installés en arrivant dans le Vermont. Devin ne m'a pas vraiment expliqué de quoi il s'agissait. Il m'a dit qu'il ne le savait pas exactement, lui non plus.

— Il n'en pas parlé à la police, après la mort de Drew ?

— Il a répondu honnêtement à toutes leurs questions. Drew avait demandé à Devin de n'en parler à personne. C'était censé être une surprise.

Une réponse d'avocate, pensa Jo.

— Et toi, reprit-elle, depuis quand es-tu au courant ?

— Depuis quelques semaines. Un soir, Devin s'est fait arrêter par les flics parce qu'il avait un feu arrière cassé. Juste avant, il s'est laissé entraîner dans une bagarre devant le café : des jeunes s'en prenaient à Toby, et Devin leur a réglé leur compte. Je lui ai demandé des explications, il a craqué et il m'a parlé de Drew. Il se sentait coupable, comme s'il avait trahi sa confiance. Je lui ai promis de n'en parler à personne.

Elle marqua une pause et ajouta :

— Je n'aurais peut-être pas dû lui faire cette promesse.

— Vous avez pas mal de soucis, en ce moment, tous les trois.

Hannah se détourna de la carte et fit face à Jo. Son visage n'exprimait pas le moindre apitoiement sur elle-même.

— Je n'ai jamais prétendu être autre chose que la grande sœur de Devin et de Toby. On forme une famille, mais je suis bien consciente que mes frères ont grandi sans parents.

Comme Hannah, d'ailleurs, pensa Jo. Elle tendit le sac à dos de Devin à la jeune femme.

— Tu veux le lui garder ? Il l'a perdu quand il est tombé. Nora est au courant de son mystérieux projet avec Drew ?

— Pour autant que je sache, personne n'est au courant. C'est un coin drôlement isolé.

— Mais, selon toi, c'est ce qui explique que Devin soit monté sur le versant nord en avril. Et qu'il ait pu retrouver le corps de Drew.

— Il m'a dit qu'il y était allé à tout hasard. Il était quasiment certain de ne pas l'y trouver, sinon, il en aurait parlé aux équipes de secouristes.

Jo pensa à la conversation troublante qu'elle avait eue avec Drew, deux semaines avant sa disparition, et comprit mieux l'attitude de Devin.

— Depuis, il n'a pas la forme, ajouta Hannah à voix basse.

— Tu as parlé à ce Rigby ? demanda Jo en le voyant apparaître au loin.

— Oui, ce matin, brièvement. Mais je ne lui ai pas parlé du projet de Drew. Ni aux Cameron, d'ailleurs. Je n'en ai parlé à personne, sauf à toi.

Jo acquiesça d'un signe de tête.

— Ecoute, dit Hannah, je dois partir. Si j'ai des nouvelles de Devin, je te préviendrai.

Elle lança un regard furieux en direction de l'auberge et ajouta :

— Je n'ai rien à cacher.

— Quelqu'un a pris cet argent, Hannah. Tu crois que Nora aurait pu…

— Non. Mais je ne sais absolument pas qui ça peut être.

D'un pas rapide, Hannah s'éloigna vers sa voiture. Jo se retourna vers la carte. Le versant nord de la Cameron Mountain donnait sur une zone sauvage difficilement accessible, que parcouraient seulement quelques sentiers de randonnée. Ce n'était pas un bon endroit pour se perdre lorsqu'on était un marcheur inexpérimenté. Comme Nora Asher, par exemple.

— Cette région est magnifique, dit Rigby dans son dos. Si je me fie à l'agitation de ce matin, Nora ne doit pas être partie très loin. Hannah Shay a une idée de l'endroit où est parti son frère ?

Jo fit non de la tête.

— Il n'y aucune raison de penser qu'il constitue un danger pour Nora.

— Peut-être pas, mais s'il arrive quoi que ce soit à Nora, la police aura des questions à lui poser.

Il se tourna vers la montagne et plissa les yeux.

— Il fait un peu frisquet à mon goût. Je vais chercher mon sac dans ma voiture et me mettre en route. A ce qu'on m'a dit, Nora est assez impulsive, mais si elle a réussi à installer un bivouac et à passer la nuit, c'est déjà bon signe.

— Si vous avez besoin d'aide, ou si vous sentez qu'elle est en danger…

— Je saurai quoi faire. On se tient au courant.

Jo le laissa partir et retourna vers l'auberge. Dans la salle à manger, elle se servit une assiette de chili qui fumait dans une grande casserole en fonte. Un mois plus tôt, l'auberge avait dû être bondée. A présent, seule une petite poignée de clients savourait un déjeuner tardif devant la baie vitrée.

Elle apporta son assiette dans l'entrée. A.J. et Elijah se tenaient devant le feu, l'air toujours aussi bougon.

— Brrr…, dit Jo. J'avais oublié qu'il faisait si froid, ici, en novembre.

— Tu devrais revenir plus souvent, fit remarquer A.J.

— Bonne idée, dit Jo. Je pourrais devenir la meilleure copine de ta femme et vous faire la vie dure, aux Cameron.

— Qu'est-ce que tu cherches, au juste, Jo ?

C'était dit sans aucun humour. Mais Jo ne pouvait lui en vouloir.

— Des réponses, répondit-elle. Il faut qu'on travaille ensemble, tous les trois. On est du même côté.

— Ah, tu crois ? demanda A.J. en plissant les yeux.

Jo hésita un instant, puis leur relaya les informations de Hannah au sujet du projet de Drew sur le versant nord et de l'aide que Devin lui avait apportée. Elijah et A.J. l'écoutèrent sans l'interrompre. Quand elle eut fini de répéter ce que lui avait dit Hannah, elle ajouta :

— Je parie que votre père avait enfin trouvé ces vieilles fondations qu'il cherchait depuis si longtemps. Ou en tout cas, quelque chose qui y ressemblait.

— Devin aurait dû le dire à la police, fit remarquer A.J.

Ou du moins aux enfants de Drew, pensa Jo. Mais elle décida de rester diplomatique.

— Je crois que cela a été dur pour lui de garder le secret. A supposer qu'il n'ait pas ouvertement menti, la police n'a rien à lui reprocher. Selon Hannah, il leur a dit la vérité.

— Sauf qu'il a oublié de dire ce que papa faisait là-haut, grommela A.J. Si tu savais combien de fois je le lui ai demandé… Bref. Il a eu l'occasion de nous en parler, mais il ne l'a pas fait.

— Hannah m'a dit que Drew voulait vous faire une surprise.

Les yeux d'Elijah s'assombrirent, et il se tourna vers son frère.

— Je rentre, dit-il.

— Je te préviendrai si Devin ou Nora reviennent.

A moins de le menacer de son arme, Jo n'avait aucun moyen d'arrêter Elijah. Elle s'installa donc dans un fauteuil chaud et moelleux, devant le feu, et plongea sa fourchette dans son assiette de chili.

— Tu trouves que je ferais mieux de rentrer chez moi et d'enlever les toiles d'araignées dans mes chalets, pas vrai, A.J. ?

— J'imagine que ton patron à Washington serait d'accord.

Il n'avait pas tort. Puis, ayant répondu à la question, A.J. l'abandonna à son tour.

Jo posa son assiette sur une petite table en chêne ornée de brochures, de guides et d'une composition automnale de potirons, de chrysanthèmes et de petites figurines de dindes sauvages. L'œuvre de Lauren, encore une fois. A.J. y aurait empilé du petit bois.

Après avoir calé ses pieds aussi près de feu que possible sans prendre feu ni glisser de son fauteuil, Jo appela Thomas Asher.

— Pourquoi as-tu engagé Kyle Rigby ? demanda-t-elle quand Thomas décrocha. C'est qui, d'abord, ce type ?

— C'est un professionnel…

— Un détective privé ?

— Il fait ça par amitié.

— Vraiment ? Mais il se fait payer, non ?

— Jo, pourquoi es-tu si agressive ? Je pensais que tu serais soulagée de ne plus avoir la responsabilité de Nora.

De toute façon, avec Mélanie, on sera bientôt sur place. Nous sommes à l'aéroport…

— Celui de Washington ou celui d'ici ?

— Celui de Washington. On arrivera ce soir à Black Falls. Les Whittaker ont proposé de nous héberger. Alex et Carolyn adoraient aller chez eux. Je…

La voix de Thomas se brisa, rappelant à Jo qu'il avait perdu un ami, quelles que soient les complications liées à cette amitié.

— Carolyn est en train de rentrer de Hong-Kong. Je n'imagine même pas ce qu'elle doit endurer. Ce n'est vraiment pas le moment pour Nora de…

Il s'interrompit, puis reprit plus calmement :

— Je n'approuve pas sa décision de partir camper seule en montagne, mais Kyle m'assure qu'il n'y a aucune raison d'alerter les autorités.

— Comment est-ce que tu l'as trouvé, ce Kyle ?

— Mélanie me l'a recommandé. Ils se sont rencontrés en faisant du ski dans le Colorado, l'hiver dernier, et ils ont échangé leurs coordonnées. Un heureux hasard, en somme.

— Donc, tu ne l'as jamais rencontré ?

Thomas ne répondit pas.

— Tu ne l'as jamais vu.

— Il a les aptitudes nécessaires pour retrouver ma fille. C'est tout ce qui compte, pour moi. Ne crois pas que je n'ai pas confiance en toi, Jo, mais tu n'es pas objective. Tu viens de Black Falls. Tu as des idées préconçues sur les gens qui y habitent.

Jo se pencha en avant dans son fauteuil ; le feu lui brûla le visage.

— Thomas, soupçonnes-tu quelqu'un d'ici d'être lié à la mort d'Alex Bruni ?

— Non, bien sûr que non… Qu'est-ce que tu vas chercher ? Ecoute, je dois te laisser. On est sur le point d'embarquer.

Jo décida de ne pas lui parler de Devin, de l'argent manquant, de son amitié pour Nora ni du fait que le jeune homme avait filé entre les mains d'Elijah. Rigby n'aurait qu'à faire un compte rendu à Thomas. Après tout, elle ne travaillait ni pour l'un ni pour l'autre de ces hommes.

Elle finit son chili, posa son assiette et ses couverts dans la cuisine, puis ressortit de l'auberge et passa devant le magasin. La porte était toujours fermée à clé, et Devin n'était pas en vue.

Où était-il parti ?

Et Nora, qu'avait-elle en tête ?

Etaient-ils ensemble, avec Devin ? Avaient-ils prévu de se retrouver quelque part ? Ou, au contraire, s'évitaient-ils ?

Jo espérait qu'ils redescendraient tous les deux de la montagne avant l'arrivée de Thomas.

Pour autant qu'elle sache, ils étaient peut-être déjà en route. Mais elle n'y croyait pas trop.

Une heure plus tard, après être redescendue à pied jusque chez elle pour y récupérer sa voiture, Jo se tenait dans la cuisine de son enfance et regardait son père découper des pommes et entasser les morceaux dans une grande casserole. Sa mère était partie faire les magasins à Manchester. Sa grand-mère lisait dans le salon.

L'odeur de compote embaumait la grande maison de ferme des Harper, comme chaque automne depuis que Jo était née.

La retraite semblait convenir à son père, mais elle savait qu'il était encore tuyauté sur ce qui se passait en ville. Elle parlait rarement de son travail avec lui. Mais le meurtre présumé d'Alex Bruni et la fugue de sa belle-fille n'avaient rien à voir avec le travail de Jo.

Les rumeurs lancées par Charlie Neal au sujet d'un réseau d'assassins avaient davantage à voir avec son travail, mais uniquement dans le sens où le jeune homme cherchait à regagner les bonnes grâces de Jo après le mauvais tour qu'il lui avait joué. Ce qu'il ne comprenait pas, c'est qu'il n'avait pas besoin d'être dans ses bonnes grâces. La seule chose qui comptait, c'était qu'il soit en sécurité.

Elle attrapa un couteau, une planche à découper et prit quelques pommes dans l'évier. Tout en les épluchant, elle raconta à son père ce qui s'était passé — hormis le fait qu'elle avait embrassé Elijah Cameron. Elle avait décidé qu'elle n'était pas obligée d'en parler. Quant à savoir s'il s'en doutait, c'était une autre histoire.

Son père l'écouta sans l'interrompre, puis lança quelques idées, posa des questions, passa en revue les différentes possibilités qui s'offraient à elle. Mais il ne lui donna aucun conseil.

Enfin, il posa son couteau et s'adossa au plan de travail. Ses cheveux étaient presque blancs, à présent, mais il était toujours l'homme fort et plein de vitalité qu'elle avait aimé — et avec lequel elle s'était chamaillée — toute sa vie.

Ni lui ni sa mère n'avaient eu envie qu'elle quitte Black Falls. Elle avait beau leur rendre visite le plus souvent possible, elle n'était plus à deux pas de chez eux, comme Beth ou Zack. Ils avaient été horrifiés par ses missions à l'étranger, et soulagés quand elle avait été postée à Washington, dix-huit mois auparavant.

Elle ne leur avait jamais parlé de la visite de Drew, en avril dernier.

A présent, elle en parla à son père, parce que, sans pouvoir se l'expliquer, elle avait l'impression que cette visite était liée à ce qui se passait maintenant.

— Là, dit son père, je ne peux pas t'aider. Drew ne me tenait pas au courant de ses déplacements.

— Mais l'enquête sur sa mort…

— Je n'y ai pas participé.

— Tu as bien dû en entendre parler.

— Il y a une différence entre les rumeurs qui hérissent les poils sur la nuque et les faits que l'on peut prouver.

Son père la regarda de ses yeux vert sombre.

— Drew Cameron regrettait ce qu'il avait fait, il y a quinze ans. En tout cas, il regrettait la manière dont il l'avait fait. Il savait qu'il devait poser des limites à Elijah, mais il regrettait de t'avoir blessée au passage.

— Ce n'est pas Drew qui m'a blessée.

— Il t'a embarrassée. A sa place, j'aurais agi autrement... mais cela aurait peut-être été pire. Je me rappelle surtout que j'étais incapable de réfléchir correctement. Je croyais qu'Elijah et toi, vous étiez déjà en route pour Las Vegas. Drew, lui, se doutait que vous n'étiez pas loin.

— Elijah et moi, on n'était pas faits pour être ensemble.

— Ça, c'est à vous de le décider. Ça l'a toujours été, même à l'époque.

Son père posa son couteau sur un tas d'épluchures de pommes et baissa le gaz sous la casserole.

— Elijah est quelqu'un de discipliné et, de mon point de vue, c'est un héros. Mais je ne sais pas s'il va arriver à trouver sa place ici. Il est parfois difficile de revenir vivre à l'endroit où l'on a grandi. Après ce qu'il a vécu, Black Falls risque de lui sembler changé.

— Peut-être, dit Jo en mettant ses pommes dans la casserole.

— N'empêche qu'il ressemble encore beaucoup à l'ancien Elijah.

Tant mieux, pensa-t-elle en se rappelant à quel point elle l'aimait, l'ancien Elijah. Pour son énergie, son obstination, sa loyauté, son sens de la justice. Son courage. A l'époque, Drew et le père de Jo avaient surtout retenu sa jeunesse et son incapacité à gagner sa vie — et le désir de Jo, maintes fois répété, de quitter Black Falls.

Mais ils ne craignaient pas seulement qu'il gâche la vie de Jo. Ils craignaient aussi qu'elle ne gâche celle d'Elijah.

— Même avant l'armée, dit son père, Elijah était quelqu'un d'extrêmement déterminé. Quand il voulait quelque chose, il l'obtenait. Aujourd'hui, il se pose des questions sur la mort de son père. Eh bien, il finira par trouver les réponses.

En partant, Jo remercia son père et lui fit promettre de lui mettre de côté un bocal de compote. Dans l'embrasure de la porte, elle s'arrêta.

— Tu fais confiance à Elijah, papa ?

— Je mettrais ma vie entre ses mains sans hésiter. La tienne aussi.

Ce que son père ne dit pas, c'était qu'il s'inquiétait — et cette inquiétude ne datait pas d'hier — de la manière dont Elijah s'y prendrait pour obtenir des réponses à ses questions, et des entorses à la loi qu'il était prêt à faire pour cela.

19

Tu joues avec le feu, dit Moose sur son ton habituel — direct, sarcastique, perspicace.

Il se tenait à côté de Grit sur un trottoir étroit de Georgetown. C'était un de ces nombreux après-midi gris et humides que connaît la capitale américaine au mois de novembre.

Grit hocha la tête.

— Je sais. Il y a toutes sortes de choses qui ne vont pas. Ma chaussure gauche est trop serrée. La droite, par contre, celle qui a vraiment un pied à l'intérieur, me va parfaitement. Je suis tombé dans la douche ce matin. J'ai encore 877 séances à chez le kiné devant moi. Myrtle a raison. La vie, c'est nul.

A chaque jour suffit sa peine, mon vieux.

— Je n'aime pas que tu me parles gentiment. Ça me donne l'impression d'être encore plus pitoyable que je ne le crois.

On a eu une longue journée, hein ?

— Ouais. Et on n'en est qu'à la moitié.

Grit avait passé la matinée à parler à des gens qui n'aimaient pas qu'on leur parle. Il s'était fait flanquer à la porte de plusieurs bureaux et bâtiments, mais il n'en avait pas grand-chose à faire.

Il se retourna vers Moose et vit qu'un homme compact

et musclé, du genre beau garçon, avait pris sa place sur le trottoir. Début de la quarantaine, pensa Grit. Un agent fédéral. Restait à savoir de quelle branche. Sans doute des services secrets, puisque l'un des endroits que Grit avait visités ce matin était le bureau de Jo Harper. D'où il s'était fait poliment flanquer à la porte.

Son téléphone portable sonna.

Le flic inclina légèrement la tête.

— Allez-y, dit-il. Répondez.

Grit porta l'appareil à son oreille.

— Demandez à Myrtle Smith ce qui est arrivé au diplomate russe, dit une voix d'adolescent. Celui qui est mort à Londres, en août. Il a été empoisonné.

Ce ne pouvait être que Charlie Neal.

— Comment as-tu…

— J'ai pas le temps de discuter. J'ai une interro de maths dans quelques minutes. Je sais qu'avec Mme Smith, vous enquêtez sur le meurtre d'Alexander Bruni.

— Comment le sais-tu ?

— C'est le sergent Cameron qui me l'a dit.

— Ça m'étonnerait. Et mon numéro de portable, tu l'as eu comment ?

— Ma sœur Marissa a failli mourir, il y a deux mois, chuchota Charlie. Jo lui a sauvé la vie. L'agent Harper, je veux dire.

Grit avait une conscience aiguë de la présence d'un agent fédéral musclé et armé à deux pas de lui.

— Je n'étais pas au courant de…

— Normal, dit Charlie sur un ton blasé.

Puis il ajouta :

— On a voulu nous faire croire que c'était un accident. Je ne marche pas.

— Tu n'es pas détective, que je sache ?

— En tout cas, le Russe, lui, s'est fait purement et simplement assassiner.

— Tu sais ce que tu vas faire ? Te détendre, passer ton interro et laisser les gens faire leur boulot. D'accord ?

— D'accord, d'accord. Vous en parlerez quand même à Myrtle ?

Charlie Neal raccrocha avant que Grit n'ait pu répondre. Ce dernier referma son téléphone et adressa un sourire innocent à l'agent qui le fixait du regard.

— J'ai terminé, dit-il.

— Mark Francona, agent spécial de coordination, dit son interlocuteur. Je suis le patron de Jo Harper. Ça, c'est le bâtiment où elle habite. Et vous, vous êtes…

Francona le savait déjà, cela se voyait.

— Son petit ami, dit Grit.

— Faux.

— Je suis trop mignon pour elle, c'est ça ?

Francona attendit en silence.

— Je m'appelle Ryan Taylor.

— Vous avez parlé à des gens de mon équipe, ce matin, officier Taylor

— J'ai essayé. C'était mission impossible.

— Vous, les SEALS, vous adorez les missions impossibles.

Francona fit un mouvement de la tête en direction du bâtiment en brique recouvert de lierre.

— Elle habite à l'entresol. Pour ne pas dire au sous-sol. Bref… Ce printemps, un vieux type de sa ville natale est passé la voir. Ils sont allés voir les cerisiers en fleur, tous les deux.

— Ça doit être quelque chose. Les cerisiers, je veux dire.

— Vous ne les avez jamais vus ?

— Non. Je suis arrivé à Washington après leur floraison.

L'expression de Francona se durcit.

— Je suis désolé de ce qui est arrivé à votre jambe, officier Taylor. Et de ce qui est arrivé à l'officier Ferrerra.

Ce fut dit d'une voix sèche, sincère, sans pitié.

— Je tiens à vous remercier des sacrifices que vous avez faits.

— C'était un privilège.

Grit dut prendre sur lui pour ne laisser transparaître aucune émotion dans sa voix. Cela aurait été plus facile si sa jambe avait pu arrêter de lui faire mal. Si Moose avait pu arrêter de le harceler. Si Charlie Neal n'avait pas appelé, si Alexander Bruni n'était pas mort, s'il n'avait pas l'impression que Myrtle lui cachait des choses. Et si ce n'avait pas été le mois de novembre à Washington.

— Le nom du vieux type, c'est Drew Cameron, dit-il. Mais ça, vous le saviez déjà, non ?

— Il est mort deux semaines plus tard en montagne, dans le Vermont.

— Vous avez déjà été dans le Vermont ?

— Non, répondit Francona avec un peu d'humeur.

— Moi non plus. Je suis un gars du Sud. Ma famille a la meilleure recette du miel de tupelo…

— Le fils de Drew Cameron, Elijah, est un béret vert décoré. Un adjudant. Il a failli mourir en avril.

L'agent fédéral plissa les yeux et ajouta :

— Vous aussi, d'ailleurs.

— Il est de l'armée. Moi, de la marine. On a fait quelques trucs ensemble. On a survécu à une nuit difficile. C'est tout. Ça n'a rien à voir avec le fait qu'on soit ici, vous et moi.

— Vous, Elijah Cameron et l'agent Harper cherchez à savoir s'il y a un lien entre la mort du père d'Elijah, en avril, et celle d'Alexander Bruni hier.

— Il y en a un ?

Au lieu de répondre, Francona désigna d'un mouvement de la tête l'appartement de l'agent Harper.

— On croirait qu'une fille du Vermont aurait un peu de verdure sur son rebord de fenêtre, non ?

Il lança un regard à Grit et ajouta :

— Que représente Jo pour Elijah Cameron ?

Grit nota qu'il venait de l'appeler « Jo » plutôt que « l'agent Harper ».

— C'est la fille qui lui a filé entre les doigts. Il a des torts à réparer auprès d'elle. Il le sait, et elle aussi.

— Et elle, elle a des torts envers quelqu'un ?

— Peut-être envers elle-même.

— Parce qu'elle ne l'a pas suivi quand il s'est engagé dans l'armée.

— C'est dans son dossier, ou c'est une supposition ?

— Je ne fais jamais de suppositions. Je ne crois pas non plus au destin. Pour moi, il n'y a que des liens de cause à effet.

— Vous n'auriez pas envie, par hasard, de me raconter ce qui est arrivé à Marissa Neal, il y a deux mois ?

Grit savait que ce genre de question pouvait lui valoir de finir derrière les barreaux, mais il s'en moquait.

Francona le fixa un instant, les yeux mi-clos.

— Les gens aiment bien vous raconter des choses. Pas vrai, officier ?

— Vous, en tout cas, vous ne m'en racontez pas beaucoup. J'ai fait une recherche internet sur Marissa après avoir vu la vidéo de l'agent Harper. Vous croyez qu'elle accepterait un rendez-vous au cinéma avec un SEAL ?

Francona n'avait pas l'air de trouver ça drôle.

— Vous voulez me dire à qui vous parliez, tout à l'heure ?

Grit réfléchit un instant. S'il dénonçait Charlie, celui-ci ne pourrait sans doute pas finir son interro de maths.

— Non.

— On se tient au courant, dit Francona en s'éloignant.

Trente minutes plus tard, Grit retrouvait Myrtle dans un

restaurant très fréquenté à proximité de la Maison-Blanche. Il s'installa face à elle dans un box de bois sombre, aux banquettes rouges et moelleuses. Elle avait appelé juste après le départ de Francona pour lui dire qu'elle avait une subite envie de beignets au crabe. Elle avait passé sa commande, et on lui avait déjà apporté un verre de thé glacé, mais elle n'était visiblement pas contente.

— J'ai passé ma journée à me renseigner partout en ville. Vous ne m'aviez pas dit que la belle-fille de Bruni était installée dans la ville natale de Jo Harper. Harper y est en ce moment, d'ailleurs. Vous avez vu sa vidéo ?

— Le petit a de la chance qu'elle ne lui ait pas tiré une vraie balle.

— Elle est dans le Vermont à cause du meurtre de Bruni ?

— Elle y était déjà quand il est mort.

— Si elle est en mission secrète…

— Elle aurait trouvé un moyen plus simple pour rentrer chez elle que de se prendre une centaine de balles en plastique dans les fesses. Sans parler de se faire filmer en train d'engueuler le fils du vice-président en direct.

Il n'avait pas envie de lui parler de ses conversations avec Charlie Neal — ni de celles d'Elijah. Myrtle était tout de même une journaliste. Il lui donnerait les informations petit à petit, en temps utile.

Elle leva son verre jusqu'à ses lèvres. Sa boisson n'avait pas l'air alcoolisée, mais Grit n'avait aucun moyen d'en être sûr.

— D'accord, dit-elle, mais quoi qu'il se passe à Black Falls, Harper va se le coltiner. C'est son style. C'est elle qui vous a embarqué dans cette histoire ?

— Je ne l'ai jamais rencontrée.

Myrtle but son thé en silence jusqu'à l'apparition d'un serveur.

— Qu'est-ce que vous voulez manger ? demanda-t-elle à Grit.

— Rien.

— Amenez-lui des beignets au crabe, dit-elle au serveur.

Celui-ci battit en retraite, manifestement plus soucieux de plaire à Myrtle qu'à Grit.

— Soit je peux perdre mon temps à vous cuisiner, Grit, soit vous pouvez me le dire tout de suite. Qui vous a demandé de vous renseigner sur la mort d'un ambassadeur ?

Il imagina une vingtaine de moyens différents de lui fermer son caquet, puis finit par répondre :

— Un ami à moi. Vous allez me demander son nom, je parie ?

— Non, parce que vous allez me le donner tout de suite.

Grit réfléchit. Il n'avait pas besoin que Myrtle fasse une enquête approfondie sur ses amis.

— Elijah Cameron. Ça reste entre nous, d'accord ?

— Sinon quoi ? Il me retrouvera et me découpera en morceaux ?

Grit se tut à son tour.

Myrtle soupira.

— Ah, les garçons… Bon. Harper et Cameron ?

— Ils s'aiment et se détestent depuis la maternelle.

— Vu. Et à Black Falls, il se passe quelque chose ?

— La belle-fille d'Alex Bruni est partie camper toute seule en montagne quand elle a appris sa mort.

— Je n'aime pas ça, dit Myrtle.

— Vous avez des enfants ?

— Pourquoi est-ce que vous me posez cette question, Grit ?

— Je me demandais juste si avec le Russe de Londres, vous aviez…

— Espèce de salaud, dit-elle sans élever la voix. Je suis sur le point de vous jeter mon verre à la figure.

— Donc, la réponse est oui. Vous voulez en parler ?

— Non.

— Il avait des ennemis ?

Les beignets au crabe de Myrtle arrivèrent ; le serveur annonça que ceux de Grit n'allaient pas tarder. La journaliste attaqua sans lui prêter plus d'attention.

Grit se carra dans sa banquette tapissée.

— On a tous des ennemis, Myrtle, mais on n'a pas tous des ennemis prêts à engager des assassins pour mettre du poison dans notre soupe.

— Dans le dentifrice. Le poison était dans son dentifrice.

— Il ne s'en est pas rendu compte ?

— Il n'a pas eu le temps. C'était immédiat.

Elle claqua des doigts.

— Il est mort comme ça. Je ne sais pas quelle substance ils ont utilisée. Impossible de leur faire dire quoi que ce soit, aux Britanniques.

Grit pensa à une demi-douzaine de substances pouvant causer une mort rapide par voie buccale. Mais Myrtle s'était sans doute déjà renseignée sur le sujet.

— Donc, votre intérêt pour le meurtre de Bruni n'est pas professionnel.

— Non, Grit. Je me fiche d'écrire un seul mot sur cette affaire. Je me fiche de me faire payer pour découvrir qui l'a tué. Je travaille en indépendante, maintenant. Je ne réponds plus à personne. S'il y a un réseau international d'assassins en activité, je veux qu'on les arrête. Voilà tout. Ensuite, je prendrai ma retraite.

Le serveur apporta les beignets de Grit. Ce dernier n'avait absolument pas faim, mais Myrtle braqua sa fourchette vers lui et lui ordonna de manger.

Il vit qu'elle avait nettoyé son assiette.

— Vous avez l'air de les aimer, ces beignets.

— Je ne les ai même pas goûtés.

— Je vous donne les miens.

Elle fit non de la tête.

— Non. Mangez. Votre pantalon tient à peine sur vos fesses. Vous avez besoin de prendre du poids.

Grit comprit qu'il ne sortirait pas du restaurant vivant s'il ne mangeait pas. Il empoigna sa fourchette et mit un morceau de beignet dans sa bouche.

— Vous avez déjà mangé du miel de tupelo, Myrtle ?

— Le miel, c'est du miel.

— Erreur. Le vrai miel de tupelo est le seul qui ne cristallise pas. Il vient des fleurs du tupelo, un arbre qui pousse dans les rivières marécageuses du nord-ouest de la Floride.

Il posa sa fourchette. Il avait mangé la moitié d'un beignet, elle allait devoir s'en satisfaire.

— Venez, Myrtle. Accompagnez-moi jusqu'à la Maison-Blanche. Vous me raconterez comment c'était, avant qu'elle ne soit construite. Vous vous en souvenez, au moins ?

— Vous êtes vraiment un imbécile, Grit.

Moose apparut à côté de lui et se mit à rire.

Cette vieille Myrtle ne se laisse pas faire, hein ?

Dehors, l'après-midi touchait à sa fin ; il faisait un temps moite et glauque. Grit avait envie de rentrer chez lui, d'enlever sa fausse jambe et de se mettre au lit avec une bouteille de scotch, mais Myrtle régla l'addition et le rejoignit.

— Allons-y, dit-elle sans le regarder.

Elle souffre de choses que tu ne comprends pas et que tu n'as pas envie de connaître, dit Moose en soupirant.

— Comme tout le monde, non ?

Grit marchait d'un pas tranquille, sans effort. Evidemment, cela ne faisait pas le même effet qu'avant cette fameuse nuit d'avril. Rien ne faisait le même effet.

Il se planta avec Myrtle devant la haute grille en fer forgé qui donnait sur Pennsylvania Avenue, et contempla la Maison-Blanche et sa pelouse encore verdoyante. Il pensa à Alexander Bruni et aux assassins professionnels. Il revit Elijah couvert de sang, et son regard bleu perçant qui n'avait croisé le sien qu'un instant, le temps de lui dire : « Si je ne m'en sors pas, dis à Jo que ce n'était pas sa faute ». Après avoir attaché son garrot, il avait ajouté : « Dis-lui que je l'aimais. »

Jo Harper.

La fille qui lui avait échappé.

La fille que Cameron a laissé filer, dit Moose.

— Ouais, dit Grit, ben, ce genre de chose, ça arrive.

Myrtle se tourna vers lui, les cils de ses yeux mauve brillants de larmes, mais elle ne dit rien.

20

Elijah enjamba un ancien muret en pierre, construit par les premiers colons qui avaient déboisé ces terres pour les cultiver, et se fraya un passage à travers un petit bois de trente mètres jusqu'à l'étang des Whittaker. Malgré l'absence de voitures sur le parking, il avait dépassé l'entrée du domaine et garé son pick-up dans un virage un peu plus loin.

Mieux valait ne pas se faire remarquer, étant donné ce qu'il avait en tête.

Plus aucun canard ne barbotait dans l'eau plate et grise. Etaient-ils partis vers le sud ?

Elijah n'avait pas passé un hiver entier dans le Vermont depuis très longtemps. Autrefois, il en rêvait : il ferait des raquettes, du ski de fond, travaillerait sur sa maison, lirait au coin de feu.

A présent qu'il était rétabli, de nombreuses possibilités professionnelles s'offraient à lui, dans l'armée ou ailleurs. Sa famille avait des idées à ce sujet. A.J. lui avait proposé de travailler à l'auberge avec lui. Les quatre enfants Cameron étaient propriétaires de l'entreprise, mais c'était toujours A.J. qui s'était occupé de la gérance au quotidien. L'auberge était son bébé.

Rose voulait qu'il forme des chiens sauveteurs.

Sean voulait qu'il vienne s'installer en Californie. C'était là que se trouvait l'argent, lui avait-il dit.

Aucune de ces propositions ne serait d'actualité, toutefois, s'il passait une partie de l'hiver en prison, en attendant d'être jugé pour entrée par effraction dans une propriété privée.

Son téléphone vibra. Il jeta un coup d'œil à l'écran et répondit.

— Où es-tu ? demanda Grit.

— Devant une mare aux canards. J'essaie de ne pas me faire arrêter. Et toi ?

— Devant la Maison-Blanche. Je n'ai pas été invité à entrer.

— C'est une question de temps.

— Charlie a mon numéro de portable, reprit Grit. Le patron de Jo est en alerte rouge. On a mis du poison dans le dentifrice de l'amant russe de Myrtle. Et Jo a sauvé la vie de Marissa Neal il y a deux mois. Attends, ne quitte pas.

Elijah attendit, les doigts crispés autour du téléphone.

— Me revoilà. Un agent des services secrets me regardait d'un air bizarre. Je parie qu'il a lu sur mes lèvres quand je te parlais de M-A-R-I-S-…

— Si tu te fais mettre en taule, Grit, j'essaierai de me faire muter dans la même cellule. J'apporterai du papier et on écrira un livre sur ce qu'il ne faut pas faire après avoir été haché menu au combat. Comment Jo s'y est-elle prise pour sauver la grande sœur de Charlie ?

— Marissa s'était fait prêter un chalet dans le parc national de Shenandoah pour y passer le week-end avec des amis. Au cas où tu ne le saurais pas, elle travaille comme prof d'histoire dans le lycée privé de Charlie.

— Que s'est-il passé dans le chalet ?

— La gazinière a explosé. Notre petite Jo a plongé dans les flammes pour empêcher Marissa d'être mutilée ou de mourir. Elle a risqué sa vie.

— Charlie était là ?

— Non.

— Il y a eu une enquête ?

— Tu sais, Elijah, je suis courageux et j'ai mon sens de l'honneur, mais je ne suis quand même pas du genre à aller demander aux services secrets si un incendie non déclaré, dont je ne devrais pas connaître l'existence, et qui a failli tuer la fille aînée du vice-président, fait l'objet d'une enquête.

— D'accord, d'accord… Vous, les SEALS, vous êtes plus intelligents que nous.

— Il y a quelque chose qui nous échappe dans tout ça, dit Grit.

— Je…

Mais Grit avait déjà raccroché.

Elijah fit pivoter la poignée de la porte et ne fut pas surpris de la trouver ouverte. Une petite entrée carrelée en ardoise donnait sur deux portes. Il essaya les deux poignées : l'une était verrouillée, l'autre non. Elijah était prêt à parier que la jeune fille à la vision romantique du Vermont avait laissé sa porte ouverte, tandis que le mastodonte sans humour engagé par son père pour la retrouver avait fermé la sienne.

Une porte ouverte n'était pas un argument valable contre une accusation d'effraction, mais il y avait peu de chances pour que Nora sache qu'il était entré, encore moins pour qu'elle le poursuive en justice.

En tout cas, il entra chez elle.

L'appartement était meublé dans un style rustique et des tons vert pâle, bruns et rouille. Soit Vivian avait refait la décoration, soit Nora avait reçu plus d'aide financière de sa famille qu'elle ne l'avait laissé croire, car tout était neuf et rien n'avait l'air bon marché. Quoi qu'il en soit, Nora avait apporté avec elle un ordinateur portable, un téléviseur à écran plat et une collection de DVD qui comprenait des coffrets d'adaptations de Jane Austen pour la télévision, de la série *Doctor Who* et des films de Steve McQueen et de

Humphrey Bogart. Elijah se rappela subitement quelque chose que Nora lui avait dit : elle avait voulu faire des études de cinéma, mais ses parents s'y étaient opposés sous prétexte que cela ne mènerait à rien.

— Ils m'ont dit que je finirais par être une de ces serveuses qui savent tout sur des films obscurs qui n'intéressent personne, avait-elle dit avec un petit rire faussement indifférent.

Elijah alluma l'ordinateur ; il était protégé par un mot de passe. N'étant pas prêt à aller plus loin pour l'instant, il passa dans la chambre. Les fenêtres donnaient sur la mare aux canards et les bois qu'il venait de traverser. Le lit était fait ; sur l'oreiller, un pingouin en peluche élimé avait un air mélancolique. Cela rappela à Elijah à quel point Nora était encore jeune. D'un point de vue psychologique, sinon légal, elle était encore à la frontière entre l'adolescence et l'âge adulte. En outre, elle devait tenter de réconcilier ses ambitions avec les attentes de ses brillants géniteurs, et gérer une dynamique familiale extrêmement compliquée.

Elijah songea que son père lui avait facilité cette phase de la vie en le fichant à la porte.

Dans l'armoire, quelques jupes et chemises pendaient à des cintres. Il y avait aussi des chaussures qui avaient l'air cher et un manteau chic. Il ouvrit les tiroirs de la commode ; elle n'y avait laissé aucun vêtement de randonnée.

Il traversa de nouveau le séjour, et inspecta rapidement la cuisine à l'autre bout de l'appartement. Il y avait du lait et des œufs dans le réfrigérateur. De la vaisselle propre dans le lave-vaisselle. Rien ne suggérait que Nora comptait s'absenter plus de quelques jours.

Sur la table de la cuisine, il y avait un carnet à couverture fleurie qui ressemblait à un journal intime. Il hésita, puis décida de vérifier la date de la dernière entrée. En ouvrant le carnet, il s'aperçut toutefois qu'il ne contenait que des poèmes et des citations recopiés de la main de Nora, tous aussi positifs et édifiants les uns que les autres.

Elijah referma le carnet. Les citations inspirantes n'étaient pas vraiment son truc. Leur lecture lui rappelait toujours à quel point il était négatif et peu inspiré. Il lui était plus facile de se concentrer sur ce qu'il devait faire.

Il trouva le téléphone portable de Nora près du grille-pain. Elle avait pu l'oublier, mais Elijah n'en était pas persuadé. Evidemment, le réseau ne passait pas très bien dans l'arrière-pays, encore moins en altitude, mais on le captait tout de même par endroits. Il avait expliqué aux participants du stage de survie comment les téléphones portables pouvaient parfois aider les secouristes à retrouver un randonneur égaré.

Nora semblait avoir décidé de se fier uniquement à ses propres capacités.

Ou alors elle voulait s'assurer que personne ne puisse la retrouver.

Ou elle n'avait simplement envie de parler à personne.

Il regarda l'écran : elle avait déjà reçu une demi-douzaine de messages.

Il reposa le téléphone à côté du grille-pain. Si Nora s'attirait vraiment des ennuis en montagne, elle devrait trouver d'autres moyens pour s'en sortir. Il se rappela ce qu'il avait appris aux participants du stage de survie.

Pas suffisamment de choses.

Il prit une clé sur un crochet à côté du réfrigérateur, repartit dans l'entrée et l'introduisit dans la serrure du deuxième appartement. Comme prévu, la porte s'ouvrit. Elijah entra dans un séjour-cuisine décoré dans un style semblable à celui de chez Nora.

Avant qu'il n'ait pu se mettre au travail, un bruit de moteur se fit entendre. Il jeta un coup d'œil par la fenêtre ; la voiture de Rigby venait d'entrer dans le parking. Elijah le regarda sortir de sa voiture et s'avancer sur le chemin dallé. Il était sacrément costaud. Mais Elijah n'était pas inquiet. Il poursuivit sa visite de l'appartement sans rien trouver d'intéressant — ni armes, ni notes personnelles, ni même un ordinateur portable.

Seulement des vêtements de rechange, un rasoir électrique et une paire de chaussettes en laine neuves.

Autrement dit, rien du tout.

Il ressortit du gîte à l'instant à Rigby s'engageait sur le chemin en pierre.

— J'ai fermé la porte en sortant, dit Elijah en descendant les marches de la véranda. Celle de Nora aussi. Mais si vous voulez lui emprunter son DVD d'*Orgueil et Préjugés*, je suis sûre qu'elle ne se formalisera pas.

— Vous êtes un sacré numéro, hein ? J'ai entendu parler de votre famille.

— Uniquement en bien, j'espère. Pourquoi êtes-vous redescendu ?

— La nuit tombait. J'aurais pu chercher dans le noir si j'avais eu une piste crédible, ou si j'estimais que Nora courait un danger sérieux. Après vous avoir croisé à l'auberge, je suis remonté vers la cascade. J'ai repéré un bivouac que je penser être celui de Nora. Ainsi que celui de Devin Shay, juste en dessous.

— Vous vous êtes perdu ? demanda Elijah avec une légère pointe de sarcasme.

— Non. Je ne me perds jamais.

Il indiqua le gîte d'un signe de tête et, d'un air un peu moins agressif, ajouta :

— Je comprends votre méfiance. A votre place, j'aurais fait la même chose.

Elijah s'éloigna vers la mare aux canards, mais il ne fut pas assez rapide pour éviter Jo, qui venait de se garer sur le parking.

— Qu'est-ce que vous faites, les garçons ? lança-t-elle.

Rigby haussa les épaules.

— M. Cameron était sur le point de partir. Je viens de lui donner des nouvelles de Nora Asher. Elle a apparemment décidé de passer une deuxième nuit dans les bois. Devin Shay aussi.

— Thomas et sa fiancée arrivent ce soir, dit Jo. Il m'a dit que c'est Mélanie qui vous avait recommandé, mais j'ai eu l'impression que vous ne la connaissiez pas tellement bien.

— On s'est rencontrés sur une piste de ski au Colorado. Je lui ai dit de m'appeler si un jour elle avait besoin d'un service.

— Vous n'avez pas été en contact depuis ?

— Du tout, répondit Rigby. En revanche, je suis en lien étroit avec M. Asher. J'ai proposé d'aller les chercher, Mlle Kendall et lui, mais il a préféré louer une voiture.

— Il va neiger, ce soir, dit Jo. Il pourrait y en avoir pas mal en altitude.

— J'ai vu le bulletin météo. Peut-être que la neige incitera Nora à redescendre.

Rigby entra dans le gîte sans rien ajouter. Dès que la porte se fut refermée derrière lui, Jo pivota sur ses talons et braqua sur Elijah un regard brûlant de soupçons.

— Tu es entré par effraction dans le gîte, n'est-ce pas ?

— Qui te dit que je n'ai pas été invité à y entrer ? Ou que quelqu'un n'était pas en danger imminent à l'intérieur ?

— Je sais très bien ce que tu as fait, Elijah.

— Tu sais que tu peux être moralisatrice, parfois ?

Il avait essayé de prendre le ton de la plaisanterie, mais il n'avait apparemment pas réussi, car elle lui attrapa le bras d'un air furieux.

— C'est toi qui as fouillé mon chalet hier soir ? C'est toi qui étais caché…

— Si tu veux savoir, je pense que c'est Rigby. Tu devrais

arrêter de me cuisiner, Jo, et si tu ne veux pas t'attirer de vrais ennuis, tu devrais lâcher mon bras. C'est la deuxième fois en deux jours que tu fais ça. Hier, j'ai fini par t'embrasser. Non sans ta coopération, je dois dire. Aujourd'hui…

Elle lâcha son bras comme s'il était brûlant. Sans doute avait-elle lu dans le regard d'Elijah que tout n'avait pas changé au cours de ces quinze dernières années. Notamment l'alchimie sexuelle qui avait toujours été un problème entre eux. Enfin, pas forcément un problème. Un fait, plutôt.

— Je me disais bien que tu reviendrais à la raison.

— Je devrais surtout te dénoncer à la police.

— Ne te gêne pas. Ton futur beau-frère m'aime bien. Appelle-le, pour voir.

— Il n'y a pas que Scott qui… Bref.

Elle expira une grande bouffée d'air et porta son regard sur l'eau de la mare. Quelques canards avaient réapparu ; ils barbotaient sous les branches basses des saules pleureurs.

— Tu as trouvé des choses intéressantes ? demanda-t-elle enfin.

— Le téléphone de Nora, un vieux pingouin en peluche et un carnet plein de citations de Lao Tseu.

— Si quelque chose t'avait fait penser qu'elle était en danger, tu le dirais à la police, n'est-ce pas ?

— Evidemment.

— Tu as pris un gros risque. Et pas seulement parce que tu es entré par effraction dans un bâtiment privé. Si Rigby t'avait surpris dans son appartement ?

Elijah se balança d'avant en arrière en souriant.

— Tu te fais du souci pour moi, Jo ?

— Laisse tomber. J'abandonne. Et Devin ? Tu as eu de ses nouvelles ?

— Non. Je suppose qu'il est remonté là-haut pour essayer de se rabibocher avec Nora.

Une étincelle d'humour brilla dans les yeux turquoise de la jeune femme.

— Tu t'es fait damer le pion par un gamin de dix-huit ans blessé et épuisé ?

— Il n'était pas si blessé que ça. Il jouait la comédie.

— Et tu as marché.

— Il s'est comporté comme un imbécile. Je lui ai fait confiance, et il m'a renvoyé ma confiance à la figure.

Jo se figea sur place, les yeux mi-clos.

— Ce n'est pas une position agréable, hein ?

— Non, répondit-il en la regardant droit dans les yeux.

— Il t'avait fait une promesse et tu y as cru. Peut-être qu'il y croyait, lui aussi, au moment de te le promettre, mais que quelque chose a changé entre-temps.

— Peut-être qu'il vous a vus arriver de loin, Rigby et toi, et qu'il a eu peur.

— Possible, dit Jo en s'éloignant vers le bord de la mare. Où est ta voiture ?

— Là-bas, dans les bois, répondit Elijah en la suivant.

Elle enfonça ses mains dans les poches de sa veste et laissa son regard se perdre dans le lointain.

— Tu as du mal à t'adapter, depuis que tu es rentré, pas vrai, Elijah ?

— Pas du tout. Je suis très content d'être ici.

— Tu viens de t'introduire par effraction dans un gîte privé.

— Prouve-le.

— Tu n'as jamais respecté les règles, Elijah. A supposer que tu ne sois pas entré chez moi hier, tu comptes le faire quand ?

— C'est déjà fait, depuis belle lurette.

Jo n'arrivait visiblement pas à savoir s'il plaisantait.

Elijah se mit à sourire.

— Je te jure, Jo, si je n'avais pas peur de me faire attaquer par des canards sauvages, je t'embrasserais sur-le-champ.

— Elijah…

Elle se passa la langue sur les lèvres. Pour Elijah, cela signifiait qu'elle avait envie de l'embrasser, elle aussi. Mais, l'instant d'après, elle se tournait et faisait un signe de la main en direction du pré. Elijah vit les Whittaker qui descendaient lentement de la grande maison en se dirigeant droit vers eux.

— A tous les coups, ils vont nous inviter à prendre le thé, dit Jo.

— Je ne veux pas t'abandonner, répliqua Elijah d'un air horrifié, mais…

Cette fois, elle lui adressa un vrai sourire.

— File vite, alors.

Il s'enfonça à travers le petit bois, enjamba de nouveau le muret en pierre et rejoignit son pick-up. Il arriva chez lui juste à temps pour répondre au téléphone.

— Attrapez vite un crayon, sergent, dit la voix de Charlie Neal. Sans vouloir vous commander.

21

Nora déposa son sac contre un arbre mort et s'écroula à genoux en pleurant d'exaspération. Le crépuscule tombait, et elle ne savait pas où elle se trouvait. Même si elle n'était pas vraiment perdue. Elle savait qu'il s'agissait d'un monticule du versant nord de la Cameron Mountain, à proximité de l'endroit où Devin avait retrouvé le corps de Drew. Mais elle n'arriverait jamais à reconnaître cet endroit, et elle n'en avait plus envie, de toute façon. Il commençait à faire nuit et il ne faisait pas bon penser à la mort sous ce ciel sombre, dans ce paysage habité par des ombres sinistres et un effrayant silence.

Elle n'avait pas imaginé ce que cela ferait vraiment, de passer la nuit seule en montagne. Elle bascula sur ses talons en sanglotant et se laissa tomber sur un tapis d'aiguilles de pin mouillées. Dans un coin de sa tête, la voix d'Elijah lui souffla de se lever, d'étaler une bâche au sol ou de s'asseoir sur son sac. De rester au sec, au chaud. De prévenir l'hypothermie.

Mais elle ne se releva pas. Au bout d'un moment, elle laissa son regard couler sur les bois sans fin qui l'entouraient. Difficile de croire que sept mois auparavant, des équipes de police et de secouristes passaient les lieux au peigne fin. Dans la neige. Scott Thorne et Zack Harper faisaient partie de ces équipes. Mais ils n'avaient jamais parlé à Nora de ce qu'ils avaient vu.

Drew s'était endormi, et il était mort de froid.

Elle comprenait mieux, maintenant, comment cela pouvait arriver. Elle s'imaginait les frissons, l'engourdissement, les picotements causés par une hypothermie légère laissant place aux symptômes plus graves — confusion, problèmes d'élocution, mauvaise coordination. Puis l'inconscience et la mort.

Si elle ne voulait pas mourir à son tour, elle devait refouler sa peur et trouver au plus vite un endroit pour planter sa tente. La veille, elle avait fonctionné à l'instinct. Elle était habitée par un seul impératif : fuir, fuir à tout prix. A présent, elle se demandait si elle n'avait pas cédé à la panique. Si elle n'aurait pas mieux fait de demander de l'aide alors qu'elle en avait encore la possibilité.

A Devin, par exemple.

Elle se sentait coupable d'être partie en catimini, ce matin, à l'aube. Elle avait fini par décider que ce ne pouvait être lui qui avait volé les cent dollars, mais elle ne lui faisait toujours pas assez confiance pour aller lui parler. En fait, comprenait-elle à présent, la réaction protectrice du jeune homme l'avait exaspérée. Pourquoi n'était-il pas venu lui dire qu'il était là, à deux pas de sa tente ?

« Parce que tu l'as envoyé promener, hier. Voilà pourquoi. »

Elle avait choisi des vêtements qui se fondaient dans le paysage gris et la rendaient plus difficile à repérer. Elle avait évité les sentiers balisés. De toute façon, il n'y avait personne, ici. Elle n'avait pas croisé un seul randonneur de la journée.

Que croyait-elle trouver, au juste ? Un drapeau marquant l'endroit où Drew Cameron était mort ? Une pierre tombale ? Elle n'avait vu que des arbres, des rochers, des oiseaux et des écureuils. Et trois biches. Elle s'était arrêtée pour les regarder bondir entre les arbres. Ç'avait été l'un des rares moments agréables des deux derniers jours.

D'un coup, elle ravala un sanglot et s'immobilisa, persuadée d'avoir entendu un bruit dans les bois en contrebas. Et ce n'était pas un bruit de biche. Son cœur s'emballa. *C'était quoi, ça ?*

— Nora ? C'est moi… Devin.

— Devin ! Je suis là !

Nora se leva d'un bond en pleurant de soulagement. Elle s'était sentie coupable de l'avoir laissé, de ne pas lui avoir fait confiance, et voilà qu'il était venu la retrouver !

Elle se mit à courir en suivant les craquements de branches et les bruissements de feuilles mortes. Ils se rejoignirent à mi-chemin dans la montée, vers le sommet du monticule.

Devin haletait et son front était couvert de sueur, mais il lui fit un petit sourire.

— Salut, Nora.

— Oh, Devin… Pardonne-moi d'avoir douté de toi ! Comment est-ce que tu m'as retrouvée ?

— Je savais que tu voulais voir l'endroit où Drew était mort. Je me suis douté que tu serais dans le coin. Et puis je t'ai entendue pleurer.

Il toussa et enleva son sac d'un haussement d'épaules.

— Je connais tous les raccourcis, mais j'ai quand même dû crapahuter. Je voulais être sûr que tu n'avais rien, c'est tout.

Nora le vit grimacer de douleur, et elle remarqua ses mains égratignées et son visage sale.

— Qu'est-ce qui t'est arrivé ? Devin, tu es blessé !

— J'ai glissé, je me suis fait mal à la jambe. Rien de grave.

Du bout du pouce, il essuya une larme qui descendait le long de la joue de Nora.

— Et toi ?

Elle essaya de sourire.

— Je me sens mieux, maintenant que tu es là. Je n'aurais jamais dû monter ici toute seule. C'était de la folie. Mais je… L'argent volé, ensuite Alex et Mélanie…

— Je sais. Je comprends, Nora.

Elle faillit se remettre à pleurer.

— Quelqu'un essaie de me faire passer pour un voleur, dit-il calmement. Il manque de l'argent dans la caisse de l'auberge. Et je parie qu'au café, c'est pareil.

— Qui voudrait faire une chose pareille ?

— Je ne sais pas.

Nora soupçonna Devin d'essayer de l'épargner.

— Mélanie, dit-elle. Elle me déteste. Elle a compris qu'on avait vu clair dans son jeu et elle a voulu te discréditer.

— On n'a aucune preuve.

— On n'en a pas besoin.

— Tu ne l'aimes pas, d'accord, mais ça ne signifie pas qu'elle est une criminelle désaxée.

Nora n'avait pas envie de se disputer. Devin avait une capacité presque effrayante à analyser lucidement une situation. Il était capable de regarder les faits en face sans partir dans tous les sens, comme elle le faisait elle-même.

— Tu peux me montrer l'endroit où tu as trouvé Drew ?

— Oui. On est tout près… Laisse-moi porter ton sac.

— Non, j'en suis capable. Mais tu avais raison, il est vraiment lourd. Je croyais être en meilleure forme physique.

— Il y a beaucoup de choses qui te tracassent. Ça aussi, ça pèse.

Nora le suivit en silence. Il se déplaçait sur ce terrain pentu avec assurance, comme s'il était en terrain familier.

— Devin, dit-elle au bout d'un moment, il t'est déjà arrivé de penser que la mort de Drew n'était peut-être pas un accident ?

Il lui lança un regard par-dessus son épaule. Il ne portait

qu'un jean, un sweat-shirt et un blouson, mais il n'avait pas l'air d'avoir froid.

— Ne commence pas à dire n'importe quoi, Nora.

Il n'était pas du genre à passer de A à Z sans avoir soigneusement examiné toutes les lettres intermédiaires. Elle s'en était aperçue au cours des recherches qu'ils avaient effectuées ensemble sur le passé de Mélanie.

Pour l'instant, ils savaient qu'elle était née à Long Island, dans une famille de la classe moyenne, et qu'elle avait fait ses études à l'université de Binghampton. Elle avait travaillé quelque temps dans l'ameublement de luxe à New York, puis, il y avait deux ans de cela, elle était partie à Washington pour y monter sa propre entreprise de décoration intérieure.

Ils avaient consulté son site internet, qui n'avait pas été récemment mis à jour, et avaient rempli un formulaire de demande de renseignements auquel ils n'avaient jamais eu de réponse. Devin réfléchissait au moyen de se faire passer pour un client potentiel et de lui demander des références. Nora, de son côté, avait dressé une liste de tous les voyages faits par Mélanie, à sa connaissance, depuis le mois d'avril.

Dès le départ, Mélanie lui avait déplu, mais Nora avait espéré que son père finirait par la plaquer.

Or, il n'avait rien trouvé de mieux que de la demander en mariage.

Nora baissa la tête en passant sous les branches basses d'un grand pin, couvertes d'aiguilles mortes.

— Il fait presque nuit, Dev, dit-elle. Il faut qu'on trouve un endroit où bivouaquer.

— Pas de problème.

— Je n'ai pas trop envie de dormir à l'endroit où un homme est mort.

— Mmm…

Devin s'arrêta près d'un grand rocher et se retourna.

Une brise légère, presque paisible, flottait dans les arbres. Il paraissait calme, comme retiré en lui-même.

— Moi non plus, dit-il, je n'en ai pas envie.

— Excuse-moi. Je dois te paraître insensible.

— Non, non. C'est bon.

Il renversa la tête et contempla le ciel.

— Drew était mon ami, c'est tout.

— Ça pourrait te faire du bien de revenir sur les lieux, mais si tu ne veux pas, je comprendrai.

Il baissa la tête et la regarda.

— Non. Je t'accompagne.

— On est encore loin ? Il fait de plus en plus sombre.

— On y est presque.

— Je n'arrête pas de penser à Alex, dit-elle en se méprisant d'être aussi faible.

— Je comprends, dit Devin.

— C'est vrai que tu me comprends. Je m'en rends compte, maintenant.

Mais il s'était déjà éloigné entre les arbres, et il ne l'entendit pas. Nora le suivait d'un pas mal assuré. Elle avait les jambes en coton et le dos endolori par le poids de son sac. Au moins, elle n'avait pas d'ampoules.

— Et si Mélanie était une entremetteuse ? lança-t-elle d'une voix presque enjouée. Du style qui fournit des call-girls de luxe à tous les politiciens de Washington ?

— Ouh là ! s'exclama Devin en se retournant vers elle. Je suis perdu, là… Des call-girls ? Comment est-ce que tu en es arrivée à cette conclusion ?

Nora fut heureuse de le voir sourire.

— Je dis juste que si Mélanie a des secrets qu'elle veut garder, et qu'elle s'aperçoit qu'on essaie de les percer…

— Imagine qu'elle aime vraiment ton père ?

— Et qu'elle ait aussi des secrets ?

— Oui.

Nora réfléchit un instant.

— Alors, il faut qu'elle soit honnête avec lui.

— Peut-être qu'il est déjà au courant et qu'il s'en fiche.

— Tu devrais être flic, Devin. Tu ne tires jamais de conclusions hâtives. Mais là, pour une fois, j'ai besoin que tu me suives. Parce que je suis fatiguée, que j'ai peur, et que je la déteste vraiment, cette femme. Ce n'est pas moi qui en fais tout un plat, je t'assure. Mélanie n'aime pas mon père. Je le sais. Elle veut profiter de son prestige social, c'est tout.

Devin s'arrêta brusquement, enleva son sac à dos et s'appuya contre un rocher. Ils se trouvaient sur un plat au sommet d'un monticule : la piste descendait abruptement devant eux.

— Au moins, fit-il remarquer, je n'aurai jamais à avoir peur que des femmes me convoitent à cause de mon standing.

C'était dit sur un ton de dérision, où perçait cependant une amertume qui irrita Nora.

— Tu ne devrais pas te dévaloriser, tu sais.

— Quoi ? Je ne me dévalorisais pas.

Il paraissait sincère ; ce n'était pas étonnant, au fond.

— Quand tout ça sera fini, dit-elle, je parlerai à mon père. Tu pourrais d'ailleurs lui parler toi-même. Il t'aidera, si tu en as envie. C'est quelqu'un de bien. Il est juste un peu obsédé par Mélanie, en ce moment.

Nora sentait sa volonté faiblir à toute vitesse. Elle était épuisée à force de marcher dans le froid et de pleurer. L'assurance un peu effrontée qu'elle possédait encore en début de semaine avait été minée par horrible mort d'Alex et tout ce qui avait suivi.

— J'ai peur, Devin. J'ai un mauvais pressentiment. Si Mélanie a vraiment quelque chose à cacher, elle va riposter. Après tout, on risque de gâcher sa vie.

— Si elle est aussi intelligente et manipulatrice que tu

le crois, elle ne va pas perdre son temps à se venger de toi. Elle va surtout s'occuper de sauver sa peau.

Nora ne répondit pas. Elle savait qu'elle était effrayée, qu'elle avait froid et qu'elle n'agissait pas très rationnellement, mais elle était déterminée à achever ce qu'elle avait commencé.

Tout d'un coup, elle se rendit compte que Devin n'avançait plus. Son cœur s'accéléra.

— Dev ?

— C'est ici, dit-il en indiquant un endroit sur sa gauche. Et là-bas, c'est le sentier qui rejoint la piste forestière.

— Comment est-ce que tu as réussi à le trouver ? Maintenant que je vois à quoi ça ressemble…

La brise qui soufflait dans les arbres dessinait des ombres sinistres et mouvantes, comme si Drew Cameron était encore présent et qu'il essayait de leur dire quelque chose. Nora chassa cette pensée de son esprit pour ne pas céder tout à fait à la panique.

— Il n'y a que des arbres à perte de vue, ajouta-t-elle.

— Je savais où chercher.

Il y avait moins de tristesse que de lassitude et de résignation dans sa voix.

— Je l'avais aidé à monter du matériel ici. Il me demandait de le déposer près du sentier. Des poutres, du contreplaqué, des bois d'ossature, des outils.

— Mais tu ne m'avais jamais dit qu'il construisait quelque chose !

— Je suppose qu'il le faisait.

— Tu n'en es pas sûr ?

— Il ne m'a jamais dit ce qu'il faisait exactement. Il voulait que ce soit une surprise.

Devin fixa ses mains du regard.

— Il disait qu'il ne lui restait plus très longtemps à vivre et qu'il voulait la finir avant de mourir.

— Mon Dieu, Dev…, dit Nora en retenant ses larmes.

— Je n'avais pas envie d'en parler, c'est tout. Mais je n'ai menti à personne.

— Devin, qu'est-ce qu'il pouvait bien construire ici, au milieu de nulle part ? Dans un endroit complètement isolé en haut d'une montagne ?

— Les premiers Cameron se sont installés ici, au moment de la colonisation. A l'époque, ce n'était pas aussi isolé.

Il s'éclaircit la gorge et enfonça ses mains dans ses poches.

— Bref. Ça n'a plus d'importance. Il n'est plus là.

Nora lui frôla le bras du bout des doigts.

— J'ai l'impression que tu ne l'avais pas encore vraiment réalisé… Il te manque beaucoup, hein ?

— Oui.

Devin fit un signe de tête en direction du sentier.

— Là-bas, il y a un plat où je déchargeais le matériel. Tu peux y planter ta tente. Moi, j'ai mon…

— Il y a largement la place pour deux dans ma tente.

Devin eut l'air gêné.

— Tu es sûre… Je te promets de ne pas… Enfin, tu vois, quoi…

Nora se mit à sourire. Il pouvait être tellement naïf, parfois !

— J'espère bien, Dev. On est tous les deux crasseux au possible.

Mais il resta immobile, sans parler, et elle comprit qu'il y avait autre chose qui le tracassait.

— Qu'est-ce qu'il y a, Devin ?

— Je ne voulais pas t'inquiéter, mais il faut que tu le saches.

— Hannah m'a laissé un message sur mon portable. Je l'ai écouté pendant qu'Elijah était parti chercher de la glace pour ma jambe. Un grand type costaud est arrivé à Black

Falls pour te retrouver. C'est ton père qui l'a engagé, mais sur une idée de Mélanie. Elle le connaît.

— Un grand type ? Qui ?

— Il s'appelle Kyle Rigby.

Nora eut soudain très froid.

— Devin, je ne veux pas que ce type me retrouve. Rassure-moi. Dis-moi que je peux te faire confiance.

— Tu peux me faire confiance. Mais tu devrais peut-être aussi en parler à Elijah. Il n'a peur de personne, et il ne te laissera pas tomber. Je sais que tu lui fais confiance. Moi aussi, je lui fais confiance, même s'il me croit responsable de la mort de son père.

— Il ne croit pas ça, affirma Nora.

— Je lui ai joué un sale tour, tout à l'heure. Je lui ai menti, j'ai fait semblant d'être plus gravement blessé que je ne l'étais…

— Devin…

— Et j'ai manqué à ma parole. Quand il me retrouvera, il va me jeter du haut d'une falaise. Il est comme ça. Jo Harper aussi. Mais je m'en fiche. Je ne sais pas dans quoi on s'est fourrés, Nora, mais on ne va pas s'en sortir seuls. On a besoin d'aide.

Nora secoua la tête et réprima un accès de panique. Tout resurgissait en elle : son père qui était sur le point d'épouser une femme qu'il connaissait à peine, la police qui le soupçonnait d'être impliqué dans l'assassinat d'Alex, sa mère désespérée par la mort de son mari — et maintenant cet homme que Mélanie avait lancé à ses trousses.

— Non, Devin, dit-elle d'une voix rauque.

Pour la centième fois, elle s'imagina la mort d'Alex.

— S'il te plaît… Restons rien que tous les deux, ce soir, pour réfléchir encore un peu. Je déteste Mélanie. Je ne lui fais pas confiance.

— Je sais, Nora. Ne t'en fais pas.

Devin repartit en grimaçant : visiblement, il était plus amoché qu'il ne voulait l'admettre.

Nora s'arracha au chaos de ses pensées et s'efforça de se concentrer sur l'instant présent. La forêt était si belle, à la nuit tombée ! Si paisible…

— Je suis vraiment désolée, pour Drew, murmura-t-elle.

— Il n'était pas facile, mais c'était un type bien.

— Je n'ai personne comme lui dans ma vie. Dans mon entourage, tout le monde agit par intérêt personnel. L'amour inconditionnel, ça n'existe pas.

— Ta famille t'aime, Nora. Ne fais pas une croix dessus, O.K. ?

Elle essaya en vain de sourire, puis elle reprit :

— Il suffit de passer un peu de temps ici pour se rendre compte à quel point on est tous insignifiants. Qu'on soit morts ou vivants, ça ne change strictement rien. La terre continue à tourner. Ce matin, j'ai pensé à Alex. Il n'est plus là, et pourtant le soleil s'est levé comme d'habitude. Les oiseaux ont chanté. Les écureuils ont ramassé des noix. Sa mort n'a rien changé. Rien d'important, en tout cas.

— Viens, Nora, on va monter ta tente.

Elle posa son sac à dos sur le sol et tenta d'ouvrir le compartiment principal, mais n'y parvint pas, tant ses doigts étaient engourdis. En enfilant ses gants, elle eut subitement envie de voir sa mère. De pleurer sur son épaule, de faire ensemble le deuil d'Alex.

— Je ne le détestais pas, dit-elle.

— Qui, Alex ?

— Je n'arrête pas de me dire que je le détestais, parce que ce serait plus facile, mais c'est un mensonge. Il pouvait être vraiment pénible, c'est sûr, mais ces derniers temps…

Elle pleurait sans retenue, à présent : les larmes coulaient sur ses joues déjà brûlées par le froid et le vent.

— Je veux ma maman, Dev. Je veux la voir.

— Tu vas la voir bientôt.

— S'il m'arrivait quelque chose… elle n'y survivrait pas. Pas après la mort Alex.

— Il ne va rien t'arriver.

Devin sortit la tente du sac, la déroula sur le sol d'un geste calme et compétent, et émit un sifflement d'admiration.

— Tu as vu ça ? Tu as un code couleur sur les piquets. C'est le truc le plus cool que j'aie vu de ma vie.

Nora sourit à travers ses larmes. Devin était parfaitement dans son élément, ici. Rien que de le savoir à ses côtés, elle se sentait mieux.

— Tu es mon meilleur ami, Dev.

Elle cessa de pleurer pour renifler.

— C'est tellement silencieux, ici… Il n'y a que nous et les chouettes.

— Je ne sais pas. J'ai vu un orignal en venant…

— Menteur !

— Et puis un ours, un coyote, un renard et une dizaine de serpents.

— Merci, Devin, dit-elle en riant. Merci d'être venu.

Il se releva avec raideur et la serra dans ses bras : c'était une étreinte plus fraternelle et rassurante qu'amoureuse.

— On va s'en sortir, dit-il. On va commencer par monter cette tente sophistiquée.

22

Comme prévu, les Whittaker invitèrent Jo à prendre le thé. Tandis qu'elle remontait avec eux vers la grande maison, Vivian soliloqua sur le ramassage des feuilles et la préparation du domaine pour l'hiver ; Lowell ponctua son monologue de remarques anodines. Ils entrèrent dans la maison par une porte latérale. Vivian ôta son gilet rembourré et l'accrocha à une patère. Elle ne portait en dessous qu'un polo à manches courtes, mais ne semblait pas avoir froid. Lowell resta emmitouflé dans son pull anthracite à fermeture Eclair. Jo retira sa veste en laine polaire, mais la garda à l'épaule. Elle ne comptait pas s'attarder ici.

L'intérieur de la maison ne correspondait pas du tout à ce qu'elle avait imaginé. Il n'y avait ni dessins de vaches, ni paysages automnaux, ni quoi que ce soit de rustique. Les murs étaient blancs, les parquets brillants, les meubles modernes et de couleurs vives, les tableaux abstraits. Les Whittaker la conduisirent jusqu'à un petit salon donnant sur un potager et un pré qui descendait vers la rivière.

Vivian alla chercher dans la cuisine un plateau qu'elle posa sur la table basse de verre.

— Je sais que Nora est débrouillarde, mais elle n'aurait pas dû partir toute seule. Surtout à cette époque de l'année. Si Devin Shay est avec elle…

Elle s'interrompit, souleva une théière en porcelaine et la plaça sur un dessous-de-plat rouge vif.

— Il connaît la montagne, bien sûr, et il a l'habitude de la randonnée, mais je crois que Nora le trouve un peu trop collant.

— Elle vous l'a dit ? demanda Jo.

— Pas explicitement, non.

— Que vous a-t-elle dit, exactement ? Vous vous en souvenez ?

Lowell fit glisser vers Jo une assiette de gâteaux visiblement achetés au café des Three Sisters.

— Nous ne voulons pas créer d'ennuis à qui que ce soit, dit-il. Je ne pense pas que Devin veuille du mal à Nora.

— N'empêche qu'il a changé, déclara Vivian en disposant les tasses et les soucoupes devant elle. On le connaissait avant la mort de Drew Cameron. Pas bien, mais suffisamment pour constater que la mort de Drew, et le fait d'avoir retrouvé son corps, l'ont profondément affecté. Avant, il nous faisait l'impression d'un jeune homme insouciant qui n'avait pas la moindre idée de ce qu'il allait faire dans la vie.

Elle versa du thé dans la tasse de Jo avec une expression peinée.

— Vous êtes d'ici, Jo. On a dû vous dire que Devin s'était attiré quelques ennuis.

— Il n'a pas eu de démêlés avec la justice, que je sache ?

— Non, non, mon Dieu…

D'une main parfaitement assurée, Vivian remplit la tasse de son mari, puis se servit à son tour. Enfin, elle s'assit.

— Je n'aurais dû rien dire. Nous aimons beaucoup Devin, et Nora est tout simplement adorable. Je dois dire qu'à cet âge-là, j'étais moi-même assez perturbée.

— Et Kyle Rigby ? demanda Jo en croquant un cookie aux pépites de chocolat. Que savez-vous à son sujet ?

— Rien du tout, répondit Lowell. On ne l'a rencontré que ce matin.

Vivian sirota une gorgée de thé.

— Il semble assez compétent, dit-elle. Et discret. Ce serait mieux pour tout le monde s'il retrouvait Nora sans fanfare, ou si elle revenait toute seule. Je suis soulagée de savoir que Thomas et Mélanie vont bientôt arriver.

Tenant sa tasse à deux mains, elle regarda par la fenêtre.

— Nous adorons cet endroit, mais je ne sais pas… Il y a des jours où…

— Nous sommes tous inquiets, dit Lowell à l'intention de Jo. Et bouleversés par la mort d'Alex. Nora ne s'entendait pas toujours avec lui, mais il avait vraiment de l'affection pour elle. Je crois qu'elle commençait juste à s'en rendre compte, ces dernières semaines. Ils étaient partis du mauvais pied, tous les deux, à cause des rapports entre Alex et son père. Elle se sentait trahie, et déchirée entre ses deux parents.

— Quand Thomas et Mélanie se sont rencontrés et sont tombés amoureux, nous avons pensé que tout irait mieux pour tout le monde, dit Vivian. Nora voulait simplement le bonheur de ses deux parents. Mais à présent… j'ai du mal à croire qu'Alex est vraiment mort.

Ses yeux brillaient subitement de larmes, et elle cassa en morceaux le biscuit qu'elle tenait entre ses doigts.

— C'est une situation difficile, vous ne trouvez pas ?

— Si, dit Jo. Vous étiez ici, en avril, quand Drew Cameron a disparu ? D'après ce que j'ai compris, Thomas et Nora logeaient dans le gîte, à ce moment-là.

— Nous sommes venus passer un week-end ici, répondit Lowell. Drew venait de disparaître. La police avait organisé une battue. Mais nous n'étions plus là quand son corps a été retrouvé.

— C'était la première fois qu'on venait ici en avril, ajouta Vivian. Je n'arrivais pas à croire qu'il neigeait. Nos jonquilles ont été ensevelies sous la neige. Elles venaient juste de sortir. Elles sont reparties dès que la neige a fondu, mais franchement, le Vermont en avril, ce n'est pas pour moi.

Lowell posa sa tasse et esquissa un sourire maladroit, comme pour rattraper la remarque insensible de sa femme.

— Pour les jonquilles, dit-il, cela n'avait aucune importance, bien sûr, mais c'est vrai que nous ne nous y attendions pas. Nous n'avons pas participé aux recherches pour retrouver Drew. Nous ne pouvions rien faire pour nous rendre utiles.

Lowell se leva brusquement et ajouta :

— Drew et Alex ne sont plus là ni l'un ni l'autre. C'est une tragédie. J'ai encore quelques petites choses à faire dehors avant que la nuit tombe, mais si vous voulez rester encore un peu, ne vous gênez surtout pas.

Jo saisit la perche qu'il lui tendait et prit congé. En sortant de la maison, elle remarqua que la nuit était déjà tombée. A force de monter sur la Cameron Mountain et d'en redescendre, elle avait épuisé le peu d'heures de jour qu'offrait le Vermont à la mi-novembre.

De retour à son chalet, elle trouva Elijah dans l'embrasure de la porte, un tournevis à la main, une casquette à l'effigie des Red Sox enfoncée sur le crâne. Il recula d'un pas et, du bout de son tournevis, lui montra la serrure de sécurité qu'il venait d'installer.

— Ça m'a pris deux secondes et la moitié de l'argent liquide que j'avais sur moi, dit-il.

Il rangea son tournevis dans la poche de son blouson.

— Tu disais toujours que tu voulais un type qui sache bien bricoler.

— Piètre excuse pour fouiner chez moi, Elijah.

— Dis donc, tu n'as pas apporté grand-chose de Washington, hein ?

— Parce que je suis optimiste et que j'espère retourner

bientôt au travail. Elijah, tu ne peux pas t'introduire chez n'importe qui dès que l'envie t'en prend. Non que je sois n'importe qui, mais quand même !

— Eh bien, passe-moi les menottes.

— Merci pour la serrure, dit Jo en soupirant. Si tu étais resté prendre le thé avec les Whittaker, on aurait pu l'installer ensemble.

— Je n'aime pas le thé. La simple idée d'en boire me retourne l'estomac.

En réalité, pensa Jo, il n'y avait sans doute pas grand-chose qui puisse retourner l'estomac d'Elijah.

— Les Whittaker t'ont dit des choses intéressantes ? demanda-t-il tranquillement.

— Ils pensent que Thomas a une réaction excessive face à l'expédition de Nora. Ils pensent aussi que Devin est peut-être un peu trop obsédé par elle.

— Il est surtout obsédé par le fait d'avoir dix-huit ans.

Elijah s'écarta pour la laisser entrer chez elle. En passant, Jo sentit le plancher fléchir sous ses pas. Dire que ce chalet était le plus solide du lot !

— Ça ne vaut pas le coup d'installer des serrures neuves sur les autres chalets, dit-elle.

Elle expira à fond, se retourna vers Elijah et ajouta :

— Tu sais que je n'ai pas la moindre idée de ce que je dois faire de cette propriété, n'est-ce pas ? Rien qu'en impôts fonciers, c'est ruineux.

— Papa t'a joué une bonne farce, pas vrai ?

— Désolée… Je dois te paraître terriblement ingrate.

Elijah entra derrière elle.

— Il n'a pas réfléchi à tous les détails. Que croyait-il que tu ferais de douze hectares couverts de chalets en ruine ?

— Je ne sais pas. Peut-être qu'il avait une idée en tête.

Elle le revit sous les cerisiers en fleur ; elle se rappela l'angoisse, la culpabilité, les regrets et la tendresse qui l'habitaient. Mais elle n'avait pas envie de partager cette image avec Elijah. En souriant, elle jeta un coup d'œil circulaire à la pièce unique où elle vivait.

— Tu te rappelles quand il nous a surpris ici ?

— Heureusement qu'il n'était pas armé, dit Elijah avec flegme.

— Si ç'avait été mon père…

— Il se trouve que c'était le mien. Mais de toute façon, ça n'a aucune importance. Ce que j'ai fait quand papa m'a flanqué à la porte, c'était mon propre choix. Je n'en ai parlé ni à lui ni à personne d'autre.

— Et tu ne regrettes rien, dit Jo.

Elijah soutint un moment son regard ; sous l'ombre de sa casquette, son visage était indéchiffrable Puis il lui adressa un clin d'œil et se mit à sourire.

— J'aime bien passer du temps avec toi, Jo. J'avais oublié toute cette énergie refoulée que tu portes en toi. Tu me fais penser à une toupie qui n'arrête pas de tourner à toute vitesse.

Jo accepta sans protester ce changement de sujet. Elle non plus n'avait pas envie de fouiller trop profondément dans le passé. Ce n'était ni le moment ni l'endroit.

— Qu'est-ce que tu cherchais ? demanda-t-elle.

— Des intrus.

— Je suis capable de me défendre toute seule, tu sais.

— Tu l'as toujours été. Ce n'est pas le problème. Tu as l'habitude de travailler en équipe et d'utiliser des gadgets technologiques à tout bout de champ. Ici, tu es toute seule.

— Pas si seule que ça.

— Détends-toi, Jo, dit-il avec un sourire taquin. Je n'ai pas touché à tes affaires personnelles.

Il ramassa sur la table un pétale de lis couleur crème.

— A part te faire oublier de Washington, Jo, tu as d'autres raisons d'être ici ?

— Non. Je suis ici à cause de Charlie et de sa vidéo. Je sais que ma présence paraît curieuse, à cause de mon métier, mais Alexander Bruni n'était pas sous la protection des services secrets — ni d'aucun autre service, d'ailleurs. Si j'avais été au courant que sa vie était menacée et qu'il y avait un lien avec Black Falls, je n'aurais pas passé mes journées à traîner au café et à faire du canoë sur le lac.

— Surtout que tu n'as pas de canoë.

— J'ai oublié de te dire qu'avec Beth, on avait emprunté le tien, l'autre jour.

— Tu peux le reprendre quand tu veux. Le lac va bientôt geler, de toute façon.

— Je serai rentrée à Washington bien avant.

Elle ouvrit le réfrigérateur d'un geste brusque et se rendit compte qu'Elijah avait raison au sujet de son énergie refoulée — même s'il n'en connaissait pas toutes les causes.

— Je ne sais même pas ce que je cherche dans ce frigo. Je n'ai pas faim.

Elle referma la porte et ajouta :

— Je crois que je vais aller fouiller chez toi.

— Vas-y, dit Elijah en haussant les épaules.

Jo sortit du chalet et, indifférente à l'obscurité, s'éloigna sur la route en terre battue qui desservait leurs deux propriétés. Elijah la suivait de loin, d'un pas tranquille : sans doute se demandait-il s'il avait laissé traîner chez lui des armes sans permis ou des photos de ses petites amies.

Elle monta les marches de la véranda deux à deux et entra en laissant la porte coulissante ouverte pour Elijah.

Elle commença ses recherches au rez-de-chaussée, dans une chambre donnant sur l'arrière et la salle de bains adjacente, toutes deux manifestement utilisées par Elijah. Puis elle traversa la petite cuisine à toute vitesse et monta l'escalier en colimaçon qui menait vers deux chambres non finies et une deuxième salle de bains. Elle ne fouillait pas à fond, juste assez pour prouver ce qu'elle avait à prouver. C'est-à-dire… quoi, au juste ? Qu'elle était capable de rendre la pareille à Elijah ? Que Drew Cameron n'était, à la fin de sa vie, qu'un vieillard hanté par la peur et les regrets, et que ses visions des enfants qu'Elijah et elle n'avaient pas eus ne constituait ni une prémonition ni une promesse ?

Quand elle eut fini d'inspecter les lieux, elle redescendit au séjour, un peu essoufflée. Elijah prit une boîte d'allumettes et ouvrit le poêle.

— Tu n'as pas fait ton lit, ce matin, dit Jo.

— Je ne le fais pas souvent.

— Et tes vitres auraient besoin d'être lavées. Elles ont des empreintes de doigts partout.

— Les enfants d'A.J. sont venus mettre la pagaille chez moi la veille de ton arrivée. Je me plutôt inquiété de les rendre vivants à leurs parents que de la propreté des vitres.

Jo sourit en imaginant les petits Baylee et Jim courant à toute vitesse à travers la maison et faisant tourner en bourrique leur oncle.

— C'était sans doute une bonne idée. Ce sont quand même des Cameron.

— Ils sont intenables, dit Elijah.

Il fit craquer une allumette et enflamma le bord d'un journal roulé.

— Ecoute, Elijah…

Jo s'assit au bord d'un canapé et décida de se reprendre en main.

— Je n'ai pas envie de gâcher ta nouvelle vie. Si j'avais su que tu étais là…

— Tu aurais plutôt pris un billet pour Paris ?

— Ou carrément pour l'Australie.

Il referma le couvercle du poêle : derrière la vitre, le petit bois s'enflamma en craquant et en lançant des étincelles.

— Peut-être que Nora aurait préféré que son père t'épouse,

toi, plutôt que sa nouvelle fiancée, et qu'elle a mis au point un scénario pour vous pousser dans les bras l'un de l'autre.

— Je ne pense pas.

— Je n'aime pas ce Rigby, dit Elijah.

— Moi non plus. Mais Thomas est du genre prudent. Je comprends qu'il ait voulu confier le problème de Nora à quelqu'un qui ne réponde qu'à lui. Moi, j'ai des conflits d'intérêts que n'ont pas les gens du secteur privé.

— Jo, je crois que tu ferais mieux dormir chez moi ce soir.

— Pourquoi, tu as peur de rester seul ?

— Je suis mort de trouille, si ça peut te convaincre. Je sais que tu es un agent fédéral et une dure-à-cuire, mais je n'aime pas l'idée que tu sois toute seule là-bas.

Jo s'assit au fond du canapé et promena son regard sur le séjour. Pendant la journée, cette pièce confortable devait offrir une vue magnifique sur les arbres et le lac. C'était un refuge parfait pour un homme qui revenait de la guerre. Parfait pour Elijah, qui avait toujours adoré Black Falls.

Il ajusta les registres du poêle.

— Va chercher ta brosse à dents, Jo. Je ne veux pas que tu restes seule, et ma maison est mieux chauffée que la tienne. Les pieds de fille glacés, ce n'est pas mon truc.

Elle leva son regard vers lui. Une expression sérieuse, presque grave, s'était affichée sur son visage.

— Il y a autre chose, dit enfin Jo. Quelque chose que tu ne m'as pas dit.

Elle le regarda sortir une bûche de la caisse à bois.

— Charlie Neal t'a rappelé ?

Elijah déposa la bûche sur l'âtre en brique devant le poêle et répondit :

— Il a une liste de noms.

— Une liste de…

Jo s'interrompit brusquement.

— Il vaut mieux que tu ne m'en parles pas, Elijah.

Son interlocuteur fit comme s'il n'avait pas entendu.

— Charlie a fait des recherches en ligne sur des homicides récents non élucidés et apparemment injustifiés. Deux noms lui ont sauté aux yeux. Jasper Vanderhorn, un enquêteur spécialisé dans les incendies criminels, mort dans un feu en juin dernier, en Californie. Et Andrei Petrov, un diplomate russe empoisonné en août à Londres.

« Charlie, Charlie… », pensa Jo en grinçant des dents.

— Il dit qu'il a toute une liste de victimes. Pour l'instant, il n'a pas pu établir de lien entre elles — c'est la manière dont elles ont été tuées qui les rapproche.

— Ce n'est pas suffisant pour présumer l'existence d'un réseau de tueurs professionnels.

— C'est suffisant pour Charlie, et pour mon ami à Washington aussi.

— Il est du genre paranoïaque, ton ami ?

— Non.

— C'est un militaire ?

— Un SEAL.

— Un de ceux qui étaient avec toi, en avril ?

Il ne répondit pas, mais une expression terrible — mélange de regret, de douleur et de fermeté — s'afficha sur son visage. L'instant d'après, elle avait disparu, mais Jo en avait encore le souffle coupé.

Il ouvrit de nouveau le couvercle du poêle, ramassa la bûche sur l'âtre et la fit tomber dans le feu.

— Elijah, si jamais tu veux parler de ce qui s'est passé…

— Non, merci.

Il tourna son regard vers elle : ses yeux étaient d'un bleu nuit, à présent.

— Et Marissa Neal ?

— Elle va bien, répondit Jo avec impassibilité.

— Tu lui as sauvé la vie.

— J'ai fait mon travail. Il faut que Charlie arrête de se

mêler de ces histoires, Elijah. C'est un surdoué, mais c'est quand même un gamin de seize ans. La police ne va pas tirer de conclusions hâtives au sujet de la mort de Bruni. Elle n'en a pas le droit, de toute façon. Elle doit s'appuyer sur des preuves.

— Je ne suis pas de la police, moi.

La bûche s'enflamma dans un sifflement. Jo se leva du canapé.

— Toi, Charlie et ton copain SEAL à Washington, vous feriez mieux de vous calmer.

— Et toi, Jo ? Qu'est-ce que tu comptes faire ?

Sans répondre, elle se dirigea vers la porte de la véranda.

Elijah lui lança une lampe de poche et ajouta :

— N'oublie pas ta brosse à dents.

Elle ne lui fit pas remarquer qu'il n'y avait qu'un seul lit chez lui. Il était certainement au courant. Elle se contenta d'allumer la lampe de poche et de sortir sous la véranda en frissonnant.

Et pas seulement à cause du froid.

Sur le chemin du chalet, le vent frais lui éclaircit les idées. Arrivée sur le pas de la porte, elle écoutait un hibou hululer sur l'autre rive du lac quand elle vit des phares de voiture briller au loin. Une minute plus tard, une berline s'arrêtait devant chez elle.

Les phares s'éteignirent et Thomas Asher descendit de la voiture.

— Jo, dit-il d'une voix brisée par l'émotion. Je suis heureux de te revoir. Si seulement cela pouvait être en de meilleures circonstances…

Avant que Jo n'ait pu répondre, une belle femme brune sortit du côté passager, fit le tour de la voiture et vint se tenir à côté de Thomas.

— Mélanie, dit-elle en frissonnant et en souriant en

même temps. J'ai tellement entendu parler de vous, agent Harper… C'est un plaisir de vous rencontrer enfin.

— Enchantée, dit Jo machinalement. Vous voulez entrer ?

Thomas fit non de la tête. Il ne portait qu'un pull-over ; il avait l'air frigorifié et égaré.

— Merci, Jo, mais nous ne pouvons pas nous attarder. Lowell et Vivian nous attendent pour le dîner. Nous logeons chez eux. Je voulais juste m'arrêter pour te remercier de ton aide. Et… Nora ? Rien de neuf ?

— Apparemment, elle a décidé de passer une nuit supplémentaire en montagne.

Jo décida de laisser Kyle Rigby faire un compte rendu plus complet.

— On prévoit de la neige pour demain, ajouta-t-elle.

— Je sais, dit Thomas.

— J'avais oublié que la nuit était si noire, à la campagne, fit remarquer Mélanie en se frottant les bras. Nora a plus de cran que je n'en avais à son âge. Que je n'en ai maintenant, même. Je n'ai aucune envie de faire du camping dans le froid. Sans la mort du pauvre Alex, on n'aurait sans doute jamais su que Nora avait décidé de partir en montagne. Elle nous l'aurait peut-être dit à son retour, et encore… Elle est tellement prévenante qu'elle n'aurait pas voulu qu'on s'inquiète.

— Pour l'instant, dit Thomas, je n'ai pas trop envie d'alerter les autorités locales. Ils ont assez à faire sans lancer une opération de secours alors que Nora n'a pas vraiment disparu. Si on organise prématurément des recherches…

Il s'interrompit, l'air chagrin.

— Nora a encore tout son avenir à construire. Abandonner ses études au milieu de l'année scolaire, ce n'est pas brillant, mais si en plus elle fait la une des journaux à cause de cette petite expédition…

— C'est pour ça qu'on a fait appel à Kyle, expliqua Mélanie.

— La sécurité de Nora passe avant tout, déclara Jo sur un ton neutre.

Thomas repartit à reculons vers sa voiture.

— A tous les coups, Nora se débrouille très bien et ne va pas apprécier qu'on s'inquiète pour elle. Elle va penser qu'on ne lui fait pas confiance.

Il porta son regard sur l'eau noire du lac.

— La disparition d'Alex nous a tous mis à cran. C'est atroce. J'espère que… Enfin, je n'aime pas la savoir seule, là-haut, sous le choc de sa mort.

Lui-même était encore sous le choc, cela sautait aux yeux.

— Jo…, dit Mélanie. Je peux vous appeler Jo ?

Sans attendre de réponse, elle fit un signe en direction du chalet et ajouta :

— Je peux aller aux toilettes ?

— Bien sûr.

— Vous pourriez me prêter votre torche ?

Thomas lui adressa un sourire indulgent, puis tourna son regard vers Jo.

— Je vous attends ici, dit-il.

Il s'éloigna en direction du lac, louvoyant entre les arbres, tandis que Mélanie se dirigeait vers l'entrée du chalet. Jo envisagea un instant de rejoindre Thomas au bord du lac, mais elle finit par suivre Mélanie.

Quand elles furent entrées toutes les deux, Mélanie referma rapidement la porte derrière elles.

— Je voulais vous parler seule à seule, dit-elle. Thomas est tellement bouleversé par la mort d'Alex qu'il n'a pas les idées claires. Il est évident que Nora a besoin de souffler un peu, après ce qui s'est passé. Elle avait envie de faire cette randonnée depuis un moment, et la mort d'Alex a été le déclencheur. Cela lui donne le sentiment de reprendre le contrôle de sa vie.

— Elle vous en a parlé ?

— Non, mais je la connais. Je sais comment elle raisonne. Alex était très dur envers elle. Il ne le faisait pas exprès, mais elle ressentait le besoin de faire ses preuves face à lui.

— Par exemple, en partant toute seule en randonnée hivernale ?

— Exactement. Elle voulait lui montrer, à lui et à sa mère — et sans doute à Thomas aussi — qu'elle avait les connaissances et le courage de faire face à des conditions climatiques sévères. Je ne serais pas étonnée que la mort d'Alex ait renforcé son désir de le prouver. Si nous intervenons maintenant, si nous contrecarrons ses projets, ce sera terrible pour elle. Thomas a du mal à trouver le juste milieu entre l'inquiétude et la nécessité de lâcher prise, de laisser sa fille commettre ses propres erreurs.

— Mais c'est vous qui avez eu l'idée d'envoyer Kyle Rigby sur place, fit remarquer Jo.

— Pour calmer le jeu. Kyle est quelqu'un de solide et d'équilibré. Il sait ce qu'il fait, et il parlera franchement à Thomas. Si jamais Nora est vraiment en danger, Kyle nous le dira. Il fera passer sa sécurité avant tout.

— Tant mieux.

Mélanie ressortit du chalet sans utiliser les toilettes et fit signe à Thomas, qui remontait du lac.

— C'est magnifique, ici ! lança-t-elle. Il faut qu'on revienne quand il fera plus beau.

Thomas revint vers la voiture, et Jo vit qu'il avait les traits tirés, l'air épuisé et soucieux. Il s'avança pour l'embrasser sur la joue.

— Merci pour tout, Jo, dit-il doucement. On se voit demain.

Après leur départ, Jo rentra dans le chalet. Son radiateur

à gaz crachotait sans parvenir à réchauffer l'atmosphère. La nuit serait froide.

Elle attrapa sa brosse à dents en se demandant si elle perdait la tête.

A mi-chemin entre chez elle et chez Elijah, elle revint à la raison, fit demi-tour et se dirigea vers le haut de la colline pour appeler Mark Francona.

— Il y a du nouveau sur le témoin oculaire potentiel ? La livreuse à vélo ?

— Non.

— Tu pourrais essayer de savoir si un dénommé Drew Cameron a rencontré Alex Bruni en avril ? C'était le...

— Andrew James Cameron. Il t'a légué une partie de sa propriété à Black Falls. Il est mort d'hypothermie deux semaines après s'être promené avec toi sous les cerisiers en fleur.

— Parfois tu me fais peur.

— Tant mieux. Je me renseigne et je te tiens au courant.

— En attendant, dit Jo, garde un œil sur mon jeune ami, le spécialiste des jeux de guerre. Il croit voir des choses que les autres ne voient pas. Il est le cadet de cinq enfants, il a un QI élevé et il a grandi dans une famille de politiciens. Il est en surrégime mental en permanence. Il veut se faire pardonner son canular. Il m'a envoyé des fleurs...

— Des fleurs ?

— Oui. Des lis. J'adore les fleurs. Il ne me doit rien, mais il se sent coupable de m'avoir joué ce sale tour.

Et, depuis que Marissa avait frôlé la mort, songea Jo, il devait être plus perturbé qu'il ne voulait bien le dire.

Elle résuma à Francona la théorie de Charlie au sujet d'un réseau d'assassins professionnels, et lui récita la liste de leurs prétendues victimes.

Quand elle eut terminé, son patron poussa un long soupir douloureux, puis demanda :

— Comment ça se passe, là-haut ? Vous avez de la neige ? Le ski alpin, ce n'est plus de mon âge, mais je crois que je serais encore capable de faire du ski de fond. Et toi ?

— Les vrais autochtones ne skient pas, Mark, répondit Jo avant de raccrocher.

En réalité, elle aimait bien skier. Son patron avait réussi à l'exaspérer, mais elle avait aussi réussi à lui faire passer son message. Ce n'était pas aux services secrets de dire à Charlie comment il devait mener sa vie, de jouer les nounous — ou de remplacer ses parents — mais il devait absolument cesser de se mêler de choses qui ne le regardaient pas, en particulier de meurtres non élucidés.

Elle trouva des sels de bain laissés par la femme d'un de ses collègues des services secrets et repartit chez Elijah.

— Ne t'emballe pas, dit-elle en pénétrant dans son séjour chaud et douillet. C'est ta baignoire qui m'intéresse.

— Fais comme chez toi, déclara Elijah avec un grand sourire.

23

Carré dans son fauteuil préféré au coin du feu, Elijah se demandait à quoi pensait Jo dans sa baignoire. Sans doute moins à ce qui allait se passer entre eux qu'aux réseaux d'assassins et autres sujets réjouissants. Elle avait choisi la salle de bains donnant sur la chambre d'Elijah ; cela lui semblait une bonne indication de l'endroit où elle comptait dormir cette nuit.

Elle lui avait interdit d'entrer pendant qu'elle prenait son bain. Et puisqu'elle était venue avec sa brosse à dents, ses sels de bain et son SIG 19mm, il avait respecté cette consigne.

Il appela Grit pour lui donner les dernières informations au sujet de Mélanie Kendall, de Kyle Rigby et de Thomas Asher.

— Bruni a très bien pu être écrasé par un sénateur qui était en retard à un rendez-vous chez le coiffeur, déclara Grit au bout d'un moment.

— Et ta journaliste ?

— Elle a des enjeux personnels dans cette histoire. Il y a eu quelque chose entre elle et ce Russe, Andrei Petrov, dont t'a parlé ton nouveau copain. Mais je crois qu'elle est du côté des bons.

— Si elle ne l'est pas ?

— Alors c'est le cerveau de la bande, et elle me fait

marcher. Moose ne m'aide pas trop, sur ce coup. Il en pince pour elle.

Elijah ne fit aucun commentaire.

— Quelles que soient les intentions de Myrtle, reprit Grit, c'est une dure à cuire, et elle sait poser les bonnes questions.

Or, on pouvait compter sur Grit pour trouver les réponses. Il avait de la suite dans les idées et il avait besoin de s'occuper.

— On n'est pas de la police, fit remarquer Elijah. On n'a pas besoin de s'inquiéter de la recevabilité des preuves.

— Et Jo Harper ? Ce n'est pas un agent fédéral ?

— Je m'en occupe.

— Je vois.

— Tu ne vois rien du tout, Grit !

Sauf qu'Elijah savait que son collègue lisait en lui à livre ouvert.

— Si ce gamin ne lui a pas encore gâché sa carrière, tu risques de le faire, toi.

— Ce n'est pas mon problème.

Il entendit la porte de la salle de bains s'ouvrir. L'instant d'après, Jo sortit affublée d'une immense chemise de nuit à carreaux rouges que la grand-mère d'Elijah lui avait offerte pour Noël quelques années auparavant. Elle l'avait fourrée au fond de son armoire à linge et l'avait aussitôt oubliée.

— Elijah ? Tu es encore là ?

— Jo vient de sortir de la baignoire.

— Ah…

— Elle ressemble à un bûcheron canadien.

— C'est exactement ton genre, non ?

Sur ce, Grit raccrocha. Elijah se leva et décida de ne pas s'embarrasser de précautions oratoires.

— Jo, si je ne te fais pas l'amour rapidement…

— C'est ce que je me disais dans la baignoire.

Il l'embrassa sur les lèvres puis la souleva dans ses bras,

comme il l'avait fait tant d'années auparavant, et la porta dans sa chambre.

Elle enroula ses bras autour des épaules d'Elijah.

— Je ne peux pas me permettre de retomber amoureuse de toi, murmura-t-elle sans le quitter des yeux. Le problème, c'est que je n'ai jamais vraiment arrêté.

— Chut, dit-il en la déposant avec douceur sur le lit. Aimons-nous maintenant, tout de suite, ça suffira.

Il la prit dans ses bras, leurs lèvres se rencontrèrent et, l'espace d'un instant, les yeux fermés, il s'imagina que les quinze dernières années n'avaient pas eu lieu, qu'il avait encore dix-neuf ans, qu'il était fou amoureux et que, cette fois, il tiendrait les promesses qu'il lui avait faites. Du bout des doigts, il dessina le contour du corps svelte de la jeune femme en retrouvant toutes ses courbes, tous ses creux, tous les endroits où elle aimait être caressée.

Elle se figea un instant, puis elle prit le visage d'Elijah entre ses mains et l'écarta un peu du sien.

— Ouvre les yeux.

Il lui obéit et se mit à sourire.

— Tu as raison. Ça vaut le coup d'œil.

Mais elle n'avait pas l'air d'humeur à plaisanter.

— On n'est plus des enfants, Elijah. Et tu n'as jamais été du genre à revenir en arrière.

— Je le ferais si je pouvais. Et cette fois, je ne te laisserais pas tomber.

Il embrassa son nez, son front, le creux de ses pommettes.

— Madame l'agent secret, chuchota-t-il en émaillant sa mâchoire de baisers doux et rapides. Tu es vraiment incroyable, tu sais.

Jo crispa ses mains autour des bras d'Elijah, et il sentit ses ongles s'enfoncer dans sa chair.

— Elijah…, dit-elle.

Sa voix un peu entrecoupée lui plut, la morsure de ses

ongles aussi. Il l'embrassa au creux du cou et, quand il passa ses mains sous la chemise de nuit pour caresser la peau lisse de ses cuisses, il sentit un grand tremblement la parcourir.

En chuchotant, il répéta son prénom encore et encore, comme il l'avait fait à d'innombrables reprises dans son sommeil.

Comment avait-il pu laisser s'échapper la femme de ses rêves ?

Il sentit son pouls et celui de Jo s'accélérer tandis que ses mains remontaient le long de ses hanches et de son ventre, puis se fermaient autour d'un de ses seins. Il avait été son premier amant : il se rappelait encore son cri d'extase et de douleur quand il était entré en elle. Il avait essayé d'être prudent, de se retenir ; il craignait de lui faire vraiment mal. Mais elle l'avait encouragé à continuer et, entre ses larmes, elle avait promis de toujours l'aimer.

Mais tout cela, c'était du passé.

Les mains d'Elijah redescendirent le long des flancs de la jeune femme, et il sentit les dernières traces des balles en plastique sur sa hanche. Elle avait un corps mince et musclé, un corps qui avait été aimé par d'autres hommes.

Elle avait continué sa vie comme Elijah avait continué la sienne.

Il ne lui avait pas vraiment laissé le choix.

Les mains de Jo redescendirent vers celles d'Elijah, et il sentit l'extrémité des doigts de la jeune femme trembler un peu.

— Elijah, je… je ne peux plus attendre.

Ses yeux turquoise brûlaient avec une intensité qu'il avait cru ne jamais revoir.

— Mais depuis deux jours, ajouta-t-elle je ne fais que monter sur cette fichue montagne et redescendre. Je n'arrive pas à… Ça t'ennuierait de te déshabiller tout seul ? Et de m'enlever cette chemise de nuit, pendant que tu y es ?

— Avec plaisir, dit Elijah en riant.

— Tant mieux. J'ai besoin de conserver mes forces pour plus tard.

— Je vais commencer par te déshabiller, toi, dit-il d'un air malicieux.

— Je m'en doutais.

Il n'eut aucun mal à lui enlever la chemise de nuit et à la laisser choir sur le sol. Mais ensuite, il ne réussit pas à se déshabiller. La gorge serrée par l'émotion, en proie à un désir qui montait du fond de son âme, il ne pouvait que la contempler.

— Jo, murmura-t-il en l'embrassant, tu es si belle…

Pendant un moment, il se laissa emporter, submergé par le goût de sa bouche, par le contact de sa peau. Puis elle passa ses bras autour de son cou, l'attira vers elle et l'embrassa plus passionnément encore, en se contorsionnant de désir. Son corps était brûlant, sa peau d'une douceur extrême.

— Tu es encore habillé, dit-elle d'une voix rauque.

— Tu as raison.

Il régla ce problème en quelques secondes et jeta ses vêtements n'importe où. Quand il revint vers Jo, elle avait le souffle court, mais ses yeux étaient grands ouverts et elle l'examinait attentivement.

— Ta cicatrice…, dit-elle. Tu es complètement rétabli ? Une blessure à l'artère fémorale, c'est grave.

— La balle n'a rien touché de vital.

— A part ton système sanguin, fit-elle remarquer en levant un sourcil.

— C'est vrai. Mais j'ai survécu, répliqua-t-il en chassant de son esprit les images qui lui revenaient subitement.

Il s'interrompit, la regarda longuement et répéta :

— J'ai survécu.

Puis il s'étendit de tout son long sur elle en espérant que le contact de son corps nu la distrairait de ses cicatrices. Il fut récompensé par un petit cri de surprise, de plaisir… et de reconnaissance.

— Je suis heureuse que tu aies survécu, dit-elle. Je ne sais pas ce que j'aurais fait si je t'avais perdu. Tu as toujours été là, indestructible…

— Personne n'est indestructible.

— Je t'aime, Elijah. Je t'ai toujours aimé.

— Je sais.

— Pour le reste…

— N'en parlons plus.

Elle remonta plus haut sur le lit et lui ouvrit les bras.

— Aime-moi maintenant, Elijah. Je n'ai plus envie d'attendre.

Puis elle se redressa sur ses coudes et l'attrapa par les épaules.

— Tu ne me briseras pas le cœur, cette fois.

— Tant mieux, parce que… Jo…

Il la pénétra avec douceur, en savourant la sensation de la retrouver, mais elle se laissa tomber en arrière, passa ses jambes autour des reins d'Elijah et l'attira vers elle. Il lui répondit en s'enfonçant au plus profond de son corps. Elle laissa échapper un petit gémissement et passa ses bras derrière sa tête en s'abandonnant à son désir, ce désir qui brillait dans ses yeux et aiguillonnait Elijah. Sans ralentir un instant, il se laissa envahir par ce plaisir presque douloureux qu'il n'avait connu qu'avec elle.

En tout ce temps, en toutes ces années, il n'y avait eu qu'une seule Jo.

Elle serra ses jambes autour des hanches d'Elijah et le plaqua contre elle. Ils restèrent ainsi un instant, le souffle coupé, tandis que leurs corps fusionnaient plus intimement encore, puis enfin elle joua des hanches et tout leur échappa. Elijah attrapa les mains de Jo, les cloua à ses côtés et plongea en elle encore et encore, de plus en plus vite, jusqu'à la sentir basculer dans le plaisir, avant d'y basculer à son tour.

Un instant plus tard, il s'effondra à côté d'elle et elle remonta les couvertures.

— C'est mieux chauffé que chez moi, dit-elle, mais ce n'est pas encore ça. Je n'ai pas envie que tu attrapes un rhume en te refroidissant.

Elijah cala sa tête sur un bras.

— Qui te dit que je vais me refroidir ?

Elle se serra contre lui, prit son bras et le passa sur ses propres épaules.

— J'entends un hibou, dit-elle.

Elijah lui embrassa les cheveux.

— C'est peut-être un enfant de celui qu'on a entendu il y a quinze ans.

— Ou un petit-enfant.

Elle se tut un moment, puis se tourna vers lui et toucha sa cuisse gauche, à l'endroit où il avait été blessé.

— Ton père craignait pour ta vie, Elijah. Je crois qu'il a eu le pressentiment que tu courais un danger. Mais ce n'est pas pour ça qu'il est mort.

— Jo…

— S'il s'est construit une cabane sur les fondations de l'ancien chalet des Cameron, il avait un abri à sa disposition. Quelque chose de bien plus solide que des sacs poubelles. Il aurait pu survivre à la tempête.

Du bout des doigts, elle frôla les cicatrices d'Elijah, comme si elle essayait de s'imaginer la douleur, le sang, la proximité qu'il avait eue avec la mort.

— Il n'est pas monté là-haut par mauvais temps avec l'intention de mourir. Il savait ce qu'il faisait.

Elijah ne dit rien.

— Quelqu'un l'a tué, Elijah.

Il glissa ses bras autour d'elle et l'attira vers lui.

— Je sais.

24

Grisée par un sentiment d'euphorie et d'appréhension mêlées, Mélanie baissa le store de la chambre de Kyle dans le gîte des Whittaker. Son désir pour lui était si fort que son corps était couvert de picotements. Après ce long trajet en avion puis en voiture, elle avait besoin de prendre l'air, avait-elle expliqué à Thomas. Ce dernier s'était inquiété qu'elle parte seule dans la nuit, mais elle lui avait fait remarquer que les lumières de la maison éclairaient le parc tout entier.

Kyle, lui, n'était pas de bonne humeur.

— C'est magnifique, ici, tu ne trouves pas ? dit-elle en s'asseyant au bord du lit. Mais je ne sais pas si j'aimerais y avoir ma résidence secondaire. Il fait froid les trois quarts de l'année. Evidemment, Thomas adore la région…

— Si ta prochaine résidence n'est pas une cellule de prison, c'est que tu auras eu de la chance.

— Ne sois pas si pessimiste, Kyle !

Elle le gronda d'un sourire. Il voyait toujours l'aspect négatif des choses, contrairement à elle.

— Les flics recherchent cette livreuse dont tu m'as parlé, dit-il.

— Tu m'avais dit de ne pas m'inquiéter. Qu'elle n'avait aucun moyen de remonter jusqu'à nous.

— A ton avis, qui les a appelés pour les tuyauter ?

Mélanie sentit son estomac se contracter. *Thomas.*

— Je n'en ai pas la moindre idée, répondit-elle.

— Ceux pour qui on travaille n'aiment pas les ratages. J'ai dû en gérer un, juste avant de te rencontrer. Ce n'était pas beau à voir.

— Les ratages, ce n'est pas notre genre.

— Ce n'est pas le *mien*.

N'empêche que Kyle était son associé. C'était lui qui l'avait recrutée. Si leurs employeurs étaient mécontents de Mélanie et des recherches menées sur elle par Nora Asher, ils en tiendraient Kyle pour responsable. Il paraissait inquiet, ce qui ne lui ressemblait pas, mais il est vrai qu'il avait tendance à s'énerver quand il devait trouver des solutions au débotté. Il était peu fait pour l'improvisation. Mélanie, en revanche, était très douée pour cela. Quand elle voulait quelque chose, elle mettait toutes ses capacités mentales en œuvre pour l'obtenir. Et elle l'obtenait.

Plus d'une fois, au cours du trajet depuis Washington, elle avait songé qu'elle serait peut-être obligée, en fin de compte, de tuer Kyle. Il endosserait ainsi l'entière responsabilité de la mort de Nora, non seulement du point de vue de la police, mais aussi de celui de leurs employeurs.

Si le plan de Kyle se déroulait comme prévu, Nora mourrait en montagne. On en imputerait la responsabilité au froid, à l'émotivité incontrôlable de l'adolescente et à Devin Shay, maladivement obsédé par elle. La mort de Drew Cameron, sept mois plus tôt, était à leur avantage : elle rendrait plus vraie et plus poignante la mort des deux jeunes gens.

C'était un bon plan, mais une fois qu'il serait accompli, Mélanie avait prévu de prendre les choses en main pour rejeter toute la culpabilité sur Kyle. Elle se ferait passer pour une de ses victimes : innocente, vulnérable, bouleversée.

En ce moment, Thomas se trouvait dans le séjour des Whittaker, devant un grand feu ronflant. Lowell et Vivian étaient décidément charmants, et Thomas se comportait avec un tel savoir-vivre, vu les circonstances ! Mélanie se réjouissait d'avance à l'idée de s'intégrer à son réseau d'amis après leur mariage. Dommage qu'Alex Bruni n'en fasse plus partie — un ambassadeur, c'était quand même prestigieux —, mais elle n'y était pour rien. Elle avait conduit la voiture qui l'avait renversé, certes, mais elle n'avait pas pris la décision de le tuer.

Lorsqu'ils étaient arrivés au domaine des Whittaker, après une brève visite à la ruine où vivait Jo Harper, Kyle leur avait fait un compte rendu de ses efforts pour localiser Nora. C'étaient surtout des mensonges, bien sûr, mais Thomas avait paru impressionné et soulagé. Mélanie s'était félicitée de son idée d'engager Kyle comme sauveteur.

Elle s'était imaginée se faufilant jusqu'au gîte au milieu de la nuit pour rejoindre Kyle sans que Thomas ni les Whittaker ne se doutent de quoi que ce soit. Kyle, de son côté, avait fait comme s'il ne la voyait pas. Il pouvait être ainsi, parfois.

Il avait conseillé à Thomas d'informer les autorités locales de ses inquiétudes au sujet de Nora et du mauvais temps annoncé, mais aussi des rumeurs qui circulaient au sujet de Devin. Les Whittaker en avaient entendu parler, ce qui avait achevé de convaincre Thomas. Evidemment, tout était l'œuvre de Kyle : il travaillait déjà à discréditer Devin bien avant la mort d'Alex Bruni.

Le planificateur, c'était lui.

A la fin de son compte rendu, il avait lancé à Mélanie un petit hochement de tête qui signifiait qu'il voulait lui parler en privé dès que possible.

Il défit sa ceinture et l'arracha à son pantalon.

— Jo Harper et Elijah Cameron nous posent un problème, dit-il.

— Règle-le, répliqua Mélanie.

Il laissa sa ceinture tomber sur une chaise.

— Est-ce que Nora et Devin ont déjà pu nous voir ensemble ?

— Impossible.

Elle secoua la tête, autant pour le rassurer que pour se rassurer elle-même.

— Et ton client qui a mal fini ?

— On en a parlé des dizaines de fois, Kyle. La police n'a aucun moyen de remonter jusqu'à moi. Sinon, tu ne m'aurais pas prise comme associée. Quant à Nora et Devin, ils ne savent rien du tout. Ils cherchent juste un moyen de nous séparer, Thomas et moi.

— Tu aurais dû prévoir qu'en te liant avec son père, tu t'exposais à être examinée de près par Nora.

— Ce qui est fait est fait, Kyle.

Elle sentit un froid subit monter en elle. Elle n'avait jamais aimé le froid ; elle n'avait certainement pas eu envie de grimper sur cette fichue montagne, en avril dernier. C'était Kyle qui avait insisté. Ils avaient pour consigne de maquiller la mort de Drew en accident, de faire croire que le vieil homme avait sous-estimé les éléments et fini par s'endormir dans la neige.

Kyle déboutonna son pantalon. Elle n'arrivait pas à savoir s'il avait envie d'une partie de jambes en l'air rapide, ou simplement de se mettre au lit.

— Pourquoi avons-nous tué Drew Cameron ? demanda-t-elle à voix basse.

— Tu cherches les ennuis, Mélanie ? On a accompli notre mission, on n'en parle pas. On ne veut surtout pas savoir qui l'a décidée, ni pourquoi.

Il ôta son pantalon et le posa sur le dossier de la chaise.

— Tu vis dans tes fantasmes, poursuivit-il. Tu crois être deux personnes différentes, mais tu te trompes. La vie que tu as menée cette année passée, c'est la tienne. Tu ne peux pas revenir en arrière ni effacer ce que tu as fait.

— Je le sais, Kyle. Mais aujourd'hui, j'ai envie de passer à autre chose, voilà tout.

— Je n'aurais pas dû d'impliquer dans mes affaires. C'était une erreur.

— Tu avais besoin d'une associée. Même en comptant ce que tu m'as payée, tu as gagné bien plus ces huit derniers mois que tu n'aurais pu le faire seul. Tu as bien des rêves et des espoirs dans la vie, non ?

— Si. J'espère survivre à ce merdier où tu m'as fichu.

Il était anxieux, c'était sûr, mais Mélanie sentait en lui une sorte de calme sous-jacent indiquant qu'il croyait en son plan.

— Quand ce sera fini, tu me regretteras, Kyle.

— Je ne crois pas.

Il continua à la fixer du regard. Elle frissonna, non de froid, mais de peur et d'excitation.

— Il ne faut surtout pas qu'on rate notre coup, sinon on va se retrouver sur la liste d'un collègue. Si on devient un danger pour eux, ils n'hésiteront pas à nous éliminer.

— Drew et Bruni en avaient appris trop long sur nos employeurs, c'est ça ?

Je n'en sais pas plus que toi, Mélanie. Il faut que tu arrêtes de poser toutes ces questions.

Il enleva sa chemise, la plia soigneusement, la déposa sur son pantalon et ôta ses chaussettes. Ses gestes étaient dénués de tout érotisme.

— Si tu avais reçu l'ordre de me tuer, reprit Mélanie, tu me le dirais ?

Les yeux de Kyle n'étaient plus que des fentes.

— Et toi ? demanda-t-il.

Moi, tout ce que je veux, c'est devenir la femme de Thomas Asher.

Il se dressa devant elle, lui prit la main et la plaqua contre son entrejambe.

— Vraiment ?

— Oui, répondit-elle.

Mais elle prit son sexe en coupe et le caressa.

— Eh bien, dit Kyle, dans ce cas, il faut que tu m'aides à empêcher sa fille de redescendre de la montagne. Et n'oublie pas qu'on doit composer avec Elijah Cameron et Jo Harper. Tu es une vraie bleue, comparée à eux. Tu ne te rends pas compte.

Kyle secoua la tête tout en s'arc-boutant contre la main de Mélanie.

— Tu n'as jamais eu affaire à de vrais professionnels.

— Ils veulent juste retrouver ces gamins et les ramener chez eux.

— J'ai fouillé chez Jo Harper, la nuit dernière. Si les fédéraux se doutent de quelque chose et qu'ils l'ont envoyée ici en mission secrète, elle cache bien son jeu.

— Si elle t'avait surpris…

— Elle ne m'a pas surpris.

Il baissa son caleçon et attrapa les cheveux de Mélanie à deux mains.

— Je n'ai pas pu rentrer chez Elijah Cameron. Pas eu le temps. Mais il soupçonne la mort de son père d'avoir été assistée.

— Il peut soupçonner tout ce qu'il veut, ça ne l'avancera à rien, dit Mélanie en levant les yeux vers Kyle. Nous, on s'occupe de Nora et de Devin, un point c'est tout.

— Je pourrais monter leur régler leur compte maintenant, mais j'ai besoin de me reposer. De toute façon, il vaut mieux attendre que la neige commence à tomber.

— Et moi, qu'est-ce que je dois faire ?

Il prit la tête de Mélanie en coupe et la regarda avec un sourire mauvais.

— Tu le sais très bien.

— Je veux dire demain. Il va falloir expliquer ces deux nouvelles morts sur la Cameron Mountain.

— C'est là que mon plan intervient.

C'était une pique contre elle, mais Mélanie décida de ne pas en tenir compte. Approchant ses lèvres du sexe en érection de son amant, elle demanda :

— Et ça, ça fait partie du plan ?

Le moment était mal choisi pour les sarcasmes. Il se vengerait en refusant de lui donner du plaisir : quand elle aurait accompli sa volonté, il la renverrait dans la nuit froide, seule et frustrée. Thomas l'attendait, bien sûr, mais ce n'était pas la même chose.

— J'ai l'impression d'être la méchante belle-mère d'un conte de fées, dit-elle enfin.

— Ce n'est pas un conte de fées. C'est la réalité. Tu es la belle-mère la plus cruelle que je connaisse.

— Sauf que pour moi, il y aura une fin heureuse.

— Tu es vraiment incroyable, Mélanie. Parfois j'aimerais ne t'avoir jamais rencontrée.

Elle releva les yeux vers son complice.

— Si tu commences à tourner de l'œil, tu n'as qu'à t'en aller. Je m'occuperai de tout.

— Impossible, dit Kyle en relâchant son visage. Mais toi, Mélanie, il va falloir que tu fasses une croix sur Thomas. Dès qu'on en a fini ici, tu le plaques. Tu lui dis que tu n'avais pas compté sur tous ces drames.

— Tu n'as pas d'ordres à me donner, Kyle.

— Détrompe-toi, répliqua-t-il avec un sourire méprisant.

Mélanie ouvrit la bouche et s'inclina devant son désir, mais elle sentait néanmoins le pouvoir qu'elle avait sur lui. Elle allait épouser Thomas. Elle ressortirait de son aventure avec Kyle plus forte, meilleure. Lui resterait un tueur à gages toute sa vie.

Evidemment, lui aussi exerçait un pouvoir sur elle. Celui de détruire la vie qu'elle s'était construite.

Ou de la tuer. Elle n'avait pas envie de finir sur sa liste de cibles à exécuter.

Il gémit en plongeant de nouveau ses doigts dans les cheveux de Mélanie, et elle se mit à sourire. Elle était capable de le tuer, mais Kyle ne lui ferait jamais de mal.

Tout allait bien se passer.

De retour dans la grande maison, Mélanie prit la décision de dissuader à tout prix Thomas de fêter leur mariage dans le Vermont. Il ferait un froid de canard, le 31 décembre. Il faisait déjà un froid de canard aujourd'hui.

Elle s'installa à côté de lui sur le canapé devant la cheminée, savourant la chaleur et l'élégance de cette pièce magnifiquement aménagée. Vivian et Lowell avaient beaucoup d'argent et des relations intéressantes, mais Mélanie se demandait si Thomas et elle auraient envie de continuer à les fréquenter, après la mort de Nora et de Devin. L'incident risquait de jeter une chape de plomb sur leur amitié.

Personne ne semblait éprouver la moindre curiosité au sujet de sa longue absence. Comme prévu, Kyle avait refusé de la satisfaire. Elle en avait encore la chair de poule. Il s'était montré impératif, presque cruel. Il l'avait amenée jusqu'à sa voiture et lui avait donné une arme : un Browning 9mm qui lui avait tout de suite plu.

— Tiens-toi prête à limiter les dégâts, lui avait-il dit.

Elle avait glissé le Browning dans son sac à main. Thomas était trop bien élevé pour y fouiller sans son autorisation.

Elle ferait ce qu'elle devait pour se protéger. Le problème, c'était que Kyle en ferait autant de son côté. Qu'avait-il omis de lui dire ? Elle ne pouvait compter sur sa loyauté. Il tuerait sa propre mère si un client était prêt à payer pour cela.

Mélanie faisait confiance à ses instincts. Elle avait réussi dans ce nouveau métier non seulement parce qu'elle appréciait la violence et qu'elle connaissait ses propres forces et faiblesses, mais aussi parce qu'elle refusait de s'incliner devant Kyle, ou devant qui que ce soit d'autre. Elle avait sa propre manière de penser. Ses propres plans.

Elle se serra un peu plus contre son futur mari. Sentant l'inquiétude et la culpabilité qui le rongeaient, elle lui prit la main. Lowell Whittaker lui proposa un digestif, mais elle n'osa pas accepter. Dans son état de conscience exacerbée, l'alcool pouvait être dangereux.

Lowell et Vivian racontèrent une histoire drôle sur Alex, qui avait failli tomber dans la mare aux canards pendant un séjour au domaine. Thomas réussit à esquisser un petit sourire, et Mélanie le poussa du coude.

— Dis-nous comment il était, quand vous étiez jeunes. Quand vous étiez en fac de droit ensemble.

Elle dut l'encourager un peu avant qu'il ne consente finalement à évoquer ses souvenirs d'étudiant à Yale avec Alex. Mélanie murmura quelques commentaires appropriés, mais se contenta surtout d'écouter avec bienveillance. Le pauvre était toujours sous le choc. Qu'est-ce que ce serait, quand sa fille serait morte ! Mais il était impossible de l'empêcher, à présent. Peut-être devraient-ils reporter leur mariage. La Saint-Sylvestre arriverait sans doute trop vite au goût de Thomas.

Mélanie sentit son pouls s'accélérer d'irritation à la pensée des contrariétés que lui causait Nora. La gamine méritait de mourir… et de souffrir jusqu'à son dernier soupir. Kyle ne se préoccupait jamais de faire souffrir une cible. Accomplir la mission et dégager au plus vite, telle était sa devise. Mélanie n'avait pas cette noblesse d'esprit.

Le jour de la Saint-Valentin était peut-être une date

envisageable pour le mariage. Ce serait amusant, au fond. Encore plus que la Saint-Sylvestre.

Mélanie eut un sourire intérieur. Elle visualisait déjà la salle de réception et les décorations.

25

Quand Jo arriva dans la cuisine, Elijah préparait son sac à dos sur le plan de travail. Elle se percha sur un tabouret de bar et le regarda faire. Le jour n'était pas tout à fait levé, et il faisait froid. Elijah n'avait pas allumé de feu dans le poêle.

Il avait l'air d'un homme qui s'est donné une mission.

Elle avait remis la chemise de nuit en flanelle, mais ses pieds étaient nus et ses orteils glacés.

— Tu pourrais me prêter une paire de chaussettes en laine ? demanda-t-elle.

— Dans le tiroir du haut de la commode, il y a toutes sortes de chaussettes.

Il n'avait même pas levé les yeux. Il était entièrement habillé : pantalon en laine, pull en laine polaire sous lequel dépassait un maillot de corps vert kaki. Sûrement pas du coton, pensa Jo. Le coton était un mauvais isolant thermique lorsqu'il était mouillé, et il mettait longtemps à sécher.

Elle avait senti l'odeur du café alors qu'elle était blottie sous la douce couverture en laine et le duvet en plumes, bien au chaud, le corps assoupli et détendu par leur nuit d'amour. Avant cela, elle avait entendu Elijah se lever, faire couler la douche, s'habiller et partir dans la cuisine. Elle s'était demandé s'il valait mieux se lever et s'enquérir de son programme, ou plutôt lui laisser un moment d'intimité.

Il avait de l'eau, des vivres, des vêtements de rechange,

un sac de couchage qui aurait convenu pour une ascension de l'Everest. Des raquettes. Une trousse de secours. S'il devait dormir à la belle étoile, il s'en sortirait. S'il avait besoin de creuser une grotte dans la neige, il avait le matériel nécessaire.

— La seule chose qui te manque, c'est une mule, fit remarquer Jo.

Il ne répondit pas. Ses cheveux étaient encore un peu ébouriffés par leurs ébats. Jo se rappela les avoir hérissés de ses doigts pendant qu'il la conduisait vers l'extase.

— Où vas-tu, Elijah ?

Il glissa quelques barres protéinées dans une poche extérieure du sac à dos et ferma la glissière.

— Retrouver Devin et Nora, ou aller à leur rencontre s'ils redescendent. Je sors, quoi.

— Quel est ton itinéraire ?

— Je me débrouillerai, tu sais.

— Elijah…

Il hissa le sac sur une épaule, attrapa son blouson sur le dossier du tabouret à côté d'elle, et lui lança enfin un regard résigné, comme s'il savait qu'il ne sortirait pas sans l'affronter.

— Je vais partir du sentier de la cascade, dit-il. Je finirai sans doute par prendre le col qui mène au versant nord. Je parie que c'est ce qu'ils ont fait, tous les deux.

— Tu crois qu'ils sont retournés à l'endroit où ton père est mort.

— Exact.

Il sortit de la cuisine et s'éloigna dans le petit couloir qui menait au séjour. Jo sauta de son tabouret et le suivit.

Comme prévu, le séjour offrait une vue époustouflante sur les bois et le lac. Des brumes flottaient à la surface de l'eau et la gelée blanchissait les feuilles rouille et or des chênes, entre lesquelles perçaient par endroits des rayons de soleil éblouissants.

Elijah n'eut pas l'air de s'en apercevoir. Il ouvrit la porte coulissante d'un geste brusque, s'avança sous la véranda, puis jeta par-dessus son épaule un regard empreint d'une dureté qu'il n'avait pas eue la nuit dernière, et qui, Jo le savait, n'avait rien à voir avec elle.

— Devin aurait dû nous dire ce qu'il manigançait avec papa.

La manière dont il prononça le mot « papa » fendit le cœur de Jo. Drew Cameron avait joué un rôle essentiel dans la vie de ses quatre enfants — comme dans celle de tous les habitants de Black Falls. A présent, il n'était plus là. Et Elijah n'avait pas eu la possibilité de lui faire ses adieux.

Jo fit un geste en direction du ciel laiteux.

— Il ne va pas faire beau, aujourd'hui.

— Raison de plus pour partir sans tarder.

— Je peux t'accompagner ?

— Tu n'es pas habillée et je n'ai pas envie d'attendre.

— D'accord. Je te rejoindrai.

L'air grave d'Elijah s'atténua ; elle crut même distinguer une étincelle d'humour dans ses yeux bleus.

— Prends ton propre duvet, dit-il.

Il referma la porte à moitié, soupira et ajouta :

— Il faut que tu reprennes ta vraie vie, Jo. Tu n'es pas à ta place, ici. Tu ne l'as jamais été.

— Rien de tel que de se réveiller avec des regrets.

— Je n'ai pas dit que j'avais des regrets. Mais, Jo… On n'est pas faits l'un pour l'autre. On ne l'était pas il y a quinze ans, on ne l'est pas aujourd'hui. Evitons de nous briser le cœur une deuxième fois.

— Je ne t'ai jamais brisé le cœur, Elijah.

Elle s'avança vers la porte coulissante, fixant toute son

attention sur son ancien amant et les blessures anciennes qu'il ravivait au fond d'elle.

— Je t'aurais suivi, si tu me l'avais proposé, quand tu t'es engagé dans l'armée. Tu m'as laissée tomber pour être libre de n'en faire qu'à ta tête.

— Et pour éviter de me faire flanquer en prison par ton père.

— C'est vrai. Elijah… Je suis désolée.

D'un coup, Jo comprit ce qu'elle devait dire.

— J'aurais dû te laisser partir, Elijah. Je n'aurais pas dû m'accrocher.

— Jo, Jo… Tu n'as rien à te reprocher. Tu n'as pas d'excuses à me faire.

— Tu as reçu mes lettres ?

Elle vit sa mâchoire se crisper et comprit qu'il ne s'attendait pas à cette question.

Puis son regard s'adoucit.

— Je les ai toutes reçues, répondit-il.

Il lui tourna le dos et descendit la volée de marches devant l'entrée. Jo savait qu'il était entièrement concentré, à présent, sur la mission qu'il s'était fixée. Frissonnant devant la porte entrouverte, elle se revit assise sur un gros rocher au bord du lac, en train de s'épancher dans d'interminables lettres d'amour. Au cours des semaines qui avaient suivi le départ d'Elijah et son entrée dans l'armée, elle lui en avait envoyé des dizaines.

De retour dans la cuisine, elle remplit sa tasse de café et s'installa de nouveau devant le plan de travail pour réfléchir aux différentes possibilités qui s'offraient. Aucune ne consistait à laisser Elijah vaquer à ses occupations.

A cet instant, le téléphone fixe sonna. Il y avait un appareil sur le plan de travail. Jo décrocha.

— J'aimerais parler au sergent Cameron, s'il vous plaît.

— Qui est à l'appareil ?

Il y eut un petit hoquet de surprise à l'autre bout du fil.

— Agent Harper, c'est vous ?

Charlie Neal. Jo faillit renverser son café.

— Charlie, à quoi tu joues ?

— Euh… je voulais juste savoir si tu avais bien reçu les fleurs. Elles t'ont plu ?

— Beaucoup.

Jo regarda l'heure — il était 7 heures passées — et en déduisit que Charlie était soit à l'école, soit en train de s'y rendre.

— Ce n'est pas la première fois que tu contactes Elijah, reprit-elle sèchement. Comment as-tu obtenu son nom et son numéro ?

Comme s'il n'avait pas entendu, Charlie rétorqua :

— La gazinière qui a pris feu, celle qui a failli tuer Marissa… C'était un coup du même réseau, Jo ? Vous ne nous l'auriez pas caché pour nous protéger, par hasard ?

— Ecoute, Charlie, ne va pas…

— Marissa a dit que c'était un accident, mais je ne la crois pas.

Jo entendit l'angoisse qui vibrait dans sa voix.

— Il faut que tu arrêtes de te faire du souci, Charlie.

— Il faut surtout que j'y aille. J'ai une répétition du club théâtre. Conor est moi, on est les producteurs.

Conor Neal était le cousin germain de Charlie, le deuxième des quatre enfants du frère aîné du vice-président. Jo le soupçonnait fortement d'avoir coorganisé la fausse fusillade et la diffusion de la vidéo compromettante.

Charlie raccrocha brusquement. Jo composa aussitôt le numéro de son patron.

— Mark, tu surveilles bien mon jeune ami de Washington, comme je te l'avais demandé ?

Francona resta d'abord silencieux.

— Je me demande s'il ne s'est pas entiché de toi, dit-il

au bout d'un moment. S'il avait quinze ans de plus, vous pourriez vous marier dans le Rose Garden.

— Sauf que ce n'est pas moi qu'il appelle, mais un ami à moi, ici, dans le Vermont.

— Il est 7 heures du matin, Harper. Ai-je envie de savoir où tu es ?

Jo baissa les yeux vers sa chemise de nuit, ses pieds nus, et pensa à ce qui s'était passé la nuit précédente.

— Non.

— C'est bien ce que je pensais, dit Francona.

Il soupira et ajouta :

— Notre jeune ami a eu une note déplorable à son contrôle de maths, hier. Cela ne lui arrive jamais. Quelle que soit la matière, il n'a jamais moins de 18 sur 20

— Quelqu'un lui a demandé ce qui s'était passé ?

— Il a dit qu'il était fatigué.

Francona raccrocha. Jo se servit un troisième café et s'apprêtait à retourner dans la chambre à la recherche de chaussettes chaudes quand le téléphone sonna de nouveau.

— Allô ? dit-elle d'une voix sévère.

— Je n'arrive pas à joindre Elijah sur son portable, répondit une voix masculine avec un accent traînant du Sud. Vous êtes l'agent Harper, je présume ?

— Et vous, vous êtes…

— Un ami d'Elijah. Tout le monde m'appelle Grit.

Jo se rassit sur le tabouret qu'elle venait de quitter et posa son café sur le plan de travail.

— Le SEAL.

— C'est ça. Je vous ai vue sur internet, vous savez. Vous êtes toujours aussi mignonne qu'à dix-sept ans.

— Comment pouvez-vous…

Mais il avait déjà raccroché.

Jo enfila ses vêtements, empocha son arme et quitta la maison d'Elijah avant d'avoir pu céder à la tentation de fouiller dans ses tiroirs à la recherche de vieilles photos d'eux. Ce serait abuser de la confiance d'Elijah ; en outre, elle n'avait pas vraiment envie d'assouvir sa curiosité. Que préférait-elle, au fond ? Savoir qu'il avait emporté sa photo à la guerre, ou qu'il n'avait pas repensé à elle depuis son départ de Black Falls ?

Elle se rappela à l'ordre. Elle n'était plus la petite adolescente vulnérable d'autrefois. Le copain SEAL d'Elijah racontait sans doute n'importe quoi. Il ne devait pas avoir la moindre idée de ce à quoi elle ressemblait à dix-sept ans.

De retour chez elle, où il faisait beaucoup plus froid que chez Elijah, elle prit une douche rapide et s'habilla en décidant qu'elle ne regrettait rien de ce qui était arrivé cette nuit. C'était inévitable. Elle le savait, au fond, depuis l'instant où elle avait vu Elijah s'avancer vers elle sur le chemin en terre battue, un bouquet de lis à la main.

En montant en voiture vers la route des crêtes, elle écouta la météo. On prévoyait des chutes de neige vers midi, puis par intermittence tout au long de la nuit. Pour la Nouvelle-Angleterre, ce n'était pas une grosse tempête, mais il pourrait tout de même y avoir jusqu'à trente centimètres de neige en altitude.

A l'auberge de Black Falls, le calme régnait. Seules quelques voitures étaient stationnées dans le parking. Jo reconnut parmi elles celle qu'avaient louée Thomas et Mélanie. Elle se gara à côté du pick-up d'Elijah et sortit. L'air lourd et humide annonçait l'approche de la tempête. Les amateurs de ski et de raquettes seraient ravis. Devin et Elijah s'en moqueraient complètement. Et Nora ? Savait-elle même qu'une tempête se préparait ?

En traversant le parking en direction de l'auberge, Jo aperçut A.J. sur la terrasse en pierre. Il la salua d'un mouvement de la tête, puis s'avança d'un air revêche. Il portait un blouson en toile, sans bonnet ni gants, et avait une tasse de café à la main.

— Thomas Asher et sa fiancée viennent de partir pour la cascade, dit-il.

— Et Rigby ?

— Il est parti plus tôt. Il a dit qu'il passerait d'abord à la cascade, lui aussi. Il est convaincu que Nora ne voudra pas trop s'éloigner de l'auberge.

— Ça fait pas mal de monde, là-haut.

A.J. referma les mains autour de sa tasse et leva les yeux vers le sommet de l'autre côté de la route.

— Elijah y est aussi.

— Je sais.

— Je m'en doutais un peu, reprit A.J. avec un sourire discret.

— A.J… Pour ton père…

Le regard de son interlocuteur s'assombrit.

— Quoi qu'il lui soit arrivé, là-haut, dit-il, ça n'a rien à voir avec le fait que mon frère ait survécu à la fusillade.

— C'est sûr.

Il la regarda en fronçant les sourcils.

— Si tu comptes rejoindre Elijah, tu auras besoin de matériel. Va voir Lauren. Elle est au magasin. Prends ce que tu veux.

— Merci, A.J.

Il vida le fond de sa tasse sur le sol et ajouta :

— J'ai appelé Scott Thorne, au cas où. Il devrait bientôt être là.

Jo hocha la tête sans rien dire.

— Fais attention à toi, ajouta A.J. avant de rentrer dans l'auberge.

26

Nora savait qu'elle devait cesser de transpirer pour conserver la chaleur de son corps, mais elle n'arrivait pas à se calmer. Elle se mit à courir, le cœur battant la chamade. Pour la première fois depuis son départ, elle ne sentait plus le poids de son sac à dos. Elle avait trouvé ! Elle avait découvert ce que Drew Cameron faisait ici, sur le versant nord de la Cameron Mountain.

D'un coup, tout s'expliquait. Qu'il ait demandé à Devin de l'aider. Qu'il soit monté ici au mois d'avril, en pleine tempête.

Elle se força à ralentir, retint sa respiration en comptant jusqu'à trois, puis expira lentement et gravit les derniers mètres qui la séparaient du petit chalet. Celui-ci était visiblement de construction récente — d'ailleurs, il n'était pas tout à fait terminé —, mais il était bâti sur des fondations qui paraissaient anciennes. Si l'on s'imaginait le terrain alentour défriché, un puits, quelques pistes forestières et peut-être un voisin à proximité, l'emplacement était idéal : un terrain plat abrité derrière un magnifique bosquet de grands conifères.

Vu la densité des bois et le relief accidenté de la zone, il était compréhensible que personne n'ait repéré le chalet en avril. Devin avait trouvé le corps de Drew deux cents mètres plus bas, près du sentier qui menait à l'ancienne piste forestière. Il aurait aussi bien pu être à des milliers de kilomètres.

En se forçant à respirer normalement, elle poussa la lourde porte de bois et entra dans le chalet. L'espace intérieur était exigu ; ce n'était même pas l'équivalent de sa chambre dans le gîte. Une odeur de bois fraîchement coupé flottait dans l'air. Des fenêtres toutes neuves étaient installées dans chacun des murs, et une deuxième porte donnait sur l'arrière, mais les murs eux-mêmes n'étaient pas terminés, et la charpente du toit restait apparente.

Nora inspecta la pièce à la recherche de nids — souris, chauves-souris, écureuils — mais n'en vit pas. Il n'y avait pas non plus d'isolation, de fils électriques, de générateur… ni même de toilettes sèches. Un petit poêle en fonte noire était posé contre un pan de mur sans fenêtre, près de la porte, mais les tuyaux de raccordement étaient restés entassés sur le sol. Nora se demanda si Drew avait eu l'intention de les installer lorsqu'il était monté en avril.

Pourquoi n'était-il pas venu se réfugier ici, pendant la tempête ? Difficile de croire qu'il se soit perdu, même dans la neige. Nora l'avait à peine connu, mais il lui avait donné l'impression d'un homme endurci et débrouillard, comme ses fils.

— Quand Devin va apprendre ça…, murmura-t-elle.

Il était parti chercher de son côté, sur les pentes en dessous du bosquet d'épicéas. Ils s'étaient mis d'accord sur un plan d'action : ils feraient un tour dans les alentours pour essayer de découvrir ce que Drew mijotait en secret, puis ils redescendraient au village et confieraient à Jo ou à Elijah — ou aux deux — leurs soupçons au sujet de Mélanie. Après une nuit blanche passée à réfléchir, Nora avait fini par conclure que ses inquiétudes étaient légitimes, mais qu'elle avait besoin de les mettre en perspective.

Quant à son père, il allait de soi qu'il n'était pas impliqué dans la mort de son beau-père.

Alex l'avait souvent mise en garde contre sa tendance à tirer des conclusions hâtives.

Il avait raison. Depuis que Devin et elle avaient un plan clairement défini, Nora cédait moins à la panique. Ce matin encore, un peu avant l'aube, elle s'était réveillée en sueur et avait brisé le téléphone de Devin en mille morceaux, de peur qu'on ne puisse s'en servir pour les retrouver. Avec le recul, elle se rendait compte que c'était ridicule.

En apercevant le chalet, elle s'était de nouveau laissé emporter, non par la panique, cette fois, mais par l'euphorie. Ses deux nuits passées sur la Cameron Mountain n'avaient pas été vaines. Elle redescendrait avec la possibilité de révéler aux enfants de Drew une information qui les aiderait à faire le deuil de leur père, à tourner la page. Drew n'était pas mort ici par hasard. Il avait un objectif.

Elle laissa tomber son sac à dos sur le sol en contreplaqué. Elle avait très envie d'une douche et d'un repas chaud au coin de feu. Mais une fine neige s'était mise à tomber, et elle n'était pas sûre qu'il soit prudent de redescendre maintenant. Ils pouvaient emprunter le sentier qui menait à la piste forestière, mais il leur resterait tout de même des kilomètres à parcourir avant de rejoindre la civilisation. Cela aurait été une solution raisonnable s'ils avaient laissé un véhicule sur la piste. Vu les circonstances, mieux valait redescendre à l'auberge par le même chemin qu'ils avaient emprunté à la montée.

Maintenant qu'elle avait cassé le téléphone de Devin, il ne suffisait plus de trouver un endroit où le réseau passait pour appeler des secours. De toute façon, il n'y avait personne à proximité pour leur venir en aide.

« On pourrait attendre la fin de tempête ici », pensa Nora en contemplant la petite pièce sèche et douillette.

Ils avaient suffisamment de vivres pour tenir au moins une journée de plus. Peut-être même que Devin serait capable d'installer le tuyau et d'allumer un feu dans le poêle.

En outre, l'idée que personne ne connaisse l'existence de la cabane plaisait à Nora. Ici, ils seraient en sécurité.

Elle décida de rejoindre Devin pour lui exposer son nouveau plan.

Mais à l'instant où elle se dirigeait vers la porte, elle entendit du remue-ménage dans les buissons devant le chalet. Elle étouffa un cri et se figea sur place.

— Nora !

C'était la voix de Devin.

— Cours, Nora ! Vite ! Cache-toi !

Il hurlait de toutes ses forces. En entendant la terreur qui vibrait dans sa voix, Nora sentit une bouffée d'adrénaline monter en elle. Elle aspira une bouffée d'air avec difficulté, complètement désemparée. Elle n'avait pas d'arme sur elle, elle ne savait pas se battre… elle ne pouvait rien faire.

— Laisse-la tranquille, espèce de salopard !

Nora se rua vers la porte arrière et se précipita dehors en sautant par-dessus un tas de chutes de bois et une vieille bâche recouverte de neige. Elle plongea entre les arbres et se recroquevilla au sol. La neige lui brûlait le visage et les branches basses lui griffaient le dos.

« Mon sac à dos ! »

Elle l'avait oublié. Elle avait son manteau, son bonnet et ses gants, mais sa tente, son duvet et tout le reste étaient restés dans le chalet. Tant pis. Elle n'allait pas revenir en arrière. Elle descendit à toute vitesse une pente raide qui aboutit à une ravine aux parois abruptes.

Les feuilles sur le sol étaient mouillées et glissantes à cause de la neige. Un faux pas, et elle se cassait la jambe ou s'assommait sur un rocher.

« Devin, où es-tu ? »

Mais elle ne l'appe la pas ; elle n'osait pas dire un mot. Elle continua à s'enfoncer dans la ravine en essayant de faire le moins de bruit possible. Elle n'entendait plus de pas résonner derrière elle, seulement sa propre respiration haletante et les battements affolés de son cœur.

Il lui sembla que le ciel avait disparu, qu'il se confondait avec le sommet des arbres au-dessus d'elle. Levant les yeux, elle eut l'impression d'être enfermée dans un kaléidoscope blanc qui ne cessait de tourner.

Des larmes lui vinrent aux yeux ; elle chancela et tomba à genoux. Le tapis de feuilles et d'aiguilles de pin mouillées trempa aussitôt le tissu de son pantalon. Elle se releva en tremblant.

Des troncs d'arbres morts et de grands rochers, certains plus hauts qu'elle, offraient des cachettes potentielles. Nora savait qu'elle devait s'arrêter, sinon celui qui pourchassait Devin l'entendrait, l'apercevrait, suivrait ses traces… et la retrouverait.

« Il faut que je vienne en aide à Devin. »

Mais comment faire ? Elle était sans défense, impuissante. Elle ne savait ni où il était ni qui le poursuivait.

« Peut-être que c'était seulement un ours et que tout va bien, maintenant… »

Elle s'effondra derrière un immense rocher et s'enfonça dans un tapis de neige et de feuilles mortes. Calant son dos contre le granit froid et ses pieds contre les racines du grand épicéa devant elle, elle se roula en une petite boule serrée et tenta de se faire aussi invisible que possible.

Ce n'était pas un ours qui poursuivait Devin, elle le savait.

Se rendant compte qu'elle avait perdu son bonnet, elle remonta sa capuche, ce qu'elle aurait dû faire depuis un moment pour empêcher la neige de se déposer sur sa nuque. Elle se rappela les conseils d'Elijah pour conserver la chaleur du corps. L'humidité et le vent étaient les grands ennemis.

Et voilà qu'elle se retrouvait assise sur le sol froid et humide, un rocher froid et humide dans son dos.

Et il neigeait. De plus en plus fort.

« Au moins, je suis à l'abri du vent. »

Elle se mit à pleurer, puis elle entendit résonner dans sa tête les conseils d'Elijah. *Ne pas gaspiller de l'énergie et de la chaleur en paniquant.* En plus, ses sanglots risquaient de la faire repérer.

Elle ramena ses genoux sous son menton et regarda la neige s'accumuler sur les aiguilles de pin et les feuilles mortes.

Elle savait, maintenant, comment Drew Cameron était mort.

On l'avait tué.

Comme Alex.

Elle tendit l'oreille, mais n'entendit que le hurlement du vent dans les hautes branches des arbres.

« Ne pense à rien. »

Nora ferma les yeux et se répéta son mantra en silence.

« Ne pense à rien, ne pense à rien, ne pense à rien… »

27

Trois heures après avoir quitté l'auberge, Elijah était bien engagé sur le versant nord — et il avait l'impression que Jo n'était pas loin derrière. Il l'avait entraperçue quelques kilomètres en arrière ; à un moment ou un autre, elle le rattraperait. Elle était au sommet de sa forme.

Il se rappela le contact de ses jambes musclées, la nuit précédente, et en resta un instant déboussolé.

Il se força à reporter son attention sur le sentier raide, rocailleux et humide. Une fine couche de neige mouillée collait aux sapins et rendait glissante la plaque de rocher dénudée sur laquelle il montait. Or, la tempête ne faisait que commencer. Elle allait certainement s'intensifier, et Elijah risquait fort de passer la nuit dehors.

Il avait marché à un bon rythme, sans croiser personne ni repérer aucun signe de vie humaine sur la montagne. Si Devin et Nora avaient décidé de redescendre par un autre sentier, tant mieux pour eux. Quand Jo le rejoindrait, ils pourraient faire une bataille de boules de neige, puis se préparer du chocolat chaud sur le feu de camp.

Vu les conditions météo, Elijah estimait qu'il lui faudrait encore une demi-heure pour rejoindre l'endroit où son père était mort. Tous deux étaient passés ici des dizaines de fois quand Elijah était enfant. C'étaient des excursions d'une journée ou deux ; souvent, ils passaient la nuit en montagne. Son père était capable de marcher pendant des heures sans se reposer et de s'endormir n'importe où — sur des rochers, des racines, des aiguilles de pin, au milieu des fougères, à flanc de montagne. Elijah avait hérité ces capacités de lui ; elles s'étaient révélées bien utiles pendant ses années dans l'armée.

Le sentier se resserra et s'aplanit pour décrire un lacet au pied d'un monticule rocheux. Vu la paroi presque verticale qui s'élevait à sa droite et le vide à sa gauche, Elijah décida de ne plus penser aux jambes de Jo et de se concentrer pour ne pas tomber dans un précipice.

Quelques instants plus tard, il entendit un bruit de grattement au-dessus de sa tête, puis une pluie de petites pierres mélangées à de la terre se déversa sur lui. Elijah leva le bras juste à temps pour faire dévier une pierre de la taille d'une balle de tennis, puis il bondit en arrière en réussissant à garder l'équilibre malgré le terrain glissant.

Une nouvelle avalanche de terre et de cailloux vint s'entasser sur le sentier devant lui.

Il rebroussa rapidement chemin jusqu'à l'endroit où le sentier s'était aplani, puis il se rua vers le haut du monticule en se frayant un chemin entre les épicéas. Ce glissement de terrain miniature ne s'était pas déclenché par hasard au moment précis où Elijah s'engageait sur le tronçon le plus dangereux du sentier. Un passage où il suffisait de faire un faux mouvement pour s'abîmer dans le vide.

Mais Elijah ne voyait personne et n'entendait rien, à part le vent. Les pluies de terre et de cailloux, puis le bruit de ses pas rapides sur les feuilles mortes et les aiguilles de conifères avaient dû permettre à son assaillant de battre en retraite sans se faire entendre.

Il enjamba une souche de chêne pourrie et s'avança vers le bord du monticule, d'où était partie la pluie de terre et de cailloux. Il repéra des empreintes de chaussures de randonnée — une pointure d'homme, il en était presque sûr — qui disparaissaient à toute vitesse sous la couche neigeuse.

La neige tombait de plus en plus dru. Pourtant, même au beau milieu de la tempête, l'endroit offrait une vue imprenable sur les pics au loin, et constituait un emplacement idéal pour guetter l'arrivée d'un randonneur sur le sentier.

La main d'Elijah lui brûlait ; la pierre dont il avait dévié la trajectoire lui avait éraflé les phalanges. Cela lui apprendrait à ne pas porter de gants. Il balaya du regard les alentours immédiats et remarqua un bâton de marche qui gisait sur le sol. L'extrémité du bâton était coincée sous un gros rocher, arrivant à hauteur de genoux, que l'on avait visiblement essayé de déloger. C'était cette tentative qui avait déclenché l'avalanche de terre et de graviers.

Elijah ramassa le bâton. C'était celui de Devin, il en était sûr. Celui-ci avait-il essayé de l'envoyer valdinguer dans le précipice ? Difficile à croire. Il referma sa main autour du bâton. Devin l'avait abandonné après sa chute devant la cascade, la veille. Jo n'avait rapporté à l'auberge que son sac à dos.

Il ressentit une vive pointe d'inquiétude, mais il la refoula pour se concentrer sur la situation présente. Le but de l'agression n'avait pas été de le tuer ni de le handicaper — il y avait des moyens plus efficaces d'atteindre ces objectifs — mais, vraisemblablement, de couper son élan, de le ralentir, de le retarder.

Et peut-être d'incriminer Devin au passage.

Quelqu'un essayait de faire diversion.

Mais pourquoi ?

Elijah envisagea de se lancer à la poursuite de son agresseur, mais y renonça rapidement. Jo n'était pas loin derrière lui, et il devait la prévenir du danger.

Il revint vers le sentier en marchant dans la neige maintenant haute d'une dizaine de centimètres, et guetta l'instant où elle déboucherait du virage. En la voyant apparaître, il sentit naître en lui un dangereux accès d'émotion.

Il ne regrettait pas ce qui s'était passé la nuit dernière, mais cela ne signifiait pas qu'il avait été raisonnable de lui faire l'amour.

Il se laissa tomber d'entre les arbres et atterrit devant elle.

Elle le fixa calmement de son regard turquoise.

— Qu'est-ce qui s'est passé ?

— Quelqu'un a voulu me jouer un mauvais tour.

— Tu veux dire qu'il t'a attaqué ?

— Plus ou moins.

Elijah ôta son sac de ses épaules, le posa devant lui et fit à Jo un résumé rapide des événements.

— Tu n'es pas arrivé à le voir ? demanda-t-elle.

— Non.

— Tu as vu d'autres randonneurs en montant ?

— Uniquement des écureuils. A part toi, bien sûr.

— Moi non plus, je n'ai croisé personne. Montre-moi ta main. Tu as une trousse de secours ?

— Oui, mais ce n'est rien. Je vais mettre mes gants, voilà tout.

— Elijah…

— La tempête arrive à toute vitesse. Tant qu'on est ici, on devrait en profiter pour essayer de retrouver Nora et Devin.

Il ouvrit le compartiment principal de son sac et sortit ses gants. Il nota que Jo était équipée de vêtements de randonnée flambant neufs et haut de gamme — sûrement le fait d'A.J.

— Il y a encore l'étiquette sur ton sac à dos, fit-il remarquer.

— Je l'enlèverai plus tard.

Elijah enfila ses gants sans prendre garde à la brûlure de ses phalanges.

— On peut partir chacun de son côté, ou on peut rester ensemble. Qu'est-ce que tu préfères ?

— On reste ensemble, répliqua-t-elle sans hésiter.

— Tu es armée ?

Jo lui décocha un regard qui lui rappela qu'elle était un agent fédéral.

— Moi, dit-il, je le suis, en tout cas.

Il remit son sac sur ses épaules et remonta vers le haut du monticule afin de contourner le tas de terre et de cailloux qui barrait à présent le sentier. Croyant entendre Jo grommeler quelque chose au sujet des Cameron et du respect de la loi, il se retourna ; elle était à deux pas derrière lui.

— Je ne te quitte plus des yeux, dit-elle.

— Moi non plus, ma jolie.

Elle régla son pas sur celui d'Elijah.

— Ce n'est ni Devin ni Nora qui a déclenché ce glissement de terrain, tu le sais très bien. A.J. m'a dit que Rigby était parti vers la cascade, mais je ne l'ai pas croisé en route. Le réseau téléphonique passe, là-bas, mais j'ai essayé plusieurs fois de l'appeler et je n'ai pas eu de réponse. Je ne lui fais pas confiance, Elijah.

— Quel qu'il soit, celui qui m'a attaqué sait maintenant qu'il n'est pas tout seul ici.

— Il sait aussi qu'il a affaire à toi, dit Jo. La tempête est en train d'empirer. S'il est malin, il est déjà en train de redescendre pour quitter Black Falls. Le problème, c'est qu'on ne peut pas compter sur les méchants pour être malins. Il faut qu'on trouve Nora et Devin avant lui.

Elijah ne répondit pas ; il n'en avait pas besoin.

Jo se déplaçait avec assurance, les mains accrochées aux bretelles de son sac, baissant la tête sous les branches les plus basses. Elle marchait depuis des heures et son sac devait être lourd, mais elle paraissait déterminée et infatigable. La Jo Harper qu'il avait toujours connue, en somme.

Comment avait-elle fini par être affectée à la surveillance des enfants du vice-président ?

Comment avait-il pu la laisser filer entre ses doigts ?

Mais c'était fait, et il n'y avait plus à y revenir.

Quelques centaines de mètres plus loin, ils rejoignirent le sentier et s'engagèrent dans la montée. Aucune trace de pas ne les précédait. Le vent et la neige s'étaient intensifiés et réduisaient la visibilité. Elijah avait emporté des raquettes, Jo n'en avait pas. Heureusement, le sentier était encore praticable en chaussures de randonnée.

Ils étaient tout près, à présent, de l'endroit où le corps de son père avait été retrouvé.

— Elijah…

Jo lui toucha le bras et ralentit, mais Elijah avait déjà entendu un gémissement et un bruit de pas traînants dans les hauteurs du sentier. Il ôta son sac à dos, ouvrit le compartiment avant et repéra son arme, un Smith et Wesson 45. Il avait déjà noté que Jo portait son SIG dans un étui fixé à la ceinture, sous un pan de son blouson tout neuf.

Il entendit un nouveau gémissement, cette fois entrecoupé de sanglots, mais il ne sortit pas son arme, car Devin venait d'apparaître en boitant devant un sapin baumier couvert de neige.

— Nora…, articula-t-il. Il l'a prise en chasse…

Son visage était livide et il souffrait visiblement. Il passa un bras autour de sa taille et hoqueta de douleur. Elijah le rattrapa au moment où il chancelait en avant. Devin se laissa choir contre lui, fit une grimace et ferma les yeux.

— Tout va bien, Devin. On est avec toi. Qui a pris Nora en chasse ?

— Je ne sais pas. Elle…

Devin ouvrit les yeux, et Elijah les vit briller de peur. Le jeune homme essaya de se dégager.

— Il faut que j'aille l'aider.

— Hors de question, déclara Jo. Tu es blessé. Maintenant, tu vas nous dire la vérité pour qu'on puisse vous aider tous les deux.

Elijah étendit Devin sur le sol. Ses vêtements étaient déjà trempés. Un nouveau gémissement de douleur lui échappa, et il frissonna tandis que des flocons de neige se déposaient sur sa tête nue.

— Que s'est-il passé ? demanda Elijah.

— C'est Rigby. Je l'ai repéré à la sortie de ce bosquet. Au départ, il ne m'avait pas vu. Avec Nora, on était partis chacun de notre côté. Il allait tout droit vers l'endroit où on avait rendez-vous. Je me suis fait entendre, pour le distraire, et il m'a attaqué.

Devin se mit à tousser, puis il sanglota quelques instants avant de se reprendre.

— Quand il a compris que je n'étais pas Nora, je me suis mis à crier pour la prévenir, pour qu'elle puisse s'échapper. Moi aussi, je courais comme un fou pour semer Rigby. Il m'a frappé au flanc et m'a coupé la respiration. Je suis tombé, j'ai cru qu'il allait me tuer, mais il est parti après Nora.

— Tu n'es pas sa priorité, dit Jo avec une lucidité brutale.

Devin la regarda comme s'il ne la voyait pas.

— Nora avait raison. Elle a dit qu'on ne pouvait faire confiance à personne.

— Où est-elle, Devin ? demanda Elijah.

— Je ne sais pas. J'ai essayé de détourner l'attention de Rigby et de l'éloigner d'elle. Et je lui ai crié de partir en courant.

— Il ne t'a pas frappé avec ton bâton de marche, par hasard ?

— Si, je crois. Je l'avais perdu, hier, en tombant.

Elijah examina Devin. Le jeune homme était en piteux état. Il n'avait plus son sac à dos, il était blessé, trempé et frigorifié. Même si Nora était mieux équipée et qu'elle n'était pas blessée, Rigby n'avait plus aucune raison de s'attarder ici. Il devait compter sur les conditions météo pour finir ce qu'il avait commencé. D'où l'éboulement qu'il avait provoqué tout à l'heure : il s'agissait de retarder Elijah et Jo, de détourner leur attention et de leur faire croire que Devin était le coupable. Puis de laisser le froid, la neige et le vent faire leur œuvre. Tout cela pour donner l'impression que deux jeunes gens perturbés et caractériels avaient connu une fin tragique sur la Cameron Mountain.

Et que Devin en était responsable — lui qui manquait cruellement d'argent et s'obstinait à vouloir impressionner Nora Asher.

Restait à savoir si Rigby allait redescendre pour se mettre à l'abri, ou rester dans les parages pour s'assurer que sa mission était accomplie.

Quoi qu'il en soit, Elijah savait qu'il devait aider Devin à se réchauffer, et retrouver Nora.

Sans plus attendre.

Il prit conscience que Jo le fixait du regard, mais, à cet instant, elle se tourna vers Devin.

— Il y a combien de temps que tu as été attaqué par Rigby ? demanda-t-elle.

Devin claquait des dents, et il se plia en deux comme pour essayer d'atténuer un accès de douleur.

— Je ne sais pas, dit-il dans un souffle. Une demi-heure, peut-être plus…

— Tu as aidé Drew à transporter des matériaux de construction jusqu'ici, l'automne dernier. Tu sais ce qu'il en a fait ?

Devin se figea, la mâchoire crispée pour s'empêcher de claquer des dents, mais il ne répondit pas. Elijah sentait la peur, la terreur, même, qui émanaient de lui : Devin craignait de leur révéler quelque chose qui pourrait aggraver la position déjà fâcheuse de Nora. C'étaient les raisons de cette terreur qu'Elijah et Jo devaient arriver à comprendre.

— On n'a plus le temps de jouer aux devinettes, dit-il. Il faut que tu nous dises ce que se passe. Imagine que Rigby ait été ici, en avril, et qu'il ait tué mon père. Tu crois qu'il va épargner Nora ?

Devin cribla la poitrine d'Elijah de coups de poing, mais il n'avait pas la force de lui faire vraiment mal. Puis il enfouit son visage dans ses mains ensanglantées et se mit à pleurer.

— Je n'aurais jamais dû la laisser seule…, sanglota-t-il.

— Où l'as-tu laissée, Devin ? demanda Elijah.

Devin releva la tête et leur indiqua un bosquet d'arbres dans la montée.

— Il y a un plat, là-haut. Derrière le bosquet d'épicéas, Nora a trouvé un petit chalet. On cherchait, chacun de son côté. On se disait que Drew avait forcément construit quelque chose.

Jo sortit un pull en laine polaire de son sac et le lui tendit.

— Tu n'avais jamais cherché, avant ?

— Non. Je…

Les larmes inondaient son visage, à présent.

— Je ne pouvais pas, acheva-t-il.

— Je comprends, dit Jo. Nora est entrée dans le chalet ?

— Je crois. On avait décidé de chercher un moment, puis de redescendre à l'auberge et de venir vous trouver. Mais avec la tempête…

Il posa sur Elijah, puis sur Jo, un regard hanté par la peur et les remords.

— Il faut que j'aille la trouver. Il faut que je l'aide.

— Non, rétorqua Jo avec fermeté. Elijah va s'en charger. Il connaît cette forêt mieux que personne. Nous, on va rester ensemble et faire ce qu'on pourra.

En se séparant, ils prenaient un risque, mais Elijah se

rendait compte que c'était leur seule chance de retrouver Nora avant qu'elle ne succombe à Rigby ou à la tempête.

Il se leva en resserrant les sangles de son sac.

— Tu sais ce qu'il faut faire, Jo ? demanda-t-il en plaisantant à moitié. Reste à couvert sous les arbres. Ne t'expose surtout…

— Oui, oui, dit-elle avec un peu d'amusement. Vas-y. Je vais accompagner Devin jusqu'au chalet. On se retrouve là-bas.

Elijah lui envoya un baiser.

— A tout à l'heure, ma douce.

Les joues de Jo rosirent et Devin réussit à sourire faiblement.

— Ma douce ? répéta-t-il d'un air médusé.

Un souffle de vent fit s'entrechoquer les branches des arbres. Elijah s'éloigna dans la direction que Devin lui avait indiquée en songeant aux centaines de fois où il était monté ici avec son père, à la recherche de ces fichues fondations.

28

Blottie contre son rocher, Nora se demandait combien de temps s'était écoulé depuis qu'elle était arrivée là. Elle était encore pelotonnée en boule et tâchait de ne pas faire de bruit, mais elle ne pouvait s'empêcher de frissonner et de claquer des dents. Il fallait qu'elle aille retrouver Devin, qu'elle lui vienne en aide. Quelque chose d'affreux lui était arrivé. Elle en était sûre. Il s'était sacrifié pour elle. Mais elle était comme paralysée. Comment l'aider ?

« Aidez-moi, je vous en supplie… Au secours ! »

Elle n'osa pas prononcer les mots à voix haute. Elle n'était même pas sûre d'en avoir la force et, de toute façon, elle ne voulait pas se faire repérer.

« J'ai tellement froid… »

Elle entendit une branche craquer dans les bois derrière elle, ou peut-être au-dessus de sa tête, et une bouffée d'adrénaline monta en elle. Ses larmes inondaient ses joues et s'infiltraient dans sa bouche. Elle avait le nez qui coulait. Elle se raidit et tenta de ne plus claquer des dents.

« Maman… Papa… Je suis désolée, je suis tellement désolée… »

— Nora ! C'est Elijah.

Elle continua à pleurer, persuadée que son imagination lui jouait des tours.

— Je suis là pour t'aider.

Il avait une voix si douce, et pourtant si forte et assurée… Elle le revit devant le groupe de stagiaires, se rappela le regard bleu qu'il avait posé sur elle quand il lui avait demandé pourquoi elle voulait faire de la randonnée hivernale. Elle avait répondu n'importe quoi. La vérité, c'est qu'elle ne voulait plus que ses parents et Alex la prennent pour une mauviette. Elle voulait qu'ils soient fiers d'elle.

— Parle-moi, Nora… Lance-moi une poignée de neige. Fais quelque chose pour me dire que tu m'entends.

Il était bel et bien là. Sa voix venait de tout près, à présent. Nora mit à trembler de soulagement, de terreur et d'humiliation.

— Devin va bien. Il est avec Jo Harper. Avec moi, tu seras en sécurité, Nora. Fais-moi confiance.

« Devin, Devin… Oh, Mon Dieu ! Merci, merci, merci ! »

Nora voulut répondre, mais elle éclata en sanglots convulsifs. Elle était tellement épuisée et tendue qu'elle ne réussit pas à déplier le bras pour attraper une poignée de neige. Elle fit donc basculer le poids de son corps en arrière, puis décocha un coup de pied aux branches basses de l'arbre devant elle. Un amas de neige s'écrasa sur son visage, mais elle ne sentait plus le froid.

Elle donna un deuxième coup de pied et fit tomber davantage de neige, puis elle ne put rien faire d'autre que trembler et pleurer.

— Nora, dit Elijah. Ma grande…

Il s'avança tout près d'elle. Bien que couvert de neige, il rayonnait de force et de chaleur. Nora se l'imagina subitement en train de se vider de son sang, et elle regretta amèrement le mépris qu'elle avait eu pour sa carrière militaire.

— Je suis désolée, chuchota-t-elle. Tellement désolée…

Il s'accroupit devant elle. Son bonnet était blanc de neige, ses épaules aussi. Nora plissa les yeux pour essayer d'y voir plus clair. Quelle quantité de neige était tombée ? Elle n'en avait pas la moindre idée.

— Nora. Regarde-moi, dit Elijah d'une voix calme et ferme. Fais-moi confiance pour te protéger, d'accord ? Tu peux faire ça ?

Elle n'arrivait plus à contrôler ses tremblements. Elle crut faire oui de la tête, mais elle n'était pas sûre d'y être arrivée. C'était affreux qu'Elijah la voie dans cet état : apeurée, tremblante, en larmes.

— Avec moi, il ne va rien t'arriver, reprit-il en lui tendant une main gantée couverte de neige. Tu te sens capable de te lever ?

— Je… je ne sais pas. J'ai fait tout ce que je pouvais pour rester au chaud et au sec…

Sa voix lui parut étranglée, ses paroles incompréhensibles. Son cerveau s'embrumait de seconde en seconde et les larmes ne cessaient de couler sur ses joues.

— Rigby nous a trouvés, parvint-elle à articuler. Il savait où était le chalet de ton père.

Elle crut voir Elijah vaciller… mais c'était impossible. Il était tellement fort ! Elle n'avait jamais connu quelqu'un d'aussi fort.

— Il faut que tu te mettes au chaud, dit-il simplement. Pour le reste, on verra plus tard.

— Je crois que je commence à être en hypothermie. Je n'arrête pas de trembler…

— Je vais te porter, d'accord ?

Il la souleva dans ses bras comme si elle ne pesait pas plus lourd que son pingouin en peluche. Nora appuya sa tête contre la poitrine d'Elijah en sanglotant. L'espace d'un instant, elle craignit de vomir, mais elle réussit à se retenir.

— Comment est-ce que tu m'as retrouvée ?

— J'ai suivi les empreintes que tu as laissées dans la

neige. Tu as eu de la chance, elles étaient presque effacées. J'ai vu celles de Rigby, aussi. On dirait qu'il est redescendu.

Elijah prononça ces mots d'une voix calme et détachée, comme s'il parlait d'un lapin qu'ils pourchassaient.

— Le mauvais temps est notre allié, pour l'instant. A cause de la neige, il lui sera plus difficile de nous repérer.

— Devin m'avait avertie…

— Jo s'occupe de lui. Tout va bien se passer.

Elijah avançait sur le sentier inégal sans peiner sous le poids conjugué de Nora et de son sac à dos. Il la porta jusqu'en haut de la montée en dessous de laquelle son père avait construit son chalet.

— Là-bas, chuchota Nora.

Elle claquait encore des dents, mais ses frissons se dissipaient à mesure qu'elle absorbait la chaleur du corps d'Elijah.

— Là, derrière les sapins.

— Les épicéas, dit Elijah avec un sourire dans la voix.

Elle s'affaissa de nouveau dans ses bras et tout devint flou autour d'elle. Quelques instants plus tard, elle entendit une porte grincer et sentit une odeur de bois fraîchement coupé : il l'avait déposée sur le plancher du chalet. Elle n'avait pas envie de quitter le cocon protecteur de ses bras. Puis elle aperçut Devin, recroquevillé dans un duvet à côté du poêle froid, et elle faillit se mettre à crier. Il avait une mine effroyable. Elle rampa jusqu'à lui en continuant à pleurer.

— Dev, Dev… Tu m'as sauvé la vie !

Mais il dormait à moitié et ne réagit pas.

— Qu'est-ce que je peux faire pour l'aider ? demanda Nora en se retournant vers Elijah.

— Lui parler, dit Jo Harper.

Elle attrapa le sac à dos de Nora, en sortit son duvet et le lui tendit.

— Le rassurer, lui dire que tu vas bien. Et puis te réchauffer et rester au chaud.

— Ça, j'en suis capable.

Sans quitter Nora des yeux, Jo ajouta :

— Et me raconter tout ce qui s'est passé.

Elle était presque effrayante de détermination, pensa Nora, mais néanmoins jolie. De nouvelles larmes surgirent de ses yeux.

— J'aurais tellement préféré que mon père vous épouse, vous, au lieu de Mélanie !

Jo eut l'air abasourdie pendant une fraction de seconde, puis elle se reprit. Sans faire aucun commentaire, Elijah se dirigea vers le fond du chalet et vérifia que la porte arrière était bien verrouillée. Jo donna à Nora des vêtements secs qu'elle venait de sortir de son sac à dos.

— Tiens, mets ça. Tu peux te débrouiller toute seule ?

— Je crois.

L'idée de demander de l'aide à Jo ou à Elijah la gênait trop.

Le vent s'était levé : il sifflait et faisait vibrer les murs du chalet. Nora se rassura en se disant que l'homme qui avait engendré Elijah avait forcément dû construire une bâtisse capable de résister à une tempête.

— Je n'aurais jamais dû monter ici, dit-elle en reniflant.

Ses doigts étaient engourdis à l'intérieur de ses gants, mais elle réussit à ouvrir son sac de couchage et à s'y glisser pour se changer. Elle devait prendre garde à ne pas le mouiller de ses vêtements. Elle renifla de nouveau.

— Je ne voulais pas causer des ennuis à tout le monde… Je ne voulais pas que Devin se fasse mal… Il faut que vous vous occupiez de lui. Il faut que vous l'aidiez.

— Je vais vous aider tous les deux, répondit Jo, mais je te demande de coopérer avec nous.

Surprise par le ton de la jeune femme, Nora se rendit compte qu'à sa manière, Jo était aussi endurcie qu'Elijah.

Celui-ci revint vers elles et toucha le bras de Jo.

— Soit Rigby s'est planqué quelque part pour laisser passer la tempête, soit il a décidé de limiter les dégâts et de filer. Quoi qu'il en soit, on n'y voit pas à deux mètres. Pour l'instant, on reste ici.

Nora vit quelque chose passer entre eux. Un regard, un courant, une étincelle ; elle ne savait comment le décrire, mais elle n'avait aucun doute quant à sa signification. Jo était en train de tomber amoureuse d'Elijah… et réciproquement.

— Elijah, répondit Jo, si jamais Rigby revient et s'en prend à nous, tu as le droit de te défendre. Tu le sais ?

— Oui, agent Harper, déclara-t-il avec un grand sourire. Je suis au courant.

Nora se rapprocha de Devin.

— Détourne les yeux pendant que je me change, d'accord ?

— D'accord, Nora, dit-il avec un faible sourire.

— Dev… Tu m'as sauvé la vie. Merci.

— On va s'en sortir, dit-il. Je te le promets.

D'un coup, Nora eut moins froid et se sentit plus en sécurité. Jo et Elijah les protégeraient tous les deux. Ils allaient tous s'en sortir.

29

La tempête avait forcé Mélanie et Thomas à redescendre à l'auberge. A présent, dans les toilettes pour dames, Mélanie se lavait les mains avec un savon artisanal au lait de chèvre. Thomas commençait à lui taper sérieusement sur les nerfs. Il était tellement obsédé par sa fille qu'il en avait oublié qu'elle était responsable de la situation. Mélanie essayait se montrer compréhensive, mais elle ne pouvait s'empêcher de détester Nora et toute cette comédie qu'elle avait mise en scène.

Elle n'avait pas encore vomi. Cela viendrait. Pour l'instant, elle devait refouler sa colère et aider Kyle à mener son plan à bien. Pour qu'il les débarrasse enfin de sa quasi-belle-fille et de son vaurien de petit ami. Mélanie savait ce qu'elle devait faire : Kyle lui avait donné ses instructions ce matin, avant de partir. A l'idée du rôle qu'elle avait à jouer, elle avait senti, comme d'habitude, une bouffée d'excitation mêlée d'angoisse.

— Il faut que tu mettes les sauveteurs sur la mauvaise piste, lui avait dit Kyle. Tu choisis un endroit au hasard et tu les y envoies. N'importe où, sauf sur le versant nord. Compris ?

Il avait pris un ton tellement grave et dénué d'humour ! Et puis, comment pouvait-il être sûr que Devin et Nora se trouvaient sur le versant nord ? Mélanie lui avait fait remarquer qu'elle devrait s'expliquer de ce mensonge, quand les corps de Nora et de Devin seraient découverts.

— On fera porter le chapeau à Devin, avait rétorqué Kyle. Je m'en occupe.

Il avait marqué une pause avant d'ajouter :

— Avec Nora, ils ne redescendront pas. Tu peux me faire confiance.

N'empêche que Mélanie avait des doutes. Plus elle réfléchissait aux raisons pour lesquelles ils avaient été engagés pour tuer Drew Cameron et Alex Bruni, plus cela lui paraissait louche. La mort de Drew n'avait jamais eu de sens à ses yeux — il ne correspondait pas au profil des autres cibles qu'elle avait éliminées avec Kyle. Qui pouvait lui en vouloir ? Pour autant qu'elle sache, c'était un vieux bouseux du Vermont qui ne connaissait personne d'important.

Sauf, se rappela-t-elle, Alex Bruni, venu plusieurs fois en vacances à l'auberge de Black Falls.

Et si la ou les personnes qui s'occupaient d'engager des tueurs comme Kyle et elle, de les payer et de les empêcher d'en apprendre trop sur leurs victimes, si ces gens-là avaient décidé que Drew et Alex les menaçaient ? Qu'ils mettaient en péril leur réseau de tueurs professionnels ?

Si c'était le cas, le succès de cette mission était d'autant plus crucial.

Or, si Mélanie était capable d'arriver à cette conclusion — à savoir que Drew Cameron et Alex Bruni avaient été tués pour protéger ceux qui les employaient —, Kyle avait dû y songer aussi.

Pas étonnant qu'il ait eu l'air aussi grave.

Mélanie se sécha les mains. Ce savon lui plaisait. Il avait un parfum propre et doux — de l'huile de rose, peut-être ? Elle inspira profondément pour se calmer avant de retourner dans la salle à manger. Il faisait presque nuit, à présent.

Scott Thorne, le policier de l'Etat du Vermont qui sortait avec la sœur de Jo, venait de partir après s'être longuement entretenu avec Mélanie et Thomas. Tout indiquait que la police était sur le point de lancer une équipe de sauveteurs à la recherche de Nora et Devin.

Les rares clients qui séjournaient à l'auberge paraissaient ravis de la tempête. Une dizaine de centimètres de neige étaient tombés, suffisamment pour recouvrir le paysage de blanc. En altitude, les conditions météo devaient être bien plus mauvaises. Mélanie avait envie de se réchauffer au coin du feu, mais Thomas semblait avoir pris racine à une table près de la fenêtre qui donnait sur la terrasse. Lauren Cameron leur avait apporté du chocolat chaud. C'était une très belle femme, et de bonne famille, en plus. Mélanie s'imaginait déjà que Lauren et A.J. les invitaient à dîner, Thomas et elle, dans la maison élégante qu'ils rénovaient ; ils pourraient devenir amis, tous les quatre… Mais avec la mort de Drew Cameron et les deux autres sur le point de se produire, le village de Black Falls serait sous le choc pendant un moment. Thomas et elle n'auraient sans doute pas envie d'y passer trop de temps. Peut-être feraient-ils mieux de tirer un trait sur ces histoires et de se faire de nouveaux amis.

Elle s'avança vers la table de Thomas et s'installa en face de lui. A sa grande exaspération, il ne lui accorda même pas un coup d'œil, mais continua à fixer le paysage enneigé d'un regard vide. A.J. était assis près de lui. Il avait un air sombre et renfrogné, mais, d'après ce que Mélanie avait entendu, c'était habituel, chez lui.

— Je viens d'avoir des nouvelles de Kyle, dit-elle sur un ton à la fois prudent et soulagé. Il a enfin réussi à me joindre sur mon portable. On a été coupés presque tout de suite, mais il semble que Nora aille bien. Il l'a retrouvée au-dessus de la cascade. Elle ne se doutait absolument pas que tout le monde se faisait du souci pour elle.

— Oh, mon Dieu ! s'écria Thomas en s'affaissant sur sa chaise. Dieu merci !

Cela fit plaisir à Mélanie de lui annoncer cette bonne nouvelle. Il lui prit la main et la serra entre ses doigts, et elle laissa ses yeux se remplir de larmes.

— Je sais que c'est un moment difficile pour toi, mon chéri.

— Il vous a donné des nouvelles de Jo et d'Elijah ? demanda A.J.

— Non, mais on n'a pu parler que quelques secondes avant d'être coupés.

A.J. ne dit rien ; Mélanie sentit qu'il était sceptique. Ces fichus Cameron se sentaient tous obligés de jouer les cow-boys. La police pourrait toujours consulter l'historique de son téléphone pour vérifier si Kyle l'avait vraiment appelée, mais il leur faudrait une bonne raison de le faire. Or, Mélanie n'avait pas l'intention de leur en donner. Et si par malheur cela arrivait, elle ne s'attarderait pas dans les parages. Elle partirait de Black Falls sans se retourner. Elle n'avait pas envie d'en arriver là, bien sûr, mais elle était préparée à cette éventualité. Kyle aussi. Ils avaient mis tous deux de l'argent en lieu sûr. Ils pourraient disparaître pendant quelques années, et refaire surface lorsque les choses se seraient tassées.

Thomas repoussa sa tasse de chocolat et se leva douloureusement. Mélanie réprima l'irritation qu'elle éprouvait à l'égard d'A.J., qui avait gâché le soulagement de Thomas.

— Si Nora est près de la cascade, dit Thomas, alors Jo et Elijah ne cherchent pas au bon endroit. Ils doivent être pris dans la tempête, eux aussi. Et Devin ?

Le regard d'A.J. s'assombrit, mais il se leva et quitta la salle sans ajouter un mot.

Mélanie se leva à son tour et accrocha son bras à celui de Thomas.

— Tu as la peau tellement chaude..., dit-elle en s'appuyant contre son épaule.

— Il y a de plus en plus de neige. Et de vent. Je n'ose pas imaginer ce que ça doit être...

Il s'interrompit, trop désemparé pour finir sa phrase.

Mélanie passa son bras autour de la taille de son futur mari et se pelotonna contre lui. Il avait un peu d'embonpoint à cet endroit ; pas comme Kyle, qui était musclé de la tête aux pieds. Mais cela ne la gênait pas.

— Kyle a retrouvé Nora, dit-elle avec douceur. Et il va faire tout son possible pour aider Devin. Quant à Jo et Elijah...

— Je ne m'en fais pas pour eux. Ils sont tous les deux nés ici, ils connaissent cette montagne mieux que personne.

Thomas se forçait visiblement à prendre un ton optimiste.

— Je suis sûr qu'ils n'auront aucun problème, ajouta-t-il.

Mélanie sentit une onde d'inquiétude la parcourir. Qu'allait-il advenir de Kyle, face à ces deux-là ?

Puis une idée se fraya un chemin dans son esprit. *Peu importe !*

Si Kyle ne redescendait pas de la montagne, cela pourrait être une bonne chose pour elle.

Quoi qu'il arrive, Mélanie était prête à faire ce qui s'imposait. Elle était capable de tuer Nora de ses propres mains. Devin et Kyle aussi. Même Jo et Elijah, si nécessaire. Même Thomas.

Elle était capable de les tuer tous !

C'était de la folie de penser ainsi, une réaction excessive due aux circonstances et au stress. N'empêche que c'était agréable : ses craintes et sa tension s'apaisaient quand elle s'imaginait en train de tuer tous ceux qui la menaçaient et qui menaçaient son bonheur avec Thomas.

Celui-ci déposa un baiser sur le dessus de sa tête.

— Je ne sais pas ce que je ferais sans toi, dit-il.

Mélanie resserra doucement son bras autour de lui. Tout allait s'arranger. Kyle n'avait pas encore échoué, et ils étaient tous deux conscients des difficultés auxquelles ils faisaient face. Ils accompliraient leur mission, et puis ce serait fini.

Kyle se trouverait un nouvel associé et Mélanie épouserait Thomas.

Il leur suffisait de survivre à la longue nuit qui s'étendait devant eux.

30

Grit avait passé la journée à vérifier toutes les pistes possibles et imaginables. Le soleil se couchait lorsqu'il s'engagea enfin dans une rue agréable d'un quartier résidentiel. Pour y arriver, il avait dû prendre un bus, un taxi, puis marcher pendant un bon moment.

La maison de Thomas Asher, de style colonial hollandais, était entourée d'un beau jardin ombragé par de grands arbres. Même par cette morne journée de novembre, l'endroit était charmant. Grit s'était rendu un peu plus tôt chez les Bruni, qui possédaient à Georgetown une maison plus petite mais plus élégante. Là-bas, tout était calme ; la police avait fini son travail. Grit se doutait toutefois que la maison était encore sous surveillance, et que sa visite avait été dûment notée.

« Même chose ici », pensa-t-il en s'engageant sur un chemin en brique.

A cet instant, la porte principale de la maison s'ouvrit. Une femme d'une quarantaine d'années en sortit et descendit la volée de marches en chancelant, puis s'arrêta soudain devant un parterre d'impatientes roses et blanches qui commençaient à se faner.

Grit était sur le point de se présenter, mais la femme annonça sans lever les yeux :

— C'est ici que je jouais à la marelle avec ma fille,

quand elle avait trois ans. Je m'en souviens comme si c'était hier. C'était une petite fille adorable. Je me rappelle même qu'un jour Thomas est rentré du travail plus tôt que d'habitude, et il s'est mis à jouer avec nous. On a tellement ri… Tout était si simple.

Elle tourna enfin vers Grit un regard brillant de larmes.

— On formait une famille heureuse. Je me fiche de ce que disent les gens.

— Vous avez raison, dit Grit.

— Vous êtes un ami de Thomas ?

— Pas du tout. Je m'appelle Ryan Taylor. Je connais Elijah Cameron…

— Elijah ? dit-elle d'un air déconcerté. Du Vermont ?

— C'est ça.

Elle inspira par le nez et se reprit. D'après les recherches de Grit, Carolyn Asher Bruni avait fait une carrière aussi distinguée que celles de ses deux maris. Mais à présent, en dépit d'une magistrale maîtrise de soi, elle était visiblement épuisée et désespérée.

— Je ne connais Elijah que de réputation, dit-elle. J'ai rencontré son frère A.J. et sa sœur Rose. Des gens charmants. Excusez-moi, je ne suis pas dans mon état normal. Vous êtes originaire du Vermont, vous aussi ?

— Non. J'habite Washington.

Elle se retourna vers la maison où elle avait vécu autrefois.

— J'avais une bonne vie, monsieur Taylor, et je l'ai fichue en l'air. Je n'avais pas l'intention de venir ici. A vrai dire, je ne sais pas trop pourquoi je l'ai fait. Vous savez ce que j'aimerais par-dessus tout, en ce moment ? Pouvoir revenir dans le passé et me retrouver ici, en train de jouer à la marelle avec ma fille.

Elle n'avait pas dit un mot de ce qui se passait dans le Vermont. Ni de ce qui était arrivé à quelques kilomètres d'ici, au centre de Washington.

— Si quelqu'un est capable d'aider Nora, dit Grit, c'est bien Elijah. Je ne connais pas Jo Harper, mais…

Carolyn Bruni n'écoutait pas.

— Je suis restée à la maison, les premières années, pour m'occuper de Nora. Avec Thomas, on n'a pas eu d'autres enfants. On était trop occupés.

— Ça arrive.

— Alex était tellement ambitieux, tellement énergique… C'est ce qui m'a plu chez lui. Thomas est plus nonchalant. Je pensais qu'en venant ici…

Elle avança d'un pas, les épaules en arrière comme si elle affrontait un vent violent.

— Bref, s'interrompit-elle. Alex n'est plus là et Thomas ne fait plus partie de ma vie.

— Il est quand même le père de votre fille.

— Nora non plus ne fait plus vraiment partie de ma vie, dit Carolyn avec une pointe de regret ou peut-être d'amertume. Elle a dix-huit ans. Elle a quitté la fac pour l'instant, mais elle y retournera.

— Toutes mes condoléances pour votre mari, madame Bruni.

— Dites plutôt que vous aimeriez savoir si j'ai une idée de l'identité de celui qui l'a tué.

Elle leva vers Grit un regard combatif.

— Ou même si c'est moi qui l'ai tué. C'est bien ce que tout le monde se demande, n'est-ce pas ? Eh bien, la réponse est non. Et je ne sais absolument pas qui a pu le faire.

— Madame Bruni…

— Il y a des jours où je me demande qui n'avait *pas* envie de tuer Alex. Je ne dis pas ça méchamment. Il pouvait se montrer très dur, très pointilleux avec ceux qui l'entouraient. Evidemment, il ne leur demandait rien de plus que ce qu'il exigeait de lui-même…

Elle secoua la tête et s'affaissa un peu.

— Je suis épuisée par le décalage horaire… et très

secouée, évidemment. Je sais à peine quel jour on est. Peut-être qu'au bout du compte, on s'apercevra que la mort d'Alex n'a été qu'un tragique accident.

Elle le regarda mieux et plissa subitement les yeux.

— Que faites-vous ici ?

Grit commençait à se poser la même question.

— J'essaie de me rendre utile. Votre fille…

— Nora sait ce qu'elle fait. Elle est très débrouillarde. Elle est encore jeune, bien sûr, mais elle va trouver sa voie.

— Vous n'êtes pas inquiète de la savoir seule en montagne ?

— Pas vraiment. Je me demande surtout comment elle va réagir face à la mort d'Alex. Ils s'entendaient relativement bien, mais ils ne se voyaient pas souvent. Et, au cas où vous vous demanderiez si c'est elle qui a organisé l'assassinat d'Alex, laissez-moi vous dire que c'est ridicule. Elle en serait incapable, de toute façon.

— Vous venez de me dire qu'elle est très débrouillarde.

— Pour faire de la randonnée en montagne, pas pour engager des tueurs.

Les joues de Carolyn se teintèrent de rouge, mais elle ne perdit pas son sang-froid.

— Je dois partir, reprit-elle. Ce n'est pas dans mes habitudes de me confier à des inconnus.

— Mélanie Kendall est dans le Vermont avec votre ex-mari, dit Grit.

Pour l'instant, il n'avait pas découvert grand-chose sur la fiancée de Thomas et future belle-mère de Nora.

— Voilà qui lui fait honneur, dit Carolyn en soutenant son regard.

— Nora s'entend bien avec elle ?

— Je n'en ai pas la moindre idée. Nous n'en avons jamais parlé. D'ailleurs, je ne l'ai jamais rencontrée. Ravie d'avoir fait votre connaissance, monsieur Taylor.

Elle marqua une pause puis, avec un petit sourire hautain, ajouta :

— Peut-être qu'avec Elijah Cameron, vous feriez bien de vous mêler de vos propres affaires.

Elle dépassa Grit à pas dignes, monta dans une petite BMW garée sur le bas-côté et s'éloigna à toute vitesse.

Une mère déchirée, dit Moose, qui venait d'apparaître sur le chemin en brique.

— Ouais… C'est surtout une névrosée de première qui croit que sa fille la déteste et qu'elle le mérite.

Elle a des regrets. De gros regrets. Ce n'est pas facile de vivre avec.

— C'est sûr, soupira Grit.

Il fit le tour de la maison en s'étonnant de la médiocrité du système de sécurité : il aurait pu s'introduire à l'intérieur en quelques secondes. Mais au lieu d'essayer, il retourna jusqu'à la rue et se dirigea tout droit vers une berline noire qui attendait à une cinquantaine de mètres de l'endroit où Carolyn Bruni s'était garée.

La vitre de la voiture s'ouvrit, et Grit se pencha vers l'agent du FBI qui se tenait au volant.

— Si je vous épargnais des recherches laborieuses pour savoir qui je suis et ce que je fais là ? En échange, vous me raccompagnez en ville. Je suis venu en bus et ma jambe commence à…

— Montez.

Il s'installa à l'arrière. A côté du grand dégingandé au volant, il y avait une femme très mignonne qui tourna la tête et lui décocha un regard d'acier.

— Vous avez parlé à beaucoup de gens aujourd'hui, monsieur Taylor.

— Vous connaissez mon nom ? Je suis flatté. Puis-je vous demander les vôtres ?

— On vous raccompagne, c'est déjà bien.

— Je suppose que vous connaissez aussi mon adresse ?

La jeune femme ne sourit pas.

— Que faisiez-vous devant la résidence du vice-président ce matin ? demanda-t-elle.

Grit ne jugea pas utile de répondre. La rue qui longeait la maison du vice-président était un lieu public, accessible à tous. N'empêche qu'il commençait à se demander si ce fameux réseau d'assassins existait ailleurs que dans le cerveau d'un gamin surdoué qui s'ennuyait et passait trop de temps sur internet. Son intuition lui soufflait toutefois le contraire. Et puis il y avait l'histoire de Myrtle et de son Russe empoisonné au dentifrice. Myrtle, elle, ne s'ennuyait pas. Elle ne passait pas son temps à monter des canulars.

— Nous apprécions les sacrifices que vous avez faits pendant votre service militaire, dit la jeune femme quand la voiture se fut arrêtée devant l'immeuble miteux de Grit. Mais à partir de maintenant, mêlez-vous de vos affaires.

— Mme Bruni m'a donné le même conseil. Sauf qu'elle ne l'a pas précédé d'une banalité…

— Ce n'était pas une banalité, dit la jeune femme d'un air contrit.

— Vous n'avez pas envie d'entendre parler de ma théorie au sujet d'un réseau d'assassins professionnels, par hasard ?

— Non, merci. Bonne soirée.

Il y avait tout de même des avantages à la formation militaire que Grit avait reçue. Par exemple, la capacité à savoir si votre interlocuteur vous dissimulait quelque chose. Même lorsque l'interlocuteur en question était une professionnelle de la dissimulation.

Ces agents du FBI avaient déjà entendu parler du réseau d'assassins.

Le grand dégingandé lui jeta un coup d'œil dans le rétroviseur.

— Tout va bien, officier ? Votre jambe…

Grit descendit de la voiture. Il n'avait pas envie de parler amputations transtibiales avec ce type. En outre, il venait d'apercevoir Myrtle, planquée derrière un cèdre malade au coin de son immeuble, et il doutait qu'elle ait envie de bavarder avec le FBI.

Quand la voiture se fut éloignée, elle sortit de derrière l'arbre et s'avança vers lui, l'air horrifiée.

— Nom de Dieu, Grit, je viens de voir un rat de la taille d'un raton laveur !

— Ah… C'était un petit, alors.

— Vous pouvez me dire pourquoi vous vivez comme ça ?

— Comme quoi ?

— Laissez tomber. Ne me proposez pas d'entrer, c'est tout.

Elle hocha la tête en direction de la berline qui s'éloignait.

— Les fédéraux ?

— Oui. La fille m'a regardé en battant des cils et je n'ai pas pu lui résister.

— Il vous arrive d'être sérieux ? Attendez, je connais la réponse. Vous êtes un homme d'action. Pour vous, les mots ne veulent rien dire, alors vous vous sentez autorisé à dire n'importe quoi en permanence.

Les yeux lavande de la journaliste s'attardèrent sur lui un peu plus longtemps qu'il ne l'aurait aimé.

— J'ai fait d'autres recherches sur vous, Grit. Avec votre copain Elijah Cameron, vous êtes des héros. Des indestructibles.

Grit pensa à Moose, qui était vraiment un héros.

— Personne n'est indestructible.

— Façon de parler, dit Myrtle. On se comprend, tous les deux. Venez, je vous offre un café. On pourra parler du fils du vice-président, d'un ambassadeur mort, de son meilleur ami, de sa belle-fille et d'une bande d'assassins professionnels.

— Et de Drew Cameron.

En bonne journaliste qu'elle était, Myrtle réagit au quart de tour.

— Qui ça ?

— Le café d'abord.

— Pas ici. On prend ma voiture, dit-elle en lançant un regard oblique en direction de son immeuble. Je ne m'entends pas bien avec les rats.

31

Pliée en deux, Jo se faufila vers la fenêtre à l'arrière du chalet. Elijah faisait le guet devant une fenêtre latérale. Ils avaient leurs armes à la main ; ils s'étaient relayés toute la nuit pour monter la garde. A présent, l'aube pointait et la tempête était passée, laissant derrière elle une trentaine de centimètres de neige mouillée. Dehors, les branches des arbres s'affaissaient sous le poids de la neige, mais à l'intérieur, il faisait sec et relativement bon. Cette nuit, les violentes rafales de vent n'avaient pas réussi à percer les murs étanches de la cabane.

Pour ce genre de chose, on pouvait compter sur les Cameron, pensa Jo. Du coin de l'œil, elle vit Nora remuer. Devin était réveillé, mais, pour l'instant, il n'avait pas dit un mot. La nuit dernière, après avoir testé plusieurs positions douloureuses, il avait fini par caler son dos contre le poêle en fonte. Depuis, il n'avait pas bougé, mais il n'avait sans doute pas beaucoup dormi.

Nora se redressa en position assise, son sac de couchage entortillé autour d'elle, et tenta de sourire.

— Si seulement le poêle était raccordé au tuyau et qu'on pouvait allumer un feu !

— On ne ferait que confirmer à Kyle Rigby qu'on est ici, répondit Jo. Tu n'as pas assez chaud ?

Nora fit oui de la tête, puis lança un regard inquiet en direction de Devin.

— Ça va, Dev ?

— Ouais, répondit-il en remuant à peine les lèvres.

Il était visiblement mal en point, mais il ajouta :

— Tout va bien.

Cette nuit, pendant que la tempête faisait rage au-dehors, Nora leur avait raconté à voix basse comment Devin et elle avaient entrepris des recherches au sujet de la fiancée de son père. Ce récit s'était fait dans la plus complète obscurité : Jo et Elijah avaient interdit l'emploi de lampes de poche et, du fait de la tempête, il n'y avait ni lune ni étoiles. Mais au simple ton de voix de la jeune fille, Jo avait compris à quel point elle était hantée par la douleur et la solitude.

— Je me suis conduite comme une idiote, avait-elle conclu d'une voix blanche. Je suis vraiment désolée.

— Désolée de quoi ? avait demandé Elijah.

— De vous avoir mis dans cette situation.

— Qui a frappé Devin ? Qui t'a pourchassée jusque dans la ravine ? Ce n'est pas toi, Nora. Tu es jeune, tu as peut-être commis des erreurs, mais ça arrive à tout le monde. N'y pense plus. Concentre-toi sur ce que tu peux faire maintenant.

— Rien du tout. Je suis complètement nulle.

— Tu peux rester au chaud et au sec et te reposer, dit Elijah en souriant. Sachant que je vais devoir porter Jo pour redescendre, j'aimerais que tu sois capable de marcher toute seule.

Jo avait protesté, bien sûr, et Nora s'était mise à rire, ce qui était le but recherché par Elijah. Puis elle avait fini par s'endormir, les laissant monter la garde et vérifier, à intervalles réguliers, que l'état de Devin n'empirait pas.

Jo fit un rapide bilan de la situation. A.J. savait que son frère était parti pour le versant nord et que Jo l'avait suivi.

Ne les voyant pas redescendre, il avait dû donner rapidement l'alerte, et le reste de la famille Cameron avait dû se mobiliser. Tout comme la sœur secouriste de Jo, son frère pompier… et son père, l'ancien chef de police. A l'heure qu'il était, tous devaient être sur le pied de guerre.

Sans compter le petit ami flic de Beth. Tout en se positionnant de biais par rapport à la fenêtre pour scruter le paysage enneigé, Jo se mit à sourire. Scott Thorne se ferait un malin plaisir de secourir un agent des services secrets et un membre des forces spéciales en détresse.

Peut-être que cela lui ferait plaisir tout court, songea-t-elle. Après tout, Scott voudrait la même chose que tout le monde : une conclusion heureuse. Kyle Rigby mis en arrestation et interrogé par la police. Devin et Nora en sécurité. Jo et Elijah de retour chez eux, au bord du lac.

— Tout le monde à terre ! s'écria Elijah.

Il ne plaisantait pas. Jo s'écrasa sur le plancher à l'instant où se faisait entendre un terrible craquement. L'encadrement de la fenêtre de la façade explosa et des éclats de verre s'éparpillèrent sur le sol.

Une deuxième balle suivit la même trajectoire et alla se planter dans une grande poutre au-dessus du mur du fond.

Sans se relever, Jo plongea vers Nora et Devin. Nora s'était déjà jetée sur son ami pour le faire rouler derrière le poêle à bois.

Elle leva vers Jo des yeux dilatés par la peur.

— Qu'est-ce qui se passe ?

— On se fait canarder.

Jo rassembla les sacs à dos et les poussa en direction des jeunes gens.

— Utilisez ça pour vous protéger. Restez derrière le poêle. Compris ?

Devin réagit à peine, manifestement en proie à un accès de douleur, mais Nora acquiesça puis se recroquevilla au sol tandis qu'une détonation d'arme à gros calibre déchirait l'air et résonnait dans la montagne silencieuse. La troisième balle s'encastra dans l'encadrement de la même fenêtre.

Elijah ôta la sécurité de son pistolet calibre 45. Dès le premier coup de feu, il s'était rué vers l'avant du chalet et s'était positionné dans un coin, près de la fenêtre percée.

Il visa et tira. Sans se relever complètement, Jo se précipita vers lui. Elijah tira un deuxième coup.

Deux nouvelles balles s'enchâssèrent l'une après l'autre dans la lourde porte de bois.

Jo n'avait pas besoin de dire à Elijah que l'arme avec laquelle on les attaquait était de très gros calibre, sans doute un fusil d'assaut. Ni de lui dire que leur assaillant était Kyle Rigby.

Il devait avoir un chargeur de trente cartouches. Cela faisait beaucoup.

Et quand ce chargeur serait vide, il en prendrait un deuxième.

— Il se sert des arbres comme couverture, dit Elijah. Il est là, derrière les épicéas. J'y vais.

— Je vais l'empêcher de se déplacer, intervint Jo. Il veut tous nous tuer, Elijah.

— On dirait bien.

Il se tourna vers elle et la regarda tranquillement.

— Il n'est plus question de négocier.

— Je suis d'accord. Vas-y. Fais attention à toi.

— A tout à l'heure, ma douce, dit-il en lui faisant un petit clin d'œil.

Des flocons de neige entrèrent en volant quand il ouvrit la porte du fond, puis il se glissa à l'extérieur et la referma en silence.

Entourés d'un rempart de sacs à dos, Nora et Devin se blottissaient derrière le poêle à bois. Ils étaient aussi protégés que possible, étant donné qu'un fou furieux criblait le chalet de balles.

Pas un fou furieux, rectifia Jo dans sa tête. Rigby avait réfléchi avant de choisir cette solution, la seule qui puisse lui permettre d'accomplir sa mission. Jusqu'ici, il avait espéré que Nora et Devin mourraient de froid ; quand il avait compris que son plan ne fonctionnerait pas, il avait changé d'idée.

A présent, il tentait le tout pour le tout.

Avant que Rigby n'ait pu faire feu de nouveau, Jo tira une balle en direction d'un arbre tombé, se baissa vivement puis se releva et tira selon un angle différent. Il s'agissait à la fois de couvrir Elijah, d'immobiliser Rigby et de l'induire en erreur. Il savait qu'il avait affaire à deux tireurs ; elle voulait lui donner l'impression qu'ils étaient encore tous deux à l'intérieur du chalet.

— Rigby, hurla-t-elle, je sais que c'est vous ! Vous voulez discuter ?

— Non ! Vous êtes tous morts.

— Essayons de trouver un compromis, lança-t-elle.

Elle se déplaça rapidement et tira de nouveau.

— Vous êtes dans de sales draps, Rigby. On est armés, on a des vivres et on est au chaud. Vous, je parie que vous avez des engelures.

Un nouveau coup de feu résonna, comme pour signifier que les engelures ne l'empêchaient pas d'appuyer sur la détente.

L'instant d'après, elle entendit trois coups de petit calibre éclater en succession rapide.

Elijah.

Elle attendit en silence, prête à tirer de nouveau.

Il n'y avait plus aucun bruit à l'extérieur.

Enfin, la voix d'Elijah se fit entendre.

— Il est à terre, Jo, et je ne vois pas d'autre tireur.

Elle se tourna vers Nora et Devin, qui étaient toujours figés par la terreur.

— Il faut que j'y aille. Je reviens dans deux minutes. Ne bougez surtout pas.

Elle sortit par la porte à l'avant et s'enfonça dans la neige profonde qui étincelait sous le soleil levant. Après s'être frayé un passage à travers la minuscule clairière devant le chalet, elle enjamba l'arbre mort qui barrait l'entrée du bosquet d'épicéas.

Elijah avait confisqué l'arme de Rigby. D'évidence, ce dernier ne risquait plus de s'en servir, mais Jo aurait fait la même chose, dans les circonstances.

Elle savait qu'Elijah avait examiné le corps de Rigby, mais elle ressentit le besoin impérieux de le faire à son tour.

Il était bien mort.

— Je suis sûre que tu lui as laissé une chance de déposer son arme, dit Jo.

— Je lui ai laissé dix chances.

De fait, Rigby avait tiré dix cartouches.

— Ne touche plus à rien avant l'arrivée de la police.

Une lueur d'amusement scintilla dans les yeux d'Elijah.

— Entendu, Jo.

A cet instant, un cri d'angoisse s'éleva du chalet. Jo se retourna au moment précis où Nora ouvrait la porte, sautait dehors et s'éloignait en courant vers la ravine où Elijah l'avait retrouvée.

Jo s'élança à sa poursuite en s'enfonçant jusqu'aux genoux dans la neige profonde.

— Nora, lança-t-elle sèchement, arrête ! Tu n'as pas l'énergie ni le matériel pour aller plus loin. Moi non plus, d'ailleurs ! On est hors de danger, maintenant.

Mais elle continuait à courir.

— Arrête, Nora ! Arrête-toi !

La jeune fille tomba à genoux dans la neige.

— Tout est ma faute, sanglota-t-elle en se couvrant le visage de ses mains. J'ai fait n'importe quoi. Je n'aurais jamais dû venir ici toute seule.

Jo la rattrapa et s'accroupit à côté d'elle.

— Ne t'en fais pas, Nora, dit-elle avec douceur. Allez, ma grande… Tout est bien qui finit bien. La tempête est passée. On va pouvoir redescendre.

Nora enfonça ses doigts dans ses cheveux bouclés comme pour les arracher.

— J'ai envie de voir ma mère, mais elle se fiche pas mal de ce qui m'arrive…

Les larmes coulaient sur ses joues pâles, et elle tremblait sans pouvoir s'arrêter.

— J'ai tellement peur… Mon père… J'ai peur qu'il ne soit impliqué dans cette histoire… Il est tellement obsédé par Mélanie…

— On verra ça plus tard, Nora.

— Et s'il a fait une bêtise qui gâche sa vie entière ? Et si quelqu'un le fait chanter ?

Jo se refusait à cette discussion maintenant.

— On tirera ces histoires au clair plus tard. Dès le départ, tu as senti qu'il y avait un problème, Nora, et tu avais raison. Tu as fait confiance à ton instinct.

— Je n'ai pas imaginé qu'on puisse vouloir me tuer ! Sinon, je ne serais pas montée ici. Je suis tellement bête… Et j'ai tellement froid, Jo…

— Tu as fait ce que tu pouvais. Tu as survécu, c'est déjà pas mal.

— Ne me parle pas comme à une gamine !

Dans un brusque accès de colère, Nora repoussa la main que lui tendait Jo et s'éloigna vers le chalet à grands pas furieux. Devant la porte d'entrée, elle s'arrêta, tituba vers un arbre tombé et se mit à vomir dans la neige.

Jo resta en arrière et garda le silence en attendant que Nora ait récupéré.

Elijah remonta du bosquet de sapins et vint se tenir à côté d'elle.

— Rigby avait la possibilité de redescendre et de disparaître de Black Falls. Il ne l'a pas fait. C'est curieux, non ?

— Il savait qu'il devait réussir à tout prix, dit Jo d'un air sombre. L'échec n'était pas envisageable.

— Je le crois aussi.

— Les jeunes ont besoin de redescendre. Tu crois que la cavalerie va bientôt arriver ?

— Je parie qu'ils sont assez près pour avoir entendu les coups de feu.

— Je pourrais partir à leur rencontre.

— Non, répliqua Elijah en caressant la joue de la jeune femme du bout de ses phalanges repliées. On reste ensemble.

32

Devant la porte à tambour de l'hôtel où Alexander Bruni avait été assassiné, Grit regardait les gens passer. La journée était grise et couverte, et il était presque midi, heure à laquelle il avait rendez-vous avec Myrtle. La veille au soir, elle avait ajouté à son café un petit quelque chose qui l'avait plongée dans la mélancolie. Une mélancolie qui semblait surgir des profondeurs de son esprit, de sombres recoins de sa mémoire dont elle n'avait pas envie de parler.

Cela ne disait à Grit rien qui vaille.

A une dizaine de mètres de lui, un adolescent blond portant une casquette de l'université de Georgetown, un sweat-shirt à capuche et un pantalon à pinces regardait fixement l'endroit exact où Bruni s'était fait renverser.

Son pantalon était impeccablement repassé.

« Tiens, tiens », pensa Grit en s'avançant vers le gamin d'un pas tranquille.

— Salut, Charlie, dit-il.

— Je ne m'appelle pas Charlie, dit l'adolescent d'un air stupéfait.

— Bien sûr que si. Tu connais même l'amie d'un ami à moi. Jo Harper.

— La fille des services secrets qu'on voit partout sur internet ? demanda-t-il d'un air innocent.

— Qu'est-ce que tu fais là, Charlie ? demanda Grit en plissant les yeux.

— Qu'est-ce qui vous fait penser que…

— Ton pantalon à pinces. Ta casquette et ton sweatshirt de Georgetown. Ton allure. Tout.

Le garçon rougit un peu.

— J'ai un cours de trombone au coin de la rue.

— Tu ne joues pas de trombone.

Son interlocuteur fixa l'asphalte du regard et répondit calmement :

— Un rendez-vous chez le médecin, ça vous irait ?

— Non.

— Ce que je fais et qui je suis ne vous regarde pas, de toute façon.

— J'essaie de t'empêcher de t'attirer des ennuis. C'est un simple réflexe citoyen.

Grit réfléchit un instant. Charlie Neal avait seize ans et c'était un surdoué qui passait sa vie sur internet. A tous les coups, il savait déjà qui était Grit.

— Etant donné que je te parle depuis dix secondes et qu'aucun agent des services secrets ne m'est tombé dessus, je suppose que tu as réussi à leur fausser compagnie. Comment est-ce que tu as fait ? Tu t'es caché dans une valise ?

— Je n'ai rien fait du tout, répondit-il en haussant les épaules. De toute évidence, vous me prenez pour quelqu'un d'autre.

Grit le regarda attentivement et se rappela les recherches qu'il avait menées sur la vie héroïque de Charles Preston Neal, enfant cadet et seul fils de l'actuel vice-président des Etats-Unis.

— Ton cousin, dit-il enfin. Conor Neal. Il a le même âge que toi. Vous ressemblez tous les deux au prince Harry quand il avait seize ans.

— Au prince Harry ? Vous plaisantez ?

— Avec ton cousin, vous vous êtes échangé les rôles. Tu as profité d'un moment de confusion pour prendre sa place, pendant qu'il prenait la tienne. Or, contrairement à toi, Conor ne se déplace pas sous escorte des services secrets.

Grit réfléchit un moment. Il était persuadé d'avoir raison.

— Un peu comme dans *Le Prince et le Pauvre*. Tu connais ce livre ?

Charlie ne répondit pas, mais Grit vit ses oreilles rougir sous le bord de sa casquette.

— Ça doit être agréable, reprit Grit sur un ton compréhensif, de se mettre dans la peau de quelqu'un de normal, de temps en temps.

— Ce n'est pas le problème, déclara le garçon en roulant des yeux.

Puis il tourna vers Grit un regard perçant.

— Vous êtes l'officier Taylor, n'est-ce pas ? Avec l'officier Michael Ferrerra, un Navy SEAL lui aussi, vous avez reçu une Silver Star l'année dernière. C'est une médaille qui récompense la bravoure au combat.

— Je sais ce qu'elle récompense, Charlie.

— Je retiens les noms de tous ceux qui la reçoivent. C'est le moins que je puisse faire.

Charlie enfonça ses mains dans la poche avant de son énorme sweat-shirt et fixa ses yeux bleus sur Grit.

— L'officier Ferrerra est mort en avril dernier, poursuivit-il. Il vous a sauvé la vie.

— Tu as une mémoire photographique ?

— Je suis l'actualité, c'est tout, officier.

— Tu peux m'appeler Grit. Et je ne dis pas ça parce que tu es le fils du vice-président.

Grit indiqua de la tête l'endroit où Bruni était mort.

— Tu avais rendez-vous avec l'ambassadeur, ce jour-là ?

Les épaules de Charlie s'affaissèrent et il secoua la tête pour dire non.

— Qu'est-ce que tu fais ici, Charlie ?

— Je ne veux causer d'ennuis à qui que ce soit.

— Ni t'en attirer, n'est-ce pas ?

Le jeune homme se redressa un peu.

— Je m'en fiche. Qu'est-ce qui peut m'arriver, de toute façon ? A part me faire surveiller de plus près ? Par contre, les gens qui s'occupent de moi risquent de se faire engueuler. Ça, ce n'est pas juste.

— Ce n'est pas vraiment ton problème, non plus.

Charlie jeta un coup d'œil en direction de l'hôtel, puis se retourna vers la rue.

— Je l'ai suivi jusqu'ici, dit-il. Je voulais lui parler de l'agent Harper. Ma sœur Marissa m'avait dit qu'ils étaient amis. L'agent Harper a plein de copains dans les services de renseignements, mais je ne voulais pas m'adresser à eux. J'aurais pu leur créer des ennuis.

— Ils t'auraient surtout reconnu et ramené à l'école par la peau des fesses. Mais attends… Qui est-ce que tu suivais, le jour de l'assassinat ?

— Bof, ça ne fait rien… Marissa avait mal interprété leur relation. Ils ne sont pas aussi proches que je le croyais.

Grit comprit que Charlie ne parlait pas de Bruni.

— Ta sœur Marissa, elle est comme toi ? Super intelligente et incapable de se mêler de ses oignons ?

— Pas aussi intelligente que moi. Je ne dis pas ça pour me vanter. C'est juste…

— La vérité.

Charlie haussa les épaules et ajouta à voix basse :

— Je voulais lui demander comment me faire pardonner de Jo.

— Ah, dit Grit. Tu parles de Thomas Asher.

Le garçon resta silencieux.

Se tenir à côté du fils du vice-président sans que ce dernier ne bénéficie d'aucune protection, c'était à peu près l'équivalent de tenir une grenade dégoupillée à la main, songea Grit.

— Bon, dit-il. On y va.

— Où ça ? Il faut que je retourne à l'école. J'ai une interro de maths tout à l'heure, je ne peux pas me permettre de la rater. Ma moyenne est déjà descendue en flèche. Mon cousin m'a remplacé la semaine dernière et il n'est pas super bon en calcul différentiel…

— Tant pis pour toi.

— Vous ne pouvez quand même pas m'enlever.

Grit se frotta le menton. Que faire ? Il avait essayé en vain de joindre Elijah, ce matin. Dans le nord, le temps se gâtait. De la neige, du vent, et du verglas. Il pouvait toujours essayer d'appeler Jo Harper, mais Grit avait le pressentiment que ce ne serait pas bon pour Charlie. En outre, elle était sans doute coincée dans la même tempête qu'Elijah.

— Les services secrets vont avoir de sérieux comptes à rendre, dit Charlie, si quelqu'un se rend compte qu'on se remplace, avec mon cousin.

— Parle-moi de Thomas Asher.

Charlie plissa les lèvres d'une manière qui indiquait qu'il avait l'habitude d'être mis sur la sellette. Puis il fit un signe de tête en direction de l'hôtel.

— Il est entré dans le restaurant et il s'est installé à une table. Je voulais attendre qu'il ait fini son petit déjeuner pour lui parler. Je pensais qu'il avait rendez-vous, mais j'ai vérifié à plusieurs reprises, personne ne l'a rejoint. Puis, tout d'un coup, ç'a été le branle-bas de combat.

— Toi, tu étais où ?

— Dans le hall qui donne sur le restaurant. Je n'ai pas vu l'ambassadeur se faire renverser.

— Et Asher, il l'a vu ?

— Impossible. Il est arrivé dans l'entrée en courant pour savoir ce qui se passait. Et puis il a quitté l'hôtel.

— Il avait l'air comment ?

— Flippé. Mais il a gardé son sang-froid. Il avait l'air de se contenir. De se protéger.

— Tu as vu des témoins ?

Charlie ajusta sa casquette ; une mèche blonde s'en échappa et tomba devant son front.

— C'est pour ça que suis revenu. J'espérais m'en souvenir mieux, sur place.

— Et alors ?

— Il y avait un coursier à vélo. Une femme. Sur le coup, je n'ai pas compris qu'elle avait vu la voiture. Depuis, j'ai entendu que quelqu'un avait donné son signalement à la police.

Grit attendit un instant, puis demanda :

— Et alors ?

Charlie n'avait manifestement pas envie de continuer.

— M. Asher lui a parlé, dit-il enfin.

— Tu serais capable de la décrire ? Le tuyau que la police a reçu était très vague. Si c'est Thomas qui a appelé, il était peut-être trop ému pour se rappeler les détails.

— Je sais que l'entreprise de livraison s'appelait *Fleet of the Pedal*.

Grit attendit de nouveau. Silence.

— Il faut que tu le dises à la police, Charlie.

— Pourquoi moi ? Vous n'avez qu'à le leur dire, vous.

— Je n'étais pas sur place au moment des faits.

N'empêche que Charlie n'avait pas tort, songea Grit. Il pouvait glisser le nom de l'entreprise au FBI, ou même à Myrtle — cette dernière était sûrement capable de le communiquer à la police sans que Charlie ne se retrouve au centre d'une tempête médiatique.

En attendant, Grit n'allait pas laisser le fils du vice-président, un garçon surdoué, perturbé et obsédé par des théories sur un réseau d'assassins professionnels, errer seul dans la rue sans protection.

— On y va, dit-il à Charlie.

— Vous m'enlevez, alors ?

— Je te ramène à l'école.

Sauf qu'il n'avait pas de voiture. Où était Myrtle ?

Comme par magie, dix secondes plus tard, elle s'arrêta devant eux et baissa la vitre de sa petite voiture de luxe.

— Désolée du retard.

Elle regarda Charlie en fronçant les sourcils.

— Et ça, c'est qui ?

Puis elle déglutit et ajouta :

— Ah… Vous avez décidément des amis intéressants, officier.

Grit et Charlie montèrent à l'arrière, et Myrtle les conduisit jusqu'à une école très privée implantée dans un cadre bucolique au nord de la Virginie. Grit pensa à son lycée en Floride, qui se présentait sous la forme d'une série de mobile-homes.

Le jeune Charles Preston Neal était beau garçon, intelligent, sportif… et étrangement invisible. Difficile de sortir du lot quand on était doué pour tout et que la vie vous offrait tous les privilèges possibles et imaginables. Il avait envie de se faire remarquer, d'être quelqu'un.

« Ce n'est pas ton problème », se sermonna Grit.

— Et ton cousin, comment il explique ses absences pendant que tu pars mener l'enquête et traquer les méchants ?

— On fait attention. A part la dernière fois, pour l'interro de maths, on change toujours de place pendant les répétitions du club théâtre. C'est intense, tout le monde est plongé dans son travail. Conor et moi, on s'occupe de la production. Normalement, on se relaie sur le plateau. Ça lui permet d'être à la fois lui et moi. Il n'y en a jamais un qui manque. En tout cas, personne ne s'en aperçoit.

— Lui faire passer tes interros, c'est un peu plus grave, non ? Tu fais la même chose pour lui ?

— Ben, disons qu'il allait avoir une super mauvaise note en trigo. Il a une prof horrible qui ne comprend rien du tout…

— Ce Conor m'a l'air d'être un enquiquineur fini, lui aussi.

— J'ai quatre sœurs, dit Charlie rapidement. Elles sont toutes jolies. Si vous ne me dénoncez pas, je peux vous arranger un rendez-vous avec une d'entre elles. Allez, officier. Ne soyez pas vache.

— J'ai déjà bien assez de problèmes sans sortir avec une de tes sœurs. Allez, file. Myrtle et moi, on gardera ton secret.

Il lança un regard vers la journaliste.

— Pas vrai, Myrtle ?

— Bien sûr, répondit-elle en lui souriant dans le rétroviseur. Vous savez que je vous obéis au doigt et à l'œil, Grit. Je n'ai pas envie que vous m'égorgiez dans mon sommeil.

Quelle comédienne ! Il passa le bras devant Charlie pour lui ouvrir la portière, puis se pencha vers lui.

— Finis, les petits tours de passe-passe avec ton cousin. Compris ?

Charlie hocha la tête, puis pâlit un peu et ajouta à voix basse :

— Je me fiche de ce qui m'arrive, officier Taylor. Ces tueurs n'ont pas fini leur boulot. Ils sont tout un réseau, et ils sont impitoyables. Il doit bien y avoir un intermédiaire qui s'occupe de les engager et de leur transmettre les ordres. J'en ai la certitude absolue.

— D'accord, d'accord. Tu as une idée de celui qui a pu commanditer la mort de Bruni ?

Charlie marqua une pause puis répondit :

— Et si Bruni savait que la mort de Drew Cameron, en avril, n'était pas un accident ? S'ils avaient tous les deux été tués par le même réseau ? Alex Bruni était une personnalité connue. Il avait sans doute des ennemis capables de payer quelqu'un pour l'éliminer — et capables de recruter ce genre de personne. Mais il connaissait aussi Drew Cameron, et…

Charlie s'interrompit.

— Cameron était un vieux montagnard qui n'avait rien de spécial, compléta Grit. Il ne correspond pas au profil des autres victimes. Bruni, lui, correspond, mais comme Cameron et Bruni ont tous les deux un lien avec Black Falls, ça pose problème.

— Ouais.

— C'est pour ça que les flics existent. Il y a autre chose dont tu aimerais me parler ? Ton père…

— Il n'est pas en danger, que je sache. Absolument pas. Par contre…

Charlie cligna des yeux pour retenir des larmes subites, et sa respiration s'accéléra.

A l'avant, Myrtle restait silencieuse. Grit attendit un moment sans bouger d'un cil.

— Oui, Charlie ? dit-il enfin.

— Je vous l'ai déjà dit. Ma sœur Marissa a failli mourir en septembre dernier. L'agent Harper lui a sauvé la vie. Elles auraient pu mourir toutes les deux.

— Selon mes informations, l'incendie était d'origine accidentelle.

— Et si c'était un mensonge ? Je n'ai pas envie que quelqu'un meure à ma place. Cette histoire de balles en plastique… Je ne sais pas ce qui m'a pris.

— Peut-être que tu avais envie de dédramatiser les risques pris par Jo et ses collègues.

— Peut-être.

— Il faut dire que c'était drôle, reprit Grit.

— Mais Jo s'est fait mettre au placard. Au début, je ne me suis pas rendu compte qu'elle était partie à l'endroit où

Nora Asher s'était installée en quittant Dartmouth. Mais si Thomas Asher est mêlé à ce réseau, si Drew Cameron et Alex Bruni en sont les victimes les plus récentes, et si ce réseau est lié d'une manière ou d'une autre à Black Falls…

— Attends, attends… Ralentis. Comment sais-tu que Nora Asher s'est installée là-bas ?

Charlie roula des yeux.

— Facebook, dit-il, vous connaissez ?

Le petit voyait tout, retenait tout et établissait sans cesse des liens, pensa Grit. Ce ne devait pas être facile tous les jours.

Dehors, une jeune femme superbe aux cheveux blonds s'engageait sur le passage piéton, entourée de deux agents des services secrets. En la voyant, Charlie remonta sa capuche et s'affaissa sur le siège arrière.

— C'est Marissa, dit-il. Elle est prof d'histoire ici. Je vous avais dit qu'elle était jolie.

Grit était forcé de le lui accorder. Elle était encore plus ravissante que sur les photos qu'il avait trouvées en ligne.

L'instant d'après, Charlie se glissait hors de la voiture et s'éloignait en courant.

Moose s'installa sur le siège libéré par l'adolescent.

La vache, dit-il. *Elle est canon. Encore plus que l'agent fédéral de l'autre jour. Cette vieille Myrtle n'est pas mal non plus. Je parie que tu n'es plus aussi vexé d'être en vie.*

— Ne parle pas trop vite, répliqua Grit. Les services secrets doivent déjà en train de rechercher les coordonnées de Myrtle par son numéro de plaque.

— La voiture n'est pas à mon nom, dit Myrtle. C'est celle de ma mère. Et je peux savoir à qui tu parles ?

— Ta mère est encore vivante ? demanda Grit avec un grand sourire. Attends, elle a dû naître pendant la guerre de 1821, non ?

— Pendant la révolution américaine, soupira Myrtle.

Dis-moi, Grit, tu ne devrais pas rentrer chez toi et faire des exercices de rééducation ?

— Je les ai déjà faits. Tu veux me parler de ce qui te tracasse ?

— Ça ne te regarde pas. C'est mon problème, je m'en occupe.

— Avec l'aide de ton copain russe, c'est ça ?

— Va brûler en enfer, Grit.

La place de Charlie était de nouveau vide. Grit revit Moose couvert de sang, hurlant au secouriste des forces spéciales l'ordre de lui couper la jambe.

— J'y suis déjà allé, dit-il.

33

Une tasse de café à la main, Jo suivit Mélanie Kendall sur la terrasse de l'hôtel. Ici, la neige n'était pas aussi haute qu'en altitude, mais elle s'étendait en couche lisse et intacte sur le pré et les arbres. Le ciel était redevenu limpide et d'un bleu éblouissant. La police analysait encore la scène de crime sur la Cameron Mountain. Comme l'avait prévu Elijah, la première équipe de sauveteurs était arrivée peu après la mort de Rigby — ils avaient entendu les coups de feu pendant leur ascension.

La sœur de Jo, qui faisait partie de cette équipe, avait soigné Devin et aidé à l'évacuer par l'ancienne piste forestière, où une ambulance était venue le chercher. Beth n'avait pas dit grand-chose, mais son visage montrait clairement qu'elle savait à quel point Jo, Elijah et les deux jeunes gens étaient passés près de la mort, la nuit précédente.

A présent, les forces de l'ordre tentaient de reconstituer l'emploi du temps de Kyle Rigby depuis son arrivée à Black Falls.

Et même avant, pensa Jo en laissant son regard se perdre sur le paysage somptueux.

Son faucon n'était pas là, aujourd'hui ; avait-il senti que quelque chose de sinistre se tramait sur sa montagne ?

Elijah se trouvait dans la salle de restaurant avec son frère, lequel s'entretenait avec la police. A.J. n'avait pas cru un mot de ce que Rigby avait dit quand il avait appelé Mélanie.

Thomas, lui, était au coin du feu avec sa fille.

Mélanie frissonna : un souffle de vent faisait voler ses cheveux noirs devant son visage. Elle portait un blouson en peau de mouton retourné, mais sa tête était nue, son nez rouge, ses yeux enfoncés.

— J’en suis malade, dit-elle en regardant l’horizon. Malade. Ce monstre s’est infiltré dans ma vie et ensuite, je l’ai *fait entrer* dans la vie de Thomas. Il nous a tous manipulés.

— Il m’avait dit que vous vous étiez rencontrés l’hiver dernier, dit Jo.

— Oui, dans le Colorado. J’ai déjà tout expliqué à la police. Il s’est présenté comme un détective privé spécialisé dans la recherche et le sauvetage de personnes disparues. Quand Nora est partie en montagne, j’ai tout de suite pensé à lui. Cela tombait sous le sens. Il m’avait donné l’impression d’être sûr de lui, lucide, décidé…

De sa main libre, Jo cueillit une poignée de neige sur une table de bois et, malgré le froid qui brûlait ses doigts nus, la tassa pour former une petite boule. L’espace d’un instant, elle se rappela les innombrables batailles de neige qu’elle avait livrées contre les enfants Cameron. Drew y participait souvent ; il adorait la neige.

Elle lança sa boule du bord de la terrasse et la regarda s’enfoncer dans la neige fraîche et disparaître.

— Vous avez rencontré Thomas ici, en avril, reprit-elle. Vous étiez déjà venue à Black Falls ?

— Non. C’était mon premier séjour.

Elle se tourna vers Jo en enfonçant ses mains dans les poches de son blouson.

— Pourquoi ? demanda Mélanie.

— Vous connaissiez quelqu’un d’ici, peut-être ? demanda Jo.

— Non.

Mélanie sourit et ajouta :

— Je vous en prie, agent Harper… Allez droit au but. Qu'est-ce qui vous tracasse ?

— Je me demande simplement comment vous avez atterri à Black Falls quatre mois après avoir croisé Kyle Rigby dans le Colorado. Avez-vous choisi cette destination par hasard ? Quelqu'un vous en avait parlé ?

Jo marqua une pause et ajouta :

— Est-ce Rigby qui vous l'a recommandée ?

— Ah… Je vois où vous voulez en venir.

Mélanie fronça les sourcils et tourna de nouveau son regard vers la vue étincelante et interminable.

— Kyle m'a parlé du Vermont, mais je ne crois pas qu'il ait cité le nom de Black Falls. Il m'a dit qu'il adorait la région et qu'il y avait fait beaucoup de randonnées.

— Il connaissait l'emplacement du chalet de Drew, dit Jo en regardant Mélanie attentivement.

— Vraiment ? demanda-t-elle d'un air étonné. Vous en êtes sûre ?

Jo ne répondit pas.

— La police est en train de se renseigner auprès des hôtels de la région pour savoir si Rigby y a séjourné au moment de la mort de Drew.

Mélanie émit un soupir sonore.

— J'en ai la nausée, dit-elle. Vous croyez qu'il m'a suivie jusqu'ici ?

Elle frissonna, sortit ses mains de ses poches et les enfonça dans les manches de son blouson.

— Je me rends compte, maintenant, à quel point il était maléfique. Je ne comprends rien à cette histoire, mais je me sens très coupable. C'est sans doute naturel, remarquez. Les victimes ont tendance à culpabiliser.

— Vous ne m'avez toujours pas dit comment vous avez décidé de venir à Black Falls.

— Je travaillais jour et nuit, j'avais besoin de faire une pause. J'ai cherché sur internet, j'ai vu de bonnes critiques de l'auberge de Black Falls et j'y ai réservé une chambre.

— Avez-vous été en contact avec Rigby depuis le mois de décembre ?

— Non. J'avais gardé sa carte de visite en me disant qu'elle pourrait peut-être me servir un jour, et je n'ai plus repensé à lui jusqu'à ce que Nora parte en montagne. Thomas était tellement inquiet… Cela semblait être une solution idéale.

— Donc, il débarque ici par hasard et il décide de zigouiller quatre personnes sans motif ? Je n'y crois pas. Vous non plus, me semble-t-il.

— Il a tout manigancé. D'une manière ou d'une autre, il a menti, il nous a manipulés… Je ne suis pas détective, moi, qu'est-ce que j'en sais ? Si ça se trouve, c'est un tueur désaxé qui a saisi l'occasion de faire un massacre.

Mélanie était sur la défensive, à présent ; elle semblait presque fâchée.

— J'ai froid, dit-elle. Je rentre.

Jo la suivit dans la salle du restaurant, d'où les frères Cameron et leurs copains flics avaient disparu, puis dans le hall d'entrée. Devant l'immense cheminée en pierre, Thomas était installé dans un fauteuil à oreilles et tenait Nora sur ses genoux, comme si elle avait cinq ans.

Visiblement bouleversé, il serrait sa fille dans ses bras et s'aperçut à peine de la présence de Mélanie et de Jo.

— Je n'arrive pas à y croire, dit-il d'une voix brisée. Nora, ma chérie… A nous deux, on va surmonter cette épreuve. Je te le promets.

Nora tourna les yeux vers Mélanie.

— Et elle ?

— Elle veut simplement nous aider.

— Non, dit Nora. C'est faux.

Thomas eut l'air choqué et presque en détresse.

— Nora…, dit-il d'une voix gênée. Je ne sais pas quoi te répondre.

Mélanie pinça les lèvres, mais, l'instant d'après, elle fit un sourire plein d'entrain et se laissa tomber sur le canapé en face d'eux.

— Salut, dit-elle. Vous avez bien raison de rester au chaud.

Nora se laissa glisser des genoux de son père et alla se réfugier dans un autre fauteuil où elle se roula en boule, les genoux coincés sous son menton. Jo avait appris par Lauren que Carolyn Asher était sur le point d'arriver. Cette nuit, dans le chalet de Drew, Nora avait dit à Jo combien elle redoutait les retrouvailles avec sa mère. Elle serait alors obligée d'affronter la réalité de la mort d'Alex et tout ce qui s'ensuivait : l'enterrement, l'enquête policière, le chagrin de sa mère, son propre deuil. En dépit de tous leurs différends, Alex Bruni avait constitué un pilier de la vie de Nora.

Thomas était blême : il regarda Mélanie d'un air impuissant.

— Je suis désolé, dit-il dans un souffle.

Elle secoua la tête.

— Ne t'en fais surtout pas. Nora vient de vivre une expérience traumatisante.

Jo les abandonna devant le feu et retourna vers la salle de restaurant. Il n'y avait toujours personne en vue. Elle aussi se sentait prête à succomber à un trop-plein d'émotion. La fatigue la rongeait, et les questions se bousculaient en elle. Tant de questions en suspens…

A cet instant, A.J. et Elijah sortirent de la cuisine. Le premier portait une grande tarte aux pommes dorée, le second des assiettes et des fourchettes. Ils déposèrent le tout sur la table la plus proche.

— Par ici, Jo, dit A.J. Tu n'as jamais pu résister à la tarte aux pommes. C'est moi qui les ai ramassées, en plus.

— Menteur !

A.J. leva les yeux et lui sourit pour de vrai.

— Content que tu sois de retour, Jo.

Elle s'approcha de la table : des effluves de pommes et de cannelle s'élevaient de la tarte fumante.

— A.J., tu crois que Kyle Rigby a pu voler l'argent dans ta caisse pour faire accuser Devin ? Il n'aurait pas eu de mal à piquer celui de Nora, ni même à se servir dans la caisse du café. Et si…

A.J. secoua la tête d'un air de refus.

— Je n'ai pas envie de m'imaginer ce salopard en train de fouiner chez moi, tout près de ma famille et de mes clients.

Son regard bleu croisa un instant celui de Jo. Il brillait de colère et de l'amour qu'il ressentait pour sa femme, ses enfants et sa vie à Black Falls.

— On en parlera plus tard, dit-il.

Elle acquiesça d'un mouvement de la tête. A.J. découpa trois grandes parts de tarte et les déposa sur des assiettes.

Elijah s'avança vers Jo et passa un bras autour de sa taille.

— Assieds-toi vite, sinon tu risques de tomber.

Elle frissonna de nouveau, non de froid, cette fois, mais parce qu'elle venait de se rendre compte que tout recommençait comme avant. Ou que quelque chose venait de se réveiller en elle, quelque chose qui avait toujours été là, profondément enfoui, mais terriblement dangereux.

Elle était amoureuse d'Elijah Cameron. A vrai dire, elle n'avait jamais cessé de l'aimer.

34

Myrtle déposa Grit devant l'hôtel où elle était venue le chercher, puis elle le quitta. Il la laissa partir uniquement parce qu'il avait repéré la voiture de ses amis du FBI, et qu'il commençait à envisager qu'il puisse avoir besoin de leur aide. En s'avançant vers la berline noire, il appuya sur la touche rappel de son téléphone. Cette fois, ce fut Elijah, non Jo, qui décrocha.

— La tempête est passée ? demanda Grit.

— La nuit a été longue. Quelles nouvelles ?

— Alexander Bruni avait rendez-vous pour déjeuner avec Thomas Asher le jour de sa mort. C'est sûrement Asher qui a tuyauté les flics sur la livreuse à vélo. Ils viennent de recevoir des infos plus détaillées à son sujet.

— Comment le sais-tu ?

— J'ai mes sources.

Mieux valait ne pas parler à Elijah des combines de Charlie et de son cousin. Grit ne voulait pas qu'il soit obligé de mentir à sa petite amie des services secrets.

— Je suis sur le point de monter dans une voiture du FBI, dit-il. Je risque d'en avoir pour un moment. Si tu n'as pas de nouvelles d'ici six mois, viens me chercher.

— C'est promis, répondit Elijah sans hésitation.

Grit savait qu'il ne plaisantait pas.

— Et toi ?

— Je te raconterai plus tard. Là, je mange de la tarte aux pommes.

— Ah, le Vermont..., dit Grit avant de raccrocher.

La portière arrière de la voiture s'ouvrit toute seule, et Grit monta en essayant de faire abstraction de sa douleur subite au pied gauche. Cette fois, la jeune femme était au volant. Elle jeta un coup d'œil à Grit dans le rétroviseur.

— A qui parliez-vous ?

— Elijah Cameron.

Au plissement de ses yeux, Grit comprit qu'elle ne s'attendait pas à ce qu'il lui dise la vérité. Une fraction de seconde plus tard, elle avait repris son masque impassible, mais c'était trop tard. Elle était au courant de ce qui s'était passé dans le Vermont, cette nuit, pendant le silence radio d'Elijah. Grit ne pouvait en dire autant.

— Allons faire un tour chez Myrtle Smith, dit-il en attachant sa ceinture. J'étais avec elle il y a cinq minutes, mais j'ai pensé que j'aurais peut-être besoin de votre aide. Vous savez où elle habite, je pense ?

— Où étiez-vous passé ? demanda le grand dégingandé.

— A l'arrière d'une voiture avec Myrtle. C'est une sacrée nana, hein ? Avec ses grands yeux lavande...

— C'est bon, officier Taylor, dit l'agent qui conduisait. Maintenant, vous allez tout nous raconter.

— Ça me rappelle que vous avez oublié de vous présenter, tous les deux.

Ils firent semblant de ne pas entendre. La voiture dépassa l'Embassy Row et s'engagea dans une impasse arborée longée de coquettes petites villas du début du XIXe siècle.

Au bout de l'impasse, de grandes flammes s'élevaient de la fenêtre d'une maison à deux étages crépie en blanc cassé.

Les agents du FBI se mirent à jurer à voix basse. Avant même que la voiture soit à l'arrêt, Grit ouvrit la porte, se jeta à l'extérieur et traversa la pelouse en courant à grandes enjambées égales, les bras ballants, l'esprit habité par une seule et unique pensée : Myrtle.

Il la trouva effondrée dans l'embrasure de la porte, entourée d'épaisses volutes de fumée noire.

Des sifflements, des craquements et des bruits sourds s'élevaient à l'intérieur de la maison. Grit souleva Myrtle dans ses bras, retraversa la pelouse en courant et rejoignit la voiture arrêtée sur le trottoir d'en face.

L'agent maigre parlait au téléphone.

Myrtle toussa, cracha de la salive noirâtre, puis se redressa dans les bras de Grit.

— Je savais que tu me suivrais…, dit-elle.

— Tu l'espérais, en tout cas.

La jeune femme sortit de la voiture et se hâta vers eux.

— Vous n'avez rien, madame ?

— Je me porte comme un charme.

Grit voyait que Myrtle était secouée, mais il déclara néanmoins :

— Tu aurais pu me dire que tu avais reçu des menaces.

Le front de l'agent fédéral se plissa, mais elle garda le silence.

Myrtle passa une main tremblante sur ses lèvres barbouillées de suite.

— Facile à dire, avec le recul. Des menaces, j'en reçois tout le temps. Mais ces salopards-là, ils ne plaisantaient pas.

— C'est encore à propos du Russe ?

Elle toussa, fit oui de la tête et répondit :

— Andreï était quelqu'un de bien, mais il avait de sacrés ennemis.

— C'était ton…

— Ça n'a plus aucune importance.

Ses yeux lavande étaient cernés de rouge et brillants de larmes.

— Notre fameux réseau d'assassins a été chargé de l'éliminer, dit-elle.

— Tu as des preuves ?

— L'incendie de ma maison me semble suffisant.

Elle se retourna pour regarder les flammes et la fumée. Au loin, des sirènes résonnaient déjà.

— Le seul point positif, c'est je n'ai pas de chat. Je n'aimerais pas perdre un chat dans un incendie.

— Tu en avais un, avant ? demanda Grit.

Elle cracha de nouveau, puis releva les yeux.

— Pourquoi ? J'ai l'air du genre à avoir un chat ?

— Oui.

Des larmes perlaient aux grands yeux mauves de la journaliste.

— Il s'appelait Lefty, articula-t-elle. J'ai dû lui dire adieu l'année dernière. Il avait dix-huit ans. La vie, c'est nul, Grit.

— Parfois, oui.

— En tout cas, on a affaire à des gens impitoyables et dangereux.

— C'est sûr.

Le grand dégingandé raccrocha enfin et les rejoignit. Sa coéquipière le regarda un instant, avant de dire :

— Les pompiers arrivent. En attendant, Myrtle et Grit vont nous parler d'un réseau d'assassins.

35

En voyant Jo sortir de la salle de restaurant et s'avancer vers lui, Thomas eut un hoquet d'appréhension. Elle était au courant de son rendez-vous avec Alex, c'était sûr. Il aurait voulu rentrer sous terre.

— Mélanie… Je peux te demander…

— Oui, Thomas ? Qu'est-ce que je peux faire ?

Rassemblant le peu de dignité qui lui restait, il se leva. Le feu qui crépitait dans la cheminée lui brûlait le dos ; il se sentait écarlate et pris de nausée. Il était incapable de soutenir le regard de Nora.

— Ramène Nora chez les Whittaker, s'il te plaît.

— Qu'est-ce qui se passe ? demanda Mélanie en lui prenant la main.

— Ne me pose pas de questions. Fais-le, je t'en supplie.

— Bien sûr, Thomas.

Il réussit enfin à se tourner vers sa fille.

— Nora, dit-il d'une voix ferme, je veux que tu partes avec Mélanie. Lowell et Vivian t'attendent. Ils t'ont préparé une chambre d'amis, puisque la police est en train de fouiller le gîte.

— Papa…

— Ta mère te rejoindra bientôt.

Avant que Nora puisse protester, il se dégagea de la main de Mélanie. Elle devinait visiblement son désarroi, mais il n'avait pas le temps de s'occuper d'elle pour l'instant. Il se pressa d'aller vers Jo, et l'intercepta avant qu'elle n'ait pu dire quoi que ce soit devant sa fille et sa fiancée.

— J'ai paniqué, dit-il. J'ai paniqué et je me suis sauvé. Je suis désolé. Je ne sais pas quoi dire d'autre.

— Il faut que tu t'expliques à la police, dit Jo sur un ton neutre et professionnel. Scott Thorne vient d'arriver avec ma sœur. Je vais te le présenter. Vous pourrez en discuter tous les deux.

— Le rendez-vous, c'était l'idée d'Alex, reprit Thomas d'une haleine. Il voulait me parler de Nora. Il s'inquiétait pour elle. Il y avait autre chose qui le tracassait, mais il n'a pas voulu m'en parler au téléphone. Il était en retard au rendez-vous. Je l'ai attendu. Ensuite, quand il s'est fait renverser par cette voiture…

Thomas revit l'attaché-case de son ami, ses jambes inertes à l'intérieur de son pantalon à pinces.

— Je ne sais rien, Jo, je te le jure. J'ai parlé à une livreuse à vélo qui m'a dit qu'elle avait tout vu. J'ai donné son signalement à la police… En tout cas, je leur ai dit tout ce dont je me souvenais. Je n'ai rien d'autre à dire.

— Qui d'autre était au courant de ton rendez-vous avec Alex ?

— Personne, que je sache. Nous tenions tous les deux à rester discrets en raison de notre situation familiale. Jo, je ne comprends pas. Qui a pu vouloir tuer Alex ?

Thomas marqua une pause, puis répéta :

— Qui pouvait lui vouloir du mal ? Il était mon ami. Il est tombé amoureux de la femme que j'avais épousée, mais Carolyn et moi, nous n'étions pas faits pour passer notre vie ensemble.

— Savait-elle que vous aviez rendez-vous, tous les deux ?

— Je n'avais aucune raison de lui en parler, et je doute qu'Alex l'ait fait. Elle était à Hong-Kong et, à cause du décalage horaire, elle avait un emploi du temps complètement différent du nôtre. Mais il est possible qu'Alex le lui ait dit.

— Et Mélanie ?

— Je ne lui en ai pas parlé, mais je ne lui ai rien caché non plus.

Jo acquiesça d'un bref signe de tête.

— Tu vas expliquer tout ça à Scott Thorne. Il est dans la salle à manger avec A.J. et Elijah.

— Jo…

Mais elle se montra intraitable.

— Je vais le chercher.

Mélanie résista à l'envie d'attraper Nora par les cheveux et de la traîner jusqu'à la voiture au fond du parking. Si cette idiote lui lançait encore un seul regard noir, ou se remettait à pleurnicher au sujet de Devin et de l'épreuve qu'ils avaient subie cette nuit, Mélanie ne pourrait se retenir de la gifler. A cause de cette petite oie, et de l'assaut insensé livré par Kyle contre Elijah Cameron et Jo Harper, la vie qu'elle avait soigneusement construite était sur le point de s'écrouler.

— On y est presque, dit-elle avec douceur. Courage, ma chérie. Je sais que tu es fatiguée.

Nora lui lança un regard maussade et continua au même rythme indolent.

Pourquoi cette petite garce boudait-elle ? Sa vie à elle continuerait comme avant. Elle avait encore son père, sa mère et son fonds de placement. Elle retournerait à Dartmouth et reprendrait ses études. Alex était mort, certes. Et alors ? Nora avait eu peur ; et alors ? Mélanie pensa à tout ce qu'elle risquait de perdre à cause de Nora et de sa méfiance, de son refus de laisser son père tomber de nouveau amoureux. Thomas était en train de lui échapper, c'était évident. Quelqu'un avait dû le repérer à l'hôtel, le jour de la mort d'Alex, et le dénoncer à la police. Il avait eu l'air accablé de culpabilité, tout à l'heure, en voyant Jo arriver, et en même temps presque soulagé, comme s'il attendait secrètement le moment où chacun s'apercevrait qu'il s'était conduit comme un lâche et un fourbe.

Cela ne changeait rien, de toute façon. A mesure que la journée s'écoulait, et qu'elle prenait conscience que Kyle était réellement mort, Mélanie avait compris que la stupidité de son coéquipier la contraignait à régler elle-même le problème Nora Asher.

« Puisses-tu brûler en enfer, Kyle. »

Arrivée devant la voiture de location, elle ouvrit la porte du côté passager. Kyle devait bien savoir qu'Elijah et Jo étaient armés. Ils n'étaient pas des assassins comme lui, mais ils étaient amplement capables de se défendre.

Il ne s'était pas suicidé. Pas consciemment, du moins. Le connaissant, Mélanie était convaincue qu'il croyait pouvoir s'en tirer. Malheureusement, il n'était pas très doué pour l'improvisation.

Contrairement à elle.

— Voilà, dit-elle en ouvrant la porte. Tu veux que je t'aide à…

— Je me débrouille, répliqua Nora.

Cette dernière passa devant Mélanie et se laissa choir sur le siège de la voiture.

Mélanie plissa les lèvres et garda le silence. Il lui aurait été tellement facile de se pencher vers Nora et de l'étrangler sur-le-champ ! Mais Kyle lui serinait toujours qu'il était dangereux d'obéir à ses impulsions, de laisser l'attrait de l'imprévu l'emporter sur la logique de ses intérêts personnels.

Elle fit le tour de la voiture et s'installa au volant. D'un geste très calme, elle passa la main dans son blouson en peau de mouton et sortit le pistolet que Kyle lui avait donné, la veille au soir. Elle le glissa dans sa poche extérieure droite et adressa un petit sourire satisfait à Nora.

— Tu es dans un sale pétrin, ma belle-fille chérie.

— Je ne suis pas ta belle-fille, répliqua Nora, et je te déteste.

— Peu importe, déclara Mélanie en mettant la clé dans le contact.

— Où est-ce que tu m'emmènes ?

— Dans un endroit où tu attendras une mort froide et solitaire, comme celle de Drew Cameron. Au bout d'un moment, tu auras tellement froid que tu commenceras à avoir sommeil. Tu arrêteras de frissonner et tu t'endormiras. Ce sera agréable, tu verras. J'expliquerai aux flics que tu es partie retrouver Devin. Et ils me croiront.

— Tu es la complice de Kyle Rigby, n'est-ce pas ?

— Kyle est mort, et je vais épouser ton père le jour de la Saint-Valentin.

— Non, tu vas mourir d'une mort horrible et tu brûleras pour toute l'éternité dans les flammes de l'enfer.

L'espace d'un instant, quelque chose dans la voix de Nora — une note de certitude morale, peut-être — réussit à effrayer Mélanie. C'était la première fois que cela lui arrivait depuis des années, mais elle se reprit rapidement. Elle allait emmener Nora dans un endroit isolé en montagne. Avec le mauvais temps et la tombée de la nuit, il n'y avait quasiment aucune chance pour qu'on la retrouve à temps.

Jo venait de confier Thomas aux bons soins de Scott Thorne et de revenir au coin du feu quand elle reçut un appel de Mark Francona. Elle s'y attendait. Il ne lui posa aucune question au sujet de la fusillade, mais annonça brusquement :

— La police a reçu un nouveau tuyau. Ils ont retrouvé

la livreuse. Soi-disant qu'elle ne s'était pas présentée parce qu'elle supposait qu'il y avait eu d'autres témoins.

— Elle a vu le chauffeur ?

— Oui. C'était une femme. Une femme aux cheveux blonds. Une perruque, sans doute.

— Rigby avait donc une complice.

— A supposer qu'il soit impliqué dans la mort de Bruni, dit Francona.

— Il l'est.

Jo marqua une pause avant d'ajouter :

— C'est la fiancée de Thomas Asher qui lui a conseillé d'engager Rigby.

— Elle est où, en ce moment, cette fiancée ?

— Avec Nora. Je te laisse.

Elle lâcha le téléphone et dégaina son arme tout en se précipitant vers la porte. Elle ne fut qu'à moitié surprise de voir Elijah lui emboîter le pas.

— C'est Mélanie, dit Jo.

— Je vais récupérer Nora.

— Elijah…

Il passa devant elle, se rua dehors et partit en courant vers l'autre bout du parking, où était garée la voiture de Mélanie. Jo le suivit en braquant son arme sur la place du conducteur. La vitre de la voiture s'abaissa en ronronnant et le visage de Mélanie apparut. Elle paraissait abasourdie.

— Mais qu'est-ce qui vous…

— Mettez les mains au-dessus de la tête, bien en vue, dit Jo.

— Pourquoi ? Qu'est-ce qui…

— Levez les mains. Maintenant.

Mélanie s'exécuta.

— Bonté divine, Jo ! Détendez-vous.

Elijah ouvrit la portière du côté passager et arracha Nora à la voiture.

— Elle a une arme ! hurla l'adolescente.

Elijah s'éloigna en portant Nora dans ses bras, et se réfugia avec elle derrière sa voiture.

Mélanie regarda Jo et soupira bruyamment.

— Elle raconte n'importe quoi. Où aurais-je trouvé une arme ? Je la raccompagne chez les Whittaker, c'est tout. Je sais qu'elle est perturbée, mais il y a des limites…

— Gardez vos mains bien en vue. Pas de gestes brusques.

— Pourquoi me traitez-vous comme une criminelle ?

— Un témoin vous a vue au volant de la voiture qui a tué Alex Bruni, répondit Jo sans cesser de la viser de son arme. Vous êtes en mauvaise posture, Mélanie. Votre complice est mort. Il a décidé de nous affronter parce qu'il savait qu'il n'avait pas le choix. Soit il nous tuait, soit il se faisait éliminer par les siens. Vous feriez mieux de coopérer.

Des larmes brillaient dans les yeux de la jeune femme.

— Arrêtez, je vous en prie… Je ne comprends rien.

— Rigby et vous, vous avez échoué. Je parie que les gens pour qui vous travaillez n'acceptent pas les échecs. La police est en train de passer le chalet de Drew au peigne fin. Si vous y avez laissé ne serait-ce qu'un cil, le jour où vous avez tué Drew Cameron, ils le retrouveront.

Mélanie ne répondit pas tout de suite. Une sorte de calme s'empara d'elle, et elle posa sur Jo un regard froid et sanguinaire.

— Drew est mort en croyant échanger sa vie contre celle de son fils.

— C'est un mensonge, lança Elijah d'une voix dure.

— Pas du tout, répondit Mélanie à Jo.

Elle prenait clairement plaisir à évoquer le souvenir de cette journée.

— Il avait eu une prémonition, poursuivit-elle. Il savait que son fils était en danger de mort. Il est mort, et Elijah a survécu.

— Il vous avait démasqués, dit Jo. Il savait ce que vous complotiez, avec Rigby. C'est pour ça que vous l'avez tué.

Elijah ne bougeait pas de son poste derrière sa voiture, mais Jo le sentait bouillir.

— J'étais déjà blessé, dit-il, quand mon père est mort. Peut-être qu'il en a eu l'intuition. Peut-être pas. Quoi qu'il en soit, vous l'avez tué pour des raisons qui n'avaient rien à voir avec moi.

Jo fit un pas en direction de la voiture. Dix mètres environ la séparaient de Mélanie.

Celle-ci continuait visiblement à s'amuser.

— A l'instant où Drew nous a vus, Kyle et moi, il a compris qu'il était mort. Que c'était son destin.

— Destin, mon œil ! s'exclama Elijah. Vous étiez armés. Lui non. Vous l'avez tué. Vous lui avez pris son sac à dos et vous vous êtes assurés qu'il mourrait de froid.

Sans s'approcher davantage, Jo lança :

— Ouvrez la portière, Mélanie. Sortez de la voiture. Faites exactement ce que je vous dis, ni plus ni moins.

Une étincelle de peur s'alluma dans le regard de la jeune femme.

— Si je coopère avec vous…

A cet instant, des flammes jaillirent de la voiture et Jo fut violemment projetée en arrière tandis qu'une double détonation résonnait dans ses tympans. Un vide d'air se créa autour de la voiture, laquelle décolla du sol, puis revint s'y écraser dans un bruit terrible. Une seconde plus tard, elle se transformait en brasier.

Ecrasée sur le sol, Jo s'asphyxiait. Comme au ralenti, elle vit Elijah se précipiter vers elle. Avant qu'il ne puisse l'atteindre, elle roula sur le ventre et enfouit ses mains dans la neige jusqu'aux poignets. Le choc thermique la secoua et lui donna la force de se relever.

Elijah était là, devant elle. Il la prit dans ses bras.

— Il n'y a rien à faire pour elle, Jo. C'est fini.

— Qu'est-ce qui…

— Un explosif commandé à distance. Peut-être par un téléphone portable.

Jo hocha la tête. La fumée acide envahissait ses narines et lui brûlait la gorge.

— Celui l'a déclenché doit être dans les parages. On n'a pas de temps à perdre.

A.J., Scott Thorne et Beth sortirent de l'auberge en courant, des extincteurs à la main. Eux aussi constatèrent rapidement qu'il n'y avait aucun espoir de sauver Mélanie Kendall. L'engin explosif avait été placé tout près d'elle, sans doute sous son siège. Son assassin ne lui avait laissé aucune chance de s'en tirer.

— Elle a été tuée par les siens, dit Jo.

Elijah hocha la tête d'un air sombre.

Thomas apparut à l'entrée principale de l'auberge. Il hésita un instant, le temps d'enregistrer ce qu'il voyait, puis descendit les marches à toute vitesse, bouscula A.J. et Scott, et se mit à courir vers la voiture en hurlant non le prénom de sa fiancée, mais celui de sa fille.

Elijah l'attrapa par le bras et le conduisit vers Nora. Roulée en boule sur l'asphalte, la jeune fille ne bougeait plus. Son père tomba à genoux devant elle et l'entoura de ses bras en sanglotant.

— Nora, mon Dieu… Dieu merci…

— Il faut qu'on essaie de retrouver celui qui a déclenché l'explosion, dit Jo à Scott Thorne.

Celui-ci demandait déjà des renforts par radio à ses supérieurs. Jo emboîta le pas à Elijah, et A.J. les suivit. Mais elle comprit à leurs visages qu'ils pensaient la même chose qu'elle. Ils ne retrouveraient pas l'assassin professionnel qui venait d'appuyer sur un bouton pour éliminer une de ses collègues.

36

Grit entra dans le bar préféré de Myrtle à Washington, un endroit rococo aux murs rose pâle ornés de photos d'anciennes stars du cinéma. Il la trouva dans un box de bois sculpté, attablée devant une bougie allumée et un Perrier-citron. Elle n'avait pas l'air d'aimer ça.

— Salut, Myrtle, dit-il. Tu sais où tu vas dormir, ce soir ?

— Peut-être ici, répondit-elle en haussant les épaules. Les patrons m'aiment bien. Je pourrais dormir sous la table.

— Je parie que tu as réservé une chambre aux Four Seasons.

— Sûrement pas. J'ai horreur de gaspiller mon argent dans les hôtels chic. Quoi qu'il en soit, ne me propose surtout pas ton canapé. Je t'ai déjà dit que je ne supportais pas les rats.

Elle avala une grande gorgée d'eau pétillante, puis reposa son verre sur la table et le fixa comme s'il contenait des réponses.

— L'enquêteur spécialisé en incendies criminels dit que le feu est parti de mon bureau. Sans doute d'un court-circuit électrique.

— Il n'a quand même pas essayé de te faire croire que c'était un accident.

— Non, mais l'objectif principal n'était pas de me tuer.

Je pense qu'ils voyaient plutôt ma mort comme un bonus éventuel.

Elle arracha la tranche de citron à sa pique et la fit tomber dans l'eau.

— J'avais pas mal de documentation dans ce bureau. Tout est parti en fumée. On avait raison, au sujet de ces salopards. Ils savent qu'on est à leurs trousses.

— Que dit la police ?

— Rien. Tes copains du FBI non plus.

— Ça la fout mal pour eux, répliqua Grit. Ce réseau, personne ne l'avait détecté. Si ça se trouve, c'est un type tout seul dans sa cave avec un ordinateur qui engage des tueurs pour le compte de gens qui veulent éliminer quelqu'un.

— Quelqu'un comme Andreï, par exemple.

— Exact. Qu'y avait-il entre vous, Myrtle ?

— Je l'aimais. Lui aussi. Mais on n'aurait jamais formé un couple. Je ne suis pas du genre mariable, et lui, c'était un bourreau de travail. Pire que moi.

Elle détourna le regard : ses beaux yeux lavande étincelaient, mais aucune larme ne s'en échappa.

— Ce n'est pas facile de recruter des assassins professionnels, Grit. Ils ne doivent avoir aucun lien avec la victime. Aucun sentiment à son égard. Aucune raison de le tuer. C'est une simple histoire d'argent. Des fois, je me demande qui je déteste le plus — l'assassin qui a tué Andreï, ou celui qui a commandité sa mort.

— Je suis désolé, pour Petrov…

— Merci.

Elle s'éclaircit la gorge et se concentra de nouveau sur son verre.

— J'ai l'impression que Drew Cameron et Alex Bruni sont morts pour la même raison que ma maison a brûlé. Ils en savaient trop long sur ces salopards.

— Je pense que tu as raison, dit Grit au bout d'un moment.

Une jolie serveuse à la silhouette fine, portant une robe d'un rose un peu plus vif que celui des murs, vint prendre la commande de Grit. Il demanda un scotch sans glace ni eau. Après le départ de la jeune femme, Myrtle leva les yeux au ciel.

— C'est quoi, exactement, ton problème avec les femmes ?

— Tu sais, Myrtle, tu aurais pu mourir aujourd'hui.

— Ah ! Ils vous apprennent quand même ça, à l'école des SEALS — que le feu peut tuer ?

— Ça ne s'appelle pas l'école des…

— Ne me fatigue pas. Tu sais très bien ce que je veux dire. Je ne suis pas morte aujourd'hui. Toi non plus.

Elle leva ses yeux vers lui. Dans la semi-pénombre, ils étaient d'un violet presque noir.

— Tu n'es pas mort en avril dernier, non plus.

— J'aurais dû.

Myrtle glissa la main dans son sac et en sortit une photographie couleur imprimée depuis un ordinateur.

— Regarde. C'est le fils de Moose Ferrerra. Il a trois mois et s'appelle Ryan Cameron Ferrerra. Il est adorable, non ? Sa mère lui a donné les prénoms des deux hommes qui se sont battus aux côtés de son père au cours des dernières heures de sa vie. Deux hommes qui ont été grièvement blessés, eux aussi, et qui auraient pu mourir cette nuit-là.

— N'essaie pas de transformer cette histoire en drame humain pour la télévision, s'il te plaît, dit Grit sans regarder la photo.

Myrtle pressa son quartier de citron entre ses doigts.

— Ne fais pas ta tête de mule, s'il te plaît. Ce bébé porte les noms de trois hommes bien.

— Ce qui s'est passé en avril est une erreur. Moose avait une famille. Pas moi. C'est moi qui aurais dû y passer.

— Elijah Cameron non plus n'a pas de famille.

— Si, objecta Grit. Elle est un peu différente de celle

de Moose, voilà tout. De toute façon, Elijah n'était pas un SEAL, et il n'était pas censé mourir. Moi, je l'étais.

— Tu es toujours un SEAL, Grit. Et la veuve de Moose ne voit pas les choses comme toi.

La serveuse apporta le verre de Grit. Il flirta gentiment avec elle en faisant comme si Myrtle n'était pas là. Mais la jeune femme dut repartir au bout d'un moment, et Myrtle était difficile à ignorer.

— Elijah a créé un fonds de placement pour les deux enfants de Moose — un garçon de deux ans et le petit que je viens de te montrer. Mets de l'argent de côté pour eux. Rends-toi disponible pour ces deux enfants quand ils voudront en savoir plus sur leur père.

— Je te conseille d'arrêter, Myrtle.

Mais visiblement, elle n'écoutait pas.

— Laisse Moose partir, Grit. Laisse-le reposer en paix.

Grit but son scotch et réfléchit en silence à la vie de la journaliste assise en face de lui. Aux drames qu'elle avait dû connaître. Aux fantômes qui devaient la hanter. Celui du Russe empoisonné, et bien d'autres.

— Allez, hop, dit-elle.

Elle avala une dernière gorgée et repoussa son Perrier au milieu de la table.

— On va faire un tour à pied jusqu'au mémorial de Lincoln ?

— Dis-moi, Myrtle, tu l'as rencontré, Lincoln ?

— Il est aussi insupportable que toi, Elijah Cameron ?

— Oui.

— Dommage, parce qu'après avoir bavardé un peu avec Lincoln, on part dans le Vermont, tous les deux. Le SEAL unijambiste et la journaliste solitaire au portefeuille plein de photos de chat. On va aller voir cet autre fantôme de ta connaissance, ce Cameron, et lui parler d'un réseau d'assassins.

— J'aime bien le sirop d'érable, grommela Grit. Mais à part ça, le Vermont…

Il dut s'arrêter pour l'attendre pendant leur promenade jusqu'au mémorial, puis de nouveau sur les marches qui menaient à la statue monumentale. Ce n'était pas une question d'âge ni de forme physique, Grit le savait. C'était plutôt lié à l'incendie de sa maison. Au Russe. Aux assassins professionnels. Peut-être même à Charlie Neal.

Arrivé tout en haut des marches, il sentit Moose apparaître à côté de lui, mais quand Grit se tourna pour parler à son ami et coéquipier — l'homme qui lui avait sauvé la vie —, celui-ci avait disparu.

37

Jo trouva Nora assise par terre devant la cheminée, les genoux calés sous le menton, le regard perdu dans les flammes. Lowell Whittaker venait d'appeler pour dire que la mère de Nora était arrivée et que Vivian et lui s'apprêtaient à la conduire à l'auberge.

Thomas était encore entendu par les forces de l'ordre. Arrivant dans le sillage de l'assassinat de son meilleur ami et du silence qu'il avait gardé au sujet de leur rendez-vous, la mort de sa fiancée soulevait de nombreuses questions. Des dizaines de voitures de police s'alignaient le long de la route des crêtes. Police locale, police du Vermont, FBI, ministère public fédéral et local — tout le monde était là.

Même Wes Harper, l'ancien chef de police de Black Falls à la retraite.

— Je peux me joindre à toi ? demanda Jo à Nora.

En l'absence de réponse, elle s'assit à côté de la jeune fille. Le feu ronflait ; il semblait que toutes les personnes qui passaient devant y ajoutaient une bûche ou deux.

— Je dormirais bien ici, dit-elle. Tu as mangé quelque chose, Nora ?

— J'ai bu du chocolat chaud.

— Moi aussi. Il est délicieux, non ?

— Sans doute. Est-ce que… est-ce que Devin va bien ?

— Il est chez lui avec son frère et sa sœur. Il est épuisé, mais il va s'en sortir.

Nora renifla sans quitter le feu du regard.

— Il m'a sauvé la vie. J'aimerais pouvoir en dire autant.

De grosses larmes coulèrent le long de ses joues.

— J'aimerais avoir fait quelque chose.

— Tu as fait confiance à ton intuition qui te disait que tu n'étais pas en sécurité après la mort d'Alex. Ce n'est pas rien.

Jo parlait d'une voix douce mais ferme ; elle était convaincue de ce qu'elle disait. Elle sentait la présence d'Elijah derrière elles, assez près pour entendre leur conversation, mais assez loin pour ne pas les gêner.

— Drew Cameron est allé à Washington en avril dernier, deux semaines avant que tu ne viennes en week-end ici avec ton père.

Nora ne répondit pas. Elle n'avait pas l'air de sentir les larmes qui inondaient son visage.

— Tu l'as croisé ? demanda Jo.

— Il est venu voir Alex à son bureau, répondit Nora subitement. J'y étais. On venait d'avoir une dispute affreuse au sujet de l'université où j'irais cette année. Papa n'avait pas encore rencontré Mélanie, à ce moment-là. Drew a débarqué à l'improviste. Je l'avais déjà croisé à Black Falls, mais je ne le connaissais pas vraiment. Il avait une dégaine…

Elle aspira une bouffée d'air en reniflant.

— Sur le coup, j'ai trouvé qu'il avait l'air d'un vrai péquenaud.

— Il aurait été content de le savoir, dit Jo en souriant.

— Vraiment ?

— Tu peux me faire confiance. Drew n'avait aucune envie qu'on le confonde avec les gens de Washington. Il t'a dit quelque chose ?

— Seulement qu'il voulait parler à Alex. Alex n'a pas

été très sympa avec lui, mais il l'a quand même reçu dans son bureau.

— Et toi, tu as été sympa ?

Nora enfonça son menton entre ses genoux, visiblement rongée par les regrets.

— Il m'a dit que quand j'aurais son âge, je comprendrais que les gens que j'aimais et qui m'aimaient étaient plus importants que le choix d'une université. Il m'a énervée et je me suis moquée de lui.

Elle enfouit son visage entre ses genoux et poursuivit d'une voix étouffée :

— Il allait bientôt mourir, et je me suis moquée de lui.

Derrière elles, Elijah garda le silence. Jo s'imprégna un moment de la chaleur du feu ; elle sentait sourdre en elle ses propres regrets, sa propre fatigue.

— Drew était un homme avisé, reprit-elle enfin. Il a sûrement compris que tu avais dix-huit ans et que tu te cherchais. Il avait beaucoup de soucis, lui aussi, bien plus que je ne l'ai deviné, sur le moment. Il ne m'a pas tout dit. Il est aujourd'hui évident qu'il savait certaines choses au sujet de personnes très dangereuses.

Nora leva la tête, mais évita le regard de Jo.

— Il a demandé à Alex de l'aider. Je ne sais pas de quoi il s'agissait, je n'ai pas entendu les détails. Mais Alex était furieux contre moi et il a passé ses nerfs sur Drew. Maintenant, ils sont morts tous les deux.

— Je te garantis que leur mort n'est absolument pas liée à toi. Ni à ton comportement ce jour-là.

Elijah s'approcha enfin. Il s'accroupit à côté de Nora, cala un doigt sous le menton de la jeune fille et lui releva la tête avec douceur, pour qu'elle puisse le regarder dans les yeux.

— Ecoute-moi bien, d'accord ?

Il attendit son hochement de tête, puis laissa retomber sa main et enchaîna :

— Mon père n'est pas mort à cause de toi. Alex et lui sont morts parce qu'ils en avaient trop appris sur un réseau de tueurs professionnels. Mélanie et Kyle en faisaient partie. On ne connaît pas encore tous les détails au sujet de ce réseau. On ne les connaîtra peut-être jamais.

— Cette Mélanie…

— Elle a été tuée par les siens. En s'engageant dans une relation avec ton père, elle les a mis en danger. Cela leur compliquait la vie.

— Parce que Devin et moi, on faisait des recherches sur elle…

— Non, coupa Jo. Mélanie est morte à cause des crimes qu'elle a commis. Si elle avait été une simple décoratrice d'intérieur, elle se serait moquée de savoir que tu faisais des recherches sur elle.

Nora ne répondit pas tout de suite. Au bout d'un moment, elle se redressa et s'assit en tailleur. Les grandes ombres noires sous ses yeux et le tremblement de sa lèvre inférieure trahissaient sa fatigue et sa détresse. Elle s'adressa enfin à Elijah.

— Si on ne s'était pas disputés, avec Alex, peut-être qu'il aurait écouté ton père. Peut-être qu'ils auraient pu les arrêter, ces tueurs.

— Si mon père avait compris qu'il avait affaire à un réseau d'assassins, dit Elijah, il se serait adressé à la police plutôt qu'à ton beau-père. Je ne sais pas ce qu'il avait découvert, mais cela les a suffisamment inquiétés pour le tuer.

— Cette Mélanie… cette femme horrible, dit Nora en pâlissant. Ce qu'elle a dit sur ton père…

— Je suis certain que mon père aurait échangé sans hésitation sa vie contre la mienne. Ce n'est pas ce qui est arrivé, mais j'espère qu'au moment de mourir, il a pensé que cela signifiait que je survivrais. J'espère qu'il a eu cette consolation.

— C'était quelqu'un de bien, Elijah. Mes parents à moi…

— Ils ont fait quelques erreurs, c'est sûr. Ton père en particulier.

— Je n'ai pas envie d'aller à l'enterrement d'Alex.

— Vas-y quand même, dit Elijah. Donne-toi une chance de lui faire tes adieux.

38

C'était la première fois qu'Elijah pénétrait dans la cuisine des Harper depuis plus d'une décennie. Elle n'avait pas changé d'un iota, et il n'en fut pas étonné. Sur la table ronde en chêne, Wes Harper alignait des dizaines de bocaux de compote de pommes. Il avait laissé Elijah entrer ; ce dernier estimait que c'était déjà bien. Cinq jours s'étaient écoulés depuis l'épreuve qu'il avait endurée sur la Cameron Mountain aux côtés de Jo, de Nora et de Devin.

La plupart des journalistes qui avaient afflué sur les lieux au cours des vingt-quatre heures suivant la mort de Kyle Rigby puis de Mélanie Kendall étaient maintenant repartis.

Aucun des communiqués de la police n'avait mentionné l'existence d'un réseau de tueurs professionnels.

Jo était toujours dans son chalet au bord du lac. Elle courait tous les matins et s'entretenait avec ses collègues des différents services de police. Arrivé un matin en avion, son patron était reparti le soir même. Mark Francona avait donné l'impression à Elijah d'être un vrai dur à cuire. Elijah lui avait proposé le prêt de son canoë, au cas où Francona et Jo voudraient faire le tour du lac avant qu'il ne gèle. Francona n'avait pas eu l'air de trouver cela drôle.

Grit Taylor et Myrtle Smith avaient débarqué le lendemain de la tempête, et ils n'avaient pas l'air disposés à repartir. Grit s'était installé dans le plus isolé et le plus décrépit des chalets de Jo ; Myrtle avait pris la meilleure chambre à l'auberge des Cameron. Sa présence constituait une distraction bienvenue pour A.J. et Lauren — Myrtle s'enthousiasmait pour l'idée d'un centre de remise en forme en pleine nature.

Les cadets des enfants Cameron étaient rentrés à Black Falls. A.J., Elijah, Sean et Rose s'étaient retrouvés devant la cheminée de l'auberge, la veille au soir, et avaient fini par parler jusqu'au lever du jour.

En repartant pour le lac, ce matin, Elijah savait avec certitude ce qu'il devait faire. Peu importait que Jo ne soit revenue dans sa vie que depuis quelques jours. D'une certaine manière, elle n'avait jamais cessé d'en faire partie.

— J'aimerais vous parler, monsieur Harper, dit-il au père de Jo.

Wes Harper tenait un feutre noir indélébile à la main.

— Drew avait raison, dit-il en notant soigneusement la date sur la capsule d'un bocal. Je ne t'ai jamais fait de cadeaux.

— A cause de Jo, n'est-ce pas ?

— Oui.

Il leva vers Elijah des yeux plus sombres que ceux de sa fille, mais qui présentaient tout de même une certaine ressemblance.

— Je n'ai pas cherché à te créer des ennuis, mais je n'avais jamais été aussi sévère envers quelqu'un, et je ne l'ai jamais été depuis. Peut-être qu'un jour, tu auras toi aussi une fille adolescente, et tu pourras me pardonner.

Elijah haussa les épaules.

— Je vous ai pardonné depuis longtemps. Vous m'avez probablement sauvé la vie. C'est grâce à vous qu'aujourd'hui je peux demander à votre fille de m'épouser.

La main de Wes Harper resta suspendue au-dessus du bocal.

Elijah ne se laissa pas décourager. Il ne se laisserait plus jamais décourager, songea-t-il, en ce qui concernait son amour pour Jo.

— J'aimerais avoir votre soutien, reprit-il.

Harper posa son feutre et fixa son regard sur Elijah.

— Ce serait un honneur de t'avoir pour gendre… si Jo est assez folle pour accepter.

Il ne souriait pas, cependant.

— Si elle refuse, Elijah, promets-moi de ne pas insister. Promets-moi que tu la laisseras partir pour de bon, cette fois.

— Elle acceptera.

— Oui, répondit Harper en souriant presque. Je crois que tu as raison.

— Je sais qu'on n'est pas ensemble depuis très longtemps…

— Depuis quinze ans, Elijah. Elle a eu son premier béguin pour toi à six ans. C'est un cas désespéré.

Wes Harper n'était pas du genre à palabrer pendant des heures, toutefois, surtout en ce qui concernait les affaires de cœur.

— Ces deux tueurs…, reprit-il. Rigby et Kendall. Ils n'étaient pas seuls.

— Non, reconnut Elijah.

— Et Jo, elle en dit quoi ?

— Elle refuse de m'en parler, mais je crois qu'elle participe à l'enquête.

Harper soupira.

— J'aime mieux te dire que toute cette histoire me fout les chocottes. Avoir une fille dans les services secrets, c'est…

— Jo est la fille de son père, monsieur Harper. Elle non plus, elle ne fait de cadeaux à personne.

— Tant mieux, déclara Harper avec un sourire. Tant mieux. Et laisse tomber les « monsieur », s'il te plaît. Tu peux m'appeler Wes, tout simplement.

*
* *

Au café des Three Sisters, c'était soir de grand nettoyage. Jo venait de récurer l'évier en inox de la cuisine et elle s'apprêtait à attaquer le plan de travail quand la belle et discrète Dominique sortit une plaque de scones du four.

— C'est l'heure de la pause ! dit Jo.

Scott et les deux sœurs Harper attrapèrent des scones, des assiettes, des couverts, du beurre et de la confiture, et allèrent s'installer dans la salle.

Hannah et même l'inépuisable Dominique promirent de les rejoindre bientôt. Pour la première fois depuis des jours, les événements dramatiques survenus sur la Cameron Mountain n'étaient plus au centre de toutes les préoccupations. Même Devin, qui se remettait rapidement de ses blessures, avait emmené son frère Toby au cinéma, un acte de normalité qui rassurait visiblement leur sœur aînée.

Alors que Jo s'apprêtait à croquer dans un scone, son téléphone sonna. Cette intrusion lui arracha une petite grimace ; c'était sans doute Mark Francona. Son patron l'avait « condamnée » — c'était le mot qu'il avait employé — à rester au moins quelques semaines de plus dans le Vermont. Francona avait apparemment passé l'éponge sur l'histoire de Charlie Neal ; il ne s'intéressait plus qu'au réseau d'assassins. Désormais, la présence de Jo à Black Falls constituait selon lui une preuve de sa propre intelligence supérieure et de son intuition.

— Achète une pelle à neige, lui avait-il dit. Tu vas passer un certain temps dans le nord glacial.

Mais la voix à l'autre bout du fil n'était pas celle de Francona.

— Agent Harper ?

Jo la reconnut et se redressa sur sa chaise.

— Oui.

— Preston Neal à l'appareil. Le père de Charlie et de Marissa. Je voulais vous dire…

Manifestement ému, le vice-président s'interrompit un instant, puis s'éclaircit la gorge et reprit.

— Je voulais simplement vous remercier, Jo, de tout ce que vous avez fait. Pour Charlie comme pour Marissa.

— Je n'ai fait que mon travail.

— Vous avez sauvé la vie de Marissa. Quant à Charlie… Il faut vraiment que je lui consacre un peu plus de temps. Les années passent tellement vite ! Dire qu'il a déjà seize ans…

— C'est un garçon extraordinaire.

— Merci, Jo. Sa mère et moi sommes du même avis.

Jo prit conscience du regard noir que lui lançait Scott Thorne à l'autre bout de la table, comme s'il devinait que cette conversation allait lui compliquer la vie. Beth, qui était assise à côté de lui, jeta un coup d'œil à sa sœur, puis entreprit de distraire son petit ami en lui collant un petit morceau de beurre sur le nez. Scott se mit à rire, sans doute pour la première fois depuis qu'il était monté sur la face nord de la Cameron Mountain, quelques jours auparavant.

L'enquête sur Kyle Rigby, Mélanie Kendall et leur réseau de complices ne faisait que commencer. Elle serait longue, approfondie et méticuleuse.

Pour l'instant, tout laissait croire que Charlie Neal avait eu raison.

Mais pas sur tous les points.

— Monsieur le vice-président, dit Jo, votre fils doit comprendre que ce qui est arrivé à sa sœur, l'automne dernier, était un accident. Il n'y a aucun lien avec cette affaire.

— Vous parlez du réseau d'assassins, n'est-ce pas ? demanda Preston Neal. Charlie vous a un peu aidés, si j'ai bien compris ?

— Oui. Il a l'œil, mais c'est encore un gamin. Il ferait

mieux de jouer à des jeux vidéo et de réussir ses examens de calcul différentiel.

— Le problème de Charlie, c'est qu'il est capable de faire tout cela en plus d'aller fourrer son nez dans les affaires des autres.

Ce fut dit sur un ton d'amour paternel, de fierté et d'exaspération mêlés.

— Mais vous, Jo, ajouta le vice-président, vous allez bien, j'espère ? Vous avez rendu tellement de services à ma famille… N'oubliez pas de vivre votre propre vie.

Les pensées de Jo se tournèrent vers Elijah. Elle avait entendu son pick-up passer devant chez elle, ce matin, à l'aube ; elle savait qu'il rentrait d'une longue nuit en compagnie de sa sœur et de ses deux frères. Jo était en train de s'étirer avant d'aller courir. La veille, Grit Taylor avait proposé de l'accompagner ; il était capable de suivre une fille des services secrets sans problème, avait-il dit. Ils s'étaient donné rendez-vous à l'aube, et, comme Grit semblait être du genre à l'arracher aux couvertures, Jo s'était préparée à l'heure dite. Il n'avait cessé de la taquiner tout au long de chemin… et il avait réussi à la suivre. A leur retour, ils avaient vu Elijah, au loin, qui faisait des ricochets dans le lac.

— La différence entre Cameron et moi, avait dit Grit sur un ton calme et exceptionnellement sérieux, c'est que je regrette d'avoir survécu. Elijah ne croyait pas s'en tirer, mais il est heureux d'être en vie. A cause de toi.

Puis il était parti, laissant Jo à la solitude de son chalet glacé.

Comme s'il avait lu dans ses pensées, Preston Neal reprit :

— On m'a parlé d'un officier des forces spéciales.

— On est amis depuis l'enfance.

— Je considère le sergent Cameron comme un héros.

Son ami Ryan Taylor aussi. Et vous aussi, Jo. Faites bien attention à vous, tous les trois.

— C'est promis, monsieur le…

Elle s'interrompit, reprenant conscience des gens qui l'entouraient, et ajouta :

— Merci d'avoir appelé.

Jo rangea son téléphone en évitant les regards curieux de ses compagnons de tablée. Elle finit son scone en silence ; elle avait l'impression d'avoir été brusquement rappelée à la réalité. Comment avait-elle pu se leurrer ? Elle ne pourrait jamais mener une vie normale dans le village où elle était née. Elle avait décidé de partir à dix-huit ans ; aujourd'hui, elle n'avait plus sa place ici.

Sa sœur lui décocha un coup de pied sous la table.

— Allez, Jo, ne fais pas cette tête… Tu vas les attraper, ces méchants. Vous ne vous êtes pas trop mal débrouillés, au premier round.

— Si au moins on avait réussi à en avoir un vivant…

— Ça ne sert à rien de penser comme ça, déclara Scott en secouant la tête, et tu le sais très bien. Rigby avait une centaine de cartouches sur lui. Elijah et toi, vous n'aviez pas le choix. Quant à Mélanie Kendall… Elle jouait un jeu très dangereux.

Beth se pencha par-dessus la table en direction de sa sœur.

— Jo, si Elijah et toi n'aviez pas agi aussi rapidement, Nora serait morte.

Jo comprit à demi-mot. Sa sœur était arrivée sur les lieux de l'explosion avant tous les autres membres du personnel médical, et elle avait vu de près l'état du cadavre de Mélanie. Selon la police, la bombe placée sous le siège du conducteur était simplement constituée de poudre sans fumée, de poudre noire et de deux fils de cuivre reliés à un téléphone portable. Il avait suffi de faire sonner ce dernier pour déclencher l'explosion.

Nora était rentrée à Georgetown, dans la maison que sa mère partageait jusqu'ici avec Alexander Bruni. Thomas coopérait avec la police. Les enquêteurs s'étaient intéressés aux recherches menées par Nora et Devin sur sa fiancée ; on avait déjà découvert qu'un client potentiel de la décoratrice d'intérieur avait été assassiné. On attendait les résultats des tests ADN de Mélanie et de son complice pour les comparer aux prélèvements réalisés dans le chalet de Drew.

Jo attrapa un autre scone et se leva. Elle venait de se rendre compte qu'elle avait rappelé à tout le monde les événements qu'ils essayaient à tout prix d'oublier, ne serait-ce que pendant quelques heures.

— Je ferais mieux d'y aller, dit-elle.

Scott tendit vers elle un doigt sévère.

— Assieds-toi. Finis de manger.

Puis il ajouta avec un petit sourire :

— Tu es coriace, mais je sais que tu es incapable de résister, face à un scone.

Il posa son bras sur le dossier de la chaise de Beth, laquelle vint appuyer sa tête contre son épaule.

— Reste avec nous, Jo, poursuivit-il. On a tous besoin d'en parler. Pourquoi est-ce que tu ferais exception ?

Hannah et Dominique sortirent de la cuisine à ce moment précis, et Jo reprit sa place à table. Beth entama un deuxième scone sans aucune culpabilité apparente. Hannah grignota le coin d'un gâteau, l'air songeuse, puis déclara doucement :

— Ces tueurs se sont donné beaucoup de mal pour faire croire que deux ados avaient perdu les pédales et s'étaient tués en montagne.

— Comme ils l'avaient fait pour Drew, dit Beth à voix basse.

— Vous savez ce que cela me fait penser ? demanda Hannah en portant son regard vers la fenêtre sombre. Que celui qui les a engagés voulait à tout prix éviter d'attirer l'attention sur Black Falls.

Scott émit un petit sifflement.

— Tu vas être redoutable, Hannah, quand tu seras représentante du ministère public.

Elle se tourna vers lui avec un petit sourire.

— Je le prends comme un compliment, dit-elle. J'espère me tromper, au sujet de Black Falls. Quoi qu'il en soit, tous ceux qui participent à l'enquête ont du pain sur la planche.

Jo ne fit aucun commentaire. Dominique se contenta de frissonner en silence, puis chacun se remit à dévorer les gâteaux sur la table. Quand Jo reprit enfin la route du lac, elle songea qu'elle devrait courir un marathon, le lendemain matin, si elle voulait brûler toutes les calories qu'elle venait d'engloutir.

C'était une soirée d'automne fraîche et claire. Dans son chalet, le calme régnait, et il faisait très froid. Elle essaya à deux reprises de passer un appel sur son portable, mais n'y parvint pas. Finalement, elle attrapa sa lampe de poche et prit le chemin de la maison qu'Elijah avait construite dans les bois.

En arrivant, elle l'aperçut sur la terrasse.

— Il y a une chauve-souris chez moi, lança-t-elle de loin.

Il descendit lentement vers elle ; il portait son blouson en toile et sa casquette. C'était désespérant, pensa Jo : même sa façon de marcher lui semblait irrésistible.

— Je t'avais prévenue, dit-il.

— C'est toi, le débrouillard. Trouve une solution.

— J'en ai une, reprit-il avec un sourire.

Evidemment, il n'y avait pas de chauve-souris. Arrivé chez Jo, Elijah ne fit même pas semblant de chercher : il se contenta de la soulever dans ses bras puis de s'écrouler avec elle sur le vieux lit en fer forgé. Ils s'arrachèrent leurs vêtements — manteaux, pulls, chaussettes en laine et tout le reste — et les laissèrent tomber sur le sol à côté du lit. Jo eut l'impression d'avoir de nouveau dix-huit ans, tant elle vibrait de désir. L'air était plus froid que celui de ces lointaines nuits de juillet, et elle n'avait plus dix-huit ans, ni même vingt-cinq ou trente, mais cela n'avait aucune d'importance. Il suffisait qu'Elijah frôle de la paume sa peau nue pour que celle-ci s'enflamme et qu'elle comprenne qu'elle était aussi amoureuse que jamais.

— J'aurais dû répondre à tes lettres, chuchota-t-il entre deux baisers. Pardonne-moi, Jo.

— Je n'aurais pas dû les envoyer. Je n'aurais pas dû essayer de te retenir.

— Tu as bien fait.

Il se pencha pour lui donner un long et tendre baiser, tandis que sa main effleurait le haut de sa cuisse.

— J'ai gardé la photo que tu m'avais envoyée, celle où on est tous les deux au bord du lac.

Le cœur de Jo faillit cesser de battre.

— Elijah…

— Ce n'était pas très malin de garder la photo d'une ex, mais j'avais l'impression que si je la jetais, ça me porterait malheur.

Il se redressa sur un coude dans la semi-pénombre et la regarda droit dans les yeux.

— Sans toi, je serais mort, Jo. Je le sais.

— Je suis contente que tu sois resté en vie, dit Jo en retenant ses larmes.

Elle mit ses bras autour du cou d'Elijah et lui offrit ses lèvres. La main d'Elijah descendit entre ses cuisses, et elle s'offrit à lui tandis que, du bout des doigts, il faisait naître en elle une magie sensuelle. Jo glissa elle aussi une main entre leurs corps et le caressa en suivant le rythme de ses doigts en elle.

— Jo, dit-il d'une voix un peu brisée par le désir. Jo…

Enfin elle l'attira vers elle en passant ses bras autour de son dos et en lissant ses paumes contre ses muscles bandés. Il s'enfonça profondément en elle, et elle alla à sa rencontre sans retenue, s'abandonnant aux ondes brûlantes qui vibraient en elle, à la douce agonie du désir.

Puis le vide se fit dans sa tête : son corps et son esprit tout entier étaient habités par le contact d'Elijah, par ses mouvements puissants en elle, par sa façon de la pousser jusqu'au bord du plaisir puis de reculer juste avant l'instant fatal.

Elle n'avait jamais désiré personne autant que lui. Elle n'avait jamais aimé personne comme elle l'aimait.

Quand les premiers spasmes de plaisir se déclenchèrent, elle enfouit sa tête contre l'épaule d'Elijah. Il ne fléchit pas, et quand elle se mit à gémir, elle l'entendit répéter son prénom encore et encore, et comprit qu'ils étaient à l'unisson, qu'ils tourbillonnaient ensemble dans une spirale de plaisir qui semblait interminable.

— Jo…, dit-il doucement quand ce fut enfin terminé.

Il était étendu à côté d'elle. Jo se mit à sourire.

— J'aime bien t'entendre dire mon prénom.

Elle cala sa tête sur une main et le regarda d'en haut.

— Elijah, Elijah, Elijah…

— Tu as retrouvé la parole, c'est bien.

Ils se mirent à rire, puis ils se rhabillèrent. Sans se consulter, ils sortirent du chalet et se dirigèrent vers le bord du lac, comme si une force invisible les y attirait. La nuit était claire et froide, l'eau scintillait sous le clair de lune. Jo s'habitua rapidement à l'obscurité. Les lumières de la ville ne lui manquaient plus.

Elijah se tenait tout près d'elle ; ils avaient presque les pieds dans l'eau. Il se tourna et lui caressa doucement la joue d'un doigt replié.

— Je t'aime, Jo.

Elle lui prit la main, aspira une bouffée d'air et tenta de parler, mais elle ne réussit pas à dire un mot.

Il leva la main de Jo vers ses lèvres et la baisa.

— Je veux t'aimer pour le reste de notre vie.

— Elijah…

— Tout le reste, c'est sans importance. Ce qu'on fera, où on vivra, je m'en fiche, tant qu'on sera ensemble. Jo, je te demande de m'épouser.

Elle n'arrivait plus à respirer.

— Ça te laisse sans voix, hein ? demanda Elijah en souriant.

Il mit sa main libre dans la poche de son blouson et en sortit une bague. Il la tint entre le pouce et l'index ; elle était sertie d'un petit diamant.

— Je ne sais pas ce qui est arrivé à la boîte, dit-il. Peut-être qu'il n'y en a jamais eu.

— Elijah, comment as-tu trouvé le temps de…

— J'ai acheté cette bague le jour où tu as décroché ton diplôme du lycée. J'avais économisé l'argent que me donnait le vieux Pete Harper pour couper du bois ici, sur cette même propriété. Je ne l'ai pas achetée à Black Falls, bien sûr. Je me doutais que si ton père était au courant, ça me vaudrait un coup de fusil. Elle n'a pas beaucoup de valeur, mais je pensais qu'elle ferait l'affaire en attendant que…

— Elle fera l'affaire pour toujours, déclara Jo. Elle est parfaite.

— Pardonne-moi de t'avoir blessée, Jo. De ne pas avoir répondu à tes lettres.

— Pardonne-moi de m'être accrochée, Elijah.

Puis elle éclata de rire et lui prit la main.

— Rien n'a changé, après tout. Je t'aime. Je n'ai jamais cessé de t'aimer. Je ne cesserai jamais.

Il glissa la bague à son doigt, passa son bras autour de

sa taille et l'attira vers lui en déposant un baiser dans ses cheveux.

— Tu t'imagines nos enfants, Jo ? En train de s'amuser au bord de l'eau… Je les vois comme s'ils étaient là, devant nous.

Il se mit à rire, comme s'il les voyait vraiment, et ajouta :

— On ne va pas s'ennuyer.

— Sûrement pas, répondit Jo.

Elijah resserra son bras autour d'elle et, tandis qu'une douce brise descendait de la Cameron Mountain et faisait onduler l'eau du lac, Jo s'appuya contre l'homme qu'elle avait aimé toute sa vie.

REMERCIEMENTS

J'aimerais remercier tout particulièrement le lieutenant Jocelyn Stolh, de la Vermont State Police, ainsi que Susan Bayley et Kenneth Thibodeaux, de la White River Junction Veteran Affairs Medical Center, dans l'Etat du Vermont, pour l'aide qu'ils m'ont apportée et pour le remarquable travail qu'ils accomplissent. Je tiens aussi à remercier, une fois de plus, Paul Hudson — juge, érudit, ami et habitant du Vermont très profondément lié à cette région magnifique.

Comme d'habitude, merci à Jo, Kate, Conor et Zack. Nous nous amusons vraiment beaucoup ensemble.

BestSellers

Du nouveau dans

BestSellers

Dès le 1er mai, votre collection passe
à 8 romans tous les 2 mois
au lieu de 7 !

Profitez encore plus des auteurs de talent, des romans captivants et découvrez toute la variété des genres présents dans la collection : suspense, thriller, paranormal, roman féminin, historique.

Rendez-vous dans vos points
de ventes habituels.

est-Sellers n°462 • suspense

'ombre du maléfice - Heather Graham

arah MacKinley est sur le point de réaliser un rêve d'enfance : restaurer l'ancien manoir ont elle vient de faire l'acquisition dans la petite ville de Saint-Augustine, en Floride. Mais à eine s'est-elle lancée dans les travaux qu'une sinistre découverte brise son élan : de vieux ssements humains, emmurés… Quel épouvantable drame s'est produit ici autrefois ? Prête tout pour le savoir, Sarah se plonge dans l'étude de l'étrange manoir et de son passé et écouvre avec effroi de sombres légendes dont elle n'aurait jamais soupçonné l'existence. ésemparée, elle décide alors de se confier à Caleb Anderson, un détective venu enquêter ır de mystérieuses disparitions de jeunes femmes dans la région. Des disparitions qui, à la ande surprise de Sarah, ne tardent pas à lui évoquer celles survenues des années plus tôt ırmi les habitants de sa demeure. Comme si le temps ne suivait plus son cours habituel, êlant étrangement le passé au présent – jusqu'à faire de Sarah et Caleb les proies vivantes e malédictions depuis longtemps oubliées

est-Sellers n°463 • suspense

e poids du doute - Laura Caldwell

: si son père n'était pas mort ? Cette question hante Izzy McNeil depuis qu'un inconnu a sauvé la vie dans une ruelle sombre de Chicago. Un inconnu dont elle n'a pas eu temps de voir le visage mais dont la voix lui a semblé étrangement familière. Plus oublant encore : il l'a appelée par le surnom que son père lui donnait lorsqu'elle ait enfant jusqu'au jour tragique de sa disparition, peu de temps après ses huit ans. erturbée, elle doit quand même poursuivre son travail et boucler au plus vite l'enquête ı'elle mène au cœur d'un dangereux réseau de gangsters. Une tâche qui devrait être cilitée par la présence du séduisant Theo, l'homme qui lui a rendu le sourire et sur i elle peut vraiment compter. Mais à peine Izzy parvient-elle a faire passer au second an ses préoccupations personnelles que d'incroyables révélations concernant son re vont venir bouleverser à tout jamais son existence et faire peser sur elle le poids doute…

st-Sellers n°464 • thriller

l'heure où tombe la nuit - Andrea Ellison

rès plusieurs années de carrière, Taylor Jackson, commissaire à la brigade des homicides Nashville, pensait avoir tout vu en matière de meurtre. Jusqu'au jour où elle doit se dre en pleine nuit sur une scène de crime située sur les hauteurs de la ville. Une scène oyable qu'elle n'oubliera jamais. Profondément choquée, elle se sent prête à tout pour cider ce meurtre. Mais malgré l'aide précieuse de son fiancé John Baldwin, célèbre ofileur du FBI, et du brillant et charismatique inspecteur James Highsmythe de New otland Yard, Taylor se retrouve prise dans un engrenage infernal qu'il semble impossible rrêter. Car si le meurtrier n'en est pas à son premier crime, une raison inconnue semble sormais le pousser à céder totalement à sa folie. Une nouvelle victime est retrouvée, et jours aucun indice. Guidée par son intuition, Taylor commence à entrevoir un scénario. scénario tellement insensé qu'elle a du mal à y croire elle-même…

Best-Sellers n°465 • suspense

Les secrets de Rosewood Lane - Debbie Macomber

A Cedar Cove, tout le monde connaît et apprécie Grace Sherman, qui dirige la bibliothèqu de la petite ville. Et personne ne comprend, pas plus que Grace elle-même, pourquoi so mari a disparu du jour au lendemain. Malgré sa douleur et son incompréhension face cet abandon, Grace a décidé de se battre pour retrouver sa joie de vivre. Et elle pe compter sur sa meilleure amie Olivia, toujours prête à l'épauler. Olivia qui, pour l'heur commence une relation sentimentale avec Jack, un homme audacieux et sensible. Et puis y a Charlotte, la mère d'Olivia, qui va devoir elle-même faire face à une véritable épreuv Quant à Maryellen, l'une des filles de Grace, elle n'en fait qu'à sa tête, comme toujours ! Br c'est tout un univers chaleureux qui aide Grace à traverser cette période de doute et c remise en question. Un univers où les gens finissent toujours par se retrouver car, à Ced Cove, on n'est jamais très loin les uns des autres…

Best-Sellers n°466 • paranormal

Le guerrier des ténèbres - Gena Showalter

L'immortel Aeron, prince des seigneurs de l'ombre, est sur ses gardes : depuis quelqu semaines, il sent roder autour de lui une redoutable présence féminine. Comme être vengeur qui chercherait à le tuer. Quand Olivia apparaît enfin, si belle et si pu ce n'est pourtant pas pour l'assassiner avec son épée de feu, mais pour le supplier l'initier à l'amour et aux plaisirs de la chair. Peut-il se laisser séduire ? Car même si c ange aux yeux bleus éveille en lui un besoin d'aimer qu'il ne soupçonnait pas, il ne pe abandonner Legion, la petite démone qu'il aime comme sa fille et qui ne supporter pas une autre femme dans leur vie. De plus, comment être sûr que les cheveux d'ébè et les lèvres si attirantes d'Olivia ne sont pas un piège mortel destiné à l'abuser l'anéantir ? Déchiré par des pulsions contradictoires, Aeron est pourtant loin de douter que ce combat entre le devoir et la passion le rapproche de dangers bien p sombres et bien plus terribles encore.

Best-Sellers n°467 • thriller

l'hiver assassin - Lisa Jackson

Encore une victime au cœur de l'hiver. Un hiver glacial et de jour en jour plus meurtrie Grizzly Falls, dans le Montana. En effet, c'est la quatrième femme morte de froid que l' retrouve attachée à un arbre, un étrange symbole gravé au-dessus de la tête. Horrifié par cette série macabre, Selena Alvarez et Regan Pescoli, toutes deux inspecteurs police, se lancent dans une enquête qui a tout d'un cauchemar. Au même moment, Jill Rivers est en état de choc : son mari, qu'elle croyait mort depuis des années, est peut-ê encore en vie. Partie à sa recherche dans le Montana, elle se retrouve prisonnière d'u violente tempête de neige. Un homme étrange surgit alors pour la secourir avant de conduire dans une cabane isolée par le blizzard. Malgré son soulagement, Jillian éprou instinctivement pour cet être taciturne un sentiment de méfiance. Et si ses intentio n'étaient pas aussi bienveillantes qu'il y paraissait ? Et s'il se tramait quelque chose terrible dans ces forêts inhospitalières ?

Best-Sellers n°468 • historique

Noces secrètes - Margaret Moore

Ecosse, 1235.

Marianne Beauxville rumine avec colère le malheur qui la frappe : pour conclure une alliance durable avec les Ecossais, son frère, seigneur normand, n'a rien trouvé de mieux que de la fiancer à l'un de ces barbares, un vieillard vil et pervers. Et bientôt, elle est emmenée de force puis enfermée sur les terres hostiles et inconnues de son futur époux. Ulcérée, Marianne guette la moindre occasion de s'enfuir. Une occasion qui se présente enfin sous les traits du séduisant Adair MacTaran, fils d'un chef de clan écossais. Certes, en dépit de son charisme indéniable qui le distingue des autres barbares, Marianne n'a aucune raison de faire confiance à Adair, mais a-t-elle vraiment le choix ? Puisqu'il est son seul espoir, elle se risque à lui exposer son plan d'évasion et, contre toute attente, Adair accepte de l'aider à échapper à cette union forcée... pour mieux la réclamer comme sienne !

Best-Sellers n°469 • historique

L'intrigante - Rosemary Rogers

Angleterre et St-Petersbourg, Régence.

Pour entrer dans les bonnes grâces de son père, Leonida, fille illégitime du tsar Alexander Pavlovitch, accepte une mission secrète : subtiliser, par tous les moyens, des lettres que sa mère a adressées à une vieille amie, la duchesse de Huntley, et qui contiendraient des secrets d'Etat. Bien que peu enthousiaste à cette idée, Leonida est déterminée à remplir sa mission. Mais sitôt arrivée en Angleterre, dans le domaine des Huntley, elle perd sa belle assurance. Car le maître des lieux, l'énigmatique Stephan Summerville, exerce d'emblée sur elle une dangereuse fascination. Une fascination telle que, fatalement séduite, Leonida se sent bientôt déchirée entre l'accomplissement de son devoir et l'élan de son cœur…

www.harlequin.fr

GRATUITS !

2 romans

et 2 cadeaux surprise !

Pour vous remercier de votre fidélité, nous vous offrons 2 merveilleux romans **Best-Sellers** entièrement GRATUITS et 2 cadeaux surprise ! Bénéficiez également de tous les avantages du Service Lectrices :

- **Vos romans en avant-première**
- **5% de réduction**
- **Livraison à domicile**
- **Cadeaux gratuits**

En acceptant cette offre GRATUITE, vous n'avez aucune obligation d'achat et vous pouvez retourner les romans, frais de port à votre charge, sans rien nous devoir, ou annuler tout envoi futur, à tout moment. Complétez le bulletin et retournez-le nous rapidement !

☐ **OUI !** Envoyez-moi mes 2 romans Best-Sellers et mes 2 cadeaux surprise gratuitement. Les frais de port me sont offerts. Sauf contrordre de ma part, j'accepte ensuite de recevoir chaque mois 3 livres Best-Sellers inédits au prix exceptionnel de 6,64€ le volume (au lieu de 6,99€), auxquels viennent s'ajouter 2,90€ de participation aux frais de port. Dans tous les cas, je conserverai mes cadeaux.

N° d'abonnée (si vous en avez un) ☐☐☐☐☐☐☐☐ EZ1F09

Nom : .... Prénom : ....

Adresse : ....

CP : ☐☐☐☐☐ Ville : ....

Téléphone : ☐☐☐☐☐☐☐☐☐☐

E-mail : ....

☐ Oui, je souhaite être tenue informée par e-mail de l'actualité des éditions Harlequin.

☐ Oui, je souhaite bénéficier par e-mail des offres promotionnelles des partenaires des éditions Harlequin.

Renvoyez cette page à : **Service Lectrices Harlequin – BP 20008 – 59718 Lille Cedex 9**

Date limite : **20 octobre 2011**. Vous recevrez votre colis environ 20 jours après réception de ce bon. Offre soumise à acceptation et réservée aux personnes majeures, résidant en France métropolitaine. Offre limitée à 2 collections par foyer. Prix susceptibles de modification en cours d'année. Conformément à la loi Informatique et libertés du 6 janvier 1978, vous disposez d'un droit d'accès et de rectification aux données personnelles vous concernant. Il vous suffit de nous écrire en nous indiquant vos nom, prénom et adresse à : Service Lectrices Harlequin - BP 20008 - 59718 LILLE Cedex 9. Harlequin® est une marque déposée du groupe Harlequin. Harlequin SA – 83/85, Bd Vincent Auriol – 75646 Paris cedex 13. SA au capital de 1 120 000€ - R.C. Paris. Siret 31867159100069/APE5811Z

Découvrez les

EXCLUSIVITÉS

qui vous sont réservées sur

www.harlequin.fr

La lecture en ligne **GRATUITE**

Votre **HOROSCOPE** amoureux

L'ensemble des **NOUVEAUTÉS**

Les **PARUTIONS** à venir

Les infos sur vos **AUTEURS** favoris

Les **OFFRES** spéciales…

…et bien d'autres surprises !

Rendez-vous vite sur

www.harlequin.fr

Composé et édité par les
éditions Harlequin
Achevé d'imprimer en février 2011

BRODARD & TAUPIN

La Flèche
Dépôt légal : mars 2011
N° d'imprimeur : 61395

Imprimé en France